GLI INSUPERABILI
GOLD
346

Della stessa autrice:

Matrimonio di convenienza
Stronze si nasce
Una Cenerentola a Manhattan
Due cuori in affitto
La verità è che non ti odio abbastanza
Appuntamento in terrazzo
Prima regola: non innamorarsi
Il mio regalo inaspettato
Non è un paese per single
Ti aspetto a Central Park
Innamorati pazzi
Una ragazza d'altri tempi

Quinta edizione: settembre 2023

Realizzazione grafica della copertina: Siriana F.M.
Cover: © Rongrong Devoe

ISBN 978-88-227-6474-4

www.newtoncompton.com

Realizzazione a cura di Librofficina
Stampato nel settembre 2023 presso Puntoweb s.r.l., Ariccia (Roma)

Felicia Kingsley

Bugiarde si diventa

Newton Compton editori

Piccoli segreti diventano grandi bugie.
(Non mi ricordo chi lo ha detto, ma aveva ragione)

Non posso dirti come stanno davvero le cose
Posso solo dirti come ci si sente
È come un coltello giù per la gola
Non riesco a respirare ma continuo a lottare
E finché anche ciò che è sbagliato continuerà
a sembrarmi giusto, terrò la rotta.
Eminem feat. Rihanna, *Love The Way You Lie*

A chi sta cercando sé stesso,
a chi non si è ancora trovato,
a chi si è trovato e non si piace,
a chi si piace ma non piace agli altri.

Al mio arcoBaleno.

Pillola blu o pillola rossa?

«Una piccola bugia non ha mai ucciso nessuno».

«Non sarebbe più semplice dire la verità?», chiedo con quella che, dagli sguardi che ricevo, capisco essere una domanda di un'ingenuità disarmante.

«La verità è noiosa», ribatte Tanya, «a nessuno interessa la verità».

«È un normalissimo contratto standard. È il nostro lavoro, fidati di noi», aggiunge Ken persuasivo.

«Ho come la sensazione che me ne pentirò», medito tra me e me, fissando le pagine che ho davanti e che ho già riletto almeno dieci volte.

«Non te ne pentirai». Tanya dà un colpo di spalle, è ovvio che questo discorso per lei sia una perdita di tempo. «È una prassi, in questo ambiente. Rimarresti sorpresa nel sapere quante persone hanno firmato accordi simili».

Ken, con il suo sorriso abbagliante, mi tende una penna a cui ha già tolto il tappo.

Pillola blu o pillola rossa, Charlotte?

Pillola blu: non firmo ed esco di qui come sono entrata e non cambierà nulla.

Pillola rossa: firmo e per un mese la mia vita sarà di qualcun altro, ma con un tornaconto stellare.

La mia parte razionale è determinata a respingere l'offerta, ma quella curiosa sta guardando la Montblanc in madreperla con crescente interesse e ha voglia di scoprire quanto è profonda la tana del Bianconiglio.

Pillola blu o pillola rossa?

1

Il tergicristallo no, non l'avevo considerato

Ci sono due cose che odio nella vita: le bugie, il parrucchiere che mi parla mentre mi asciuga i capelli, e il calcare.

E i bilanci di fine anno.

Ok, quattro cose.

Sono appena uscita dal salone dove il parrucchiere blaterava senza che potessi sentirlo mentre mi fonava e, come se non bastasse, oggi è il 31 dicembre. Già, due su quattro nella stessa giornata.

«Mio Dio, Charlotte! Sembri un incrocio tra Camilla Parker Bowles e Melanie Griffith in *Una donna in carriera*», è il saluto di Jerry – all'anagrafe Jerusalem Bloom, la mia migliore amica – quando la raggiungo al bancone del Devonshire Terrace, dove mi aspetta con due bicchieri di qualcosa che sospetto essere così alcolico da sterilizzarci una sala operatoria.

«Prima o dopo che prendesse il posto di Sigourney Weaver?»

«Prima».

«Tu sì che sai sempre come rafforzare la mia autostima», le rispondo abbracciandola.

«No, dico davvero. Chi è il tuo hair stylist? Stevie Wonder?»

«Sotto il mio studio ha aperto una scuola per parrucchieri.

Ti tagliano i capelli a qualsiasi ora, senza appuntamento e gratis».

Mi levo il cappotto e mi siedo di fronte a lei, che alza gli occhi al cielo, con disapprovazione. «Ecco la fregatura: gratis».

«Sai, Jerry», dico, «non tutti possiamo permetterci una terapista tricologica coreana zen che taglia le doppie punte a una a una».

«È Capodanno!», obietta. «Ti meriti una giornata di coccole e benessere!».

«Pronto?! Lavoro, *io*! Non ce l'ho una giornata da dedicare a coccole e benessere. Sono stata in studio fino a un'ora fa!».

«Oh, be', allora domani andiamo insieme alla Shangri-la spa». Mi piazza il bicchiere in mano senza fare complimenti. «Mai Tai, il tuo preferito».

Lo assaggio e, inorridita, lo riappoggio sul bancone. «Bleah, non lo sa fare nessuno il Mai Tai. Non come lo faccio io. E comunque, domani ho il brunch dai miei con il parentado al completo».

Jerry mi guarda con occhi sgranati. «Barista!», chiama, sventolando il braccio in aria. «Via il Mai Tai, facci due vodka tonic. Solo vodka, niente tonic». Poi si rivolge di nuovo a me. «Brindiamo».

«A cosa? A un mondo di pace e amore?»

«'Fanculo il mondo di pace e amore. A noi due, che quest'anno spaccheremo il mondo!».

«A me basterebbe riuscire a trovare la forza per andare in palestra. Il badge dell'abbonamento di quest'anno lo uso come fermaporta. Come quello dell'anno scorso. E dell'anno prima», osservo, prendendo un sorso che mi brucia la gola. «Cosa c'è qui dentro? Benzina?»

«Ma se la vodka si sente appena!», protesta. «Mi deludi, proprio tu che facevi la barista all'università».

«Per pagarmi gli studi, non perché avessi una particolare propensione all'alcol».

«Ascoltami, Charlie, sento che ci sono grandi cose in arrivo. Per Natale, papà mi ha regalato una catena di hotel tutta mia».

«Che pensiero carino. Anche io ho ricevuto più o meno la stessa cosa: un pigiama di flanella. Bello, eh. Caldo, comodo, ha pure le tasche scaldamani».

«Warren cosa ti ha regalato?»

«Ehm… un *bhgnshma*», mugugno.

«Cosa?»

«Un bagn… ma», blatero tra i denti.

«Più forte, non sento».

«Un bagnoschiuma».

«Le prozie che vedi una volta l'anno ti regalano un bagnoschiuma, non i fidanzati».

«Tua zia ti ha regalato un bagnoschiuma?», le chiedo stranita.

«Un'edizione limitata con polvere d'oro a ventiquattro carati, ma non è questo il punto. Tu cosa gli hai regalato?»

«Un portatile nuovo», ammetto.

«Stai scherzando?!».

«Gli serviva!».

«Comunque, dovrei essere molto arrabbiata con te. È il nostro anniversario, te lo sei scordata?!», esclama con un finto broncio.

«Accidenti, è vero! Sono tre, no, quattro anni che ci conosciamo!», rispondo. «Come potrei dimenticare la notte in cui il tassista ti ha scaricata in stato di semincoscienza davanti alla porta di casa mia?»

«Meno male che ci sei tu a ricordarlo, perché io ho immagini sfocate di quella notte».

«Erano le quattro passate, tu eri uscita da uno dei tuoi party esagerati con più alcol che sangue nelle vene e, nei fumi della sbronza, hai biascicato al tassista "Kingsbridge" al posto di "Knightsbridge" e lui ti ha mollata davanti alla mia porta, quando stavo in quella scatola di sardine a Ladbroke Grove, invece che davanti a quella del tuo loft delle meraviglie a due passi da Harrods».

Jerry lancia un bacino nella mia direzione. «Ma tu, che hai il cuore tenero, mi hai accolta e rifocillata».

«E ti ho tenuto i capelli mentre hai passato le due ore successive a vomitare».

«Però ho imparato la lezione: mai mischiare vino e liquori. Uh! Prima che mi dimentichi». Jerry mi tende un sacchetto lucido di dimensioni spropositate con una scatola decorata con uno svolazzante nastro di raso. «Il tuo regalo di Natale!».

Merda.

«Jerry», dico imbarazzata. «Non dovevi». E con "non dovevi" non intendo la rituale formula di cortesia, ma proprio che non doveva. «Lo sai che mi mette a disagio ricevere regali da te, come faccio a ricambiare?».

Non si può ricambiare, con Jerry. Lei è l'adorata figlia di Graham Bloom, una delle persone più ricche del Regno Unito, assieme alla regina e a J.K. Rowling. I rotocalchi l'hanno battezzata Principessa J.

Mr Bloom è il presidente del Bloom International Group, impero immobiliare specializzato in edifici residenziali di lusso, centri commerciali megagalattici e resort esclusivi frequentati da tutto il jet set, e Jerry è la stella di papà. Non c'è nulla che lei non possa avere, e nulla, alla mia portata, che io possa regalarle. Di sicuro non una catena di alberghi.

«Oh, Charlie, tu mi ascolti più dei miei tre psicologi messi insieme e loro sono pure pagati!».

«Non è quello che fa una migliore amica?», le domando sfiocchettando il regalo. Nella scatola c'è un abito *haute couture* taglio sirena seconda pelle e corsetto di pizzo che credo di aver visto il mese scorso sulla prima pagina di «Vogue».

«In ogni caso, se può farti stare tranquilla, questo vestito l'ho riciclato. Me l'ha mandato lo stilista perché lo indossassi al Winter Wonderland Ball ma poi me ne hanno inviato un altro più bello e questo mi è avanzato», minimizza con un'alzata di spalle.

Più bello di questo? Mi pare impossibile. «Se la metti così, lo accetto senza riserve, però...».

«Però, cosa?»

«Ammesso che ci entri, visto che tu sei alta quasi un metro e ottanta per meno del due per cento di massa grassa, mentre io prendo tre chili solo guardando una pizza», spiego scettica, «non ho eventi da tappeto rosso in agenda. Dove dovrei sfoggiarlo? In ufficio? In cantiere?»

«Saresti l'architetto più glamour di Londra».

«Apprezzo la fiducia che hai nel mio potenziale».

«Scusa, ma indossalo stasera, no?!», esclama.

«Dove?»

«All'Attitude c'è *la* festa di Capodanno». Jerry ingolla quel che resta del suo drink in un sorso. «Party anni Ottanta. Sarà una seratona, ci divertiremo e poi hai già i capelli in tema».

«Ti sembro una da seratona all'Attitude? O da seratone in generale?»

«E da cosa saresti?»

«Te lo dico subito. Il mio programma per Capodanno è: doccia calda per cancellare questa tragica piega che mi fa sembrare uno scopino del water, cena d'asporto a lume di candele finte con Warren, attesa della mezzanotte sul divano con i piedi infilati dentro allo scaldotto di pile».

Jerry è pietrificata. «Mi prendi per il culo?»

«No», sbotto. «Jerry, sei un tesoro a invitarmi, ma io sono in piedi dalle cinque di stamattina, ho litigato con l'ufficio comunale per un'autorizzazione bloccata da mesi a causa di un cavillo burocratico; discusso con due imprese per stringere dei preventivi all'osso, perché il cliente continua ad abbassare il budget; rifatto da capo un progetto perché sono cambiati i regolamenti di zona e, per mantenere il permesso, andava consegnato entro oggi; infine mi sono congelata in un cantiere, giù a Clapham, con il fango fino alle caviglie, poiché il geologo ha riscontrato un terreno problematico e dovevamo trovare il modo di consolidare la fondazione. Scusa se non sprizzo adrenalina da tutti i pori».

«E Warren dov'era?»

«A Norwich con Cynthia, a cercare finanziatori per il suo progetto».

«Come sempre», borbotta Jerry.

«Sento una nota di rimprovero o sbaglio?»

«Senti giusto. Accidenti, avete uno studio in tre ma, in pratica, lo mandi avanti tu, mentre loro due vanno a caccia di fantomatici investitori per… per… Cosa accidenti vuole fare Warren?»

«Una nuova torre nella City. Ha trovato un'area a St Mary Axe per la quale ha sviluppato il progetto di una business tower futuristica, solo che serve qualcuno che compri il lotto, demolisca l'edificio esistente e paghi la costruzione. Warren è convinto che sarà il progetto che lo renderà famoso e svolterà la carriera allo studio».

«Perciò, mentre lui e Cynthia lisciano banche e costruttori, tu tiri la carretta».

«Ci diamo una mano a vicenda», spiego. «È così che funziona tra soci».

«E chi dà una mano a te con il *tuo* progetto?», insiste.

«Oh, quello… è una cosa secondaria», liquido stringendomi nelle spalle.

«Ma se sono anni che mi parli del castello di Sherazade!».

«Sharesby», la correggo. «Sharesby Hall. E comunque, prima di pensare al restauro del castello, bisogna comprarlo e il crowdfunding stenta a decollare», spiego sconsolata.

«Tu devi mendicare con il crowdfunding mentre Warren,

per il suo progetto, cerca milionari da mungere? Non mi sembra molto paritario il vostro modo di aiutarvi».

«Dice che il suo ha prospettive di resa maggiori. E non posso dargli torto», lo difendo. «A chi interessa un castello diroccato, nel Berkshire, abbandonato da cento anni? Siamo realisti, la sua business tower è più concreta. Una volta costruita, lo studio avrà la credibilità e gli appoggi anche per occuparsi di restauri storici».

«Posso farti una donazione!», esclama. «Quanto ti manca per arrivare a...?»

«Cinque milioni di sterline? Mi mancano circa quattro milioni e novecentonovantanovemila, ma, intanto, basterebbe un milione per comprarlo».

«Posso svincolarli dal mio fondo fiduciario!», esulta Jerry.

«Non posso accettare, ma ti sono grata del gesto».

«L'offerta resta in piedi. Allora, per stasera?»

«La festa all'Attitude? Passo, ma come se avessi accettato».

«Coraggio!». Jerry non molla. «Siamo giovani e piene di risorse, andiamo a divertirci».

«Giovani? Non sono più giovane da quando, in borsa, ho sostituito il kit del trucco con quello dei medicinali: antidolorifici, antispastici, pomata per gli strappi muscolari». Scendo dallo sgabello, m'infilo la giacca e lascio venti sterline sul bancone. «Ho tutto per ogni evenienza, a trent'anni non si sa mai».

«Ventinove», mi corregge lei. «Ne compiremo trenta solo l'anno prossimo».

«Jerry, tra cinque ore è l'anno prossimo». Le schiocco un bacio sulla guancia e la saluto.

«Va bene», sospira lei, arresa. «Nel caso cambiassi idea, fai il mio nome all'ingresso». E solo quando sono sulla porta, la sento urlare alle mie spalle: «Ogni lasciata è persa, Charlie!».

Se Jerry non fosse la mia migliore amica, non starei nemmeno a sentirla. Almeno mi fa ridere.

È un turbine di glitter e Chanel N°5 che porta una ventata di brio nella mia vita.

È incredibile come due persone come me e lei possano avere qualcosa da dirsi, eppure riusciamo a parlare per ore di qualsiasi argomento. Ci bilanciamo: come il caffè con la panna, i tacchi alti e il plateau.

Anche se in questo momento lei sta tornando al suo stratosferico appartamento, scortata dal suo chauffeur su una Bentley che costa quanto un organo di contrabbando sul mercato nero, e io sono pigiata su un vagone della Circle line, tra una drag queen e un ragazzino che mastica M&M's a bocca aperta.

Mi fanno schifo le persone che masticano a bocca aperta, sono indecisa se dargli un calcio negli stinchi o rubargli gli M&M's.

Ho fame, quando ho fame divento irritabile.

E poi sono a dieta.

Scendo alla stazione di Royal Oak e, neanche a farlo apposta, la macchinetta degli snack mi tende un agguato proprio lì, sul binario: Snickers, Mars, Bounty, M&M's… Ma io, stoica, passo avanti senza fermarmi.

Non mi avrete.

Poi ripenso a Jerry e al suo "ogni lasciata è persa", e tre secondi dopo sto raccattando delle monetine dal fondo della borsa.

Tanto ho intenzione di andare fino a casa a piedi quindi, quelle degli M&M's, sono calorie già bruciate. Credo.

Esco dal pozzo delle scale, nell'aria frizzante di fine dicembre che annuncia neve. Cammino a passo svelto superando la palestra di pilates, il ristorante indiano da cui esce un forte aroma di spezie, il night sempre bersagliato da addii al celibato, fino alla via dove abito, una cortina di case bianche tutte uguali con le colonne ai lati delle porte e i terrazzini al primo piano.

Mi piace Bayswater, è come stare a Notting Hill ma senza

i turisti che ti fermano in continuazione per chiederti da che parte è la porta blu di Hugh Grant.

Rientro a casa infreddolita e, con mia sorpresa, trovo Warren già sul divano, i capelli umidi di doccia, con il portatile in grembo e le gambe allungate sul tavolino.

«Amore, già qui?», gli domando levandomi scarpe, sciarpa e cappotto.

«Sì, perché?», mi domanda senza staccare gli occhi dallo schermo.

«Immaginavo che avresti fatto più tardi di me, col traffico che c'è in giro».

«Mmh... traffico?»

«Sì, sulla M11. A quest'ora è una coda unica», aggiungo.

«Perché la M11?».

Ma ha preso una botta in testa? «Scusa, Warren, l'incontro con gli investitori, Irvine e Westley, non era a Norwich? Avrai preso la M11».

«Ah! Eh, sì, già. No, non c'era traffico», risponde distratto. «Siamo partiti sul presto, Cynthia conosceva una scorciatoia per evitare gli imbottigliamenti del Capodanno».

«E questi?», domando piacevolmente sorpresa, indicando un paio di guanti di morbido cachemire rosa cipria appoggiati sulla consolle. Vuoi vedere che Warren si è sentito in colpa per il bagnoschiuma e ha rimediato con un regalo più dignitoso? Il bagnoschiuma è ottimo, per carità, lo uso, ma non era proprio in cima alla mia lista dei desideri.

«Questi, cosa? I guanti?»

«Sì. Sono per me?», domando accarezzandoli. Sono proprio belli. Certo, forse sono un po' piccoli. Pazienza, se ha ancora lo scontrino posso cambiarli.

«No, sono di Cynthia».

Ah.

«E che ci fanno qui, allora?». Non riesco a nascondere una sfumatura seccata nel mio tono.

«Ehm, li ha dimenticati in macchina. Devo ridarglieli».

«Ok». Mi guardo intorno e noto con sconforto il lavandino pieno dei piatti della cena di ieri, e i sacchetti del pattume da buttare che giacciono nell'angolo. «Però, visto che sei arrivato prima, potevi svuotare il lavello e gettare la spazzatura».

«Non ci ho fatto caso». La sua totale indifferenza verso le faccende domestiche mi snerva. Non gli chiedo di fare la colf, ma di dividerci i compiti in modo che nessuno debba sacrificare il proprio tempo più dell'altro, ma finisce sempre che anche le cose più banali, tipo i suoi cotton fioc abbandonati sul lavandino, i suoi bicchieri vuoti sparsi in giro, il rotolo della carta igienica finito, diventano di mia competenza. E, dopo giornate tipo oggi, anche fare i piatti è una cosa di troppo.

«Va bene, senti, io vado in doccia, tu ordina la cena. Ti va l'indiano?»

«Sì, ci penso io», mi risponde, ancora senza mollare il portatile. Almeno, ho azzeccato il regalo, dato che non se ne separa mai.

Mi chiudo in bagno, seleziono una playlist rilassante, accendo le candele e, mentre aspetto che arrivi l'acqua calda, abbasso la tavoletta del water e metto i suoi calzini sporchi nel cesto della biancheria.

Mi butto sotto il getto, e mi lavo di dosso lo stress della giornata: è stata lunga, faticosa, e irritante, non proprio da festeggiare con un party mondano assieme alla *crème* delle celebrità londinesi.

Devo proprio parlare a Warren. Il lavoro in studio è tutto sulle mie spalle, mi smazzo sia la sua parte che quella di Cynthia e, a casa, è di nuovo tutto a mio carico, senza che lui faccia il minimo sforzo per aiutarmi.

Anche il vetro della doccia!

Abbiamo un'acqua durissima qui, il calcare lascia gli aloni, gli ho detto mille volte di usare il tergicristallo per togliere le gocce, una volta finito, altrimenti restano le macchie.

E lo so che non ha usato il tergicristallo perché il vapore ha annebbiato il vetro e si vedono tutti i segni delle goccioline che non sono state asciugate, degli schizzi di schiuma, le impronte delle mani... Un momento. Mani?

Una, due, tre... Quattro mani. *Quattro* mani?

Con ancora lo shampoo in testa mi avvicino al vetro a osservare i quattro aloni disegnati dal vapore.

Sì, sì, sono quattro palmi. E su ogni palmo ci sono cinque dita, per un totale di venti.

Le due più esterne sono grandi e tozze, quelle più interne, piccole e affusolate, decisamente femminili.

In questa casa siamo lui e io. E io non metto le mani sul vetro. MAI.

Porca puttana.

2

No lista, no party

Potrei fare una scenata, vorrei fare una scenata ma è come se il mio subconscio conservasse le energie per qualcos'altro. E la cosa strana è che non riesco a piangere. Non mi viene, non sento neanche un po' di pizzicore agli occhi o un inizio di congestione nasale. Zero. Torno in soggiorno e apro la scarpiera a muro: se non ricordo male le ho messe lassù in alto, sull'ultimo ripiano.

Sposto gli stivali di gomma e, lì dietro, scovo la scatola bianca proprio dove l'avevo riposta con la cura di una reliquia.

Sollevo il coperchio marchiato Prada e voilà, ecco che le mie décolleté in lucida pelle rosa confetto rivedono la luce dopo… Oh Dio, dopo cinque anni, dal giorno della mia laurea. Sono ancora così nuove che la suola è a malapena segnata.

Sì, stasera è la loro sera.

Le calzo e il rumore dei tacchi attira l'attenzione di Warren.

«Perché ti sei vestita così?»

"Così" è con l'abito che mi ha regalato Jerry. E, con mia sorpresa, ci entro. Ok, sui fianchi mi va più aderente di come dovrebbe, ma ai tacchi spetta l'arduo compito di slanciarmi. «All'Attitude c'è un party di Capodanno», lo informo intenta a guardarmi allo specchio per infilare gli orecchini.

«Ma avevamo detto di stare a casa, stasera, no?»

«Infatti». Rossetto, dove ho messo il mio rossetto? Eccolo!

«Ci vado io. Da sola».

Mmh, mi piace il mio aspetto: con un quintale di balsamo, sono riuscita a togliere quell'orrenda cotonatura e dare una piega ai capelli che mi ricadono sulle spalle in morbide onde – anche se penso che me li abbiano tagliati più di quanto ho chiesto.

«Scusa, Charlotte, in che senso vai da sola?!», esclama Warren sconcertato. «E io che faccio?».

Aspettavo proprio questo, bastardo.

«Non lo so, puoi sempre chiamare quella stronza di Cynthia e scopartela durante il conto alla rovescia», rispondo con la voce impregnata di stucchevole quanto finta dolcezza.

«Cynthia?! Cos… Come?». La mia frase lo ha tramortito.

«La doccia, Warren». Richiudo il rossetto e lo infilo nella borsa, dopodiché mi volto verso di lui, con le mani piantate sui fianchi. «Quante volte ti ho detto di passare il tergicristallo sul vetro dopo aver chiuso l'acqua, altrimenti restano i segni delle gocce? O delle mani. Quattro mani, per l'esattezza».

Dalle manate sul vetro a capire che Warren mi tradisce con Cynthia ci ho messo poco. Lei e lui, sempre insieme, sempre soli, sempre con le loro cose che mi escludono e mi tagliano fuori. E mi gioco un rene che a Norwich non ci sono neanche andati. Ammesso che dovessero andarci davvero.

«Charlotte… io… io», balbetta Warren. «Senti, ti posso…».

«I torbidi dettagli delle vostre sveltine non mi interessano», taglio corto. «Dimmi solo da quando. Ho bisogno di sapere per quanto tempo sono stata la vostra utile idiota».

Lui medita in silenzio, restio a parlare. Ha l'aria dispiaciuta, ma dispiaciuta non tanto per ciò che ha fatto, quanto piuttosto per essere stato beccato. Sì, lo so che sta pensando: "Che coglione", e non potrei essere più d'accordo. «Allora?», lo incalzo.

«Agosto», ammette lui con gli occhi bassi.

Agosto?! «Vuoi dire che me la fate sotto il naso da quattro mesi?»

«Dell'anno scorso».

Ah.

«*Tu* sei voluta andare in vacanza in Spagna con tua sorella!», ribatte in tono d'accusa.

«La sua amica aveva preso la varicella e il biglietto non era rimborsabile! Non ci credo! Sono *io* quella tradita e mi sto pure giustificando». No, non starò qui un altro minuto a respirare la sua stessa aria. Mi infilo il cappotto e, borsa alla mano, prendo la porta. «Sai cosa? La nostra relazione era già morta da un pezzo, solo che ho fatto finta di non sentire la puzza di marcio. Grazie per avermi aperto gli occhi».

«Non vuoi nemmeno parlarne?», insiste.

«Non c'è niente di cui parlare. Nei prossimi giorni passerò a prendere la mia roba, abbi la delicatezza di non farti trovare e lasciami sgomberare in pace. Buon anno nuovo, stronzo».

Mi chiudo la porta alle spalle con una forza tale che l'eco rimbalza per tutte le scale.

Non sono neanche a metà del pianerottolo che ho già il telefono in mano e sto mandando un messaggio a Jerry.

"Sto venendo all'Attitude".

Soho è il quartiere che non dorme mai, il cuore pulsante del West End. A qualunque ora, in qualunque posto, c'è gente interessante che fa cose interessanti.

In questo momento, il suo caos è quello che mi serve per non sentire i miei pensieri.

Uno in particolare mi martella da quando sono uscita di casa: "Sei una stupida, sei una stupida, sei una stupida".

Mentre aspettavo il taxi, lì da sola, sul marciapiede, ero pronta a sentire le prime lacrime calde scorrermi sulle guance, ma nulla, il tutto con una strana quanto inaspettata sensazione che si faceva spazio nel mio cuore: leggerezza.

Anziché devastazione, tormento e dolore, ho provato sollievo.

La verità è che, quando ho visto le impronte delle mani sul vetro, ho capito che per dimagrire non mi servivano diete da fame. Ho lasciato Warren e ho perso novanta chili in un secondo.

E stasera intendo concedermi un premio. Non un cupcake o un gelato, ma una festa degna del suo nome.

Arrivo all'Attitude e la prima cosa che realizzo è: non è il mio posto.

È un locale che conosco di fama, ritrovo di celebrity e della Londra che conta, sempre citato in testa ai rotocalchi mondani, riviste di gossip e colonne di moda e costume.

La seconda casa di Jerry, ma per me, Charlotte Taylor, è terra inesplorata.

C'è diversa gente davanti all'ingresso del locale, sembrano tutti usciti da un cartellone pubblicitario di Gucci. Ringrazio Jerry nella mia testa per il regalo "riciclato".

Quando arriva il mio turno di presentarmi all'ingresso, la PR mi accoglie senza neanche salutare. «Prevendita?»

«No, non ho la prevendita», rispondo.

«Ok, allora se sei in lista devi fare l'altra fila», dice indicando la coda al desk posizionato sull'altro lato dell'ingresso, dove un ragazzo molto abbronzato e molto gay sta spuntando un elenco via via che la gente gli si presenta.

«Nessuna delle due, in realtà. Mi ha invitata una mia amica, dev'essere già dentro».

«In che senso?», domanda lei, increspando il sopracciglio. Picchietta la biro sulla cartellina, spazientita.

«Sono con Jerry Bloom».

Al nome "Jerry Bloom", la PR mi guarda incredula con lo sguardo del "sì, certo, come no".

«Dico sul serio», ribatto. «Mi ha detto di fare il suo nome». Questa cosa, però, anziché spalancarmi le porte del locale, mi sta facendo passare per una mentecatta.

«Va bene, d'accordo, ci hai provato. O prevendita o lista, senza non si entra. I prossimi!», chiama, rivolgendosi alle persone dietro di me.

Mi superano senza troppi complimenti e io mi ritrovo al margine del marciapiede a incassare la seconda delusione della serata.

Quest'anno sta finendo proprio bene.

E ora devo anche cercarmi un taxi per tornare a casa.

Un momento!

Quale casa? Quella dove c'è Warren?

No, no, no. Non se ne parla.

Mentre mi scervello per capire cosa inventarmi, ascolto le chiacchiere delle persone in fila alle mie spalle che sembrano non avere un pensiero al mondo.

«Domani i miei partono per Antigua, quindi lasciano lo chalet di St Moritz vuoto. Che ne dite se andiamo noi per la settimana bianca?», propone una.

«Sì, ti prego!», esclama un'altra. «Ho passato il Natale a Cannes, dai miei zii, mi sono ammazzata di noia».

«Faccio preparare l'elicottero».

«Sentiamo se ci raggiunge anche Lucille da Dubai», si aggiunge una terza.

«Infatti! Non la vediamo da quando? Dalla cena al Dorchester, a novembre».

Wow: settimana bianca, villa in Costa Azzurra, Emirati e ristoranti da tre stelle Michelin. Che vita noiosa!

Continuo a origliare, quel tanto che basta per stuzzicare i miei sogni a occhi aperti.

«A febbraio, poi, state tutte da me, a Parigi. La settimana della moda sarà un delirio quest'anno».

«A proposito di Parigi, dove accidenti è Bea? Perché non è ancora arrivata? Stiamo aspettando solo lei per entrare!».

«La chiamo io», ribatte un'altra. «Ehi, Bea, ma dove sei? Manchi solo tu, siamo qui davanti all'ingresso dell'Attitude». Non so cosa risponda questa Bea all'altro capo ma, qualunque cosa abbia detto, non è ciò che l'amica si aspettava. «Stai scherzando? La mia assistente è stata al telefono giorni per riuscire a farci mettere in lista e tu non vieni?! Sei sempre la solita tirapacchi, Beaufort! Ok, ci vediamo quando torni, così ci racconti tutto».

Non si vede un taxi e, a questo punto, anche io sono interessatissima al gossip, così, a orecchie tese, continuo ad ascoltare le tre ragazze dietro di me.

«In che senso non viene?», domanda una del gruppo.

«Non viene. È rimasta a Parigi. Ha rivisto Etienne, il suo ex, alla cena di compleanno di sua cugina e sembra che da stasera non siano più ex».

«E cosa aspettava a dircelo?»

«Sapete come è fatta Bea, se non la cerchi tu, lei non si fa sentire. Anche sua sorella è così, le Beaufort sono fatte con lo stampo».

«A questo punto, entriamo, non ha più senso aspettare, e poi fa un freddo cane», chiude la questione quella dello chalet a St Moritz.

Le ragazze se ne vanno al party e io resto sola, senza mezzo taxi all'orizzonte, e nessun pettegolezzo a farmi compagnia.

Chiamo Jerry ma il suo telefono squilla a vuoto, non ha neanche visualizzato il messaggio, quindi non mi resta che andare a leccarmi le ferite in un bed & breakfast di terza categoria.

M'incammino verso la metro di Oxford Circus, con i piedi che mi ricordano perché erano cinque anni che non indossavo queste scarpe, pensando a questa Bea Beaufort: lei ha un fidanzato, una casa a Parigi, ed è in lista alla festa più esclusiva di Londra; io ho lasciato un cretino, restando senza casa, e all'Attitude non mi fanno entrare. Chi ha il pane non ha i denti.

Fossi io in lista al suo posto!

Che spreco.

Mi blocco sul primo gradino delle scale che scendono nell'interrato puzzolente della metropolitana e faccio dietro front, diretta di nuovo all'Attitude.

Certo, sarebbe proprio un peccato buttare quel posto in lista per la festa.

All'ingresso del locale, mi accodo alla fila del ragazzo molto abbronzato e molto gay, aspettando il mio turno. Stavolta so cosa rispondere.

«Nome in lista?», mi domanda lui in tono affettato.

«Bea Beaufort», affermo sicura. «La mia assistente è stata al telefono per giorni».

3

Se la vita ti dà limoni, tu prendi sale e tequila

Il PR mi osserva da sopra la sua cartellina, dopodiché, abbassa lo sguardo sull'elenco scorrendolo su e giù.

Spero che le ragazze di prima non abbiano fatto cancellare la loro amica dalla lista.

Una cosa, una sola, potrebbe andar bene stasera?

«Bea Beaufort», annuncia tirando una riga secca sul nome in elenco. «Eccoti». Il suo tono di voce è increspato da una velata sufficienza come se nessuno, a suo parere, fosse degno del lasciapassare e lui mi stesse concedendo una grazia.

Io tiro un sospiro di sollievo e, senza indugi, avanzo verso le lucide porte nere del locale.

«Aspetta», mi gela il PR, sempre con il suo piglio altero. Io mi blocco con la mano sulla maniglia pronta a sentirmi dare dell'impostora ed essere cacciata nell'ignominia.

Scena penosa tra tre… due… uno…

«Sei nella vip room», dice lui allungandomi una fascetta dorata. «Questo è il tuo pass».

Gli tendo il polso tremante – più per l'ansia che per il freddo – e lui chiude il braccialetto con una clip.

Varco la soglia e lì, dopo aver lasciato la giacca al guardaroba, un altro PR mi fa entrare nell'ascensore con scritto VIP ROOM di cui pigia il tasto PH. *Penthouse*. L'attico.

L'Attitude, infatti, si trova all'ultimo piano dell'edificio ed è famoso per la terrazza panoramica con piscina aperta nella stagione estiva.

Le porte si spalancano e io, come Alice, cado nel Paese delle Meraviglie, solo che questo è il Paese delle Meraviglie anni Ottanta con i riflettori che sparano fasci di luce fluo, gente vestita di pelle e paillettes che salta su tappeti elastici, ombrellini nei cocktail e *Girls Just Wanna Have Fun* di Cyndi Lauper che pompa dalle casse.

Questo sì che è un locale. Non entravo in un posto così da... be', quando andavo all'università uscivo spesso, anche se i posti che frequentavo io puzzavano solo di sudore e birra calda. Ok, non entravo in un posto così da... mai.

Jerry, in realtà, non manca di invitarmi a tutte le serate mondane ma io, a differenza sua, non posso svegliarmi a mezzogiorno e passare il resto del pomeriggio con due fette di cetriolo in faccia, quindi declino sempre.

A proposito di Jerry, eccola che sventola la mano verso di me mentre balla in piedi su uno dei tavoli, fasciata in un body nero, con calze a rete e scaldamuscoli ai polpacci. Salta giù con un balzo e mi viene incontro.

«Sei venuta, alla fine!», esclama. Mi butta le braccia al collo e quasi resto soffocata dalla nuvola di lacca che ha spruzzato per fissare la sua chioma corvina arricciata in boccoli fittissimi.

«Già, eccomi qui, in carne, frustrazione e ossa. Che look aggressivo».

«Sono Alex, la protagonista di *Flashdance*», e per dimostrarmi la somiglianza si mette a saltellare sul posto come un'invasata. «*She's a maniaaaac, maniaaaac on the floor!* Eh? Che te ne pare?».

Sembra che abbia le convulsioni, ma non ho il coraggio di dirglielo. «Molto... fedele».

«Ehi, sono tette quelle?», domanda indicando la mia scollatura.

«È il superpotere del push-up. Sappiamo entrambe che non ne ho, le ho chieste a Babbo Natale per anni ma non me le ha mai portate, quel bastardo».

«Be', sei molto sexy, complimenti. Il mio vestito ti sta da Dio, ho fatto proprio bene a regalartelo. Warren non è geloso a vederti uscire così?».

Eccoci. È il momento. «Geloso di me non credo, forse lo è di quella che si scopa nella nostra doccia».

Jerry trasecola. «Ferma tutto! Scusa?»

«Warren mi tradisce con Cynthia. Da agosto. Dell'anno scorso», preciso.

«E li hai beccati sul fatto?»

«Non proprio. Però c'erano quattro belle manate stampate sul vetro della doccia».

«Warren non ha usato il tergicristallo, eh?»

«Come sempre».

«Che idiota. Eppure dovrebbe saperlo che, fissata come sei con il calcare, ci guardi!».

«E invece no. Ma meglio per me. Punto primo: così imparo a regalare i miei anni migliori a un cretino; punto secondo: non ho ancora un punto secondo ma mi verrà in mente».

«Te lo do io un punto secondo: open bar. Sai come si dice, no? Se la vita ti dà limoni, tu prendi sale e tequila».

«Era "fatti una limonata", Jerry».

«La limonata bevitela quando hai mangiato pesante. Stasera ci vuole la tequila». Mi prende sottobraccio e ci appostiamo al bancone dove con un occhiolino riesce a catturare l'attenzione del barista.

«Senti, Jerry, ti avrò chiamato sei volte e mandato dieci messaggi, perché non hai risposto?»

«Ho lasciato il cellulare nella giacca, giù al guardaroba».

«Sappi che fare il tuo nome all'ingresso non è servito. Si poteva entrare solo se in lista o con la prevendita».

«E come hai fatto?»

«Ho usato il nome di un'altra ragazza che le sue amiche avevano messo in lista, ma che ha dato buca all'ultimo. Ho "accidentalmente" origliato la loro conversazione mentre aspettavo un taxi per andarmene. Tu conosci una certa Bea Beaufort?».

Jerry fa spallucce. «Bea Beaufort… Bea Beaufort… No, non mi dice nulla».

«Fa lo stesso, ho detto al PR di chiamarmi Bea Beaufort e lui mi ha dato il pass della vip room».

«Furba».

«Non chiamerei furba una persona che si è fatta mettere le corna per un anno e mezzo».

«Cosa bevete, ragazze?», ci chiede il barista.

«Tutto il bar», è la risposta di Jerry.

«Ehi, io sono fuori allenamento», le dico con una gomitata. «Vacci piano».

«Bere fa bene. Bisogna bere almeno due litri al giorno, lo dicono tutti i medici!».

«Di acqua. Non di Martini», osservo quando ci piazza davanti i due cocktail. «Uh, che carini, sono rosa».

«A un nuovo anno e a una nuova Charlotte!», brinda Jerry. «Allora, primo comandamento dal Vangelo secondo Jerusalem Bloom: mai più metterti con tizi che ti hanno presentato i tuoi».

«In effetti, con Warren ho toccato il fondo», osservo.

«Perché, Walter l'enterologo era meglio?»

«*Entomologo*», la correggo.

«Sì, insomma, quello che per il tuo compleanno ti ha portata in una palude a raccogliere insetti».

Avevo rimosso. Che schifo. «Certo, tu hai degli standard un po' più elevati dei miei, il tuo ultimo ex, per il tuo compleanno, ti ha portata in Groenlandia a vedere l'aurora boreale».

«E non pensi di meritarlo anche tu?»

«Cosa? Vedere l'aurora boreale? Magari, ma chi ce l'ha il tempo di andare in Groenlandia?», obietto.

«E poi c'era Winston».

«Winston non vale! Ci saremo visti per neanche un mese!».

«Vale eccome! Chi te lo ridà quel mese passato ad ascoltare i suoi convegni sui fossili del Cenozoico?»

«Nessuno». Sì, in effetti, non riesco a darle torto.

«Warren, Walter, Winston, tutti casi umani. E poi dev'esserci qualcosa che non va con i nomi che iniziano con la W».

«Ok, ricevuto. Mai più uomini il cui nome inizia con la W».

«E che te li abbiano presentati i tuoi».

«Amen».

«Amen».

«Un attimo», esclamo. «Il tuo ex, quello dell'aurora boreale, si chiamava Wyatt». Wyatt Kane, campione di motomondiale.

«Infatti era un deficiente».

«Si parla di uomini? Posso unirmi anche io?», ci coglie alle spalle una voce maschile.

Ci voltiamo, trovandoci faccia a faccia con il PR molto abbronzato, molto gay e molto spocchioso dell'ingresso.

«Ben! Ci hai raggiunto anche tu! Ora sì che la festa può iniziare!», lo saluta Jerry baciando l'aria ai lati del suo viso.

«Liste chiuse: chi c'è, c'è; chi non c'è, non c'è. Ho fatto piangere un po' di gente», si compiace lui lisciandosi il ciuffo platinato. «Andiamo al tavolo? Mezza Londra ucciderebbe per essere al nostro posto, stasera».

«Certo! Uh, che sbadata, non ti ho presentato la mia migliore amica», dice Jerry indicandomi. «Lei è Char… ah!».

Le do un pizzicotto sul braccio. «Bea Beaufort», intervengo tendendogli la mano. «Ci siamo visti giù, all'ingresso».

«Bea, ma certo». Ora che mi vede in compagnia di Jerry Bloom, mi guarda senza piglio altezzoso. «Chi è nella vip room è mio amico».

Prendiamo i due Martini e ci dirigiamo al tavolo circondato da divanetti dove prima avevo visto Jerry.

«Ciao a tutti, siamo pronti a dare un calcio in culo a questo anno decrepito?!», è il saluto di Ben al gruppo che risponde con un coro di tripudio.

«Perché hai detto di chiamarti Bea?», mi bisbiglia Jerry all'orecchio.

«Perché Ben è il PR che mi ha fatto entrare e lui ha dato il pass a Bea Beaufort, non a Charlotte Taylor», le rispondo a denti stretti.

«Ops». Jerry mi guarda con un sorriso tirato. «Allora, devi sapere che Ben resterà con noi per un bel po'. È un mio amico storico, ci frequentiamo da anni ed è il re delle pubbliche relazioni di Londra. Se c'è una festa nel raggio di duecento chilometri lui lo sa, quindi stasera dimenticati Charlotte».

«Charlotte, chi?». Perfetto, ci siamo capite.

«Ma Beaufort parente dei Beaufort banchieri?», mi chiede Ben con fare pettegolo, infilandosi tra me e Jerry.

«Ah, ehm, ecco, non proprio». Ti prego, Dio, o chiunque ci sia lassù, fa' che io non abbia fregato l'identità alla Beaufort delle banche!

«No, Beaufort quelli dei dolciumi», risponde Jerry al posto mio. «Cioccolata, snack, caramelle… come Willy Wonka».

«Il sogno della mia infanzia!», esclama lui colpito. «Comunque, complimenti, questo vestito è fa-vo-lo-so».

Raggiunto il tavolo, Jerry rianima la sua compagnia. «Allora, gente! Me ne vado un attimo e voi vi schiantate sui divani? Cosa c'è dentro quei bicchieri? Camomilla?!».

«No, noi pensavamo fossi andata via per non tornare mai più», la prende in giro un ragazzo.

Jerry lo guarda con un finto broncio offeso. «Strozzati, Chris!». Chris Banner, il campione di Formula 1. «Lei è Cha… Ehm… Bea Beaufort, mia migliore amica, custode dei miei più intimi segreti, nonché mia assistente sociale. Bea», mi presenta. Poi, rivolta a me: «Loro sono Cara, Lilly, Viola, Kitty e Poppy».

Quelle che per i comuni mortali sono celebrità da prima pagina, per Jerry sono solo-Cara, solo-Lilly, solo-Viola, solo-Kitty e solo-Poppy.

Potrei fare il nome di una star internazionale qualsiasi e Jerry, di certo, ha il suo numero salvato in rubrica. «E noi? Non ci presenti?», s'intromette di nuovo Chris Banner.

«Bea, loro sono i maschi alpha che nessuno può permettersi di ignorare altrimenti si offendono», dice con tono di sufficienza, indicando Banner e metà centrocampo del Chelsea. «Quella spina nel fianco di Banner, Luke, Evan e Derrick. Ben lo conosci già e lui, invece, è l'unico bravo ragazzo con cui vale la pena parlare: Royce».

Sto per tendere la mano quando rimango congelata.

Oh. Porco. Mondo.

Royce.

Royce DeShawn.

Royce DeShawn è... non si può descrivere. Royce DeShawn è oggi quello che è stato Paul Newman per le nostre nonne, Richard Gere per le nostre mamme, Johnny Depp per... ogni fascia anagrafica. Oltre a essere di una bellezza pietrificante, Royce è un attore eccellente e negli ultimi tre anni tutti i registi di Hollywood se lo sono litigato per averlo nei propri film.

«Ciao, Bea», mi saluta con quel suo sorriso da un milione di sterline. «Tranquilla, se qui ti sembrano tutti matti, in realtà sono anche peggio».

«Lo so, conosco Jerry da quattro anni. Se sono ancora sua amica, vuol dire che i matti non mi spaventano», gli rispondo senza ben capire come ho fatto a trovare il coraggio di proferire parola. Devo sedermi altrimenti svengo. Un attimo, sono divani ad acqua, questi?

«Champagne?», mi chiede tendendomi il calice.

Gli mostro il mio bicchiere di Martini ancora a metà. «Magari dopo».

«Allora, Bea», s'intromette Ben sedendosi di fronte a me e Royce, «dove ti teneva nascosta Jerry?»

«Ah, ecco, io… viaggio molto», rispondo evasiva. No, per favore, l'interrogatorio non me lo merito.

«Sei di qui, però», insiste lui. «Che parte di Londra?»

«Sì». Mi porto il bicchiere alle labbra fingendo di bere per prendere tempo. «Ma non sto mai in città a lungo. A Natale ero a Cannes dai miei zii, non ti dico la noia, ora sono qua ma, se i miei partono per Antigua e mi lasciano libero lo chalet di St Moritz, vado a farmi una settimana bianca lontano da tutti».

Ok, origliare è sbagliato, ma in questo caso mi sta salvando la serata. Non credo di avere chissà quali doti di attrice, ma a Ben la mia risposta piace. Sì, odio le bugie, ma questa è gente che non rivedrò mai più e che, con ogni probabilità, domani si sarà scordata della mia esistenza. E poi, questa Bea Beaufort sembra avere una vita molto più interessante e divertente di Charlotte Taylor.

«St Moritz! Adoro! Potremmo organizzare un evento al White Marmot», esclama Ben entusiasta. «Quando parti?».

Merda. «Non sono ancora sicura. Se salta tutto, raggiungerò Lucille a Dubai e rientrerò in Europa giusto per la settimana della moda di Parigi».

«Fai bene, qui a Londra, fino a febbraio, non c'è niente da fare», concorda lui.

«*Tu* non avrai nulla da fare», osserva Royce. «Io mi alzerò ogni mattina alle quattro e starò sul set fino a mezzanotte».

«Set? Stai girando un nuovo film in città?», gli chiedo sia perché sono interessata, che per sviare il discorso da me.

«Sì, un mattone storico pallosissimo», s'intromette ancora Ben.

«Grazie della stima», ribatte Royce. Poi si rivolge di nuovo a me, che gli sono sembrata più entusiasta del suo amico. «È il remake di un film di spionaggio basato su un romanzo ambientato all'inizio del Novecento. Non so se lo conosci, si intitola *I trentanove scalini*».

«Ma certo! Il primo volume della saga di Buchan, il James Bond d'inizio secolo», esclamo. «Interpreti Richard Hannay?»

«Sì! Sul serio, lo conosci?», mi chiede stupito Royce.

«Credo che non ci sia un classico che io non abbia letto. Mia madre...». No, per stasera mia madre è una lady dei dolciumi, non una professoressa di letteratura. «Mia madre mi regalava solo libri, da ragazzina». Ecco, questa è la verità, in effetti.

Ben alza gli occhi al cielo. «Che infanzia infelice».

«Perdonalo, non è un gran lettore», lo zittisce Royce. «Nessuno, qui, lo è, a essere sinceri».

«Io sì», obietto. «E ora sono molto curiosa, anche di sentirti parlare con l'accento scozzese».

Royce sembra sconvolto. «Scozzese? Perché?»

«Richard Hannay, il tuo personaggio, è scozzese. Inflessione *moooolto* pesante». Lo guardo stranita. «Scusa, non hai letto il romanzo?»

«In realtà il mio agente mi ha fatto avere il copione una settimana fa. Abbiamo chiuso il contratto al volo ieri, quando sono arrivato a Londra e non ho fatto in tempo. Né credo ce la farò prima dell'inizio delle riprese».

«Ascolta l'audiolibro, no?», suggerisco.

«Hai ragione. Sei un genio!».

Ben sbuffa scocciato. «Possiamo tornare a parlare di qualcosa di più interessante, per favore? Mi sto addormentando. Uh!», esclama balzando in piedi all'ululato che parte dalle casse. «*Thriller!* È la mia canzone! Avanti, morti di sonno!», salta sul tavolo invitando tutti a imitarlo. «Con me! Destra, destra, spalle, mani. Sinistra, sinistra, spalle, mani!».

Neanche a dirlo, Jerry è già sul tavolo a seguire la coreografia, così mi piazzo accanto a lei, muovendomi per quanto il vestito ultraderente me lo consenta.

Destra, destra, spalle, mani. Sinistra, sinistra, spalle, mani. Piroetta sul posto e… m'investe una doccia di champagne.

«Sciabolata!», strilla da sotto Chris Banner. Ha stappato una magnum di Cristal e ora lo sta sparando in giro come quando festeggia il podio di Silverstone. In alto, in basso, a destra, a sinistra ma più che altro addosso alla sottoscritta.

Cose che mi sono chiare: Banner è l'elemento disturbante del gruppo, se l'attenzione non è su di lui fa in modo di attirarla. In qualsiasi modo.

«Banner, sei un idiota!», lo apostrofa Jerry scrollandosi il braccio gocciolante. Lei è stata presa solo di striscio, per sua fortuna.

«I miei stivaletti di Gucci!», strilla Ben allarmato. «Sono in coccodrillo!».

E io… io sono da strizzare. «Jerry», le dico. «Vado un attimo in bagno a sistemarmi. Mi tieni la borsa?».

Lei mi fa cenno di sì e molla una sberla sul collo di Banner.

I bagni sono affollatissimi: complici gli specchi enormi, le ragazze si sono piazzate là per farsi i selfie e non danno cenno di volersene andare, così lascio la vip room per la sala principale dell'Attitude.

Anche qui i festeggiamenti impazzano ma senza l'esagerazione del privé.

Individuo i bagni, che raggiungo alla svelta con la spiacevole sensazione di appiccicaticcio addosso.

Wow, non c'è nessuno! Perfetto per quello che devo fare.

La maniglia della porta è mezza svitata – evidente segno

che gli avventori del locale ormai sono ben oltre l'euforia e domani i manutentori dovranno darsi da fare –, così chiudo a chiave, restando sola in quello che, più che un bagno, sembra un club a parte: pareti nere lucide, specchi a perdita d'occhio, lampadari di cristallo, sei lavandini (o vasche da bagno, per meglio dire), cornici barocche intorno alle porte delle toilette e un pouf ad acqua in vinile fucsia piazzato proprio al centro del pavimento a scacchi. E le casse che pompano la musica come fosse una pista.

Abbasso la zip e via, mi sfilo – non senza fatica – il vestito impregnato di champagne, mi passo una salvietta inumidita su scollatura e pancia, poi appendo l'abito al soffione asciugamani.

«*First when there's nothing / But a slow glowing dream / That your fear seems to hide / Deep inside your mind...*». Mentre la ventola lavora, mi ritrovo a canticchiare *What a Feeling* insieme a Irene Cara.

Nella mia testa vedo l'immagine di come doveva andare la mia serata: io, sul divano con Warren, in pigiama, a mangiare *cheese naan* davanti a qualche replica in attesa del countdown della BBC, e invece sono nel club più "in" della città, con un abito da migliaia di sterline, insieme a Jerry e, fino a poco prima, chiacchieravo gomito a gomito con Royce DeShawn.

E un'improvvisa euforia mi assale. Non rabbia, non risentimento ma pura euforia. Meno male che ho visto quelle quattro manate! Meno male che Warren non ha passato il tergicristallo! Meno male!

L'euforia si trasforma in adrenalina, la musica mi entra dentro e s'impossessa del mio corpo. «*What a feeling / Bein's believin' / I can have it all / Now I'm dancing for my life...*», intono a piena voce lanciandomi in un ballo da performer consumata, con tanto di piroette, sculettamenti, sventolamento di capelli e...

Nel riflesso dello specchio, il mio sguardo incrocia due occhi puntati su di me, alle mie spalle.

«Babbo Natale è stato proprio generoso con me quest'anno. Sapevo di essere stato buono, ma non immaginavo così tanto».

4

Cose con la C e souvenir

Un uomo alto, giovane, dai capelli scuri, mi lancia una lunga occhiata dalla soglia di una delle toilette, appoggiato a braccia conserte allo stipite, evidente prova del fatto che mi sbagliavo credendo che il bagno fosse vuoto. «Ti prego, continua, non fare caso a me».

Porca.

Puttana.

«Oh, mio Dio!», esclamo stizzita, coprendomi con le mani con fare pudico.

«Che coincidenza, è la stessa cosa che ho detto io quando ti ho vista, ma la mia, più che altro, era un'esternazione di gratitudine», ribatte lui senza scomporsi.

Sono senza parole. Quasi. «Non ho nessuna intenzione di iniziare una conversazione. Esci subito o sarò costretta a chiamare la security».

Lui alza lo sguardo come se stesse cercando un concetto sospeso in aria. «E perché?»

«Perché sei nel bagno delle donne!».

Il suo mezzo sorriso si tende in un'espressione compiaciuta. «Potrebbe anche funzionare se solo questo non fosse il bagno *degli uomini*».

Ora sì che sono senza parole. Boccheggio senza proferire verbo.

Bagno degli uomini. Ecco perché era vuoto.

Del tutto indifferente al mio sgomento, il tizio si avvicina al lavandino, aprendo l'acqua per lavarsi le mani. «Sei *tu* quella nel posto sbagliato. *Io* dovrei chiamare la security, semmai, ma sarebbe alquanto ipocrita da parte mia, visto che, qualunque cosa tu stessi facendo, mi piaceva molto. Sentiti libera di ringraziarmi». Parla rivolgendosi a me attraverso lo specchio, come se tutta la scena si stesse svolgendo nella realtà parallela al di là della superficie riflettente, e noi fossimo due spettatori al cinema. «A proposito, che accidenti stavi facendo?»

«Mi hanno versato addosso una bottiglia di champagne, così sono venuta a lavarmi e ad asciugare il vestito».

«E lo stacchetto di *Flashdance* come stava contribuendo alla cosa?»

«Era un momentaneo rilascio dei freni inibitori».

«Mi stai dicendo che di solito non balli nei bagni pubblici in mutande?!». Allunga le mani al soffione. «Posso?», mi domanda, accennando al mio vestito appeso al bocchettone. Stavolta però mi guarda dritto negli occhi, non per procura, attraverso lo specchio, e io resto fulminata.

Al mare, da ragazzina, ho visto una tempesta elettrica. La sabbia, nei punti in cui erano caduti i fulmini, si era liquefatta e cristallizzata. Io, in questo momento, mi sento proprio così: liquefatta e cristallizzata.

I suoi occhi hanno un colore… sono di un azzurro… elettrico, non saprei come definirli altrimenti.

«Allora?», mi domanda.

«Sì, sì, certo». Mi riscuoto dalla contemplazione e tolgo il vestito, che uso per coprirmi perché, nello shock della sorpresa, sono rimasta impalata in intimo e tacchi.

«Ti serve una mano a rimetterlo?», mi domanda sfacciato.

«Posso fare benissimo da sola, grazie», rispondo risoluta. «Anzi, se non ti dispiace, fammi il favore di andare».

«Devo ammettere che ora mi rammarico un po' di aver parlato. Se fossi stato zitto avrei potuto guardare tutta la tua esibizione per intero».

«Hai visto anche troppo».

Lui non sembra intenzionato ad andare. «Per caso, sei disponibile anche per compleanni e addii al celibato?»

«Ti manderò un preventivo», lo prendo in giro. Con una mano mi tengo l'abito addosso, con l'altra gli mostro l'uscita. «Te ne andresti, ora?»

«D'accordo», risponde, raggiungendo la porta. «Ma, giusto perché tu lo sappia, lo faccio solo perché me lo chiedi, non perché lo voglio».

«Dovrai tenertele, le tue voglie».

Lui si porta una mano al petto, con fare affranto. «Ho il cuore spezzato».

«Sopravvivrai».

«Allora… buon anno nuovo», mi dice ancora.

«Buon anno nuovo», ripeto a mia volta. «Vuoi andare sì o no?»

«Mi stai dando un'opzione, per caso?»

«No!». La cosa assurda è che mi sta anche facendo ridere, vanificando del tutto la mia risolutezza.

«Ah, perché sembrava…».

«VAI!». Niente. Questo tizio mi ha vista ballare quasi nuda, mi ha presa in giro e riesce comunque a farmi ridere. Pronto, sì, parlo con il carisma?

«Allora, vado». Lui afferra la maniglia, l'abbassa, tira e… gli resta in mano.

La porta è ancora chiusa, ma la maniglia penzola sconsolata tra le sue dita. «Qualcosa non ha funzionato», constata.

Io mi sono dimenticata di dirgli che… «Avevo chiuso la porta a chiave».

«E mi pare giusto che tu mi dia quest'informazione adesso».

«Lo avevo fatto perché non entrasse nessuno, non immaginavo che ci fosse già qualcun altro dentro».

«Be', la chiave ora non gira più. Indovina? Adesso, invece, non può uscire nessuno», dice lui sventolando la maniglia argentata.

«Va bene, stiamo calmi. Io ora mi chiudo in un bagno e mi rivesto. Tu chiami aiuto».

«Perché *io* devo chiamare aiuto?»

«Perché tu hai rotto la porta. E poi perché io non ho il telefono con me», rispondo prima di sparire dentro una delle toilette.

Una voce nella mia testa – sembrerebbe quella di mia madre – mi sta domandando: "Cosa accidenti stai facendo?", ma decido di non darle ascolto.

Sto iniziando a rivalutare il Capodanno in pigiama sul divano.

Un uomo che non conosco, dotato di un quoziente di attraenza sopra la norma e dalla tagliente risposta pronta, mi ha sorpresa in una delle esibizioni più imbarazzanti della mia vita.

Ora, questa è una cosa che se fossi Gisele Bündchen, o una qualsiasi delle amiche modelle di Jerry, abituate a sfilare in intimo davanti a centinaia di persone mettendo in mostra addominali scolpiti, due metri di gambe e chiappe che sfidano la gravità, per di più pagata milioni di sterline, mi scivolerebbe addosso, ma sfortunatamente sono Charlotte Taylor, alta quanto una gamba di Gisele Bündchen e in guerra con il mio interno coscia rilassato da quando sono entrata nella pubertà.

Per fortuna ho messo i tacchi!

E l'intimo nuovo! Doveva essere una sorpresa per Warren, per il nostro anniversario del duemilamai.

Inguainata nel vestito seconda pelle esco dal bagno. «Allora, hai chiamato i soccorsi?»

«Ho scritto a un mio amico per fargli intercettare un inserviente, ma non so né come né quando avverrà la cosa», mi risponde lui. «Tra venti minuti sarà mezzanotte. Spero tu non abbia fretta».

Mi adagio sul grande pouf fucsia ad acqua, su un fianco, la testa poggiata alla mano, ondeggiando su e giù. «Anche se ne avessi, cambierebbe qualcosa?»

«No». Lui si siede sull'altra metà, bilanciando il ballonzolio col proprio peso. Ci guardiamo senza dire nulla, a lungo.

Lui studia me, io studio lui.

Ha un viso molto espressivo, dai tratti marcati e forti. Sembra tagliato a colpi di scalpello e sono tentata di allungare la mano per sentire se la sua sia pelle o freddo marmo. Il velo di barba accentua ancora di più la sua mascolinità, in acceso contrasto con le lunghe ciglia scure che incorniciano gli occhi azzurri. Le labbra piene sono sempre tese in quel sorriso strafottente che non lo ha abbandonato da quando l'ho scorto alle mie spalle. È più vicino ai trentacinque che ai trenta, ma le fossette gli danno un'aria da ragazzino impertinente.

In più, a differenza di tutta la gente che ho visto, è vestito con un sobrio completo total black, essenziale, elegante, che sembra glielo abbiano cucito addosso. E, se così è stato, la sarta deve essersi divertita un bel po'.

Confermo: è bello. Anche troppo.

«Vip room», osserva indicando la fascetta dorata al mio polso. «Sei una importante, allora».

«Chissà». Potrei dirgli di no, ma un po' mi stuzzica l'idea che lo pensi.

«Ti è mai successo, prima?», mi domanda a bruciapelo.

«Cosa? Ballare nuda davanti a sconosciuti?»

«Non eri nuda», ribatte.

«Era come se lo fossi».

«Fidati, ti assicuro di no. Ed è stato più intrigante così». Ecco di nuovo il tono malizioso. «Molto».

«Ma vuoi piantarla?!», domando tra il divertito e lo scandalizzato.

«Di fare cosa, scusa?»

«Questo! Di farmi complimenti non richiesti. Sono consapevole di essere la figlia naturale di un'asse da stiro e un fax, perciò smettila».

«Nessuna donna richiede i complimenti, ma li vuole. Li pretende, è una cosa di cui ha bisogno».

«E qui ti sbagli, caro mio», ribatto. «Ci sono tre cose di cui ha bisogno una donna, tutte iniziano con la C e nessuna di queste è *complimenti*».

«Sarebbero?»

«Caffè, cioccolata e...», elenco, indugiando sadica sulla terza, mentre le mie dita giocherellano ambigue con la maniglia rotta che gli prendo di mano. Se lui stuzzica me, io stuzzico lui.

«E...».

«Compresse di acido folico. Una ogni mattina».

Lui scuote la testa, ridendo. «Hai vinto, mi arrendo. Ma devo ammettere che per essere la figlia di un'asse da stiro e di un fax sei molto divertente».

«E tu molto sfacciato».

«Comunque, intendevo se restare bloccata in una situazione con qualcuno che non conosci è qualcosa che ti è già successo».

«Mai».

«A me una volta».

«E cosa si fa in questi casi?»

«Mi stai chiedendo di fare delle proposte? Perché ne ho un paio, ma una non ti piacerebbe». Il luccichio nei suoi occhi parla per lui. «Oppure sì, non lo so... non ho più certezze con te, se devo essere sincero».

«Quella che mi piacerebbe qual è?»

«Parlare».

«Lo stiamo già facendo», gli faccio notare.

«Non stiamo parlando, stiamo flirtando. E se non vuoi arrivare alla cosa che non ti piacerebbe, dovremmo smettere. E parlare sul serio».

«Di che?»

«Luoghi comuni, attualità per esempio. Argomenti che non possono neanche sfiorare il flirt».

Lo prendo in parola e parto in quarta. «Che ne pensi degli scandali che hanno travolto la famiglia reale? Certo che è stato proprio un anno terribile per Sua Maestà, non trovi?!», lo prendo in giro.

«Credi che torneremo a votare quest'anno?», mi fa eco lui. «Si vocifera che sia alle porte una nuova crisi di governo».

«Differenziamo anche le etichette dalle bottiglie, ma in Cina apre una nuova centrale a carbone al giorno, infischiandosene del protocollo di Kyoto», ribatto. «Servono sanzioni più severe».

«Per non parlare del fatto che Pechino sostiene la Corea del Nord nonostante il regime di Kim Jong-un violi tutti i diritti umani».

«Secondo te il surriscaldamento globale è un fatto scientifico o un complotto?», insisto.

«Proprio non lo so, ma a giudicare dalla temperatura di questa stanza, propendo per il fatto scientifico».

«Se trovi che faccia così caldo, inizia a spogliarti. Io la mia parte l'ho già fatta», rispondo.

Interrompiamo il nostro botta e risposta fissandoci di nuovo e scoppiando a ridere.

«Non sta funzionando, vero?», gli domando.

«Affatto».

«Ma tu riesci a flirtare perfino parlando di Kim Jong-un?»

«Perché, tu?», mi accusa a sua volta. «Con quella cosa del protocollo di Kyoto?»

«Ero serissima».

«Serissima? Era una provocazione in piena regola! Tanto valeva saltarmi addosso!».

Chissà come, ma l'idea non mi dispiace. «Cosa ci fai tu, qui?», gli chiedo seria.

«Perché?»

«Perché non c'entri nulla con questo club. Non sei vestito in pelle, glitter o latex. Non ti atteggi da fanatico delle feste e mi sembri anche mediamente sobrio».

«Potrei dire la stessa cosa di te: non sei vestita in modo eccessivo o volgare, non ti comporti da diva, sei mediamente sobria e sai sostenere una conversazione di più di tre parole».

«Non hai un'opinione proprio generosa del genere femminile, eh?», lo punzecchio.

«Non della percentuale che frequenta posti così».

«Potrei fare la stessa valutazione, in fondo anche tu ti trovi qui», sottolineo.

«Ci hai preso», ammette. «Anche se per stasera avevo altri piani».

Ripenso al mio programma casalingo con Warren. «Se è per questo, anche io».

«Forse non erano i piani giusti». Il suo sguardo si fissa di nuovo su di me, sfidandomi a sostenerlo, mentre Madonna, in sottofondo, canta *Open Your Heart*.

«Confermo, il mio non era affatto quello giusto».

Dalla sala sentiamo un coro unico di voci che declama il countdown.

«*Dieci, nove, otto…*».

«È iniziato il conto alla rovescia», dico con voce strozzata.

«*Sette, sei…*».

«Là fuori c'è qualcuno che ti aspetta per darti il bacio della mezzanotte?», mi domanda.

«*Cinque…*».

«No».

«*Quattro…*».

Lui si avvicina a me, con l'acqua del pouf che ci culla l'uno verso l'altra. «Lo sai che non baciare nessuno a mezzanotte porta sfortuna?»

«*Tre...*».

«E non vogliamo che il nuovo anno sia sfortunato, no?», sussurro io, confusa dall'aroma intenso del suo dopobarba.

«*Due...*».

«Senza dubbio». Ci divide un respiro, e posso già sentire il calore della sua bocca sulla mia. «Tu?»

«*Uno...*».

«Neanche io».

«*E...*».

«Eccoci! Siamo riusciti ad aprire!», esclama una voce, facendoci sussultare. «Appena in tempo!».

Restiamo immobili a fissarci negli occhi, faccia a faccia, paralizzati, mentre fuori la folla esulta al grido di «Buon anno nuovo!» e due ragazzi della manutenzione ci guardano dalla porta in attesa di profusi ringraziamenti.

Capiamo che la magia, l'incantesimo, il quarto d'ora di follia o qualsiasi cosa fosse è finito, così ci alziamo dal pouf. Raggiungo per prima l'uscita, dove uno degli addetti scuote la testa sconsolato. «Ci abbiamo messo tanto, mi dispiace, ma abbiamo dovuto sbloccare la serratura da fuori». Mi passa la piccola chiave argentata. «Questa maledetta si era incastrata».

Annuisco senza troppa convinzione, rigirandomela tra le dita.

I manutentori se ne vanno, augurandoci buona serata e scusandosi nemmeno fosse colpa loro.

Devo tornare da Jerry. Ho già fatto anche troppe cazzate stasera.

«Ehi», mi richiama Mr Carisma con quella voce profonda e graffiante che si è già impressa nella mia memoria uditiva. «Sono contento che i miei piani siano saltati».

Sul mio viso si tende un sorriso spontaneo. «Anche io».

Sto per tornare da Jerry, quando mi accorgo che nell'altra mano stringo ancora la maniglia rotta.

«Ehi», lo chiamo io, stavolta. Gliela tiro e lui l'afferra al volo.

«Perché?»

«Un souvenir. Così ti ricordi di stanotte».

«E tu?»

«Io?»

«Non lo vuoi un souvenir?»

«Io ho la chiave».

5

Reparto ortofrutta

Dopo altre tre ore nel locale, incalcolati brindisi e aver danzato tutte le coreografie possibili, io, Jerry, Ben e Royce finiamo la serata nella suite di quest'ultimo, al Bloom Park Hotel, dove Jerry mette in allarme tutta la brigata di cucina chiedendo un room service completo. Una richiesta che per altri potrebbe risolversi in un "cucina chiusa", ma non per la figlia del proprietario.

«Per me, tutta la selezione dei dessert», comanda Jerry, stravaccata sulla chaise-longue in posa da diva.

«Domani Ken e Tanya mi faranno nero», osserva Royce buttandosi sul divano.

«Chi sono Ken e Tanya?», domando sfilandomi i tacchi (oh, sì. Sì! Che bello!).

«I suoi secondini», risponde Ben.

«Il mio agente e la mia addetta stampa», lo corregge Royce. «Il calendario di gennaio è un dramma e non ho margine di riposo. Devo prepararmi per il film nuovo, tra cinque giorni sono a Los Angeles per i Golden Globe, poi torno qui sul set, alla fine del mese ci sono i BAFTA, e subito dopo gli Oscar».

«Sei in nomination ai Golden Globe», dico. «Il tuo è uno dei nomi più chiacchierati».

«Sì, ma la competizione è alta, non penso che vincerò», tira il freno Royce. Strano, per essere uno degli attori che tiene Hollywood nel pugno lo facevo più sicuro di sé, magari anche un filo arrogante, invece sembra intimorito.

«Buoni propositi per l'anno nuovo», s'intromette Ben, «essere più ottimista».

«Sono realista. Bruciarsi è un attimo», lo zittisce Royce.

«Ehi, a proposito di anno nuovo», cambia discorso Ben, guardando me, «ma tu, Bea, che fine hai fatto a mezzanotte? Non c'eri per il brindisi».

«Sì, ecco, è una storia un po' strana. Ero in bagno».

«Droga?», ribatte lui con il suo piglio saccente.

«No, Ben, ma quale droga?! Ero *chiusa* in bagno, tra l'altro con un tizio».

«Ah, chiaro». Sul suo viso si dipinge l'espressione di chi ha capito tutto. «Sveltina».

Jerry scoppia a ridere, fino quasi a ribaltarsi dall'ottomana. «Chi? Lei? Si vede che non la conosci! Io sono quella che crea problemi, lei è quella che li risolve. Io non so neanche cosa farò domani, lei si ricorda gli impegni di un mese a memoria. Non è il tipo da sveltina».

«Non c'è bisogno di essere dei tipi! Il sesso occasionale si chiama così per quello: si presenta l'occasione e la si coglie», insiste Ben.

«Niente di tutto ciò», stronco la questione. «Ero in bagno per pulirmi dallo champagne sparatomi addosso da Banner e si è rotta la serratura, perciò sono rimasta chiusa dentro. Con un uomo».

«Bello?», domandano Ben e Jerry in coro.

Annuisco con un sospiro. «Molto bello, molto carismatico, e molto sfacciato».

«Rimango ancora dell'idea che fosse un'ottima situazione per del sano sesso occasionale», conclude Ben. «Un po' di preliminari, almeno. O una lingua in gola. Mezzo bacio?»

«Abbiamo flirtato ma nessuno dei due ha sconfinato», spiego. «E poi, scusate se rovino il vostro pettegolezzo da allegre comari di Windsor, ma mi sono lasciata con il mio ragazzo neanche sei ore fa».

«Uh, single fresca! Motivo in più per festeggiare».

«Ha scoperto che il suo ex la tradiva», aggiunge Jerry con la delicatezza di un Caterpillar. «Da quasi un anno e mezzo».

«Grazie per la precisione», commento.

«Chi è lui? Lo conosciamo?»

«Cristo santo, Ben», sbotta Royce. «Proprio non riesci a non impicciarti di gossip».

«Il gossip è la mia cioccolata, solo che non fa ingrassare. Allora, Bea, chi è lui? Un cantante? Un modello?»

«È un...». Un architetto spiantato, ma del resto lo sono pure io. «Un artista emergente».

«Credetemi, ha fatto bene a lasciarlo», si reinserisce Jerry con il tono della donna saggia. «L'ho conosciuto, è un perdente egocentrico fino al midollo».

«E nel caso non te ne fossi accorta, gli egocentrici tendono a essere alquanto prevaricatori». La stoccata di Royce, anche se si rivolge a me, sembra indirizzata dritta a Ben, che lo ignora.

«Egocentrico, pigro, bugiardo, tirchio e nemmeno così bello», rincara Jerry, elencando tutti i difetti del mio ex. «Sbaglio o la sua attaccatura dei capelli aveva iniziato a retrocedere, eh, Char... Bea?»

«La stempiatura avanzava, sì», concordo.

«Meglio per te», esclama Ben. «Anzi, ti saresti proprio meritata di festeggiare come si deve con l'Uomo-Bagno».

«Come soprannome è terribile», sottolineo.

«L'Uomo-Bagno», insiste Jerry avallando la scelta di Ben. «Il supereroe della *one night stand* sul lavandino».

«Continuo a trovarlo terribile».

Jerry sbuffa. «Come si chiama, allora? Ce lo avrà un nome, no?»

«È probabile ma non gliel'ho chiesto». La ciliegina sulla torta delle assurdità: tutte quelle chiacchiere e neanche ci siamo detti i nostri nomi. Il guaio di quando c'è sintonia è che sembra di conoscersi al punto da trascurare l'ovvio, cioè che non ci si conosce affatto.

«Quindi, Uomo-Bagno per ora è perfetto. E tieni a mente, Bea», enuncia Ben con enfasi, «il caro, vecchio "pene-scaccia-pene" è una garanzia».

«Chiodo», dico. «Era chiodo».

«Preferisco la mia versione», ribatte Ben.

«Mentre aspetti l'altra metà della mela, nulla ti vieta di provare tutto il resto del reparto ortofrutta», gli dà corda Jerry.

«Chi vuole una mezza mela quando il mondo è pieno di banane intere?!». E per rimarcare il concetto, Ben ne afferra una dal portafrutta e la sbuccia con fare allusivo.

«Siamo passati dai sottili doppi sensi alle battute a senso unico», constato senza intenzione di dare corda alla discussione.

«Ben è sempre molto raffinato», commenta Royce lanciando uno sguardo di rimprovero all'amico.

«Conosci il mio motto», mi richiama Jerry, con il dito puntato al soffitto, «ogni lasciata è persa».

Il dormiveglia per me è un momento piuttosto agitato, e nel rigirarmi piombo a terra, cadendo dalla superficie orizzontale su cui ero distesa.

Buongiorno.

Apro gli occhi a fatica e, per cinque confusi minuti, mi guardo intorno senza capire dove accidenti sono.

Tappeti, mobili pregiati, lampadari di cristallo, carrelli sormontati da piatti con cibo piluccato.

Ho un post-it appiccicato in fronte con scarabocchiato su KIM KARDASHIAN e l'intestazione del Bloom Park Hotel.

Ok, ci sono. Suite di Royce. Stanotte, dopo aver valutato il potenziale sesso occasionale che potevo fare e non ho fatto, abbiamo ammazzato le ultime ore prima dell'alba giocando a "Io sono…".

Di Jerry, però, non c'è traccia, nemmeno di Ben, e l'unico indizio del fatto che non sono sola è lo scroscio della doccia di là, dalla camera da letto.

Mi faccio forza per tirarmi su e, nell'appoggiarmi al divano, urto il telecomando che fa partire la TV con il volume a mille e l'arcivescovo di Canterbury, in diretta sulla BBC, dà la sua benedizione per l'anno nuovo alla stanza.

Merda. Il messaggio dell'arcivescovo di Canterbury! Allora è l'una passata!

Il brunch dai miei!

Sul cellulare ho già dieci chiamate perse dell'augusta genitrice. Sarà meglio che mi muova perché all'undicesima chiamata è già in fascia "ospedali", mentre alla quindicesima passa a quella "obitori".

Scatto in piedi, mi rimetto le scarpe, agguanto il cappotto e la borsa, poi, in un attimo di lucidità, mi guardo allo specchio. No, così sembro una tossica. Chi la sente poi, mia madre?

Svuoto la pochette per recuperare il rossetto che picchietto un po' sulle guance per darmi colore, levo il mascara colato da sotto gli occhi con un Kleenex e sono pronta.

No, prima pesco una manciata di mentine dalla ciotola all'ingresso e me le ficco in bocca. So di distilleria da mezzo chilometro.

Ricaccio tutto alla rinfusa nella borsa e via.

In corridoio non travolgo per un pelo la donna delle pulizie e tutto il carrello, mentre mi precipito verso l'ascensore che si sta chiudendo.

«Un attimo! Un attimo!», chiamo con urgenza. «Scendo anch'io».

Raggiungo le porte lucide quasi chiuse, una mano s'infila

nello spiraglio all'altezza del sensore e mi butto dentro, franando contro la parete specchiata.

«Grazie», sospiro senza fiato.

«Giù?», mi sento domandare.

Un attimo. Conosco quella voce.

6

Tolgo il disturbo

Non serve che mi volti per sapere chi è la persona con me in ascensore.

La voce la riconosco.

E anche il profumo del dopobarba.

È lui.

Ho la sensazione che il mio cuore sia appeso a un elastico da bungee jumping: mi salta giù dal petto fino al pavimento e poi rimbalza su di nuovo. Giù, su. Giù, su.

Primo pensiero: "Meno male che mi sono aggiustata il trucco".

Secondo pensiero: "E ho preso le mentine".

Terzo pensiero: "Adesso cosa dico?".

Lascerò che parli lui per primo.

«Se speri che parli per primo, ti sbagli», mi dice.

Mi giro e lo vedo lì, a fissarmi, appoggiato di schiena alla parete e con quel sorriso affilato che mi si è impresso in testa da stanotte.

«Allora ho una pessima notizia per te: lo hai appena fatto», ribatto. «Buongiorno».

«Buongiorno».

«Sto cercando di collocare l'imbarazzo di questo momento in una scala da uno a infinito, ma non ci riesco».

«Almeno sei vestita, adesso», risponde lui. «Anche se hai addosso lo stesso abito di ieri sera», nota con una punta di malizia.

Lui ha un completo da giorno, grigio chiaro, sempre cucito a pennello, io invece ho l'inequivocabile aspetto di chi ha "giocato fuori casa".

«Qualunque sia la conclusione che stai traendo, sappi che è sbagliata», lo avverto.

«E quale sarebbe?».

Scuoto la testa. «No comment, non abbocco».

«Allora mi terrò le mie conclusioni, per quanto errate siano».

«Non fantasticarci troppo, su quelle conclusioni».

«Non penso che tu possa immaginare quali fantasie mi stiano vorticando in testa. Oppure sì».

Restiamo in silenzio a fissarci, un braccio di ferro di sguardi, teso, carico, elettrico.

Il tasto di blocco dell'ascensore sta diventando una pericolosa opzione, ma nessuno dei due si azzarda a premerlo.

«Stavo pensando che sei l'ultima persona con cui ho finito l'anno scorso e la prima con cui inizio l'anno nuovo, ma non so neanche il tuo nome», dice lui di punto in bianco.

«Vuoi saperlo?»

«Vuoi dirmelo?».

Lo schermo segna piano dopo piano: *din*, 4... *din*, 3... I nostri incontri sembrano sempre scanditi da un conto alla rovescia.

«E cosa ci faresti con il mio nome?»

«Per esempio, salverei il tuo numero». Riecco lo sguardo magnetico che m'inchioda.

Mi sembra di sentire Jerry e Ben nella mia testa che esultano, saltellano e sparano coriandoli. E canticchiano: "Pene-scaccia-pene!".

Qualche secondo di meditazione mi basta per fare il quadro della situazione: bello, sconosciuto e, poiché alloggia in hotel, solo di passaggio. È perfetto.

Din, 2… *din*, 1…

«Bea», rispondo. In fondo, stanotte ero Bea, non vedo motivi per non esserlo anche stamattina. Charlotte è quella brava, responsabile, precisa, che non fa *certe* cose, ma se invece Bea sì? «Bea Beaufort».

«Bea Beaufort», ripete, accarezzando il mio nome tra le labbra.

«Dammelo tu, il tuo numero». Bea fa certe cose, ma non è una stupida. *Lui* mi darà il suo numero, e *io* lo chiamerò. Ha giocato anche troppo al cacciatore. Sarò io quella che lo terrà sulla corda.

Apro la chiusura a scatto della borsa e… dannazione! Non ho il cellulare. È rimasto in camera, devo tornare a prenderlo!

Din… 0.

Tempo scaduto.

Le porte si aprono, entrano altre due persone e lui esce. Restiamo a guardarci, lui fuori, io dentro con le porte che si richiudono.

Andata.

Ci sono treni che passano veloci e vanno presi al volo ma che io, siccome sono atletica come un fermacarte, sono solo capace di perdere. Anche quelli metaforici.

Tornata all'ultimo piano, raggiungo la suite di Royce. Busso ma non apre nessuno, così chiedo aiuto alla donna delle pulizie.

«Scusi, si ricorda di me? Ci siamo incrociate prima, sono uscita da questa stanza. Ho lasciato dentro il cellulare e ho un disperato bisogno di recuperarlo. Non è che potrebbe aprirmi con il passe-partout?».

Dev'essere abituata a queste richieste perché non obietta, anzi, mentre prende la tessera dal carrello borbotta qualcosa riguardo alle superstar, tutte uguali, tutte promiscue, che si portano in camera una donna diversa ogni notte e poi la sbattono fuori.

Non è andata così, ma è irrilevante obiettare, mi basta che apra.

La serratura scatta, io entro e…

Oh.

Mio.

Dio.

Quelli sono… sono Royce e…

Royce e Ben, sdraiati sul divano, nudi, che…

Loro mi guardano pietrificati, io guardo pietrificata loro, nessuno osa dire nulla.

«Scu… scusatemi… Io ero venuta a… ehm… riprendere il cellulare. L'avevo lasciato qui sul tavolino. Io, ehm, vado».

«No, Bea, aspetta!», mi chiama Royce. Si alza dal divano coprendosi con un cuscino. «Non è come sembra, non stavamo…».

«Come sarebbe?!», lo rimbecca Ben in tono offeso.

«Non m'interessa, ragazzi, davvero», insisto. «Come se non avessi visto. Vado. Ciao, cia… cia…».

1

Si brunchi chi può

Non me lo ricordo neanche il tragitto dalla Presidential suite alla stazione di Brompton Road.

La scena che ho visto in camera di Royce mi ha messo le ali ai piedi. Dio mio, mi sento ancora bruciare di imbarazzo!

Con la faccia contro il finestrino del treno per Sunbury, meta il brunch di famiglia, mi concentro sulle cose pratiche: guardo sul cellulare in cerca di un monolocale in affitto. No Hackney, no Tower Hamlets, no Newham, no Islington, e nei quartieri medio decenti i prezzi salgono troppo… Uh, che carino questo a Bloomsbury. È un po' caro, ma con i soldi che mi renderà quel bastardo di Warren posso permettermelo, stringendo la cinghia.

Una chiamata interrompe le mie ricerche: è Jerry.

«Stamattina te ne sei andata senza dirmi nulla», le rinfaccio subito senza salutarla.

«Dormivi così bene».

«Jerry, non ti fai problemi a telefonarmi nel cuore della notte e adesso ti preoccupi della serenità del mio sonno?»

«Meglio tardi che mai. Cosa fai?»

«Sto andando al brunch di famiglia durante il quale cercherò di sottrarmi al fuoco incrociato delle domande dei miei parenti. E approfitto del tragitto per riflettere sul fatto che ora sono senza fidanzato, senza casa, senza lavoro, dovrei perdere tre chili e mia madre parla troppo. Sono come Bridget Jones ma senza problemi di alcolismo».

«Non è vero, Charlotte! Tu non sei affatto Bridget Jones!».

«Lo dici solo perché sei la mia migliore amica».

«No, intendo che lei, almeno, una casa e un lavoro li aveva».

«Grazie, ora sì che mi sento meglio».

«Datti malata», mi suggerisce lei.

«Nessuna malattia è abbastanza grave da esonerarmi dal brunch. Quando ero in terza liceo, mia madre mi ha costretta a partecipare nonostante avessi la mononucleosi».

«Era un'idea. Comunque ti chiamavo per sapere se stanotte ti sei divertita, se la festa ti è piaciuta, se con i miei amici sei stata bene, se ho speranza, ora che sei di nuovo single, di farti uscire con me».

«Ehm, ecco, a proposito dei tuoi amici. Io credo che loro non mi vedranno più così volentieri», rispondo.

«Ma scherzi? Le ragazze sono tutte alla mano, fanno amicizia pure con i sassi; Banner non rifiuta mai una nuova compagnia femminile, Royce è adorabile e Ben… Ok, Ben è molto sopra le righe e capisco che dopo un po' diventi fastidioso, ma anche lui mi è sembrato in sintonia. Sì, c'è quella questione di Bea Beaufort, ma chi vuoi che venga a controllare!».

«Questione Bea Beaufort a parte, che in ogni caso è una pantomima che non ho intenzione di portare avanti, credo di aver fatto un casino, stamattina».

«Cioè? Di che casino parli?»

«Ho sorpreso Royce e Ben in…». Incredibile, non riesco neanche a dirlo. «Atteggiamenti intimi».

«Non ho capito».

«Sono entrata in camera e li ho trovati avvinghiati, sul divano, nudi, che si baciavano. Io, nel pieno dell'imbarazzo, non sapevo che dire se non balbettare come una scema e sono scappata. Non credo che muoiano dalla voglia di rivedermi. Anzi, se per caso ti dicono qualcosa, fai di nuovo le mie scuse e di' che sono dispiaciuta da morire».

«*Cooooooosaaaaaaa?*», strilla Jerry al punto che devo allontanare il telefono dall'orecchio. «Mi stai dicendo che Royce è gay?»

«Io... sì... no... boh! Ma, scusa, tu non lo sapevi?!». Accidenti! Questo non l'ho messo in conto... forse ho detto una cosa che non dovevo dire.

«No, non l'ho mai sospettato neanche alla lontana. Cioè, Ben è dichiaratissimo, ma su Royce avrei messo la mano sul fuoco».

«Ok, questa cosa è meglio se te la tieni per te, allora. Anzi, non parliamone più».

«Non puoi pretendere di cambiare argomento dopo aver sganciato questa bomba. E poi, scusa, ma come hai fatto a sorprenderli? Ti ho lasciata lì con loro, non credo che si siano messi a fare cose con te presente, no?»

«Io sono andata via in fretta e furia all'una, solo che in ascensore ho incontrato il misterioso e bellissimo sconosciuto di ieri notte».

«L'Uomo-Bagno!», esclama. «Sul serio?»

«Sul serio. Anzi, chiamiamolo Uomo-Ascensore, ora, che ne dici? Suona meglio di Uomo-Bagno».

«Non sai ancora il suo nome?»

«No. Però stavo per avere il suo numero quando mi sono accorta che avevo dimenticato il mio cellulare in camera, l'ascensore si è aperto, è entrata altra gente e fine della magia. Il tempismo mi sta dicendo che non è cosa. Sono tornata alla suite di Royce, mi sono fatta aprire dalla cameriera e li ho sorpresi sul fatto».

«E l'Uomo-Bagno?»

«Credo che quell'occasione sia andata persa», sospiro arresa. «Pranziamo insieme domani? Ho bisogno di uno dei nostri pasti a base di torta alla meringa da Peggy Porschen».

«Mi dispiace, domani pranzo con mio fratello. È tornato da Parigi, quindi mi vedo con lui. Magari ci vediamo dopo, no?»

«Vada per dopo. Passo io da te, anche perché ora sono senza fissa dimora».

I freni del treno fischiano e io rimbalzo in avanti, con il finestrino che inquadra il cartello blu con scritto SUNBURY.

Saluto Jerry e mi affretto a prendere un taxi che mi porta a casa. Le chiamate ricevute da mia madre mentre ero al telefono con Jerry sono salite a venti. Probabile che troverò una pattuglia di Scotland Yard davanti al cancello.

L'auto percorre le stradine punteggiate di casette basse in mattoni rossi e tetti spioventi fino all'incrocio tra Green Street e Thames Street. Posso vedere da qui il codazzo di macchine dei miei parenti parcheggiate davanti a casa. Quella è la Volvo Polar di zio James e zia Lydia.

Raggiungo il portichetto d'ingresso e mi faccio coraggio per affrontare il campanello.

Suonerò fra tre secondi… due…

«Sei arrivata!», mi saluta mia madre aprendo la porta. Non ha nessuna facoltà premonitoria, sono sicura che era appostata dietro le tendine del soggiorno a sbirciare il vialetto.

«Buon anno», le rispondo io con un sorriso stentato.

«Entra, su!», mi tira dentro. «Ti ho chiamato mille volte, ma non rispondi mai? Mi domando cosa lo tieni a fare il telefono».

«Ora sono qui, non facciamo drammi».

Mi levo il cappotto e subito mia madre mi rifila un'altra delle sue opinioni non richieste. «Sembri una escort».

Ammetto che l'abito di Jerry non sia la cosa più indicata per un pranzo di famiglia, ma chi ce l'aveva il tempo per cambiarsi? E la voglia di andare a casa da Warren per farlo? Io no.

«È *couture*», le dico per giustificarmi.

«È scollato. Si può sapere dove hai trovato quelle tette? Io non te le ho fatte. Dov'è Warren?».

Dio, dammi la pazienza perché, se mi dai la forza, faccio una strage. «Ha avuto un contrattempo».

Una terza voce squillante s'intromette tra di noi. «Charlottina!».

«Zia Lydia», la saluto mentre mi viene incontro con un vassoio del suo famoso polpettone digeribile solo dopo tre bicchieri di Alka-Seltzer.

«Aspettavamo tutti te! Ma che vestito meraviglioso! Le cose al lavoro devono andarti a meraviglia. Vuoi un po' di polpettone? Warren dov'è?».

Un'invadente zaffata di carne stufata raggiunge le mie narici scatenando quella che, fino a ora, era una nausea accennata e controllabile. La bocca mi si allaga di saliva e...

Mi precipito in bagno giusto in tempo per salutare il nuovo anno con conati pirotecnici che non passano inosservati.

Al mio ritorno, mamma e zia Lydia mi aspettano come due agenti della dogana.

«Seno ingrossato, sensibilità agli odori, nausea mattutina...», allude la zia.

«Sei incinta», decreta mia madre.

«Chi è incinta?», s'intromette Trudy, cugina di terzo grado di non ricordo che ramo della famiglia, uscendo dalla cucina con le tartine al salmone.

«Charlotte», esclamano mamma e zia Lydia.

«Ma è magnifico! Bisogna festeggiare». Trudy batte le mani entusiasta. «Dov'è Warren?»

«Warren non c'è e io non sono incinta. Questo è un Wonderbra», dico, indicando la mia scollatura, «e quello era un doposbornia. Buon anno nuovo».

Mi unisco al resto del parentado assembrato intorno al buffet, e cerco con occhi disperati mia sorella o mio fratello perché mi salvino la vita.

«Richard, hai visto come è vestita tua figlia?», dice mia madre a papà, intento a versare il vino a zio James.

«Charlie», mi saluta lui baciandomi sulla fronte. «Hai fatto tardi ieri sera, vero?»

«Un po'».

«Sei ancora giovane, e poi ti meriti di festeggiare, ogni tanto, visto quanto lavori».

«Giovane... insomma», ribatte zio James. «Ad agosto fai trentadue anni, giusto?»

«Trenta», lo correggo a denti stretti.

«Le notti selvagge ormai hanno i giorni contati, cara mia», si unisce Lorette, la cugina di Stratford di mamma.

«In che senso?».

Lei mi picchietta la pancia con la mano. «Tra un po' è ora che tu e Warren iniziate un nuovo cantiere».

Rieccoci alla questione bambini. «Non è ancora il momento», rispondo con un sorriso forzato.

«Se non ora, quando?». Anche zia Susan dà il suo contributo. «Guarda che poi ad aspettare troppo si fa più fatica a restare incinta! Dov'è Warren?»

«Papà, mi versi del vino, per favore?».

Un braccio mi cinge la vita e qualcuno appoggia il mento sulla mia spalla. «Ci penso io al vino», e un bicchiere compare proprio sotto al mio naso.

Ike. Sia benedetto mio fratello Ike. «Dove ti nascondevi?», gli domando voltandomi verso di lui.

«Dove nessuno può trovarmi».

«Jane?»

«Ho portato in salvo anche lei».

In due minuti ci ritroviamo chiusi nel bagno del primo piano, quello con lo sciacquone rotto e che nessuno usa: Jane è sdraiata nella vasca da bagno, Ike seduto sulla lavatrice e io sul water a passarci un sacchetto di patatine. Amidi e sale, quello di cui avevo bisogno.

«Ma perché mamma ci tiene tanto a questo brunch?», sbuffo.

«Perché tutti lo odiano, ma nessuno può dire di no e a lei piace poter tenere la vita delle persone in pugno. Non farebbe la preside, altrimenti», risponde mia sorella a bocca piena.

«Hai ragione», concordo. «Ma perché papà le dà retta?»

«Assecondarla è più semplice che combattere una guerra. In generale è una regola di sopravvivenza valida con la maggior parte delle donne». Ike si rende conto della sua battuta infelice troppo tardi. «Tranne con voi».

«Che paraculo», ribatto.

«Ti permetti di offendermi dopo che ti ho salvata? Ti rimando giù, sai?»

«Salvata da cosa?», domanda Jane. «Da Freddy Krueger? A proposito, Charlie, sei una pazza a presentarti vestita così: se ti vedrà, sbaverà per giorni».

Freddy è nostro cugino, soprannominato Krueger perché ai tempi della scuola aveva il viso butterato dall'acne, una perversa passione per le maglie a righe orizzontali e l'allergia a tagliarsi le unghie. Ha un'inspiegabile cotta per me e la cosa mi ha sempre dato i brividi.

«No. Sono arrivato proprio mentre stavano torchiando Charlie su una futura maternità».

Jane fa il gesto di spararsi in bocca. «Ancora».

«Perché? A voi non lo hanno chiesto?», domando.

«No», rispondono in coro.

«Non è giusto», protesto.

«Io ho ventiquattro anni, sono ancora *piccola*», ribatte Jane. Piccola un accidente. Non dimenticherò mai il giorno in cui, a quindici anni, è venuta a chiedermi se avessi dei preservativi da darle perché andava in gita con la scuola e c'era quello che le piaceva. Io le avevo detto di no ma non perché li avessi finiti... è che io, a venti abbondanti, non lo avevo ancora fatto.

«Sì, però lui ne ha trentadue», dico indicando Ike. «Qual è la sua scusa?»

«Sono un uomo». Lui fa spallucce come se avesse sottolineato l'ovvio.

«E allora?», insisto.

«Noi uomini possiamo fare figli fino a settant'anni. Guardate Mick Jagger».

«Io trovo che sia un'abitudine retrograda e sessista», protesto. «Questa cosa che, compiuti i trent'anni, l'utero di una donna diventi una proprietà pubblica sulla quale tutti possono esprimere il proprio parere è svilente. A parte che "quando li fai, dei figli?" potrebbe essere una domanda piuttosto stupida se rivolta a una persona che per motivi di salute non può averne, è anche oggettificante. È come se si guardasse una donna e, anziché una persona, si vedesse un'incubatrice. E una che a trent'anni è senza figli è inutile come una forchetta in un mondo di zuppe. Una scatola vuota».

«Tu ti senti una scatola vuota?», mi domanda Ike.

«No, mi sento piena di cose da fare, da dire, di interessi e di obiettivi. Siccome sono ancora in possesso del mio libero arbitrio, cosa che sembra non importare molto al piano di sotto, non penso che per Charlotte Taylor sia ancora il momento di diventare madre. Quando e se avverrà, sarà perché vorrà formare una famiglia con l'uomo che ama».

«Cioè Warren?», m'interrompe Ike. «Non mi pare di averlo visto giù, prima».

«Non c'è più nessun Warren», rispondo lapidaria. «Ci siamo lasciati. *Io* l'ho lasciato. Domattina andrò a prendermi la mia roba e addio».

Jane e Ike si scambiano uno sguardo scioccato.

«L'hai detto a mamma e papà?», mi chiede Jane in un sussurro. Il timore che aleggia intorno al mio annuncio è comprensibile. I miei adorano Warren.

«Mi ha messo le corna per oltre un anno con Cynthia. Non

è difendibile», spiego. «Ora come ora è l'ultimo candidato al mondo come padre dei miei figli».

«Io non voglio figli», dichiara Jane. «Non vorrei avere una figlia come me».

«Non vedo l'ora di sentirti dare questa risposta, con voce tonante di orgoglio, al brunch di Capodanno tra sei anni», le dico.

«Nessuno me lo chiederà», ribatte sicura. «Mi stanno tutti lontani due metri per paura di prendersi qualche malattia incurabile. Potere della virologia. Se non voglio intorno qualcuno, mi basta dirgli che lavoro faccio: studio virus letali per i quali non esiste cura».

«E agli uomini che vuoi portarti a letto cosa dici?», la stuzzica nostro fratello.

«Che lavoro per una chat line erotica».

Io e Ike non ridiamo, perché non è una battuta. Jane lavora davvero per un call center a luci rosse. Solo che questo è il nostro piccolo segreto.

«Quindi sono l'unica che dovrà farsi torchiare anno dopo anno a questo brunch?», chiedo arresa.

«Tu sei quella brava», mi risponde Ike. «Quella responsabile, perbene, che non fa casini, che non si caccia nei guai e che non dice bugie. Io e Janey siamo le spine nel fianco, da noi nessuno si aspetta nulla. La reputazione di casa Taylor è tutta sulle tue spalle: l'architetto rampante alla conquista di Londra».

Ike è stato la disperazione dei nostri genitori. È un genio della matematica e della musica, gli basta vedere una sequenza di numeri o di note una volta per memorizzarla a vita, peccato che sia del tutto allergico a ogni tipo di regola. Si è fatto espellere da tre scuole diverse e quando è entrato in conservatorio ci è mancato poco che lo cacciassero pure da lì, dopo che aveva sparato il segnale acustico di allarme nazionale per attacco nucleare negli altoparlanti dell'auditorium, durante un saggio. Ci sono voluti anni perché si rimettesse in riga ma ora è pianista della Royal Philharmonic Orchestra.

Jane è sempre stata la piccola scienziata pazza di papà, rispettato docente di fisica quantistica al King's College, solo che con il tempo la pazzia ha preso il sopravvento e non l'ha più abbandonata. Se non fosse così brillante, al punto da essersi guadagnata un anno di specializzazione in Svizzera, non credo che i miei le parlerebbero più.

«Non so se mi piace essere quella brava», osservo con la faccia nel sacchetto per pescare le briciole di patatine. «Voi vi divertite molto di più».

«Troppo tardi, ormai i ruoli sono stati assegnati», taglia corto Ike. «Dovrai aspettare la prossima vita se vuoi la parte della cattiva ragazza».

«Mi basterebbe non essere quella prevedibile, noiosa, e che deve fare sempre tutto bene per forza».

«Non sei noiosa», obietta Jane. «Sei la migliore amica di Jerusalem Bloom… è una bomba».

«Ecco, lo hai appena detto tu», le faccio notare. «*Lei* è la bomba». Giro il sacchetto a testa in giù. «Patatine finite».

Jane fa la stessa cosa con la bottiglia di ginger ale. «Anche questo. Ci riforniamo?»

«Io prendo le birre», annuncia Ike uscendo.

«Io i tramezzini», gli faccio eco.

«Io le canne».

«Janey!», la rimproveriamo all'unisono.

«Ok, ok. Prenderò dei muffin… Freddy!».

Sulle scale incrociamo nostro cugino e io applico il protocollo di difesa automatico e sposto lo sguardo al muro.

«Ike, Jane… non vi ho visto, giù. Charlotte, ci sei anche tu! Quando sei arrivata?»

«Prima…», resto vaga.

«Freddy, è il tuo giorno fortunato», esclama Ike. «Charlie è tornata single ed è pure senza casa». Dopodiché, lui e Jane si defilano, lasciandomi da sola con Freddy. Maledetti, me la pagherete.

«Davvero?!». La reazione di mio cugino è di piacevole sorpresa, con tanto di viscido sorriso da orecchio a orecchio. «Se vuoi posso ospitarti io, ho un divano letto molto comodo. L'ho preso da Harvey con la promozione "Divani a meno di cinquecento sterline", ma ha una rete molto resistente e ci si sta benissimo in due».

Lo sguardo mi cade sulla mano che mi ha posato sul braccio e sulle unghie lunghe e nere, e nella mia testa la sua frase: "La rete è resistente e ci si sta benissimo in due" mi suona sinistra. «Grazie, lo... lo terrò presente».

E nell'esatto momento in cui mi lascia, afferro il cellulare e mando una e-mail al proprietario del monolocale di Bloomsbury per dirgli che, se non lo ha già affittato, passo a prendere le chiavi stasera stessa.

Vado nel salottino-studio-sala-di-lettura, utilizzato al momento per la scorta del buffet, a recuperare uno dei vassoi di tramezzini, ma vengo bloccata dalla mano rugosa della prozia Rose. La vecchietta ultranovantenne è stata parcheggiata davanti alla TV silenziata, mentre di là spettegolano su vicini e parenti assenti.

«Jane, come sei cresciuta».

«Non sono Jane, zia. Sono Charlotte».

«Come?!».

«NON SONO JANE, SONO CHARLOTTE», urlo per farmi sentire. La TV ha il volume azzerato perché, sorda com'è, non sentirebbe nulla comunque.

«Ah, Charlotte! Quella grande!».

«Sì, zia».

«Che classe fai adesso?».

Oh, Signore. «Non vado più a scuola», scandisco.

La zia strabuzza gli occhi dietro le spesse lenti. «Uh! Come?! Ma tua madre lo sa?!».

E come glielo spiego che ho finito il liceo da almeno dodici anni?! Tattica di Ike: la assecondo. «Siamo in vacanza, la scuola ricomincia tra due giorni».

«Ahhh». Ora sembra più rassicurata. «E vai bene? Prendi bei voti?»

«Sì».

«E il fidanzatino lo hai trovato?».

Anche lei! Ma non è possibile! «Cosa guardi di bello, zia?», cambio argomento.

«Non lo so, non ci capisco niente».

«Troviamo un film che ti possa piacere», dico, nella speranza che così mi molli. Col telecomando faccio zapping, alla ricerca di un bel classico tipo *Quattro bassotti per un danese*, finché non mi blocco sulle notizie del giorno, ipnotizzata da una cosa che non mi aspettavo di vedere.

Sullo schermo c'è una foto di Royce abbracciato alla mia versione più glamour e rifinita, ieri sera all'Attitude. In quella foto che ci siamo scattati c'erano anche Banner e Ben, ma sembra che una mano di Photoshop li abbia eliminati.

Non mi riconosco, ma so che sono io.

«Jane, hai trovato il film?»

«Aspetta un attimo, zia», dico dando volume.

«*Questo nuovo anno parte con il botto, regalandoci un gossip bollente: l'attore Royce DeShawn è stato avvistato al club Attitude dove ha festeggiato il Capodanno in compagnia di amici e, in particolare, di una misteriosa ragazza con la quale ha chiacchierato in stretta confidenza. Ma non finisce qui: una fonte attendibile conferma che la stessa ragazza è stata vista uscire questa mattina dalla stanza d'albergo dell'attore, segno che i loro festeggiamenti sono continuati in privato. Bea Beaufort sembra sia il nome della fortunata, al momento non si sa altro ma, statene certi, indagheremo per voi…*».

Neanche il tempo di chiusura del servizio e il mio telefono squilla.

Numero sconosciuto.

«Sì, pronto? Chi parla?»

«Sono Royce», mi risponde la voce all'altro capo.

«Royce?! Come hai avuto il mio numero?»

«Me lo ha dato Jerry». È telegrafico e non sembra che abbia voglia di parlare, come se qualcuno lo stesse ascoltando. «È appena uscito un servizio...».

«Lo so», lo interrompo, «l'ho visto. Sappi che io non ho detto nulla alla stampa, non ho inviato io quella foto».

«Infatti siamo stati noi».

Sento le sue parole ma non le comprendo. «Scusa, in che senso siete stati voi? Voi chi?»

«Ho bisogno di parlarti. Riesci a venire qui in albergo da me?». La sua voce è venata di urgenza.

«Guarda che se è per stamattina, ti giuro sulla mia vita che non correrò a vendere la notizia a nessuno. Cosa fai e con chi non mi interessa».

«No, Bea, devo chiederti una cosa. Non posso chiederla a nessun altro, perciò, per favore, dimmi di sì».

Di' di no, Charlotte, di' di no. Per una volta non fare quello che gli altri ti chiedono. «D'accordo. Ma prima di domattina non riesco».

«Va bene domattina, ti aspetto per colazione. Non scaricarmi, però, da questa cosa dipende la mia carriera».

8

Una proposta che non puoi rifiutare

«Un contratto?», domando quasi strozzandomi con un pancake.

«Un contratto», mi ripetono.

Sono nella suite di Royce, ma oltre a me e lui ci sono altre due persone: Tanya, un fascio di muscoli, vestita di nero e dagli zigomi spigolosissimi, che mi viene presentata come la sua addetta stampa, e Ken, il suo agente, piglio aggressivo e abbronzatura dorata che contrasta con il bianco della sua camicia.

I loro look casual ipergriffati fanno a pugni con il cambio di emergenza che tengo a casa dei miei e che indosso ora.

Tra di noi, sul tavolo, oltre all'abbondante colazione che nessuno di loro ha toccato, c'è un plico di fogli spillati, con in testa la didascalia ACCORDO DI RISERVATEZZA.

«Con tutta l'onestà possibile, non è a me che dovete parlare di riservatezza. Da quel che ho capito siete stati voi a divulgare la foto di Royce e me all'Attitude e dire che ho lasciato l'hotel ieri mattina», mi difendo. «Con tanto di conferma della cameriera che mi ha vista uscire».

È Tanya a prendere la parola. «Infatti, il contratto riguarda un'altra cosa. Sappiamo dell'incidente», dice mimando nell'aria due virgolette con le dita.

«Ah». Ora mi sento di nuovo scema.

«Sei l'unica persona, a parte noi due, a sapere dell'omosessualità di Royce», m'informa Ken, più schietto e diretto.

«E avete paura che io corra dalla stampa».

Tanya smette di camminare avanti e indietro e si siede di fronte a me, piantandomi gli occhi addosso. «Ovvio, ma a questo punto puoi essere utile alla causa».

«Causa? Che causa?»

«Possiamo chiamarla, se vuoi, *Facciamo vincere l'Oscar a Royce*».

«Continuo a non capire in che modo io possa contribuire».

Ken mi scocca uno sguardo tagliente. «È molto semplice: fingendo di essere la sua ragazza».

La mia prima reazione è quella di voltarmi verso Royce, che finora è stato zitto, scioccata dalla richiesta. «Stanno dicendo sul serio?»

«Sì», risponde asciutto. «Non saltare alle conclusioni. Ascoltali fino in fondo».

Tanya richiama la mia attenzione schioccando le dita, cosa che mi indispone e mi fa venire voglia di lasciare la stanza. «Le dita le schiocchi al tuo cane», ribatto infastidita, già in piedi pronta ad andarmene.

Poi, però, guardo di nuovo Royce e sul suo volto leggo una totale sottomissione a lei e a Ken, ne sembra quasi intimorito. Intuisco che, quando gli ha detto "dell'incidente", non devono avergli fatto passare un bel quarto d'ora, così la mia componente samaritana mi impone di restare.

«Da quando Royce ha attirato l'attenzione di Hollywood cinque anni fa, non è mai stato visto in giro con una ragazza, né ci sono testimonianze di storie o storielle passate risalenti a dopo il liceo», mi spiega Tanya. «Lo star system è un ristorante molto caro e ci sono solo due modi per stare al tavolo: o come commensale o come portata sul menu».

«O mangi o vieni mangiato», sintetizza Ken.

«Quando i media puntano i riflettori su qualcuno, lo fanno in modo totalizzante e l'argomento preferito della stampa sono le relazioni. Da quando la sua carriera è esplosa, l'assenza di donne sta iniziando a farsi notare. *Sappiamo* che già si mormora, sottovoce, della sua omosessualità».

«Ed è un problema?», chiedo.

«Se è una cosa che può stroncargli la carriera, sì», risponde lapidario Ken. Ho capito i loro ruoli: Tanya è quella che spiega le cose prendendole alla larga; lui è quello che interviene solo se necessario e senza indorare la pillola. Poliziotto buono e poliziotto cattivo. «L'industria del cinema non è *gay-friendly*; Royce ha all'attivo molte proposte interessanti, delle nomination importanti, progetti che possono lanciarlo nel firmamento degli immortali. Se quello che oggi è solo un sospetto sussurrato diventasse una voce insistente, potrebbe trovarsi con nulla in mano nel giro di un anno».

«Siamo nel ventunesimo secolo. Non si possono stracciare contratti di lavoro solo perché non si gradisce l'orientamento sessuale di una persona», obietto.

«No, per l'orientamento sessuale no, ma per ritardi sul set, comportamento non conforme, mobbing della troupe, inadempienze generiche, sì. Ti assicuro che, se un produttore vuole farti fuori, ci riesce, gli basta un cavillo. Saremo nel ventunesimo secolo ma è un ambiente ancora bigotto».

Le parole di Ken, per quanto dure, acquistano un senso: giusto ieri mi sono trovata a dover giustificare perché a trent'anni non ho figli, in una società che si definisce progressista ma che è ancora imprigionata negli schemi sociali e nei ruoli di genere di un secolo fa.

«Capisco», dico, «ma perché io?»

«Perché ora fai parte di uno speciale cerchio della fiducia, Bea», risponde Tanya con un tono dal vago accento cospiratorio.

«Non sono la persona adatta: non sono un'attrice e non sono in grado di recitare».

«Quello è il mio lavoro», interviene Royce, «lascia fare a me».

«Sono pessima a dire bugie».

«Tranquilla, si impara in fretta, Bea», mi stronca Ken.

«Non mi chiamo Bea», dico, e la mia battuta solleva uno sguardo incuriosito da parte di tutti e tre. «Mi chiamo Charlotte Taylor e non sono neanche un'ereditiera, faccio l'architetto».

«Ah», è la risposta laconica di Ken e Tanya.

«Ho usato un nome falso per entrare alla festa dell'Attitude perché non ero in lista», spiego.

Ken fa spallucce. «Per la stampa sei Bea Beaufort e a noi sta bene».

«Magari alla vera Bea Beaufort no. Quando vedrà il suo nome su tutti i rotocalchi potrebbe avere qualche obiezione, tipo accusarmi di furto d'identità».

«Mai sentito parlare di omonimia?», interviene Tanya. «Scommetto che se facessimo una ricerca anagrafica, verrebbero fuori non meno di una decina di ragazze di nome Bea Beaufort. Tu sarai la Bea fidanzata con Royce. Usi solo un nome, mica le rubi la vita».

«Credi che Royce si chiami davvero Royce DeShawn?», mi domanda Ken.

«Non ti chiami Royce DeShawn?», chiedo rivolta a lui.

«No. Mi chiamo Raymond Digby», mi risponde con un sospiro.

«Non sarebbe mai andato da nessuna parte con quel nome. Royce DeShawn è molto più incisivo», taglia corto Ken. «Allora, Bea? Sei dei nostri?».

Fingere di essere una persona che non sono? No, grazie. Mi alzo, scuotendo la testa. «Non posso farlo. Mi spiace, Royce».

«Bea», mi chiama lui, in tono implorante.

«Charlotte», dico. «Mi chiamo Charlotte. E questa cosa non la farò». La porta mi chiama e io ho tutta l'intenzione di aprirla e andarmene.

«Neanche per un milione di sterline?», mi pugnala alle spalle la voce di Ken.

«Un milione», ripete Tanya. «Tu ci dai un mese della tua vita e noi ti diamo un milione in cambio. Pensaci, dai un valore al tuo tempo, poi richiamaci».

«Credo che la risposta sarà ancora no, ma vi ringrazio». Saluto Royce con un cenno della mano ma, prima di andarmene, mi sento in dovere di informarli su un'altra cosa. «Ah, per la cronaca. Non sono l'unica a sapere di Royce. L'ho detto a Jerry, ieri. Sovrappensiero credevo che lei lo sapesse e mi è scappato. Magari potete farla a lei, la proposta».

Un milione di sterline.

Sono un sacco di soldi.

L'ascensore scende e non faccio che riascoltare le parole di Tanya, nella mia testa: "Dai un valore al tuo tempo".

Al mio tempo posso anche darlo, ma la mia integrità morale quanto vale?

Arrivo nella hall, sempre più convinta del mio no, determinata a tornare alla mia vita e a riprenderne le redini. Cose da fare oggi: sgomberare la mia roba, portarla nel monolocale di Bloomsbury e farlo diventare casa mia. E inviare curricula a tutti gli studi con posizioni aperte. Ripasso la mia lista mentale, diretta alle porte scorrevoli.

«Miss Beaufort!».

Quasi non mi fermo, non fosse che qualcuno mi picchietta con tocco gentile sulla spalla. Mi volto e rivedo il concierge al quale mi sono presentata al mio arrivo.

«Sì?». Spero che non lo abbiano mandato Tanya e Ken con l'ordine di farmi desistere e rispedirmi su.

«Mi perdoni. Prima ho dimenticato di riferirle un messaggio».

«Un messaggio?».

Lui mi tende un foglio ripiegato dalla tasca e me lo tende. «Ho avuto istruzione di darglielo, nel caso fosse ripassata».

Lì, impalata, davanti alle porte che si aprono e si chiudono, come a dirmi: "Vai o stai?", lo apro.

È la carta intestata dell'hotel e c'è un numero di telefono scarabocchiato.

Mi devi un brindisi di mezzanotte,
Sebastian

9

In che bidone va la dignità?

«Wow, quindi ora abiti qui?». Il “wow” di Jerry è sarcastico; il mio appartamento è grande quanto il suo armadio. No, il suo armadio è così grande che ha un codice postale tutto suo. «È… adorabile».

«Sono una persona essenziale», replico.

«Dovevamo trovarci da me, Charlie, perché hai cambiato idea?»

«Ho pensato che avresti potuto darmi una mano a sistemare. Puoi cominciare con la scatola con scritto CUCINA».

Lei mi fissa basita. «Stai scherzando?»

«Ho l'aria di una che scherza?»

«Purtroppo no».

Il monolocale è stato ribattezzato subito minilocale perché, una volta entrata, con tutte le mie scatole, mi sono resa conto di quanto fosse piccolo. Il cucinino è, sì e no, un metro e mezzo, una parete è occupata dal letto a soppalco con sotto incastrato un divano e l'altra è destinata all'armadio a muro. Il tavolo è un bancone striminzito dotato di due sgabelli pieghevoli e il bagno assomiglia a quello degli spogliatoi per bambini: piccolo lavandino, piccolo water, piccola doccia. Non c'è la lavatrice, questo vuol dire che dovrò tornare alle lavanderie a gettoni.

«I libri mi toccherà lasciarli nelle scatole e ficcarli sotto il divano», osservo arresa, dopo aver stipato tutto lo stipabile.

«Ma davvero non hai trovato nulla di meglio?»

«Disponibile subito e per milletrecento sterline? Non credo proprio. E poi questo è luminoso, ristrutturato di recente e siamo a Bloomsbury, il mondo di Virginia Woolf! Mi vedo già uscire per strada, una mattina di giugno, a comprare i fiori per il mio party come la signora Dalloway».

«Tu vorresti dare un party? *Qui?*», mi domanda Jerry con tanto di sopracciglio alzato.

«Magari ci prendiamo un caffè, io e te. Però con i fiori è più bello».

«Tua madre, con tutti quei classici che ti ha fatto mangiare a colazione, ha distorto la tua percezione della realtà».

«Una delle poche cose buone che ha fatto mia madre è stata regalarmi l'amore per la lettura. Mi ha dato la possibilità di vivere vite infinite, di essere ogni giorno una persona diversa. Oggi sono Mrs Dalloway, domani chissà».

«Puoi farlo anche senza libri, se vuoi. L'altra sera sei stata Bea Beaufort e ti è piaciuto un sacco, o sbaglio?».

Ecco la nota stonata. «Senti, a proposito della questione Bea, c'è una cosa che vorrei chiederti», dico appollaiandomi sul divanetto.

«Spara», risponde distratta, intenta a pescare il pacco dei biscotti dallo scatolone con scritto DISPENSA.

«Tu faresti una cosa che ritieni sbagliata, per aiutare qualcuno?», butto lì, con il pensiero inchiodato sulla proposta di Royce.

«Sbagliata cioè illegale?»

«No, non credo sia illegale».

«Immorale?»

«Mmh, neanche. Cioè, sono altre le cose immorali per me. Però sbagliata, nel senso che non credo sia la cosa giusta da fare».

«Questo qualcuno è nei guai?»

«Potrebbe».

«È un familiare?»

«No».

«Un amico stretto?»

«Nemmeno».

«Io non sono come te, non credo nel samaritanesimo a casaccio. Se non ti torna indietro nulla, lascia perdere».

«Mi torna indietro un sacco di soldi», concludo.

«Un sacco quanto?»

«Un milione di sterline».

«Porca puttana», mugugna sputacchiando briciole di *shortbread*. «Ma per fare cosa?».

Il mio contatore Geiger interno di cazzate ha rilevato il limite e la mia centrale esplode. «Gli agenti di Royce mi hanno chiesto di fingermi la sua fidanzata per un mese».

Jerry mi scruta sventolando le lunghe ciglia. «Oh, caz…».

«Già».

«E tu che hai detto?»

«No».

«Hai fatto bene. Anche io avrei rifiutato».

«Sì, ma a te un milione in più o uno in meno non fa differenza. L'estratto conto della tua carta di credito di novembre era più alto».

«Certo, ti sistemeresti alla grande…».

La stoppo subito prima che mi solletichi idee malsane. «Non sono in vendita».

«Giusto. Scusami, Charlie».

«Anzi, a proposito, ora devo mettermi alla ricerca di un lavoro, visto che continuare con Warren e Cynthia è fuori questione».

«Anche io dopodomani inizio a lavorare», sospira Jerry sedendosi accanto a me.

«Alla tua catena di alberghi. È entusiasmante; non ne sei contenta?»

«Sì, molto. Le animalesse da party tutte feste e doposbornia non vanno più di moda. Ora sono le *girl boss* a dettare legge. Tutte quelle che conosco hanno una collezione di moda o di cosmetici, io avrò i J Hotel... se non fosse che mi ritroverò Russel come project manager».

«Non so nemmeno di chi tu stia parlando».

«Un arrivista leccapiedi. Me l'ha presentato papà prima di Natale come la persona giusta per guidarmi. Non ha fatto che blaterare sulla sua idea di business hotel extralusso con servizi esclusivi per persone d'affari».

«Business hotel? Con tutto il rispetto, Jerry, non riesco ad associarti all'idea di business hotel».

«Nemmeno io mi ci vedo. I business hotel sono *noiosi*», protesta.

«Saresti perfetta a capo di una catena di boutique hotel instagrammabili».

«Cioè?»

«Piccoli hotel caratterizzati da un forte impatto visivo, tale che tutti quelli che ci mettono piede, che sia per un soggiorno o per un caffè, non possano fare a meno di fotografare tutto. Viste mozzafiato, design vivace ma versatile, stanze tematiche. L'hotel di Jerry Bloom non ha la vasca idromassaggio, ma una piscina di palline con gli scivoli. Gli hotel più fotografati sui social si pubblicizzano da soli. Tu sei la regina dei social, sarebbe credibile».

«Piscine di palline... mi piace».

«Era un'idea buttata così, per farti capire il concept: no al business, sì alla stravaganza. Non intendo davvero che devi mettere le piscine di palline».

«No, mi piace», insiste con voce sognante e sguardo perso, come se stesse visualizzando l'hotel davanti a sé.

«Perfetto, ora sai cosa vuoi».

«Russel non accetterà mai», sospira sconsolata.

«Sei o non sei la figlia del capo? Fatti valere!».

«Lo farò, eccome», esclama. «Mettendo te come project manager».

A me quasi si stacca la mandibola. «Scusa?»

«Sei un architetto laureato con lode a Cambridge in cerca di lavoro, giusto? Hai esperienza, e mi hai proposto una soluzione valida per il mio problema. Se questo fosse un colloquio, lo avresti superato alla grande».

«Ma cosa ne sai tu di colloqui, Jerry?! Senza offesa ma non ne hai mai fatto uno», obietto.

«Ho già deciso», decreta lapidaria.

«Pensa alla figura che ci faccio io! Quella che ha ottenuto il posto perché è "amica di…"».

«Dimostrerai il tuo valore». Jerry mi stringe la mano nella sua. «Senza di te non ci entro neanche in ufficio, dopodomani. Charlie… sono terrorizzata».

«È un ricatto morale, vero?»

«Sì».

«L'immobiliare turistica non è proprio il mio campo, non so molto di catene d'alberghi», spiego. «E l'unica esperienza che ho avuto in una società immobiliare internazionale è stata il tirocinio di sei mesi alla Cage Company».

«La Cage Company di Alan Cage?», mi domanda Jerry tra i denti.

«Sì, quella».

«Ok, magari questo non lo scrivere sulla tua scheda personale alle risorse umane».

«Perché?»

«Fidati. Quando avremo tempo te lo spiegherò. Per il resto, sei perfetta».

«Sono specializzata in interventi sul patrimonio storico».

«Ti propongo una mediazione: accetta finché non avrai un'altra proposta più aderente al tuo profilo. Intanto mi affianchi nell'avvio del progetto. Sei mesi, nel tempo di improntare la catena tu ti guarderai intorno».

«D'accordo», annuisco, «ma prima fammi chiudere tutti i conti in sospeso».

E di conti nudi e crudi si tratta.

Io, Warren e Cynthia abbiamo costituito uno studio associato quando abbiamo deciso di lavorare insieme e ognuno di noi ha messo una quota nel capitale sociale: tre fette uguali da diecimila sterline l'una.

Ora che esco dalla società, mi spetta la liquidazione della mia parte. Con lo stipendio del Bloom Group posso dormire ma con un occhio aperto, perché ora che tutte le spese sono a mio carico basta un imprevisto per ritrovarmi con l'acqua alla gola. La liquidazione mi darà quel minimo di ossigeno in più per non dover fare i conti al centesimo ogni settimana.

È il terzo giorno di gennaio, ma mi sembra che da Capodanno sia passato un mese da quante cose sono accadute. La città si è già risvegliata dal suo torpore postfestivo, le strade sono sature e la metro fitta di gente.

Sto andando allo studio, dove ho chiesto un colloquio formale a Warren.

Studio sembra una parola importante, ma in realtà non è altro che uno spazio all'interno di un co-working. Ci ho messo una vita a spiegare a mia madre che i co-working sono edifici allestiti a ufficio in tutto e per tutto, dove chi ha bisogno di un posto per lavorare può affittare solo una scrivania o una o più stanze a seconda della necessità, a giorni o a mesi, ma lei è ancora convinta che tutta la gente seduta ai computer siano nostri dipendenti, neanche fossimo il Google Campus.

Al mio arrivo, trovo Warren seduto all'angolo caffetteria, intento a girare un mocaccino.

«Andiamo?», gli domando senza preamboli e saluti di circostanza inutili.

«Sì, certo. Ho prenotato la sala riunioni piccola».

Sa anche lui che non sarà una conversazione amichevole,

e si è premurato che resti privata. Non è il caso di lavare i nostri panni nello spazio pubblico con gli altri intorno che lavorano, anche se mi piacerebbe che tutti sapessero che razza di stronzo è.

Saliamo al primo piano, chiudiamo la porta della stanza e ci sediamo l'uno di fronte all'altra.

«Come stai, Charlie?»

«Me lo stai chiedendo sul serio?!», ribatto piccata.

«No, ma...».

«Allora risparmiami le cazzate. Il buco dell'ozono è già grande abbastanza senza che tu emetta altra inutile anidride carbonica».

«Senti, so che sei arrabbiata, ma...».

«Io non sono arrabbiata, Warren, sono incazzata nera ma, se Dio vuole, oggi chiuderò per sempre questo triste capitolo. Lo so io, in tre giorni senza di te, quanto sono stata bene».

«Non c'è bisogno di offendere».

«Se fossi passata alle offese te ne saresti accorto. Se ne sarebbe accorto tutto l'ufficio. Non facciamola più lunga di quello che è: ho portato i documenti per uscire dalla società», dico allungandoglieli.

«Immaginavo».

«Complimenti, sei un autentico veggente», ribatto caustica.

«Certo, prima di andartene, sarebbe professionale da parte tua finire tutti i lavori che stai seguendo».

Furbo lui, ma io non ci casco, non più. «No. Quelli sono un problema vostro. Ora tu e Cynthia dovrete mettervi a lavorare sul serio, invece di scorrazzare in giro per fantomatici incontri con investitori fantasma o per scopare nella doccia mentre io tiro la carretta».

«Non ho la biro».

«Io sì». Pesco la mia dalla borsa e gliela tiro sul tavolo.

Lui sbuffa, scuotendo la testa. Controfirma in calce e mi restituisce i fogli. «Contenta?»

«No».
«No?». Mi guarda interrogativo, neanche parlassi un'altra lingua.
«Non dimentichi niente?»
«Tipo cosa?».
Ma lo fa apposta o è sempre stato così? «L'assegno, Warren».
«Non capisco di che assegno parli».
«Della mia liquidazione. Le diecimila sterline che ho messo nel capitale sociale. Se io esco dalla società, loro escono con me».
«Ti sbagli».
«Sì, mi sbaglio, dovremmo sommare anche un terzo del fatturato di questi due anni ma, siccome voglio rendere le cose più semplici e veloci per tutti, rinuncio».
«Non è possibile». La risposta di Warren mi gela. Il riscaldamento è al massimo, ma io mi sono ghiacciata.
«Scusa, in che senso non è possibile?».
Warren si ciondola sulla sedia girevole, facendo aumentare il mio nervosismo. «Sono investiti».
«In che?»
«Nell'affitto del co-working, nel leasing dell'auto aziendale, nella garanzia della banca».
«Non abbiamo mai fatto garanzie con una banca», gli faccio notare. Perché se l'affitto e il leasing mi tornano, questa garanzia proprio mi suona nuova.
«Sì, invece. Ho dato trentamila sterline alla banca come garanzia per fermare il lotto nella City, in St Mary Axe».
«Que… quello per la tua torre?». Le parole mi escono a stento, tanto mi trema la voce. I miei risparmi, accumulati con pazienza e fatica dall'età di quindici anni, e messi nella società con il cuore pieno di fiducia.
«Sì, per non farmelo soffiare», spiega con il tono di chi si rivolge a un bambino, «in attesa che arrivi un investitore».

La sua frase cala su di me come l'ascia di un boia: trancia tutte le mie funzioni vitali. «Non lo sapevo».

«Non avresti mai accettato».

«Infatti!», esclamo con un tono di voce di due ottave più alto e con il pugno che picchia sul tavolo.

«Proprio la reazione che mi aspettavo».

«Reazione? Parli di *reazione*? Mi stai dicendo che non puoi ridarmi i *miei* soldi perché li hai usati per una cosa *tua* senza nemmeno dirmelo! Una reazione è il minimo che dovresti aspettarti, ringrazia che non ti sto mettendo le mani addosso».

«Ci vorrà tempo».

«No, tu i miei soldi me li dai *ora*. Trova il modo, fatteli prestare, fai una rapina, ma l'assegno me lo firmi *adesso*».

«Non ti darò nulla. Tu, dopotutto, te ne vai lasciando lo studio con delle scadenze pendenti, lavori incompleti e pratiche inevase, no? Se li rivuoi, rivolgiti a un avvocato».

Non credo a quello che sento. «Dopo tutto quello che mi hai fatto, hai anche questo coraggio?». Stavolta sbotto. Scatto in piedi e la mia voce rimbomba sulle pareti. Deve sentirsi anche da fuori perché dalle vetrate vedo diversi occhi puntati verso la nostra sala riunioni.

«Se tu ti presenti armata, rispondo al fuoco», ribatte con una sfacciataggine che non gli ho mai visto.

«Vaffanculo, Warren. Vaffanculo tu e vaffanculo pure Cynthia che dove trova il coraggio di scoparti lo sa solo lei! Ti auguro di spendere tutti i soldi che mi devi in farmacia. Troverò un avvocato che ti caverà anche la settima pelle e ti pentirai di non avermi dato quell'assegno qui e ora», urlo abbandonando la sala sotto lo sguardo attonito degli astanti.

Cerco di evitare il contatto visivo, abbozzo un sorriso di circostanza e ripulisco la mia scrivania alla svelta. Maya, una ragazza che si occupa di social media management per varie aziende e ha la postazione davanti alla mia, raccoglie da terra le biro che mi sono cadute dalla foga. «Cynthia non mi è mai piaciuta. Mi ruba sempre i post-it», mi sussurra. La ringrazio, non tanto per la biro, quanto per la complicità.

Esco dal co-working e mi lancio giù per le scale della metro di Mansion House accecata dalle lacrime che mi appannano gli occhi. Ho voglia di chiamare i miei e dire loro che merda d'uomo è il caro Warren che hanno insistito tanto per presentarmi. L'ennesimo bidone figlio di loro carissimi amici e colleghi che non potevo non conoscere.

E quanto all'avvocato per rivalermi su di lui, non ho i soldi per pagarlo.

Sullo schermo del cellulare lampeggia la notifica di tre nuove e-mail così, guadagnato un posto a sedere, apro la casella.

Spam, spam e una dall'amministratore immobiliare di Sharesby Hall.

Altra pugnalata. Warren ha passato mesi a denigrare il mio progetto di restauro di quel castello, sottraendo ogni mio minuto libero e risucchiando ogni mia energia perché non mi sprecassi a salvarlo. Avevo pianificato una campagna di promozione per il crowdfunding ma, per sobbarcarmi tutti i lavori dello studio, l'ho abbandonata e le donazioni sono crollate. Ogni giorno spero che arrivi la notizia che un'anziana benefattrice sia morta lasciando nel testamento una fortuna per il castello.

Apro l'e-mail dell'amministratore ma non annuncia il lascito di alcuna filantropa. Anzi: poiché nessuno si è fatto avanti per l'acquisto, il castello andrà all'asta.

Cullata dall'ondeggiare della metro, faccio il giro della Circle line tre volte, come una bambina su una giostra rotta.

È così che mi sembra la mia vita: una giostra rotta.

Non so se mi piace chi sono, non so se mi piace quello che faccio, e nel mio essere quella brava, quella che soddisfa sempre le aspettative altrui, ho raccolto solo delusioni.

Il telefono vibra annunciandomi l'arrivo di un messaggio.

Lo apro svogliata, è più un gesto automatico che per curiosità.

"Hai deciso quanto vale il tuo tempo? Domattina presto partiamo per Los Angeles, ci sono i Golden Globe. Tanya".

Il mio dito preme subito il tasto "Rispondi".

10

Senza offesa, fai schifo

L'ultima volta che sono uscita dal Bloom Park Hotel ero più che certa che non ci avrei rimesso piede. Se non altro ora sapevo come era fatta una suite presidenziale.

Invece oggi sono di nuovo davanti alla porta della stanza di Royce e devo dire che anche la mia attitudine è diversa: da "è fuori discussione" a "parliamone".

Il fatto di non essere sola, però, mi dà conforto. Tanya e Ken hanno l'aria di due che, con quelle come me, ci fanno colazione.

Sfioro appena la porta con le nocche e subito si apre.

«Ti stavamo aspettando, entra», m'invita Tanya. «E *lei* cosa ci fa qui?»

«Sono la sua manager», mi anticipa Jerry.

«Tanto anche lei sa dell'incidente. Se devo fare questa cosa, ho bisogno di qualcuno che sia dalla mia parte», spiego.

Tanya scuote la testa in una specie di "come vi pare" e ci fa cenno di accomodarci.

Royce arriva dalla camera da letto, irradiando la sala con la sua aura hollywoodiana. «Charlotte, ciao! Grazie mille di averci ripensato», mi saluta.

Poi abbraccia Jerry, scambiando con lei uno sguardo affettuoso.

«E così... Ben, eh?», gli chiede lei. «Devi essere un masochista latente, tu. Ero convinta che non lo sopportassi».

«Sai come dicono: chi disprezza compra», risponde lui stringendosi nelle spalle.

«Allora», ci richiama Ken. «Se vogliamo iniziare, mi fate un favore».

Prendiamo posto intorno al tavolo, come ieri imbandito di ogni ben di Dio che a quanto pare non solletica l'appetito di nessuno a parte me e Jerry.

«Bene, l'accordo è semplice», inizia Tanya, «Bea...».

«Charlotte», la correggo.

«Bea, Charlotte, come ti pare, si presterà come fidanzata pubblica di Royce. Seguiremo il protocollo standard».

«Protocollo standard?», chiedo senza capire.

«Uscite ufficiose che regaleranno alla stampa alcuni scatti per sostenere l'ipotesi che tra voi ci sia qualcosa; pubblicherete post paralleli sui social in cui si vede mezza faccia di uno o la mano dell'altra; poi il classico bacio rubato in macchina al buio vedo-non-vedo, sufficiente a confermare i sospetti ma non tanto da assicurare che tra voi ci sia un rapporto stabile; seguirà qualche cena romantica ma non troppo, stile "siamo ragazzi normali che fanno cose normali"; poi si passa a qualche post sui social più esplicito dove sarete insieme, che ne so, sulla ruota panoramica, per poi arrivare alla vostra prima apparizione pubblica ufficiale: il red carpet dei BAFTA il 30 gennaio; appuntamenti iper-romantici, infine chiudiamo con la cerimonia degli Oscar il 10 febbraio».

Non credo alle mie orecchie. «Cioè, volete dire che andrò agli Oscar?»

«No, tu no. Bea Beaufort ci andrà», risponde secco Ken.

«Perché non posso fare questa cosa come me stessa?», li interrompo. «Sarei più a mio agio».

«Non puoi», ribattono loro due all'unisono.

«Io non sono un'ereditiera annoiata che alterna il suo tempo tra feste esclusive, vacanze esotiche e shopping compulsivo. Sono un architetto, abito in un monolocale a Bloomsbury e vivo una vita che più ordinaria non si può».

«Doppiamente no», ripete Ken. «Primo: sui giornali e sulle TV sta già girando la tua foto associata al nome Bea Beaufort; secondo: la storia della ragazza della porta accanto che si fidanza con l'attore di Hollywood è troppo fantasiosa, troppo romantica, troppo Cenerentola. Attirerebbe attenzioni eccessive e noi vogliamo solo un gossip discreto che serva a fugare i sospetti di omosessualità. Questa è una messinscena con una scadenza e, quando finirà, il capolinea della storia non deve lasciare strascichi. Il target di Royce è la fascia anagrafica femminile quindici-trenta, quella delle single che sognano il principe azzurro. Le sue ammiratrici si immedesimerebbero troppo nella ragazza della porta accanto, e quando vi lascerete anche loro si sentiranno lasciate, respinte, facendo calare il gradimento di Royce. Nessuno piangerà per l'ereditiera respinta. I ricchi non fanno pena».

«A questo punto, forse, Jerry sarebbe anche più adatta di me», suggerisco.

Tanya scuote la testa. «Jerry è troppo famosa...».

«Grazie», cinguetta la mia amica lusingata.

«Troppo famosa per i suoi amori usa e getta», la smonta Ken. «Quanti ragazzi cambi in media in un anno? Dieci? Dodici? Non vogliamo far passare Royce per uno dei suoi amorazzi superficiali. In più sarebbe lei quella sotto i riflettori, lasciando lui nel cono d'ombra».

«Non cambio dieci ragazzi all'anno», sibila Jerry tra i denti.

«Nove?», azzarda Tanya. «Comunque, non importa. Bea è perfetta: è abbastanza sconosciuta da non alimentare interessi morbosi, e non ha un passato nel quale scavare. Anzi, questo ci permette di costruirla a tavolino e servire alla stampa quello che vogliamo che sappiano».

«Questo, però, è ottimo per salvaguardare la tua privacy»,

mi fa notare Jerry. «Pensaci, se tu facessi questa cosa come Charlotte Taylor, non avresti più pace finché campi. Così, invece, una volta finita la storia, potrai tornare alla normalità senza conseguenze».

«Dici?»

«Tranquilla», mi rassicura Royce, «i media sono veloci a dimenticare. Alla prossima notizia croccante, questa faccenda finirà in archivio».

«E se qualche paparazzo mi seguisse?», ipotizzo.

«Quando non sei con Royce tieni un profilo basso e nessuno farà caso a te», si raccomanda Tanya. «Se tutto va come deve andare, e se sarai abbastanza brava da tenere separata la tua vita personale da quella di Bea Beaufort, tutt'al più sarai solo quella che assomiglia a una che è stata con un tizio famoso una volta».

Anche Royce ci mette del suo per convincermi. «Le persone normali sono così abituate a vedere le celebrità in TV e sui giornali che, quando se le ritrovano davanti, nella vita reale, faticano perfino a riconoscerle».

«Vero al cento per cento», conferma Jerry.

«Ma tu dai sempre nell'occhio», le ricordo. Ogni volta che Jerry mette piede fuori di casa, ci sono almeno tre o quattro persone che la fermano per scattarsi una foto con lei.

«Ma io lo faccio apposta».

«Allora, è tutto chiaro», ci richiama all'ordine Ken. «Charlotte si calerà nei panni di Bea Beaufort in qualità di ragazza di Royce e non farà mai parola dell'incidente, pena: la perdita del benefit economico. Riceverai la prima tranche dopo i BAFTA e il saldo la sera degli Oscar. Il rapporto si estingue l'11 febbraio». Lui mi allunga di nuovo il contratto, lo stesso che mi è stato mandato per e-mail e che mi sono studiata a memoria. «Firma su ogni facciata, così regaliamo un po' di gossip ai media».

«Regaliamo una bugia», correggo.

Tanya si fa sfuggire una risata saccente. «Una piccola bugia non ha mai ucciso nessuno».

«Non sarebbe più semplice dire la verità?», chiedo con quella che, dagli sguardi che ricevo, capisco essere una domanda di un'ingenuità disarmante.

«La verità è noiosa», ribatte Tanya, «a nessuno interessa la verità».

«È un normalissimo contratto standard. È il nostro lavoro, fidati di noi», aggiunge Ken persuasivo.

«Ho come la sensazione che me ne pentirò», medito tra me e me, fissando le pagine che ho davanti e che ho già riletto almeno dieci volte.

«Non te ne pentirai». Tanya dà un colpo di spalle, è ovvio che questo discorso per lei sia una perdita di tempo. «È una prassi, in questo ambiente. Rimarresti sorpresa nel sapere quante persone hanno firmato accordi simili».

Ken, con il suo sorriso abbagliante, mi tende una penna a cui ha già tolto il tappo.

Pillola blu o pillola rossa, Charlotte?

Pillola blu: non firmo ed esco di qui come sono entrata, e non cambierà nulla.

Pillola rossa: firmo e per un mese la mia vita sarà di qualcun altro, ma con un tornaconto stellare.

La mia parte razionale è determinata a respingere l'offerta, ma quella curiosa sta guardando la Montblanc in madreperla con crescente interesse e ha voglia di scoprire quanto è profonda la tana del Bianconiglio.

Pillola blu o pillola rossa?

«Pensa al castello di Sherazade», m'incoraggia Jerry.

Stavolta non obietto, la biro vola sui fogli, con il mio nome e cognome in calce a ciascuno. Firmato. Da ora sono Bea Beaufort.

«So che ti senti strana», mi dice Royce, «ma farò di tutto per metterti a tuo agio».

«Mi ci vorrà un po' per metabolizzare», sospiro.

«Non abbiamo *un po'*. Non abbiamo neanche un secondo», mi contraddice Ken. «Riceverai le nostre istruzioni per ogni incontro o appuntamento e ti ci atterrai alla lettera».

Tanya mi passa un tablet. «Ci siamo presi la libertà di crearti un account social così da dare tridimensionalità al tuo personaggio».

«Duecentomila follower?!», domando scioccata. «Come possono duecentomila persone seguire qualcuno che non esiste neanche?»

«Chi se ne importa del perché, è così e basta. E poi, con dieci milioni di persone che seguono un uovo sodo, non starei a preoccuparmi», ribatte lei.

«*Solo* duecentomila?», protesta Jerry. «Ma è una cifra ridicola. Sotto il milione di follower non sei nessuno».

«Infatti è così che deve essere: è Royce il protagonista, non Bea. E poi, se fosse un personaggio da un milione di follower, i giornalisti potrebbero domandarsi dove sia stata fino a ora».

«Inopinabile», concordo. «Io, però, non ho tempo per stare dietro ai social. Non aggiorno i miei profili personali da un secolo».

«A quelli ci penso io», interviene la mia amica. «E anche al guardaroba».

«Che ha il mio guardaroba che non va?», protesto.

«Nulla», si affretta a rispondere Jerry, «a parte che…».

«Fai schifo, senza offesa», decreta Ken con la delicatezza che lo contraddistingue. «Ti serve un restyling urgente».

Ok, agli occhi di chi è abituato a vestire capi da passerella il mio abbigliamento da saldi nei franchising può sembrare stile "vorrei ma non posso", ma a mia discolpa posso dire che a me l'alta moda piace moltissimo, è il mio conto in banca che non piace all'alta moda.

«Lasciate fare a me». Jerry sembra che abbia trovato la missione della sua vita.

«Riesci anche a farle perdere tre chili?», le chiede Tanya.

«Ehi, frena un attimo», intervengo piccata, «c'è solo una persona in questa stanza che può dirmi che sono grassa, e quella persona sono io».

«E c'è un'altra cosa», aggiunge Tanya. «Sei fidanzata?»

«No», rispondo senza scendere nei dettagli.

«Si è appena lasciata con il suo ex», specifica Royce.

«La tradiva da un anno e mezzo», gli fa eco Jerry.

«Basta così, ragazzi», li interrompo. «Sono single».

«Meglio», annuisce Tanya.

«Niente relazioni fino alla fine dell'accordo», mi ammonisce Ken sempre con il suo tono tassativo.

«Nessuna relazione?», ripeto attonita.

«Non vogliamo triangoli, quadrati o casini in generale. Qualsiasi cosa accada, rimandala a dopo febbraio. Se fai saltare in qualche modo l'accordo, non incassi nulla», ribadisce lui.

Penso al biglietto con il numero di Sebastian che ho appeso allo specchio e alla voglia che ho di usarlo. E se tra un mese fosse troppo tardi?

11

L'opossum

Scruto il prisma di vetro e acciaio che ospita gli uffici del Bloom International Group, nel cuore della City, con il naso all'insù.

Oggi è il primo giorno della mia ripartenza professionale e ho l'ansia. Il Bloom International Group si può abbreviare nell'acronimo BIG e trovo che calzi alla perfezione perché è *grosso* in tutti i sensi.

Sono venuta qui ieri, alle risorse umane, per firmare il mio contratto e ho quasi rischiato di perdermi.

Gli uffici occupano tre quarti dei piani dell'edificio e vi lavorano centinaia di impiegati. Qui, io sono una goccia nel mare.

Il freddo è pungente, così entro nella grande hall in attesa di Jerry, anche lei al suo primo giorno di lavoro. Il primo della sua vita, in assoluto.

Scorgo dalle vetrate una Mercedes nera che accosta al marciapiede, lo chauffeur scende, apre la portiera posteriore e dall'abitacolo esce Jerry avvolta in un ampio cappotto nero, calze velate, tacchi assassini, capelli raccolti in una piega severa, occhiali da sole grandi come il suo viso nonostante la giornata grigia, borsa di Prada al braccio e «Financial Times» stretto al petto.

Entra nell'edificio con passo deciso puntando verso di me e, quando mi raggiunge, si leva gli occhiali con gesto stizzito e mi passa borsa e cappotto. «Non capisco perché sia così difficile confermare un appuntamento».

La guardo senza capire. «Eh?»

«Miranda Priestly, *Il diavolo veste Prada*», esclama.

«Continuo a non capire».

«Ho l'aria del capo autorevole che tutti temono e che provoca scene d'isteria di massa al suo arrivo?»

«No».

«Accidenti!», impreca. «Mi sono riguardata la scena almeno quindici volte ieri sera».

«Da quando leggi il "Financial Times"?»

«Non lo leggo, ma non potevo mica presentarmi a mani vuote!».

«Perché fai tutto questo?»

«Perché io, per le persone che stiamo per incontrare, non sono altro che la figlia viziata e svampita del capo. Vorrei che mi rispettassero».

Jerry è quel tipo di ragazza che suscita due tipi di reazioni: ci sono quelli a cui fa tenerezza e quelli che vorrebbero darle un cric sulle gengive. Per sua fortuna io faccio parte del primo gruppo. «Senti, Jerry, lo so che è difficile scrollarsi di dosso i pregiudizi, ma non è imitando Meryl Streep che riuscirai a farti rispettare».

Saliamo in ascensore e Jerry preme il tasto del ventesimo piano, la targhetta dice SETTORE TURISTICO IMMOBILIARE.

«Hai detto al famoso Russel che non sarà più lui il project manager?», le domando.

«Gli ho mandato una e-mail ieri».

«E lui?»

«Non mi ha risposto».

«L'ha presa bene».

«Mi avrà già messo tutti contro», sbuffa.

«Ascolta, Jerry, non sarà facile ma tu sei una persona calorosa, empatica e hai una naturale predisposizione a infondere entusiasmo nella gente. Devi solo familiarizzare con quella cosa a te sconosciuta che si chiama umiltà: non c'è nulla di peggio che dire a dei professionisti come fare il loro lavoro, quindi, se vuoi conquistarti la fiducia del team, ascolta tutte le proposte, instaura discussioni costruttive e fai domande. Non ti imporre. Imposta il rapporto lavorativo su una gerarchia orizzontale anziché verticale e vedrai che impareranno ad accettarti», le suggerisco.

«Grazie, Charlie. Ci proverò», annuisce. «Cosa vuol dire gerarchia verticale?»

«In una gerarchia verticale c'è un capo che sta in cima mentre i suoi dipendenti stanno sotto: lui comanda e loro eseguono. In una gerarchia orizzontale, tutti sono sullo stesso piano, il leader indica la direzione da prendere ma lavora tanto quanto gli altri».

«Vedi? Ho fatto bene a scegliere te. Sei una *problem solver* nata. Tu mi guiderai qui al lavoro, io ti aiuterò a cavartela con la storia con Royce».

«Per quello mi affido a te, i media sono il tuo pane quotidiano».

«Te lo do io un consiglio, Charlie: vivila con leggerezza, come se interpretassi il personaggio di un libro».

«C'è solo una cosa che mi dispiace», dico con una punta di amarezza. «Il divieto "No relazioni"».

«Che problema c'è? Non stai più con Warren».

«Sì, ma c'è una cosa che ho dimenticato di dirti, nel turbine degli eventi: ho il numero dell'Uomo-Bagno». È più forte di me, anche io non riesco a chiamarlo altrimenti.

«Cosa-come-quando è successo?», strilla Jerry.

«Due giorni fa, mentre me ne andavo dall'hotel di Royce, dopo la prima proposta di contratto. Il concierge mi ha fermata per darmi un bigliettino. Lo aveva lasciato l'Uomo-

Bagno in reception per me, o meglio, per Bea... a lui mi ero presentata così. Comunque, aveva scritto il suo numero e "Mi devi un brindisi di mezzanotte"».

«Lo hai chiamato?»

«Non ancora. Ma a questo punto temo che dovrò aspettare. Magari non è neanche più in città».

«Già. Potrebbe essere un problema».

«È dalla notte di Capodanno che il tempismo mi gioca contro. Inizio a pensare che sia un segno divino del fatto che questa storia non debba andare avanti».

«Invece, secondo me, il fatto che nonostante il tempismo avverso continuiate a ritrovarvi è segno che può esserci qualcosa».

Din.

L'ascensore arriva al nostro piano, le porte si aprono e noi usciamo.

«Jerusalem», la saluta una sirena dai capelli rossi fasciata in un tubino sexy-chic che incrociamo sulla soglia della cabina.

«Vanessa», risponde Jerry con un sorriso tirato.

Le osservo per un secondo e, anche se si guardano in modo cordiale, percepisco una certa tensione tra loro.

«Primo giorno?», le domanda Vanessa lanciandole una lunga occhiata.

«Già». La mia amica non sembra avere voglia di conversare.

«Allora ti faccio i miei migliori auguri». Vanessa preme un tasto e le porte si chiudono, senza che Jerry abbia modo di rispondere.

«Ficcateli in culo i tuoi auguri, stronza», sibila Jerry tra i denti.

«Chi è quella Vanessa?», le domando curiosa mentre la seguo fino alla sala dove si terrà la nostra prima riunione con il team.

«Un rifiuto dell'inferno».

La sua risposta non mi dice nulla di più. «E cosa ci fa qui?»

«Lei gestisce la Bloom Foundation, quella parte che si occupa di beneficenza, patrocini culturali, progetti di sviluppo sostenibili e tutte quelle cose che servono all'autopromozione e all'immagine della società, così da non sembrare solo dei brutti e cattivi cementificatori capitalisti. Oltre a fatturare miliardi, facciamo anche cose buone».

«Capito. E perché la odi?»

«Quanto tempo abbiamo?»

«Ora poco. Guarda». Le indico le pareti di cristallo della sala riunioni, oltre le quali c'è un gruppo di almeno venti persone sedute intorno a un lungo tavolo. «Stanno aspettando te».

Jerry deglutisce a vuoto. «Merda».

«Avanti, fai la tua parte. Conosci il Bloom International Group molto più di quello che vuoi far credere, entra e ricorda quello che ti ho detto: empatia, entusiasmo e ascolto».

Un uomo sui quaranta, con gli occhiali dalla montatura rossa e un dolcevita nero, viene verso di noi, fermandosi davanti alla porta. «Buongiorno, Jerusalem», la saluta con freddezza. «Manchi solo tu per la riunione».

«Russel», risponde lei, deglutendo a disagio. «Riguardo alla riunione, hai letto la mia e-mail?»

«Mi dispiace». Lui fa una faccia mortificata che ha poco di sincero. «Ne ricevo così tante e, visto il ruolo che ricopro, devo andare in ordine di priorità».

Sottotesto: qui comando io, tu non sei importante.

«Male. Perché era relativa proprio al tuo ruolo. Ho una nuova project manager», dice indicandomi.

Manca poco che Russel si metta a ridere. «Chi è? La tua personal shopper?»

«Certo che no».

«Non comprendo le ragioni e non credo che tuo padre condividerebbe la tua scelta. Dovremmo confrontarci con lui».

«Mio padre è a San Paolo. Vuoi davvero chiedergli un colloquio mentre è in Brasile a trattare un affare da sei miliardi perché ti ho sostituito?»

«Non credo che tu abbia le competenze per prendere questo tipo di decisioni, rispettosamente». Poi mi rivolge un'occhiata scettica.

Ed è l'occhiata che mi fa scattare. «Se non sbaglio, sull'insegna della catena di hotel ci sarà il suo nome», intervengo in difesa della mia amica. «Ed è maggiorenne, non ha bisogno di un tutore legale che prenda le decisioni al posto suo. Non penso che uno dei suoi dipendenti abbia diritto di rivolgersi a lei con questo tono».

Russel mi scruta con tanto di sopracciglio alzato e si rivolge di nuovo a Jerry. «Molto bene. Ora procediamo, che siamo in ritardo. Di' alla tua segretaria, qui, di portare caffè per tutti. Ne servirà parecchio». Poi guarda ancora me. «Macchiato soia per me. E ricorda a Louisa di non passarci chiamate». E senza aggiungere altro entra nella sala riunioni, con noi due che lo fissiamo basite.

Misogino del cazzo. L'ho già battezzato.

«Non posso farcela», mormora Jerry. «Lì dentro nessuno mi darà retta».

«E cosa vuoi fare? Rinunciare?»

«Potrebbe essere un'idea».

«Jerry, sono i tuoi hotel, questa è la tua azienda. O, meglio, lo sarà un giorno, non lasciarti mettere in un angolo dal primo arrivista che fa il prepotente. Sii te stessa e mostra loro le tue qualità», la incoraggio. Non ho mai visto Jerry intimidita da qualcosa o qualcuno, ma c'è una prima volta per tutto. La spingo dentro con una gentile spinta sulla schiena.

Si posiziona in piedi a capotavola e io mi metto nella sedia girevole alla sua destra. Niente, Jerry è pietrificata.

"Saluta", scrivo sul blocco appunti che ho davanti e glielo mostro.

Lei esegue e dal tavolo si alza una piatta risposta. Male.

"Presentati", scrivo di nuovo.

Al suo «Sono Jerusalem Bloom» segue un silenzio stile deserto del Gobi.

"Rassicurali", scarabocchio.

«Ma voi potete chiamarmi Jerry. Lo so che mi state guardando e vedete la figlia annoiata del capo. Forse qualcuno di voi si aspettava che mi presentassi con un vestito di glitter rosa e mi dispiace averlo deluso. Non ho potuto metterlo perché è in tintoria, ma appena me lo rimandano, rimedierò».

Dal tavolo si leva qualche risatina. Già meglio del silenzio.

Calata nel mio ruolo di gobbo, le mostro ancora il blocco. "Continua".

«La cosa più vicina a un lavoro che io abbia fatto in vita mia è stata innaffiare le piante di mia nonna Mary quando è andata una settimana a Roma. Spoiler: le piante sono morte».

Altra risata generale, stavolta più convinta, così annuisco per incoraggiarla.

«Avrò bisogno di voi», dice lei, stavolta seria, «quindi non esitate a correggermi quando sbaglierò e rispondete alle mie domande con sincerità; magari dovrete ripetermi le cose due volte, però sono qui per fare qualcosa di bello e per farlo insieme. Voglio che voi lavoriate con me, non per me».

Mi volto per controllare le facce dei presenti e ora tutte sorridono. Tutte meno una, in fondo al tavolo, ancora scura e tesa. Russel. Ciondola la testa in un continuo "no-no", come se fosse in disaccordo su tutto.

«Le strutture alberghiere del Bloom International Group si distinguono in tutto il mondo per la loro cifra stilistica inconfondibile. Tuttavia, mio padre ha pensato che mancasse un tassello rivolto alla fascia di clientela medio giovane e mi ha affidato questo progetto».

Mentre Jerry acquisisce sicurezza e illustra la sua visione

passeggiando intorno al tavolo, noto che le due ragazze sedute di fronte a me – saranno neolaureate – non fanno che guardarmi, bisbigliare e passarsi il cellulare, a ripetizione.

All'inizio faccio finta di nulla ma quando i loro sguardi si fanno troppo insistenti, mi tendo verso di loro.

«Qualcosa non va?»

«Ehm... in realtà», quella con il caschetto biondo si morde il labbro come fosse sulle spine, «possiamo chiederti una cosa?»

«Sì».

«Tu sei Bea Beaufort?».

Oh, porca vacca. «Io?», domando presa in contropiede.

La rossa con i boccoli gira lo schermo del cellulare verso di me, aperto sul profilo Instagram di Royce su cui fa bella mostra la nostra foto. Ops.

Dev'essere una sua fan.

«Ma no!», nego. «Ci mancherebbe! Io?»

«Sembri proprio lei», insiste la bionda.

«Credimi, è solo una vaga somiglianza. Magari è la luce della foto», mi giustifico vaga.

Le ragazze non sembrano molto convinte, ma si zittiscono appena Jerry torna tra noi, a capotavola. «Ho scelto di farmi affiancare dalla persona che mi ha dato l'idea che penso sia vincente per i J Hotel. Oltre che mia grande amica, sappiate che è un architetto di talento laureata con lode a Cambridge. Non è una che scherza, perciò non ditele cazzate».

Il team ride ancora e questo, adesso, rassicura me, con Jerry che m'invita in piedi accanto a lei.

Mi alzo e l'affianco, scrutando il lungo tavolo.

«Buongiorno a tutti. Jerry è motivata a fare del suo meglio e io sono onorata di appoggiarla», inizio. «Il mio nome è...». Mi muoiono le parole in bocca quando dall'altra parte della parete di cristallo, nel corridoio, noto qualcuno che conosco.

E non è un qualcuno qualsiasi.

Senza neanche pensarci, il mio raziocinio chiude i battenti e mi chino a terra, nascosta dal tavolo.

Merda, merda, merda.

Quello era… è… l'Uomo-Bagno!

Cosa diavolo ci fa qui?!

«Ma che accidenti fai?», bisbiglia sottovoce Jerry, sbirciandomi dall'alto. «Tirati su».

«Ehm, non posso… Ho… ho un crampo». Sì, lo so, è una scusa pietosa.

Lancio lo sguardo verso la vetrata e non vedo più l'Uomo-Bagno, così riemergo dal mio rifugio.

Scampata bella.

«Bea Beaufort», mi trapassa una voce alle spalle. La *sua* voce.

Ecco perché non lo vedevo più: è entrato nella sala.

Mi giro al rallentatore proprio mentre lui viene verso me e Jerry.

Non mi sfugge la biondina che dà di gomito all'amica. «Visto? Te l'avevo detto. È lei!».

«Allora avevo visto bene», esclama una volta che ci ha raggiunto.

Eccolo qui, Sebastian, piantato davanti a me con le mani affondate nelle tasche dei pantaloni e l'espressione di chi si aspetta la mia mossa.

Charlotte, fai l'opossum, fingiti morta! «Ciao», mormoro con il viso che mi va a fuoco.

«Ciao», ripete lui.

Jerry ci guarda a turno senza capire, proprio come tutto il resto dei presenti. «Voi due vi conoscete?»

«Glielo dici tu, o glielo dico io?», mi domanda con quel suo piglio furbo che non lo abbandona mai.

«Dire cosa?», insiste Jerry.

«Ah, Jerry, lui è… Sebastian. Siamo rimasti chiusi nel bagno dell'Attitude con la porta rotta la notte di Capodanno», le spiego.

«COSA?!». La mia amica trasfigura in una maschera di incredulità. Tende la mano tremante verso il team che ci osserva sempre più confuso. «Scusateci un attimo».

Jerry mi trascina fuori dalla sala riunioni, in un angolo del corridoio. «Cioè, mi stai dicendo che Sebastian è l'Uomo-Bagno?!».

«Cosa devo risponderti?! Sì, è evidente che è lui, ma non potevo immaginare che lo avrei rivisto qui!».

«Porca puttana».

«Vabbè, chissenefrega, mica devo rendere conto a lui di cosa faccio, no?».

Jerry rotea gli occhi sconvolta. «Invece sì».

«Perché?»

«Perché Sebastian è mio fratello».

12

Crisi d'identità

Per una decina di secondi sento solo un fischio, dev'essere l'effetto Larsen della mia coscienza.

«Fra… tello?», ripeto come se avessi pronunciato una parola senza significato reale, tipo "supercalifragilistichespiralidoso".

Jerry annuisce. «Figlio di mio padre e della sua prima moglie».

«Il fratello, quello che hai visto a pranzo ieri?», domando ancora per sicurezza.

«Lui».

«Quello tornato da Parigi?», insisto.

«Unico e solo».

«Cazzo», mormoro.

«Non avrei saputo dirlo meglio». Lei si picchia la fronte, con espressione inorridita. «Non posso credere di averti suggerito di fare pene-scaccia-pene con *mio fratello*! È un'immagine agghiacciante».

«Ma io cosa ne sapevo? Non so se lo hai notato, ma non ce l'ha scritto in fronte "Sono Sebastian Bloom, fratello di Jerry Bloom"!», obietto.

«In effetti…», concorda. «Davvero non lo avevi mai visto?»

«Perché? Tu hai mai visto i miei, di fratelli?»

«No», risponde.

«Ecco».

Restiamo un attimo in silenzio a guardarci, metabolizzando i risvolti della scoperta.

«E non solo. Due ragazze, le più giovani del team, mi hanno beccata. Mi hanno chiesto se fossi Bea Beaufort, ho negato, ma poi è entrato Sebastian e mi ha smentita». Che casino.

Jerry si gratta la fronte, pensierosa. «Ah, a questo punto non puoi entrare e dire che non è vero senza far saltare per aria la storia di Royce».

«Ma ti rendi conto che ora c'è una stanza di persone, gente con cui dovrò lavorare, che è convinta che io mi chiami Bea Beaufort?», domando alla soglia della disperazione.

«Non importa».

«Importa eccome».

«Cos'è un nome? Quella che chiamiamo rosa, con un altro nome avrebbe lo stesso profumo», ribatte lei.

«A parole tue, Jerry».

«Non lavorerai qui per sempre, no?», ricorda lei. «Venti persone ti chiameranno Bea Beaufort per quanto? Sei mesi? Pazienza! Non puoi entrare e dire: è un nome falso, mi chiamo Charlotte Taylor. Vuoi perdere i soldi per il castello?»

«Certo che no! Hai ragione… però», rispondo più per farlo presente a me stessa che non a lei, «questo complica le cose».

Jerry non sembra preoccupata quanto me. «Solo un po'».

«Un po' *tanto*».

«Manteniamo la calma, non c'è nulla di impossibile. Bisogna solo evitare di farsi prendere dal panico. Ti chiami Bea Beaufort, tutto qui, è perfettamente gestibile».

Ci voltiamo verso la sala riunioni e vediamo venti teste rivolte verso di noi. Ventuno, compreso Sebastian. Lui, però, è me che guarda.

«Credi che sia ora di tornare dentro?», le domando.

«Sì».

«Scappare non è un'ipotesi percorribile, vero?»

«Ho paura di no».

Inspiro ed espiro richiamando a me le facoltà mentali perdute. «Ok, andiamo».

Jerry spinge la porta sfoggiando la sua proverbiale faccia tosta. «Riprendiamo da dove eravamo rimasti», annuncia come se non fosse accaduto nulla d'imbarazzante. Io, al contrario, vorrei scavarmi una fossa.

«Ho interrotto la riunione proprio durante la presentazione di Bea, se non sbaglio», s'intromette Sebastian, ancora in piedi a capo del tavolo.

«Infatti», ribatto. «Di solito si bussa alla porta», sibilo tra i denti.

«Sì, ma si dà il caso che ci sia il mio cognome su quella porta», sussurra lui, di rimando. Non mi dà modo di ribattere e prende posto sulla poltroncina che ho lasciato vuota. Vuol dire che ha intenzione di restare?!

«Continuate pure, non fate caso a me». Il tono di sfida nella sua voce è pungente ma divertito.

Non fare caso a lui? Difficile, se non impossibile. Sebastian è quel tipo di persona che quando entra in una stanza calamita, senza far nulla perché ciò avvenga, l'attenzione dei presenti. La mia, di sicuro.

Però è il fratello di Jerry e questo lo rende off limits.

Mi verso un bicchier d'acqua e bevo, non tanto per la sete, quanto piuttosto per prendere tempo. Devo presentare il concept della catena dei J Hotel, e senza far sembrare la mia idea una completa idiozia.

Avvio lo slideshow sullo schermo alle mie spalle con la proiezione che ho preparato ieri sera, spiegando la filosofia dietro al carattere degli alberghi che porteranno il nome di Jerry.

Il silenzio in sala, interrotto solo dal leggero fruscio di qualche matita sui bloc-notes, mi rassicura su quello che sto dicendo.

Ignoro Sebastian, alla mia destra, anche se una parte di me muore dalla voglia di osservare il suo volto per vedere che espressione ha.

Sullo schermo passano le immagini di alcuni disegni che ho abbozzato per rendere il concetto di hotel instagrammabile.

«La catena J Hotel rispecchierà Jerry in tutto: personalità spiccata, colorata, riconoscibile. Ogni struttura sarà unica nel suo genere ma parte di un insieme inconfondibile. Poiché il progetto scenderà in ogni minimo dettaglio, è essenziale che gli hotel non siano enormi. Il Bloom International Group realizza da sempre grandi strutture recettive da migliaia di camere e resort da centinaia di bungalow, ma la catena di Jerry renderà ancora più concreto il concetto di "esclusivo": boutique hotel da trenta camere nel cuore delle capitali internazionali».

Infine fisso il cronoprogramma per gli incontri dei giorni successivi, con ogni componente del team per ciascuna delle aree di progetto, dopodiché seguono le domande.

L'unico che resta a bocca chiusa è Russel. Non serve che parli, la sua faccia esprime tutto il suo scetticismo, per non dire disprezzo.

A riunione terminata, distribuisco a tutti una cartellina con il riassunto della presentazione e le mansioni assegnate a ciascuno per il giorno successivo. Quando è il turno delle due ragazze quelle si fermano davanti a me.

«Senti, Bea, non è che per caso riusciresti a farci avere due autografi? Ci terremmo tantissimo», mi domanda la rossa.

«A Martha e a Claire», aggiunge la bionda. «E digli che è bellissimo».

«Vedrò cosa posso fare», le liquido imbarazzata.

La sala si svuota, a eccezione di me, Jerry e Sebastian. E dell'elefante rosa.

Sì, perché è come se ci fossero tante cose da dire, ma nessuno sa da che parte iniziare.

«Che ne dite se vado a prendere un caffè?», annuncia la mia amica. Vuole darsela a gambe e lasciarmi qui? Con lui? *Da sola?*

«Ma che splendida idea, Jerry», osserva Sebastian guardando me. «Io lo bevo lungo. Lunghissimo. Il più lungo che il barista riesce a fare. Più ci mette meglio è».

«Io ristretto», taglio corto. «Prima arriva meglio è».

Jerry sparisce e io mi ritrovo sola con Sebastian, di nuovo in piedi al mio fianco. E adesso?

«Per me niente cartellina?», domanda beffardo.

«No».

«Mi sento escluso».

«Sembra che tu abbia l'abitudine a comparire nei momenti più inopportuni», ribatto.

«Oggi non stavi ballando. Anche se una coreografia finale sarebbe stata molto d'impatto».

«Devo ridere?»

«Non lo so: hai voglia di ridere?»

«Per niente».

Mi sovrasta con il suo metro e novanta abbondante, e io stringo il tablet al petto in un automatico gesto di difesa, come fosse uno scudo. La cosa da cui non può difendermi è il profumo di dopobarba che mi accarezza le narici e mi sfida a non inspirarlo fino a riempirmi i polmoni.

«Ti ho lasciato il mio numero alla reception dell'hotel», mi ricorda.

«E allora?»

«O non te lo hanno dato e quindi devo licenziare qualcuno, o tu non lo hai usato».

«Non l'ho usato. E non lo userò», aggiungo.

«Perché?»

«C'è bisogno che te lo spieghi, il perché?».

Lui sorride, per nulla scalfito dalla mia freddezza. «Magari puoi farlo con uno slideshow».
«Basta una sola diapo: è fuori discussione».
«Ok, abbiamo iniziato con il piede sbagliato». Fa un passo indietro, restituendomi spazio vitale. Mi tende la mano destra a palmo aperto. «Ricominciamo: ciao, mi chiamo Sebastian Bloom, sono il fratello di Jerry. Tu devi essere Bea, l'amica di mia sorella. Non sapevo che lavorassi qui».
«Cosa stai facendo?»
«Ci ripresentiamo come si deve. Ora, per stare al gioco, tu dovresti stringere la mia mano e dire qualcosa tipo: "Piacere di conoscerti, Sebastian"».
«Cosa ti fa pensare che sia un piacere?», gli domando tagliente.
«Una sconfinata fiducia in me stesso».
«Fai accomodare la fiducia sconfinata in te stesso fuori dalla sala. Se non ti dispiace, ora ho delle cose da fare».
«Lo sai perché ci si stringe la mano? Era il gesto usato dai romani per dimostrare alla persona che si ha davanti che si è disarmati e non s'intende pugnalare l'altro a tradimento», ribatte ancora con la mano tesa. «Io sono disarmato. Tu?».
Sebastian è il tipo di uomo che ottiene ciò che vuole, oppure trova il modo di farlo. In questo momento sta ottenendo la mia resa incondizionata.
Non mi farà uscire da questa stanza finché non gli avrò stretto la mano.
Allungo la destra e congiungo il palmo al suo mentre lui chiude le dita in una presa gentile ma decisa.
Riecco la liquefazione.
Questo è il nostro primo contatto fisico in assoluto e l'incontro della nostra pelle genera di nuovo quella tempesta elettrica che ho sentito al primo sguardo che ci siamo scambiati, il fulmine che mi ha sciolta e cristallizzata dentro.
Potrebbe finire qui, in due secondi, ma indugio nella sua

stretta e lui non lascia la mia, come se entrambi fossimo troppo impegnati a imprimere nella memoria tattile tutto quello che possiamo sentire dell'altro in quel contatto: il calore, la consistenza della pelle, la morbidezza...

«Sebastian». Una voce interrompe quel lunghissimo attimo e noi due trasaliamo, staccandoci con un sussulto. «Sei qui».

«Vanessa», dice lui rivolto alla persona sulla soglia.

È la sirena dallo sguardo assassino che io e Jerry abbiamo incontrato all'ascensore.

Si unisce a noi con una falcata da predatrice, aggressiva al punto che, quando me la trovo davanti, mi sento costretta ad arretrare.

«Ti ho cercato nel tuo ufficio ma non c'eri, poi mi hanno detto che eri qui. Perché?», gli domanda ignorandomi.

«Volevo assistere al lancio del progetto dei J Hotel, sai, la catena che papà ha affidato a Jerry».

«Tra mezz'ora abbiamo l'incontro con il sindaco», gli dice senza commentare in alcun modo la sua risposta.

«Infatti, tra mezz'ora». Il tono di Sebastian si è fatto più distaccato.

«Possiamo anche avviarci, no?»

«Di già?».

L'espressione stizzita di Vanessa mi dice che la risposta non le piace. «Perché? Cos'hai da fare?»

«Stavo parlando con una persona».

Lei si volta a guardarmi, registrando la mia presenza.

«Bea Beaufort», mi presenta Sebastian. «È a capo del progetto dei J Hotel».

«Interessante», commenta Vanessa. Il tono in realtà è quello di una a cui non interessa affatto. Infatti, si volta di nuovo verso di lui, tagliandomi fuori. «Andiamo?».

Sebastian non fa in tempo a rispondere che arriva Jerry con un portabicchieri di cartone in mano. «Eccomi qui. Lungo per Sebastian, ristretto per... Vanessa».

«Non bevo caffè, ma grazie del pensiero», risponde lei tagliente.

«Per Bea», mormora la mia amica. Loro due si scambiano un'altra occhiata gelida, come quella all'ascensore. Non si piacciono e non lo nascondono neanche bene.

«Io e tuo fratello stiamo andando a un incontro con il sindaco per l'inaugurazione dell'Alexandra Palace», annuncia Vanessa posando la mano sul braccio di Sebastian con fare possessivo. «Comunque, Jerry, come primo giorno di lavoro un po' di gavetta non può farti che bene. Più tardi, se riesci, puoi portarmi su un tè verde. Senza zucchero».

Jerry non risponde, cosa che mi lascia basita. Non è da lei. Mi sarei aspettata che la castigasse con una battuta caustica delle sue.

È Sebastian a dare un taglio alla *catfight*. «Adesso basta, Vanessa. Andiamo». E quando se ne vanno, ho come la sensazione che nella stanza sia rimasto qualcosa in sospeso, ma non so bene cosa e come doveva andare a finire.

«La odio», sbotta Jerry sbattendo i bicchieri sul tavolo.

«Questo comportamento da *sottona* non è da te. Tu non sei una che si fa parlare così. Sembra quasi che, qui dentro, la padrona sia lei e non tu».

Jerry scuote la testa sconsolata. «È come se lo fosse già».

«Perché?»

«Mio fratello è il vicepresidente del Bloom Group».

«E quindi? Cosa c'entra?»

«C'entra parecchio: stanno insieme».

Per la seconda volta oggi, il mio audio si chiude. «Insieme?»

«Sì, anche se il loro è il classico rapporto on-off. Sono anni che si prendono, si lasciano, si mettono in pausa, poi si riprendono di nuovo. Sempre uguale: lui le dà corda, lei la tira troppo, lui si stanca, lei se lo va a riprendere. È una stronza manipolatrice. Stavolta è pure riuscita a convincerlo a sposarla».

«Spo… spo…?». Non riesco neanche a dirlo.

«A giugno».

Crollo a sedere sulla poltroncina accanto a Jerry, con ancora la sensazione del calore di Sebastian sul palmo della mano che ora vorrei solo lavare via.

13

Sculacciami

«Non ti fa paura la macchina mediatica che ti gira intorno?», domando a Royce. Siamo sdraiati sul letto gigante della sua suite a parlare per ammazzare il tempo di questo nostro finto primo appuntamento.

Oggi Sebastian non si è visto e io ho passato la giornata al computer, nel mio ufficio, a selezionare i primi cinque immobili che faranno parte della catena J Hotel: uno a Londra – ovviamente –, poi a Milano, Berlino, Barcellona e San Pietroburgo.

E a cercare il suo profilo su tutti i social senza trovarne mezzo. Sebastian Bloom è un poltergeist. Chi diavolo non ha un profilo social oggi?!

A metà pomeriggio Tanya mi ha mandato un messaggio per dirmi di tenermi libera per la serata.

Royce è già tornato da Los Angeles, dov'è rimasto meno di ventiquattr'ore, vincitore della statuetta dei Golden Globe come miglior attore protagonista per il film campione di incassi *The beechtree wood*.

Ci siamo dati appuntamento in un piccolo bar di Marylebone, elegante ma non troppo, dove abbiamo bevuto un cocktail in un angolo appartato ma non troppo, in un atteggiamento confidenziale ma non troppo.

Seduti sul divanetto circolare, l'uno accanto all'altra, con il suo braccio appoggiato sullo schienale dietro alle mie spalle, poteva sembrare che mi stesse abbracciando, come anche no. Dipende dai punti di vista.

«Le fonti attendibili comunicheranno che sì, ti sto abbracciando», mi ha detto Royce da sopra il suo Mojito.

«Senti, te lo devo chiedere: ma queste fonti attendibili che citano sempre i giornali, chi sono?»

«La prima è sempre l'ufficio stampa che trova il modo di far trapelare le notizie senza sporcarsi le mani. Chi credi abbia allertato i paparazzi che in questo momento sono abbarbicati dietro le fioriere sul marciapiede?»

«Ci stanno fotografando?»

«Probabile. Non vedi che siamo in un tavolo a favore di obiettivo?»

«Ma il locale è semibuio», gli ho fatto notare. «E con il riflesso del vetro anche le migliori fotocamere ci mostreranno appena».

«Appunto: le foto riveleranno tutto e niente, lasciando la più totale libertà d'interpretazione. Se ai giornalisti dai subito certezze, perdono interesse».

«Ecco perché Tanya ha programmato il primo bacio "pubblico" tra due settimane», ho osservato. Entrambi abbiamo un rigido calendario da seguire e lo step successivo della serata è stato farci vedere mentre montavamo in taxi insieme, fingendo di volerci nascondere, con l'aria di due ricercati.

Punto successivo: arrivo in hotel e salita in camera a beneficio degli occhi della reception.

E ora siamo appunto sdraiati sul letto a parlare, vestiti da capo a piedi a eccezione delle scarpe.

«La macchina mediatica girerebbe comunque; in questo modo, almeno, la guido io».

«La guidano Tanya e Ken», lo correggo.

«Sono professionisti».

«Però perdonami, Royce, ma c'è una cosa che non capisco: i giornalisti non devono avere certezze da subito, hai detto, ma se qualcuno riferirà che io e te siamo saliti insieme in camera, risulterà evidente che c'è una storia», osservo.

«È qui che sta il trucco: c'è molta differenza tra ciò che viene fotografato e ciò che viene solo riferito. Una foto è una prova incontestabile che qualcosa è accaduto, una voce è solo una voce. Alcuni ci crederanno e altri no, questo alimenterà l'interesse ad approfondire».

«A proposito di foto. Ben lo sa?», gli domando.

«Che fingerai di essere la mia fidanzata? Sì, gliel'ho detto e ha fatto una scenata».

«Chissà perché non mi stupisce».

«Ben è una primadonna».

«Me ne sono accorta».

«Lui vorrebbe che facessi coming out, ma non capisce che non posso».

«E lo farai mai?»

«Non lo so. Forse no». Royce butta la testa indietro, sul mare di cuscini, fissando il soffitto. «Tu sai cosa significa essere gay a Hollywood?»

«Chiaramente no».

«La prospettiva è quella di una carriera distrutta».

«Mi sembri un po' disfattista. Ci sono decine di attori gay che lavorano tantissimo», obietto.

«Sicura?»

«Io, be', sì…».

Royce si volta sul fianco, verso di me. «Fammi il nome di qualcuno apertamente gay che ha vinto un Oscar come miglior attore», mi sfida.

Aiuto. «Così su due piedi?»

«Lo hai detto tu che ci sono tantissimi attori gay di successo. Dimostrami che sbaglio».

«Ah… Marlon Brando era bisessuale».

«Mai confermato da lui, sono solo voci successive. Provaci ancora».

«Ce l'ho!», esclamo. «Kevin Spacey, *American Beauty*».

«Lui non vale, ha fatto coming out vent'anni dopo aver vinto».

Accidenti. «A questo punto non lo so».

«Te lo dico io: nessuno. Nessun attore gay dichiarato ha mai vinto un Oscar e ti spiego subito il motivo. E no, non è omofobia come si può pensare. I film si girano grazie ai produttori che ci mettono i soldi, quindi la loro unica preoccupazione è che il suddetto film incassi. Gli incassi dipendono dalla percezione che le persone hanno del film. Se per un determinato ruolo scegli un attore che il pubblico non vede bene in quella parte, puoi anche girare la pellicola migliore del mondo, meglio recitata al mondo, ma non incasserai. Facciamo un test: se domani ti dicessero che Bruce Willis è gay, riusciresti a guardare *Die Hard* con gli stessi occhi?»

«Io non guardo film con Bruce Willis, il problema non si pone», ribatto. «Con tutto il rispetto per Bruce».

«Ok, cambiamo. Se ti dicessero che The Rock è gay?»

«Idem».

«Che film guardi, tu?!».

«Non quelli d'azione sparatutto!».

«Andiamo sul facile: Tom Cruise. *Mission: Impossible* lo avrai visto, no?»

«Sì. *Mission: Impossible*, sì».

«Ecco, tu guardi Ethan Hunt ma vedi Tom Cruise e sai che Tom Cruise è spendibile per il ruolo dell'agente speciale della CIA perché ti trasmette l'idea di virilità, giusto?»

«Giusto», concordo.

«Ora, ti immagini Tom Cruise che guarda le repliche di *Sex and the City* mentre mangia Häagen-Dazs al caramello con una maschera esfoliante in faccia e poi mentre si lancia da un jet supersonico, a quattromila metri dal suolo, planando a corpo libero e sfruttando le correnti ascensionali per sabotare in volo un missile balistico nucleare che sta per distruggere il mondo?»

«Difficile ma non impossibile».

Royce mi guarda storto. «Charlotte, non dire cazzate».

«Va bene, la credibilità calerebbe un po'», ammetto mio malgrado.

«Vuoi un altro esempio?», insiste Royce. «James Bond. Riesci a immaginare un attore gay nel ruolo della spia più famosa della storia del cinema?»

«Ti prego, non costringermi a sentirmi una brutta persona».

«Non lo sei, però è per farti capire che a Hollywood un attore etero può interpretare il ruolo di un gay, ma è molto difficile che a un attore gay venga affidato un ruolo etero».

«Questo però è ingiusto. È discriminante».

«Al casting di *Cinquanta sfumature* il più papabile degli attori per il ruolo di Christian Gay è stato escluso perché, essendo apertamente omosessuale, avrebbe reso ridicolo un film erotico».

«Royce… hai detto Christian *Gay* anziché *Grey*», gli faccio notare provando a non ridere.

«Sul serio?»

«Sì».

Royce alza gli occhi al soffitto, scuotendo la testa. «Eh, perché da lui mi farei legare anche io».

Scoppiamo a ridere di gusto.

«Ok, ho capito», dico appena riprendo fiato. «Un attore etero serve a mantenere viva la fantasia delle spettatrici perché, anche se il film è finzione, deve essere realistico e il realismo dipende dalla credibilità di un attore nel ruolo».

«Esatto. Se io facessi coming out avrei molta più difficoltà a trovare ingaggi, i ruoli da protagonista si ridurrebbero in modo drastico e nell'arco di cinque anni finirei a recitare la parte della checca isterica che saluta le amiche urlando: "Ciao pazzeh!". Quest'anno per me è decisivo: sono in lizza per i BAFTA, tra due settimane usciranno le nomination per gli Oscar e le mie quotazioni, dopo la vittoria ai Golden Globe, sono in rialzo».

«Hai speranze?»

«*The beechtree wood* è stato applaudito dalla critica con recensioni strepitose e gli incassi sono stati spaziali. Inoltre, non è raro che chi vince il Golden Globe come migliore attore conquisti anche il BAFTA e l'Oscar. In genere, le tre premiazioni sono così ravvicinate tra loro che una vittoria anticipa le successive due».

«Allora incrociamo le dita».

«Capisci perché non mi posso permettere un gossip del genere ora? Ho tre copioni in visione in produzioni faraoniche dove avrei il ruolo principale, ma essendo personaggi con una virilità molto spiccata devo stare nella parte anche quando non sono nella parte».

«Al prossimo che dirà che gli attori hanno una vita facile riderò in faccia», osservo.

«Non credere che per le mie colleghe donne sia diverso. Ci sono tre peccati capitali a Hollywood: essere gay, invecchiare e restare incinta».

«Sul serio? Eppure mi sembra che il gossip si scateni al massimo per le attrici in attesa: è maschio o femmina? Quando partorirà? E domande esistenziali del genere».

«Ci sono attrici che nascondono alla produzione di essere incinte per non perdere il ruolo», spiega lui. «Sul set, una donna in gravidanza costa: bisogna fermare le riprese quando non sta bene; serve una stunt per le scene pericolose e, in più, l'assicurazione sale. Se succede qualcosa è un casino».

«Non ci avevo pensato», constato con tristezza.

«Anche invecchiare è un problema. Hollywood è piena di attrici che hanno interpretato le fidanzatine della porta accanto, poi, una volta compiuti i trent'anni, hanno fatto fatica a reinventarsi. Le porte si riaprono intorno ai sessanta, quando le produzioni le cercano per interpretare "la mamma di...", "la zia di..."».

«Sto davvero rivalutando il mio lavoro».

«Se te la cavi bene come Bea Beaufort, posso fare il tuo nome a qualche regista. Devo dire che ti sai vendere».

«Posso fare di meglio», dico tirandomi a sedere con un'idea folle che mi frulla in testa.

«Ah, sì?»

«Sì». Balzo in piedi sul letto e inizio a saltare.

Royce mi guarda stranito, sul materasso che sobbalza. «Cosa fai?»

«Ti faccio vincere l'Oscar». Senza smettere di saltare, do voce al mio ruolo di fidanzata. «Oh, sììì», urlo sospirando in estasi.

Lui scuote la testa, incredulo. «Sei seria?»

«Sììì!», rispondo, anche se i vicini di camera capiranno altro. «Sììì, ti pregoh, continuah!». Aspiro le vocali come se stessi iperventilando.

Royce mi imita, saltando sul letto a sua volta. «Quanto sei bella! Non ne avrei mai abbastanza di te!», mi fa eco, dando sfoggio delle sue capacità recitative.

«Non smettere, mi fai impazzireh!».

La testiera del letto sbatte contro il muro al ritmo dei nostri salti, i cuscini cadono sul pavimento e le lenzuola sono un groviglio unico di cotone egiziano.

«Quanto ti voglio! Ti avrei scopata nel taxi», esclama e, se non fossi consapevole che è una recita, potrei pure chiedergli: "Dici davvero?".

«Royce, mi fai impazzire! ROOOOOYCE!».

«Sì, piccola, sculacciami».

Io mi blocco, fissandolo stranita. «Eh?»

«Eh?»

«Hai detto "sculacciami"?», gli dico.

«Sì, scusa, Charlie. Battuta tua».

Riprendiamo a saltare, più forte e veloce di prima. «Royce, sììì, sto per venire!».

«Anche ioooo».

«Ahhhhhhhh!».

«Ohhhhhhhh!».

«Sììììììììììììììì!».

Senza fiato e con le gambe molli ci accasciamo sul letto, soffocando le risate a faccia in giù sul materasso.

«Hai mai pensato di doppiare un porno?», mi domanda Royce, ansimante.

«No. Ma almeno domani le famose fonti attendibili riferiranno alla stampa che dalla tua stanza stanotte provenivano rumori molesti».

«Credi che qualche ospite abbia chiamato la reception per lamentarsi?»

«Lo spero proprio, con la fatica che abbiamo fatto!», esclamo. «Anzi. La ciliegina sulla torta sarebbe se tu, ora, ordinassi il servizio in camera per farci portare da bere».

«Bella idea. Vado a mettermi l'accappatoio per aprire al cameriere, così da aggiungere realismo alla scena».

«Io vado in bagno ad aprire l'acqua della doccia e canto come se fossi al settimo cielo».

Mentre Royce va ad accogliere il cameriere indugiando qualche minuto di troppo per elargirgli una generosa mancia, io mi siedo sul coperchio del water, canticchiando *Heaven Is a Place on Earth*. Prendo il cellulare per scrivere a Jerry, ma sullo schermo vedo la notifica di un nuovo messaggio.

Il numero è sconosciuto.

"Se pensate di continuare così, non dovrò cambiare solo camera, ma proprio albergo".

Leggo e rileggo il messaggio, prima di decidermi a rispondere.

"Ma chi sei?".

Il telefono trilla subito e apro il nuovo messaggio.

"Per la popolazione di Londra sono l'Uomo-Bagno, ma tu puoi chiamarmi Sebastian".

14

L'elenco puntato

Il mattino seguente, vedo che le fonti attendibili hanno fatto il loro dovere: nelle rubriche di gossip, la coppia Royce-Bea è la notizia del giorno. In metro, sbircio il «Daily Mirror» della ragazza che viaggia accanto a me.

"Chi è lei? Come si sono incontrati l'attore e l'ereditiera? Hanno una storia? È una cosa seria o senza impegno? Quando è iniziata? Quanto durerà?". Le conclusioni vengono lasciate ai lettori, con la frase sibillina: "La coppia è stata vista rientrare insieme all'hotel in cui alloggia lui…".

Mi immagino Ken e Tanya, nella loro stanza dei bottoni, mentre fanno la rassegna stampa del giorno. "Tutto sta andando secondo i nostri piani".

Scendo a Liverpool Street e mi dirigo verso gli uffici del Bloom Group seguendo la fiumana di yuppie incravattati e donne in tailleur, diretta a Bishopsgate, il fulcro della City, dove i grattacieli marcano i vertici del poligono del business: una Stonehenge di cristallo e acciaio.

Poiché si presuppone che chi lavori qui abbia sacrificato la propria vita sull'altare della carriera, ogni edificio, al suo interno, è una città a sé stante e quello del Bloom Group non fa eccezione. I primi tre piani affacciati sulla fontana del grande ingresso dispongono di tutto ciò di cui si possa avere bisogno: bar, ristoranti, una nursery, una lavanderia, perfino una palestra, cosa che mi ricorda che devo smettere di accampare scuse e lavorare sul mio tono muscolare.

Mi dirigo alla caffetteria al primo piano per il secondo caffè della giornata ma, quando entro, resto pietrificata sulla soglia: al bancone c'è Sebastian.

Il primo istinto è quello di fare marcia indietro e andarmene, ma lui si volta e mi vede.

Troppo tardi.

Prendo coraggio e procedo simulando una sicurezza che non ho.

«Buongiorno», saluto il barista. «Un espresso doppio, macchiato con schiuma».

«Non lo prendevi ristretto?», s'intromette Sebastian.

Lo ignoro. Se non gli do corda, magari se ne va. «Senza zucchero», aggiungo come se non lo avessi neanche sentito.

Il problema è aspettare il caffè con lui che mi fissa, come a darmi a intendere che c'è una tassa da pagare e non se ne andrà finché non avrà riscosso.

«Non mi avevi detto che frequentavi Royce DeShawn», spara lui dal nulla.

«E tu non mi hai detto di essere fidanzato», ribatto.

«È una situazione difficile da spiegare».

«Davvero? Un matrimonio tra sei mesi non mi sembra così difficile». Grazie a Dio il mio caffè è pronto così lo prendo e pago.

«Non c'è bisogno, offre la società», mi anticipa lui. Io, però, faccio come se non avesse detto nulla e piazzo le cinque sterline sul banco. Non ci casco.

«Mi è piaciuto il concept per la catena dei J Hotel che hai presentato ieri».

«Stai cercando di blandirmi?»

«No, sono sincero».

Usciamo dalla caffetteria, con il pilota automatico che ci

guida agli ascensori. «Non ho chiesto il tuo parere. E questo tentativo di cambiare argomento è pietoso».

«Ieri stavamo ripartendo da zero, non mi sembrava stesse andando male».

«Forse, ma poi è entrata Vanessa», gli ricordo.

«Magari dovremmo trovare un momento e un posto per parlare senza che nessuno c'interrompa».

«Perché?», gli domando pigiando il tasto di chiamata.

«Perché no?»

«Te lo dico io perché no: ho scoperto che il mio ragazzo mi ha tradita per oltre un anno e sappi che non è piacevole. Per quanto Vanessa non mi piaccia, e ti assicuro che a pelle mi mette i brividi anche a dieci metri di distanza, e non capisca come tu abbia deciso che sia la persona accanto alla quale svegliarti ogni mattina, non ho nessuna intenzione di essere l'altra. I triangoli non mi piacciono».

«Possiamo essere amici», insiste lui.

«A che scopo?»

«Le amicizie non hanno uno scopo. Il disinteresse è alla base dell'amicizia».

«Quindi è per questo che ti sei fatto dare il mio numero da Jerry? Perché sei disinteressato». Sono dura e intendo esserlo.

«Volevo scusarmi per l'atteggiamento di Vanessa ma poi, quando ho sentito le tue grida di piacere, non ho resistito».

«Sarei curiosa di chiederti se, per riconoscermi dall'altra stanza, hai la vista a raggi x».

«Ho orecchio per le voci e la tua si sentiva davvero bene. A proposito, ma urli sempre così?».

L'ascensore arriva e le porte si aprono con un *din*.

«Non lo scoprirai mai».

Lui entra nella cabina ma io non lo seguo. «Che fai? Non sali?», mi domanda guardandomi stranito.

«Prendo le scale».

«Ma sono venti piani!».

«Avevo comunque deciso che era arrivato il momento di darmi allo sport».

Venti piani corrispondono a una salita di ottanta metri per un totale di cinquecento gradini che, con i tacchi, sono come duemila.

No, non è stata una bella idea, ma il mio orgoglio non ne voleva sapere di salire in ascensore con Sebastian.

La notizia del suo fidanzamento con Vanessa è stata una mazzata in mezzo alla fronte.

È vero che sono uscita da una relazione di due anni da neanche una settimana, ma va detto che quella relazione non era appagante e si trascinava avanti con fatica già da un pezzo.

Proprio come sto facendo io, che arranco tra diciassettesimo e diciottesimo piano reggendo l'anima con i denti.

Ancora sei rampe. Solo sei maledette rampe.

L'incontro con Sebastian la sera all'Attitude mi aveva fatto sentire di nuovo viva, di nuovo donna e, anche se i presupposti erano solo quelli di un'avventura, il mio cervello aveva riunito il consiglio di amministrazione in seduta straordinaria e deliberato all'unanimità che lui ci piacesse.

Sto parlando di me al plurale?

Forse è perché ho l'ossigenazione ai minimi storici e sono a un passo dalla sincope per ipossia.

Comincio anche a pensare di essere stata troppo brusca, a tratti quasi velenosa, fino a far trapelare una sottile gelosia nei confronti di Vanessa.

No, sottile non è il termine giusto. La definirei una massiccia e poderosa gelosia. Non la conosco, ma ho assorbito l'antipatia di Jerry per osmosi e se lei pensa che Vanessa sia una stronza manipolatrice, lo penso anch'io.

Mi domando cosa ci trovi Sebastian in lei, ma mi basta mettere a fuoco il suo fisico statuario per darmi una risposta.

A un piano dall'arrivo, elenco tutti i motivi per cui tra me e Sebastian vada alzato un bel muro di mattoni:

1. È il fratello di Jerry, ed è una certezza matematica che, quando c'è qualcosa tra una ragazza e il fratello della sua migliore amica, il rapporto s'incrina. Tra amiche ci si dice tutto, anche i dettagli più pruriginosi, si condividono i problemi più intimi, ci si sfoga senza pietà e si fanno riti vudù e macumbe sul fantoccio dello stronzo di turno quando ci si lascia. Mettere Jerry al corrente di momenti ad alto tasso erotico con suo fratello la farebbe sentire a disagio, coinvolgerla nei problemi della coppia la porrebbe nella scomoda posizione della staffa tra incudine e martello e, nel momento in cui la storia finisse, sarebbe costretta a prendere la parte di uno dei due (e non potrebbe non essere quella di Sebastian);
2. È il vicepresidente del Bloom International Group, io lavoro per il Bloom International Group, pertanto è il mio capo;
3. È fidanzato e sta per sposarsi (Dio, o chiunque ci sia lassù, dobbiamo parlare);
4. Per un mese sono vincolata al contratto con Royce;
5. …

Al mio arrivo al ventesimo piano, appoggiata sul bordo dell'ultimo gradino c'è una bottiglia d'acqua con un biglietto.

Scommetto che hai sete. Per i prossimi giorni, se vorrai continuare ad allenarti, sappi che la società è convenzionata con la palestra del secondo piano. Se, invece, preferisci continuare a salire le scale, fammelo sapere, così da farti trovare dell'acqua.

S.

Stavo per aggiungere il punto cinque alla mia lista, ma non ricordo proprio quale fosse.

15

A girl's just as hot as the shoes she choose

«Hai dato il mio numero a tuo fratello senza nemmeno chiedermelo», rimprovero Jerry, entrando nel suo ufficio, appena la vedo.

"Appena" non proprio, visto che riesco a incontrarla solo alle cinque del pomeriggio, dopo una lunga riunione con l'ufficio bilancio per la messa a punto del budget dei primi cinque hotel.

«Ho dovuto: mi ha minacciata con l'ipotesi di rimettere Russel come project manager».

«E gli hai detto dell'Uomo-Bagno», aggiungo.

«Mi è scappato».

Le allungo il telefono aperto sul messaggio che Sebastian mi ha mandato ieri sera. «Questo è quello che mi ha scritto dopo aver sentito me e Royce fare sesso».

«Tu e Royce avete fatto sesso?!», esclama esterrefatta.

«Per finta! Abbiamo urlato e fatto sbattere il letto perché i vicini lo pensassero e magari riferissero il disagio alla reception. Non sapevo che i vicini erano tuo fratello».

«Dimmi che avete fatto un video».

«Niente video, serviti della tua immaginazione. Domani sera, però, ho un altro appuntamento con Royce per una cena. Da Annabel's».

«Caspita. Roba grossa».

«Già».

Annabel's è uno dei club per soli membri più esclusivi di Londra, in un antico palazzo georgiano al numero 46 di Berkeley Square che, dalla sua apertura nel 1962, ha fatto da cornice alle serate di celebrità come Elizabeth Taylor, Onassis, Mick Jagger e Madonna. È il posto perfetto per nascondersi pur restando in vista, o per farsi vedere fingendo di volersi nascondere, dipende da come la si guarda. La cosa certa è che sarà un'uscita che dovrà dare altro materiale succulento ai rotocalchi.

«Cosa pensavi di metterti?», mi domanda lei.

«Non ho niente di adatto, perciò stavo pensando di andare nuda. Ci sarebbe di che parlare, no?».

Jerry si alza in piedi battendo le mani. «Vieni con me, ti sistemo io».

«Se la tua intenzione è quella di buttarci a capofitto nello shopping selvaggio, razziando ogni boutique di Bond Street, sappi che la risposta è no. Ora ho fin troppe spese sulle spalle».

«Ho un'idea migliore dello shopping. Però dobbiamo andare a casa mia».

«Ora?»

«Ora. Perché?»

«Devo finire la programmazione del lavoro della settimana prossima».

«Non rompere, siamo già in fascia straordinari. Basta pensare al lavoro», dice lei, mettendo le mani sulla poltroncina a ruote su cui sono seduta e spingendola verso l'uscita del suo ufficio.

«Cosa diavolo fai?»

«Ti porto fuori di peso».

Quando Jerry si mette in testa una cosa non c'è modo di dissuaderla – in questo, lei e suo fratello si assomigliano molto –, e nell'arco di cinque minuti ci ritroviamo su un taxi, nel traffico serale, dirette verso la luccicante Knightsbridge.

L'appartamento di Jerry, un attico su due piani dall'arredo minimal, con una sua gigantografia stile Andy Warhol grande quanto un'intera parete, è in uno dei condomini più lussuosi del quartiere e, anche se ci abita da sola, potrebbero starci tranquillamente altre cinque persone senza il rischio di incrociarsi due volte.

La cosa assurda è che lei passa pochissimo tempo a casa, non usa mai la cucina e a volte non ci dorme neanche. È più che altro un luogo che usa come punto di appoggio.

«Sofia», chiama Jerry quando entriamo, rivolta alla sua governante, «noi andiamo nell'armadio. Ci porti due Cosmopolitan ghiacciati?».

L'armadio di Jerry è in quella che una volta era la camera degli ospiti ma, poiché era troppo piccola, ha fatto abbattere un paio di pareti inglobando altre due stanze e nonostante ciò, tra le cose che si compra lei e ciò che le regalano i designer, lo spazio continua a non bastarle.

«Diamoci da fare», annuncia spalancando le porte a due battenti. «Dobbiamo tirare fuori Bea Beaufort da Charlotte Taylor».

«Detto così, sembra qualcosa che mi farà male».

«Bea Beaufort non metterebbe mai quel vestito smorto che hai indosso. Che colore è? Nero stinto?»

«Grigio canna di fucile».

«Bea indosserebbe questo», annuncia lei sventolando uno svolazzante abito rosso preso dallo stender alle sue spalle. «Valentino».

«Per l'ufficio?»

«Bea Beaufort non ha abiti per l'ufficio e abiti per il fuori ufficio. Bea Beaufort si mette quello che vuole, quando vuole. E se vuole mettersi un Valentino rosso, si mette un Valentino rosso».

«Sembra una con le palle questa Bea, inizia a starmi simpatica», dico.

«Provalo!».

«Non ci entrerò mai!».

«Trattieni il respiro».

Jerry è tassativa, così eseguo anche perché non è che mi capiti tutti i giorni di provare dei Valentino freschi di passerella. Un Valentino vero, io, non l'ho nemmeno mai toccato. La cerniera protesta un po' a salire ma riesco a chiuderla senza danni. «Può andare?», domando con una piroetta che tende la gonna.

«Andare? Il rosso ti sta benissimo! Perché non lo metti mai?»

«Perché non ho mai comprato niente di rosso».

«Bene, abituati all'idea che da oggi vedrai un sacco di rosso nel tuo armadio», ribatte decisa. «E blu elettrico, verde, magenta, giallo, arancio».

Sul pouf al centro del guardaroba s'impila un vestito dopo l'altro e, via via che li provo, finiscono appesi alla stampella dei "sì".

A Valentino segue Versace, poi, in rapida sequenza, li raggiungono Marc Jacobs, Vivienne Westwood, McQueen, Gucci, Tom Ford, Gaultier, Donna Karan, Lagerfeld, Ralph Lauren, Dior, finché non perdo il conto.

«Ora passiamo ai tacchi!», annuncia Jerry piazzandosi davanti alla sua scarpiera sterminata di sandali e stiletto indossati, nel migliore dei casi, una volta. «Una donna è le scarpe che indossa».

«Chi l'ha detto?», chiedo. «Chanel?»

«No. Lady Gaga».

Non fa una piega.

Fasciata in un tubino di Givenchy, aderente al punto che posso procedere solo a passi piccolissimi, la raggiungo. «Possiamo non superare gli otto centimetri?»

«Dodici», ribatte.

«Otto».

«Charlotte sarà anche una da otto, ma ti assicuro che Bea è una da dodici».

«Bea se ne farà una ragione e metterà l'otto».

Lei non cede terreno. «Sai perché si usa "tacco dodici" per dire décolleté e non "tacco otto"?»

«No».

«Perché del tacco otto non frega niente a nessuno. È una via di mezzo e le vie di mezzo sono per chi non sa cosa vuole».

«Dieci. Ultima offerta».

Jerry sbuffa stizzita ma capisce che stavolta sarò io quella irremovibile. «Andata per il dieci».

La leggera differenza di numero tra me e Jerry rende la scelta un po' più complicata ma, alla fine, accanto ai vestiti, svettano almeno dieci scatole di scarpe tra Manolo Blahnik, Stuart Weitzman, Jimmy Choo, Prada e René Caovilla.

«E ora», annuncia Jerry davanti a una porta blindata rosa dove digita un codice, «è il momento del caveau».

Ed è un caveau davvero, solo che anziché gioielli e lingotti contiene... borse. Centinaia di borse ordinate per dimensione e scala cromatica per un valore di qualche milione di sterline. «Ti presento le mie bambine». Jerry trasuda orgoglio da ogni poro.

«Non ero mai stata qui dentro!», esclamo con i lucciconi agli occhi. Charlotte o Bea, sfido chiunque a entrare in questa stanza e non sentirsi bruciare le mani dalla voglia di toccare tutto.

«Perché l'accesso è solo mio, ma oggi, per te, faccio un'eccezione».

«Mi sento lusingata».

«Prendi tutte quelle che vuoi, ma queste te le do solo in prestito», mi avverte.

«Cioè intendi che il resto me lo regali?»

«Lo avrei comunque donato. È roba vecchia, ormai».

Roba vecchia? Ha ancora il cartellino.

«Queste», dice indicando le borse, «sono edizioni limitate e numerate, e dentro è cucita la targhetta con il mio nome e il mio numero, nel malaugurato caso andassero perse».

«Tu credi che se qualcuno trovasse questa incustodita», dico prendendo una Hermès Himalaya Kelly da trecentomila sterline, «ti chiamerebbe per restituirtela? Con tutto il bene che ti voglio, io non lo farei».

«Voglio nutrire ancora speranza nel genere umano. Quanto a te, se ti piace puoi prenderla, ma ricordati che so dove abiti».

«Per una Himalaya Kelly, posso anche cambiare indirizzo», la prendo in giro. «In ogni caso, andrei nel panico a uscire con al braccio l'equivalente di una miniera d'oro, quindi te la lascio volentieri».

«E invece no. Ti serve uno status symbol, altrimenti che figura fai? E poi so che tu la tratterai bene. La tengo qui a tua disposizione, quando ti servirà vieni a prenderla».

«Meglio, anche perché il nascondiglio più sicuro a casa mia è la cassetta del water».

«Stasera faccio portare da te i vestiti che abbiamo scelto, tu vai a casa e sbarazzati di tutti quegli abiti neri, grigi, beige da Jane Eyre».

«Finalmente hai letto il libro che ti ho regalato!», esclamo colpita. Un anno fa, Jerry aveva fatto un'intervista televisiva durante la quale il giornalista l'aveva inchiodata alla domanda: "Qual è l'ultimo libro che hai letto?", così per farle superare la scottatura le ho regalato il romanzo di Charlotte Brontë.

«No, ho visto il film».

«Per un attimo mi ero illusa di averti fatto scoprire l'amore per la lettura».

«Io leggo un sacco. "Vogue", "Vanity Fair"...».

«Magari proviamo con *Harry Potter*. I film li hai già visti, non puoi barare», le dico.

«A proposito di magia», m'interrompe, «con Bea non abbiamo ancora finito».

«No?»

«No. Ti ho preso appuntamento per domani alla mia beauty spa: trattamento completo mani-viso-corpo-capelli. Puntuale a mezzogiorno, non mancare o mi farai fare una figuraccia. C'è gente che, pur di avere una consulenza da John, è in lista d'attesa per essere messa in lista d'attesa».

«Ma a mezzogiorno non posso», protesto.

«Puoi, anzi *devi*». Anche in questo caso, Jerry non accetta il mio no. «Lascia che Bea Beaufort si goda le soddisfazioni che Charlotte Taylor si è negata per anni. Ti piacerà. E non ringraziarmi».

L'incontro con quelli dell'ufficio finanziario per la definizione dell'importo dei lavori per le strutture dura più del previsto, tanto che mi ritrovo Jerry che bussa alla parete vetrata facendomi segno col dito sul polso per ricordarmi l'appuntamento alla beauty spa.

Il mio senso del dovere però mi impone di concludere la riunione, che si protrae per dieci minuti abbondanti, con Jerry che lancia occhiate furibonde.

«Ma allora mi prendi in giro?», mi apostrofa appena esco, a seduta aggiornata. «Ti ho detto di essere puntuale».

«Dovresti essere contenta, sto lavorando per te».

«Contentissima, però adesso vai!».

«Ho ancora un quarto d'ora per arrivare, no?», dico controllando l'orario sul cellulare.

«A Pimlico?». Lei non sembra d'accordo. «Impossibile».

«Impossibile se mi tieni ancora qui a farmi paternali».

Agguanto il cappotto, un trench in cachemire nero frutto

del makeover di ieri e mi affretto in direzione della stazione della metro.

Scendendo nel sotterraneo mi compiaccio di quanto la stazione sia vuota, al contrario delle strade congestionate. Arriverò in un lampo.

Sulle scale mobili, mentre preparo il mio tesserino magnetico, ascolto distratta gli annunci all'altoparlante finché la parola "sciopero" non attira del tutto la mia attenzione.

Come, sciopero?

«*Il sindacato dei lavoratori dei trasporti pubblici ha indetto uno sciopero di mezza giornata dalle 11:30 alle 17:30*», ripete la voce cavernosa dagli altoparlanti.

Il fatto di essere l'unica nei paraggi mi conferma che il mio non è un caso di particolare fortuna, semmai il contrario. Se solo fossi uscita dalla riunione quando Jerry mi è venuta a chiamare!

Risalgo le scale mobili controsenso – accidenti al tacco dieci – ed esco di nuovo alla luce delle strade della City, sature di veicoli che procedono lenti.

Trovare un taxi è un'impresa, così torno alla torre del Bloom Group per farmi mettere a disposizione una delle auto della società – altro benefit per i dipendenti.

«Spiacente», si scusa il receptionist. «Tutti i nostri driver sono impegnati per via dello sciopero. Posso farle avere la prima auto tra… quaranta minuti».

«Così tanto?»

«Mi spiace. Ora inoltro la sua richiesta e faccio tornare in sede l'auto più vicina ai paraggi».

Quaranta minuti?! Fa lo stesso, torniamo alla missione impossibile: taxi.

Esco sul marciapiede, con Bishopsgate che è una fiumana unica di veicoli, e mi apposto sul ciglio sventolando la mano.

Di taxi è pieno ma nessuno mi considera, sono già in servizio e tutti si guardano bene dal dividere la loro corsa con me.

Merda. Mancano cinque minuti a mezzogiorno. A questo punto, tanto vale che chieda a Jerry di annullare l'appuntamento. Mi terrà il broncio per giorni, ma il traffico è interdetto.

«Jerry», le dico appena risponde al telefono. «Non arrabbiarti, ma credo che non ce la farò ad andare da John. Non odiarmi, non è colpa mia, è stato indetto uno sc…».

Davanti a me si ferma una Mercedes nera e lo sportello del passeggero si apre per invitarmi a entrare.

Grazie a Dio! L'auto del Bloom Group!

«Serve un passaggio, Miss Beaufort?», mi domanda la voce dall'interno mentre all'altro orecchio Jerry mi copre di velate minacce dal telefono.

«Jerry, lascia perdere le torture», le dico «Vado da John, avvertilo solo che ritardo per via dello sciopero». Faccio per salire a bordo, ma appena mi chino per entrare nell'abitacolo rimango pietrificata a metà via.

«Sali o no?», mi domanda Sebastian seduto al posto di guida.

16

Guardare e non toccare

Salgo o no? Bella domanda.

«A giudicare dalla disperazione con cui agitavi la mano, sembri molto di fretta», mi dice riscuotendomi dalla mia paralisi.

«Io… stavo aspettando un'auto della società», balbetto come se potesse cambiare qualcosa.

«Considerando che questa è la mia auto e che sono in società con mio padre, potremmo dire che per estensione è un'auto aziendale. E il mio commercialista sarebbe d'accordo».

«Ma…», vorrei obiettare con una battuta affilata e intelligente solo che non mi viene nulla.

«La mia offerta non durerà per sempre. Ripartirò tra tre… due… uno».

«Ok», dico sedendomi nel posto accanto a lui, basso quasi rasoterra. Come accidenti ho potuto pensare che una coupé due posti potesse essere un'auto aziendale? «Ma non dovevi disturbarti, non era necessario», dico a mezza voce fingendomi concentrata ad allacciare la cintura.

«Nessun disturbo, sto andando a un appuntamento a Fulham. Spero solo che tu mi sia di strada».

«Io vado a Pimlico, St George's Drive», rispondo sintetica.

«Dovrò deviare a sud ma, almeno, non devo andare dalla parte opposta».

«Perché? Se prendi la A3 ci arrivi diretto e poi tiri dritto per il lungofiume su Chelsea Embankment».

«E passare per il London Bridge, *adesso*? Con questo traffico?». Lui non sembra d'accordo. «Non ci penso neanche!».

«Era per non farti allungare il percorso. E poi non credo che sullo Strand ci sia meno traffico», obietto. «Girare intorno a Buckingham Palace è una follia».

«Infatti andiamo giù per Belgravia», ribatte sicuro. «Mio il volante, mie le regole».

Dopo il dibattito sulla strada da percorrere, tra noi due cala il silenzio. L'ultima volta che ci siamo parlati non si può dire che il nostro scambio sia stato proprio cordialissimo. Io, almeno, non sono stata cordialissima.

«Senti, per ieri, io...», mi interrompo non sapendo come continuare. Vorrei riuscire a scusarmi ma senza essere troppo plateale. Il mio orgoglio ci terrebbe a stare a testa alta.

«Tu?»

«Non volevo essere così acida. Forse ho parlato un po' troppo senza filtri e non credo di aver fatto una delle mie figure migliori».

«Non m'importa», risponde senza staccare gli occhi dalla strada.

«Non t'importa?»

«No», ripete. «Sei stata sincera e, credimi, lo preferisco. Preferisco sempre la sincerità, anche se scomoda. Non ti è andato giù che io non ti abbia detto di essere impegnato e Vanessa non ti piace. Lo accetto».

«Le cose che ho detto su Vanessa avrei dovuto tenerle per me. Non ho diritto di emettere sentenze sulla tua fidanzata». Pronuncio la parola "fidanzata" come se avessi una spugna incastrata in gola.

«È vero, ma le pensi, quindi perché fingere?»

«Perché lo fai? Intendo questo favore di darmi un passaggio?»

«Perché, nonostante tutto ciò che hai detto, credo ancora che io e te potremmo essere amici».

«Io sono amica di *tua sorella*», dico per ricordargli qual è la prima persona alla quale va la mia lealtà.

Lui si volta verso di me lanciandomi uno di quei sorrisi che mi fa ringraziare di essere già seduta. «Ragione in più per andare d'accordo, no?»

«Hai tutta questa necessità di amici?»

«A trentaquattro anni, direi di no».

«E allora, perché io?»

«Perché, nonostante tutto, penso che tu sia una persona molto interessante, Bea Beaufort. Un'ereditiera impegnata con una star di Hollywood che lavora a tempo pieno in una società immobiliare? Non se ne sentono molte».

"Già, chissà come mai", penso tra me e me.

«Ci si annoia molto a non fare nulla tutto il giorno», rispondo vaga. Non ho idea di come sia non fare niente tutto il giorno ma sono dispostissima a propormi come volontaria per provare. «E poi, Jerry ha bisogno del mio aiuto e io sono ben felice di darglielo».

«Finché non si stanca del suo nuovo gioco». Nella voce di Sebastian c'è un leggero tono di rimprovero. «Sai anche tu che mia sorella è molto volubile nei suoi interessi. Parte carica come un fucile e poi si disinteressa tutta in un colpo. Papà non vuole fare la parte di quello che passa l'azienda al figlio maschio per diritto patriarcale, quando sarà il momento la lascerà a me e a lei in parti uguali ma anche con le stesse responsabilità, però con lei è più difficile creare un attaccamento che si prolunghi per più di qualche mese, o qualche anno, se va bene».

«Credo che quella di affidarle una catena di alberghi a nome suo sia la strada giusta per stimolarla, ma Jerry non resterà se verrà trattata come la figlia stupida e viziata del capo che usa la società come suo bancomat personale. Sa di avere dei limiti ed è intenzionata a superarli», la difendo. «Ma se mi ritrovassi in un ambiente ostile, anche io abbandonerei dopo un po'. Voglio aiutarla a inserirsi e avviare la catena dei J Hotel con successo, in modo da guadagnarsi la stima e la fiducia del Bloom International Group. A mio avviso è una risorsa con tantissimo potenziale, non conosco migliore comunicatrice di lei».

«Le vuoi davvero bene, eh?»

«Perché?», domando. «Si può non volergliene?»

«Io sono di parte, Jerry è mia sorella, ma posso assicurarti che c'è stata una lunga fila di scaltri opportunisti che hanno provato ad approfittarsi di lei, della sua posizione e delle sue conoscenze, quindi so di cosa parlo. Ha davvero bisogno di un'amica che si prenda cura di lei senza secondi fini. Sembra forte e spavalda ma è anche fragile e spesso insicura, e questo lo capiscono in pochi. Sono contento che tu sia in grado di vedere oltre la superficie patinata della reginetta della scena mondana londinese».

«Anche lei riesce a vedere il meglio di me, e ti garantisco che non è facile. Spesso mi domando cosa ci trovi nella mia compagnia», osservo dimenticandomi per un attimo di parlare come Bea e non come Charlotte.

«Se ha trovato quello che ci trovo io, sei in cima alla lista delle sue persone preferite».

Bam! L'ha detto. Questa è una di quelle cose che spostano di colpo l'ago di una conversazione, fino a questo momento bilanciata alla perfezione.

«Non puoi dirmi una frase del genere senza poi entrare nello specifico», lo punzecchio.

«Sai tenere viva l'attenzione di chi ti sta accanto, riesci a essere leggera senza sfociare nella superficialità, non parli tanto ma quando lo fai dici le cose giuste, il più delle volte con un'ironia pungente, e sei trasparente».

«Trasparente?»

«Che appari come sei: non costruita, senza finzioni, limpida».

Sta parlando della stessa persona che ha accettato di fingersi la fiamma di un attore per coprire la sua omosessualità in cambio di un milione di sterline?

«Potresti sbagliarti», lo ammonisco mentre decido se buttare la mia coscienza nel bidone dell'umido o dei rifiuti indifferenziati.

«Si sente da come parli, dalle espressioni del tuo viso, da come guardi gli altri negli occhi, da come sorridi».

«Non so se questo faccia di me una bella persona, ma almeno ci provo».

L'auto costeggia St James Park lungo il Mall che, con il suo asfalto rosso, assomiglia a un gigantesco red carpet trionfale fino a Buckingham Palace.

Restiamo in silenzio per un po' e io mi ritrovo a osservare Sebastian.

Profilo volitivo, ombra di barba, capelli folti e scuri in cui affondare le dita, labbra carnose da mordere…

Eh, sì, è bello a livelli illegali, mi fa venire voglia di essere il volante per essere presa così, da quella mano gentile e decisa.

Perché? Perché? Perché le forze divine vogliono mettermi alla prova in questo modo spietato? È come se mi stessero dicendo: "Guardare e non toccare".

Devo fare appello a tutta la mia forza di volontà per non affondare il viso nell'incavo del suo collo e annusare il dopobarba, che ho deciso essere il mio profumo preferito subito dopo quello dei biscotti zenzero e cannella appena sfornati. No, forse batte anche quelli.

«Ci credi che, ogni volta che torno a Londra, ci metto un po' a riabituarmi al senso di marcia contrario? Per tutto il tempo ho sempre la sensazione di guidare dalla parte sbagliata», dice distraendomi dalle mie elucubrazioni.

«È il resto del mondo che guida dalla parte sbagliata. Fino

a metà Settecento tutti tenevano la sinistra come senso di marcia perché era una convenzione militare. Ci si proteggeva a sinistra e si sguainava la spada con la mano destra, quindi i pericoli si tenevano a destra. Poi, con la Rivoluzione francese il senso di marcia è stata una delle cose che vennero cambiate per principio. Napoleone mantenne il cambio di marcia sul lato destro perché era mancino e lo ha diffuso in tutti i territori del suo impero. La guida britannica è quella corretta», rispondo con l'automatismo che mi si innesca ogni volta che sento qualcuno parlare degli inglesi come quelli che vogliono fare le cose diverse per distinguersi.

«Tranquilla, non ho rinnegato la mia madrepatria per fraternizzare con il nemico, solo che passando così tanto tempo sul Continente è sempre una sensazione strana tornare alle vecchie abitudini».

«Vai spesso a Parigi?», gli chiedo.

«In realtà sto molto più là che qua», risponde evasivo. «Senti, ma se continuassimo questa conversazione davanti a un bicchiere di vino, senza impegno, stasera?».

Riecco il cuore che mi fa bungee jumping dal petto. «Perché?»

«Perché mi piace parlare con te e vorrei continuare a farlo, magari con la giusta attenzione e non mentre una regione del mio cervello è impegnata a ricordarsi che devo dare la precedenza a chi viene da sinistra e non da destra».

«Vanessa potrebbe avere qualcosa da obiettare», gli faccio notare.

«Non ho bisogno del permesso di Vanessa per incontrare un'amica».

«Incontrare un'amica?», non riesco a nascondere il tono scettico nella mia voce.

«Ricordami un attimo gli usi e costumi sociali inglesi, perché potrei aver scordato anche quelli: pure qui, con gli amici, si esce a bere qualcosa e a chiacchierare, giusto?»

«Sì, ti ricordi bene».

«Questa è un'ottima notizia. A che ora?»

«A nessun'ora. Ho già un impegno».

«Appuntamento romantico?», domanda lui. Qui sono io a cercare un interesse sottinteso nel suo tono.

«Cena da Annabel's», rispondo senza tirare in ballo Royce. Sono ancora in ampio e abbondante imbarazzo per l'altra notte, quando Sebastian ha sentito la nostra simulazione.

«Annabel's? Sul serio? L'avevo detto che eri una importante quando ti ho visto con quel vip pass all'Attitude».

«Puoi non ricordarmi l'agghiacciante momento in cui mi hai beccata a ballare seminuda lo stacchetto di *Flashdance*?»

«È una di quelle cose che mi rimarranno impresse nella memoria finché campo e che, quando avrò novant'anni e sarò completamente rincoglionito, racconterò a ripetizione alle infermiere della casa di riposo. "Vi ho mai detto di quella volta che ho trovato una ragazza che ballava *What a Feeling* in mutande in un bagno?"».

«Questo è molto rassicurante».

L'auto si ferma davanti al palazzo vittoriano bianco identico agli altri cento lungo la via, che si distingue da quelli accanto solo per una placca di plexiglas sulla porta con scritto GLAM STUDIO. «Arrivati», annuncia lui.

Dovrei scendere, sono già in esagerato ritardo, eppure mi sembra di essere incollata al sedile. Il consiglio di amministrazione del mio cervello ha votato all'unanimità che qui stiamo bene.

«Domani», dice Sebastian voltandosi verso di me e inchiodandomi con i suoi magnetici occhi azzurri.

Io deglutisco, intimorita. «Domani, cosa?»

«Usciamo a bere qualcosa io e te. Non dirmi che sei impegnata, è una carta che hai già giocato».

Cielo, quanto vorrei avere un vero motivo per poter dire di no a cuor leggero!

Proprio quando sto per formulare il mio più cortese e diplomatico rifiuto, la stazione radio trasmette *Open Your Heart* di Madonna, la canzone che ha fatto da sottofondo al nostro quasi bacio nel bagno dell'Attitude.

Anche Sebastian se ne rende conto, lo vedo dal suo sguardo e da un sorriso impercettibile che si disegna sulla sua bocca, che però non mi sfugge. Le sue labbra si incurvano di appena un millimetro, ma è come se si accendesse qualcosa sul suo viso.

I hold the lock and you hold the key. "Io ho la serratura e tu la chiave".

I suoi occhi mi dicono che lui, la maniglia rotta, ce l'ha ancora e può leggere nei miei che ho tenuto la chiave.

«Domani sera?», mi domanda di nuovo, con quella voce bassa, profonda, che mi fa vibrare l'anima. «Ricordati che mi devi un brindisi».

17

Jeans senza mutande

Al Glam Studio mi rifanno nuova, un restauro completo.

Sono un'accanita fan dei programmi di makeover, quelli in cui prendono brutti anatroccoli trascurati e li trasformano in cigni. Ho sempre desiderato abbandonarmi alle mani di sapienti professionisti per godermi anche io il mio Momento Cenerentola, ma complice la mancanza di tempo e di risorse mi sono sempre arrangiata, però non è la stessa cosa. Farsi unghie, capelli e massaggi da sola non è per niente rilassante.

Oggi, invece, ho quattro persone a mia completa disposizione e a spese dell'entourage di Royce. Fa parte del pacchetto "fidanzata".

John Shannon in persona, lo stylist delle star, mette le mani sulla mia testa. Il castano spento dei miei capelli si arricchisce di caldi riflessi color caramello e miele e il taglio viene rivoluzionato con poche sforbiciate, infine una bio-permanente mi regala delle belle onde morbide che non hanno nulla a che vedere con la piega che mi avevano fatto a Capodanno alla scuola per parrucchieri.

Un'estetista dal pesante accento tedesco si occupa del mio viso facendo sparire, sospetto con l'uso della magia nera, tutte quelle imperfezioni che io combatto senza successo con le maschere del supermercato da anni. “Ti prego, dimmi come fai!”.

Le altre due ragazze si occupano del mio corpo: passo mezz’ora bendata più di Tutankhamon in fasce imbevute di una soluzione miracolosa che ha il potere di drenare la mia ritenzione idrica. Ma sul serio c’era tutta quell’acqua nel mio corpo? Io non ce l’ho messa!

Infine prendo una bella strigliata dalla make-up artist quando le chiedo di non esagerare con gli strati di trucco.

«Non usi il primer prima del fondotinta?», mi domanda con già le mani sulla mia faccia.

«No, solo la crema idratante».

«Darsi il fondotinta senza primer è come mettersi i jeans senza mutande».

Quella frase, per una maniaca compulsiva dell’ordine come me, è bastata a rendermi dipendente dal primer all’istante.

A casa infilo uno dei vestiti di Jerry e mi guardo un’ultima volta allo specchio prima di uscire.

«Ciao, Bea!», mi saluto. Possibile che mi ci siano voluti trent’anni a esprimere il mio potenziale? Se non sapessi di essere io, non mi riconoscerei. Nella mia testa il concetto di “Non sei brutto, sei solo povero” acquisisce un senso.

«Sei… sono senza parole», è il commento di Royce quando scendo dal taxi davanti al numero 44 di Berkeley Square.

«Mi sono preparata al volo. Ci ho messo giusto tre ore!».

«Spese benissimo, parola mia, e non sei il mio tipo!».

Entriamo nel club dove ci scortano con tutti gli onori alla Rose Room, un trionfo di oro, rosa e decorazioni floreali rococò.

Visto l’ambiente, sono contenta di aver dato retta a Jerry, mi sarei sentita un pesce fuor d’acqua con uno dei miei abiti presi in saldo da Zara.

«Non mi sembra un luogo paparazzabile», osservo scorrendo il menu. «Anzi, lo staff ha l'aria della discrezione in persona».

«Lo staff è discreto, i frequentatori no», ribatte lui. «Ci hanno notato già in cinque tra chi è ai tavoli e chi al bar».

«Ho capito». Annuisco mentre ripasso a mente i nostri goal della serata: farci vedere mentre ci diamo la mano sul tavolo, pubblicare foto sui nostri social in cui mostriamo di essere entrambi da Annabel's in compagnia ma senza mostrare l'altro in maniera esplicita. Siamo ancora nella fase ufficiosa "Stiamo insieme o forse no" che Tanya e Ken vogliono per alimentare l'*hype*.

Ordiniamo due tartare di salmone, il sommelier ci versa un Montrachet e Royce alza il bicchiere verso di me. «Facciamo un brindisi antisfiga».

«Posso aspergermi con tutta la bottiglia?», dico imitandolo.

«Oggi hanno annunciato le nomination ai BAFTA. Nella categoria miglior attore protagonista ci sono anche io».

«Ma è fantastico!», esclamo. Essendo i BAFTA l'equivalente britannico degli Oscar, c'è di che essere fieri. «Chi sono gli altri candidati?»

«Oltre a me, altri due sono gli stessi che erano nominati ai Golden Globe...». Royce s'interrompe per guardare lo schermo del cellulare che s'illumina, legge l'anteprima di un messaggio e il suo sguardo si adombra.

«Problemi?», gli domando.

«Ben», mormora a fior di labbra.

«Non gli è ancora passata?».

La nostra cena arriva e Royce si mette a rigirare la tartarre annoiato. «No. Anzi, è un crescendo».

«Come mai?»

«È geloso e arrabbiato. Quando gli ho detto che stasera dovevamo uscire io e te, mi ha fatto una scenata, dicendo che lui non vale niente per me, che è meglio lasciarci perché non ha senso continuare... Ora mi ha appena mandato una foto insieme a un suo ex che ha rivisto stasera». La voce di Royce s'incrina.

«Mi sembra una crudeltà inutile, sa benissimo che ciò che stiamo facendo è solo dovere».

«Lui l'ha presa sul personale».

«Da quanto state insieme?»

«Un anno, tra alti e bassi. Tanti bassi e pochi alti. Lui ha solo sé stesso a cui rispondere delle proprie azioni, io invece devo pensare alle conseguenze di tutto ciò che faccio e ciò che dico, e questo è terreno fertile per ogni scontro».

«Io non ne so niente e dovrei stare zitta, ma non credi che il poco tempo che hai dovresti viverlo con serenità e stare bene con te e chi ti circonda?»

«Lo penso anche io. Infatti è ciò che dico sempre a Ben: invece di goderci il tempo che possiamo trascorrere insieme, lui preferisce passarlo a litigare».

«E cosa ti ha risposto?»

«Mi ha dato l'ultimatum: o cambia qualcosa o tra di noi è finita». Royce prende una fetta di pane dal cestino, addentandola. «Non dovrei mangiarlo. Non dirlo a Tanya e a Ken».

«I tuoi genitori lo sanno di te?», gli chiedo.

Lui scuote la testa. «Non gliel'ho mai detto in via ufficiale, ma credo che ormai lo immaginino ed evitino con attenzione di parlarne. È una di quelle cose che se non la dici ad alta voce, allora non è vera».

«Non approvano?».

Lui alza gli occhi al soffitto. «Mio padre è un pastore evangelico, trai un po' tu le tue conclusioni».

«Non deve essere facile nascondersi da tutti».

«No», concorda Royce. «Per fortuna il mio lavoro è recitare, perciò posso essere ciò che gli altri vogliono che io sia, ma sono sincero se ti dico che il più delle volte mi sento solo anche in mezzo a centinaia di persone, perché tutti parlano ma nessuno ha voglia di ascoltare, né sono interessati ad altri che non siano sé stessi. Non hai idea di quanto sia liberatorio potersi confrontare con qualcuno su cose che devo per forza tenermi sempre dentro...». Il viso di Royce trasfigura all'improvviso, scrutando oltre le mie spalle. «Ben?!».

«Interrompo qualcosa?!», domanda Ben sorprendendoci. Prende una sedia dal tavolo accanto e si posiziona tra me e Royce. «No, vero? Tanto qui è tutto finto!».

«Ben, cosa sei venuto a fare?», sibila Royce irritato.

«A farvi compagnia!». Ben alza la mano in aria, rivolto al bancone del bar. «Cameriere! Un Margarita!».

«Sei sicuro che ti serva altro alcol? Cristo, sei ubriaco!».

«Sì, Royce sono *molto* ubriaco». Nel tono di Ben c'è una stizza marcata, come se volesse infastidirlo di proposito.

Royce scuote la testa. «Non saresti dovuto venire».

«Sono socio del club, posso entrare e uscire di qui come e quando voglio». Poi si volta verso di me, sempre con quel suo sguardo infiammato. «Allora, Bea, che si dice? Ti diverti in questo appuntamento del nulla? Di cosa parlate mentre fingete che tra voi ci sia qualcosa?».

Merda. Il suo tono di voce è *troppo* alto.

«Ben, non ti sto togliendo niente», gli dico in un sussurro.

«Oh, sì, invece. Mi stai togliendo tempo. *Ci* stai togliendo tempo». Ben non vuole saperne di darci un taglio. «Ora fate le cene romantiche, poi ci saranno le uscite pubbliche e poi cos'altro? Se l'indice di gradimento vi premia, cosa farete? Vi fidanzerete? Vi sposerete? Farete dei bambini come Georg...».

«Non è né il momento né il luogo per fare una scenata», lo riprende Royce prima che Ben si lasci sfuggire un nome di troppo. «Alzati ed esci. Dopo se vuoi ci vediamo e ne parliamo».

«A me sembra un momento perfetto», ribatte lui in tono affettato.

«Ben, ti prego, se ami davvero Royce e ci tieni a voi due, non fargli questo», gli bisbiglio nel tentativo di calmarlo. «Sono qui per aiutarvi, non per portartelo via».

Lui, però, non mi presta ascolto. «Ci mancherebbe soltanto che *tu* me lo portassi via. La vera domanda, qui, è: quanto ci tiene Royce a me?».

Royce si stropiccia il volto con le mani, esausto. È evidente che è la milionesima volta che affronta questa conversazione. «Abbastanza da prendere un dannato aereo da Los Angeles ogni volta che posso per venire a trovarti. Abbastanza da aver cercato una parte nei cast di tutti i film che gireranno a Londra e dintorni nell'arco di un anno, pur di stare con te».

«E allora stacci! Ma fallo davvero se ci tieni come dici! Esci a cena con me! Prendi per mano me! Fatti vedere in giro con me!».

«Sai che non posso, Ben, almeno per ora».

«Non è che non puoi, non vuoi. La carriera è la sola cosa che conta per te».

«La carriera è la sola cosa che ho», ribatte Royce a denti stretti. «Non ho una ricca famiglia privilegiata alle spalle, io. Facevo il garzone in un servizio di pompe funebri tra un provino e l'altro prima che mi scoprissero, o te lo sei scordato?».

Io mi sento a disagio: sono il terzo incomodo e sto assistendo a una scena di cui non dovrei fare parte. «Sentite», dico ai ragazzi, «forse è meglio che io vada».

«Ecco, brava, vai», mi apostrofa Ben da sopra il suo bicchiere di Margarita ormai vuoto.

«No», mi trattiene Royce allungando la mano sul tavolo per cingermi il polso. «Resta, ti prego. È lui che deve andarsene».

«Dici sul serio?»

«Sì, Ben. O te ne vai e ne parliamo più tardi io e te in privato, o ti faccio sbattere fuori dalla sicurezza e questa è l'ultima volta che mi vedi. Ne ho abbastanza di queste tue piazzate da diva, non ci sei solo tu!».

«La metti così, eh?», sbotta Ben balzando in piedi con tanto di sedia che si ribalta all'indietro. Ora tutti gli occhi del ristorante sono puntati sul nostro tavolo e in sala, a parte noi, regna il silenzio.

«La metto così».

«Ottimo. Vi lascio soli. Ma questa», Ben allunga la mano nel secchiello del ghiaccio afferrando il collo della bottiglia, «viene con me».

Royce aspetta che abbia lasciato la sala, dopodiché si rivolge agli altri clienti con un sorriso imbarazzato. «Scusate l'inconveniente».

Io li guardo a mia volta per capire quanto abbiano intuito della nostra conversazione. Spero poco, ma temo che non sia così.

«Mi scuso anche con te», mi dice Royce. «È stato un momento molto sgradevole. Adesso capisci quando ti dico che con lui sono alti e bassi continui?»

«Trovo che tu sia una persona molto paziente».

Finiamo la cena con il dessert, che fingiamo di dividerci ma che in realtà mangio tutto io, poi lasciamo il club con Royce che mi cinge le spalle con il braccio in atteggiamento possessivo, ma lo sento teso e a disagio. La scenata di Ben non ci voleva.

Non ci voleva no, perché, il mattino seguente, le testate online e i siti di gossip fanno trapelare alcune indiscrezioni inopportune.

La notizia è l'avvistamento di me e Royce da Annabel's, ma è corredata dall'insinuazione che una terza persona abbia fatto una scenata di gelosia. Ed essendo Ben apertamente gay, è intuibile a chi fosse rivolta.

Non mi ci vuole molto a capire che la cosa può dare adito

a speculazioni e per Royce potrebbero esserci delle conseguenze.

Sto scorrendo l'ennesimo articolo per controllare che non siano trapelati dettagli spinosi, quando mi arriva un messaggio.

"Stasera hai un debito da saldare. Ti aspetto alle sei. S.".

Solo "amici"

«Ti va di uscire, dopo il lavoro?», mi domanda Jerry facendo capolino alla porta del mio ufficio.

«Quando?», le chiedo senza staccare gli occhi dallo schermo del PC.

«Come, quando? Stasera!».

«Ah, ehm… Stasera non posso», rispondo senza aggiungere dettagli.

Jerry però sembra stranita dalla mia frase. «Esci di nuovo con Royce?»

«In realtà, no».

Jerry viene a sedersi sulla mia scrivania, accavallando le sue gambe chilometriche fasciate in un paio di pantaloni di pelle nera abbinati alle décolleté lucidissime che potrei usare per specchiarmi. «E allora cosa devi fare? Non dovrai lavorare, spero?»

«No, però ho già… preso un impegno per bere qualcosa con una persona», continuo sfuggente.

«Hai un appuntamento?! Con chi? Fuori il nome!».

«Se… sti… an», mugugno a fior di labbra, fingendo sempre più concentrazione sul display.

«Eh? Parla forte e chiaro! Scandisci».

Chiedo l'aiuto da casa. Sento che ciò che sto per dire avrà delle conseguenze. «Sebastian».

La penna a scatto con cui sta giocando Jerry le parte dalle mani volando contro la vetrata. «Non ho sentito bene».

«Sebastian», ripeto stavolta guardandola per leggere la sua reazione.

«Tu sei completamente fuori di testa», è il suo *pacato* commento.

«È solo un bicchiere di vino», minimizzo. «Una cosa tra amici».

«Non esiste l'amicizia tra uomini e donne», taglia corto lei.

«Come sei drastica! Ti prometto che sarà una cosa veloce e indolore, un evento del tutto dimenticabile e che non lascerà alcun tipo di traccia nella vita di nessuno».

«Oh, sì. Certo, come no», ribatte Jerry senza nascondere il suo sarcasmo. «Per chi mi hai presa? Ce l'hai scritto in faccia che non vedi l'ora».

Accidenti. «Non è vero», mento male. Molto male, mi faccio ridere da sola.

«Ti prego, ti supplico, ti scongiuro: non entrare anche tu nel Sebastian fan club!».

«Nel che?»

«Per tutta la mia adolescenza io sono stata solo la "sorella di Sebastian". Le mie amiche venivano a fare i compiti da me solo per vedere lui e la prima cosa che mi chiedevano, una volta varcata la soglia, era: "Tuo fratello è a casa?". Per anni sono stata una specie di vigile urbano che dirigeva il traffico delle sue spasimanti; mi sono dovuta sorbire tutte le sue partite di calcio del sabato perché le mie compagne stavano a sbavare a bordo campo e sviscerare per ore le loro paranoie che andavano dal: "Secondo te gli piaccio?" al: "Ma sta con qualcuna?"».

«Stai cercando di farmi provare compassione per te?»

«Quando avevo diciassette anni, Liza, la mia migliore amica di allora, si è messa con lui e mi ha tagliata fuori. Era tutta un: "Sebastian qui, Sebastian là". Voglio bene a mio fratello ma non intendo dividere con lui le mie amiche. Soprattutto te».

«Quanto corri! È solo un bicchiere di vino dopo il lavoro!».

«Ma se non ci credi neanche tu!», ribatte allungandomi un calcetto con le sue scarpe appuntite.

«Ahia!», protesto.

«Questo è niente in confronto a quello che ti farà Vanessa se dovesse venire a saperlo. Mi toccherà venire all'obitorio a riconoscere la tua salma, ammesso che venga ritrovata».

«Ecco, lei mi fa più paura».

«E fai bene ad averne. Credimi, se uscire con Sebastian fosse l'x factor per far saltare la loro storia, sarei la prima tifosa, ma non sono disposta a sacrificarti». Jerry salta giù dalla scrivania, mettendosi a misurare la stanza con le sue lunghe falcate. «Poi, pensa che casino: lui crede che tu sia Bea Beaufort, c'è l'accordo con Royce… ti ricordi? Niente storie, nulla di nulla fino a dopo gli Oscar».

«Questa non è una storia!», affermo più per farlo presente a me stessa che non a lei. «Saremo discreti», prometto.

«Non mi fido», ribatte lei. «Non mi fido di te e di come ti si accendono gli occhi quando pronunci il nome "Sebastian"».

«Non mi si accendono gli occhi!», obietto. «Mi diventano lucidi a forza di stare al computer».

Il sopracciglio increspato di Jerry parla per lei.

«Sul serio!», insisto. In quel momento il mio cellulare annuncia l'arrivo di un messaggio con un *bip bip*. Lo apro sotto lo sguardo indagatore di Jerry e d'istinto riparo lo schermo dal suo campo visivo.

"Ti piace lo Sky Garden? S.".

«Eccola», brontola Jerry.

Alzo gli occhi su di lei che mi fissa con la stessa aria di disapprovazione di mia madre. «Eccola, cosa?»

«La "faccia-Sebastian"».

«Tu hai le visioni».

«Guarda che la conosco, sai? Ho anni di esperienza».

«Mi ha solo chiesto se per stasera mi sta bene andare allo Sky Garden!».

Lei ha l'aria di quella che ha sentito ciò che voleva sentire. «Certo, portarti a bere vino su una terrazza panoramica al trentaseiesimo piano, in un giardino d'inverno, sotto una cupola di vetro tra palme e felci selvagge mentre il sole tramonta sulla città intorno a voi è proprio una cosa da "solo amici"», decreta mimando il gesto delle virgolette.

«Innanzitutto lui non *mi porta*; ci andiamo insieme, che è ben diverso», ribatto.

«Semantica, Charlie. A me sembra un primo appuntamento, non un drink tra "solo amici"».

«Se non la pianti di fare le virgolette, ti taglio le dita, Jerry».

«Non mi fido di te e non mi fido di lui. Tu sei una sognatrice, lui è toro ascendente toro, se punta qualcosa non c'è nulla che possa ostacolarlo. Vi conosco troppo bene tutti e due e sento che questa cosa finirà malissimo».

«Ti do la mia parola che non succederà nulla: solo un bicchiere e poi a letto. Da sola», mi affretto a specificare.

Jerry mi fissa con fare minaccioso. «*Un* bicchiere. Di numero». E se ne va puntando indice e medio a forbice verso di me. «Vi tengo d'occhio».

Salgo nell'ascensore del numero 20 in Fenchurch Street con le più innocue intenzioni.

Sono le innocue intenzioni ad abbandonarmi quando arrivo all'ultimo piano, allo Sky Garden, e vedo Sebastian di profilo, seduto al bancone circolare al centro della sala che scruta un punto lontano nel panorama, illuminato dalla luce ambrata del cielo dietro di lui.

Devo fermarmi un attimo per richiamarmi all'ordine perché, lì per lì, il pensiero che lui, sì, proprio quell'uomo, stia aspettando me, mi sta facendo cedere le gambe.

Riconosco il pericolo quando si manifesta sotto forma del pensiero: "'Fanculo Vanessa, 'fanculo Royce... 'Fanculo tutto. Diamo un senso alla ceretta integrale che ti hanno fatto al Glam Studio!".

Per fortuna è lui a venire verso di me quando mi vede, perché io sono paralizzata.

«Per un attimo ho pensato che mi avresti dato buca», dice.

«Ho dovuto risolvere un problema all'ultimo, scusa il ritardo». Sì, mi sono fatta una piega al volo al parrucchiere del primo piano, rimessa il trucco da capo e mi sono passata anche il filo interdentale.

«Ci sediamo?»

«Sì, ti prego», mi sfugge. «È stata una lunga giornata».

Ci mettiamo su uno dei divanetti vicino alla vetrata, in prima fila davanti alla città tinta di rosa e lilla sotto di noi.

«È bellissimo qui», dico con lo sguardo perso. «E poi è molto comodo, a due passi dall'ufficio», correggo subito il tiro, per paura che trapeli il mio stupore. Sebastian potrebbe pensare di aver segnato un punto a suo favore – che sarebbe vero – e non posso lasciarglielo credere.

«A proposito di ufficio, come ti trovi al Bloom Group?»

«Bene. Normale».

«In che senso normale?»

«Che è tutto come mi aspettavo che fosse, senza sorprese. Professionisti selezionati, competenze ai massimi livelli, carico di lavoro importante, ritmi veloci, competizione palpabile e scetticismo».

«Cosa intendi con scetticismo?»

«Nel team dedicato ai J Hotel è abbastanza evidente la reticenza di Russel nei miei confronti e, in modo meno marcato, quella degli altri colleghi uomini. Anche se abbiamo tutti il medesimo titolo di studio è come se dovessi saltare in alto il doppio per dimostrare di saper fare le stesse cose. Però non è una polemica, la mia. È una cosa a cui sono abituata».

«In qualità di vicepresidente ti ricordo che all'ufficio risorse umane prendiamo in seria considerazione la segnalazione di atteggiamenti sessisti».

«Non si tratta di sessismo esplicito, chiariamoci, più che altro di un pensiero abbastanza radicato nella percezione comune della mia professione. Ti faccio un esempio: se un architetto uomo fissa il vuoto in silenzio, tutti si aspettano che stia pensando a una nuova filosofia costruttiva che rivoluzionerà il mondo dell'edilizia tipo il Bauhaus o De Stijl, anche se in realtà si sta domandando se ha mai visto lo stesso piccione due volte. Una donna che dice di fare l'architetto, invece, si sente puntualmente domandare: "Ma d'interni?", come se le sue competenze si riducessero a scegliere il rivestimento di un divano o a dire: "Blu, quella parete la farei blu"».

«Faccio un'ammissione di colpa: ora anche io mi sto domandando se ho mai visto lo stesso piccione due volte», commenta lui.

«È qualcosa da non dormirci la notte, in effetti».

Il cameriere ci interrompe per prendere le nostre ordinazioni scusandosi per il ritardo e chiedendoci di pazientare se dovesse volerci un po' per via dell'alto afflusso di gente. Il «Non abbiamo fretta» di Sebastian mi costringe a trattenere un sorriso a fior di labbra.

Accidenti! La "faccia-Sebastian"! Jerry aveva ragione.

«Ok, quindi tu percepisci un sessismo sottinteso non tanto nei tuoi confronti, quanto verso gli architetti donna in generale».

«Non credo di aver rivelato il quarto segreto di Fatima. Pensa solo che il Pritzker Prize, l'equivalente del Nobel dell'architettura, è stato assegnato per la prima volta in venticinque anni a una donna solo nel 2004. Zaha Hadid è stata una dei più brillanti architetti contemporanei, una dei fondatori del decostruttivismo, e lei stessa ha denunciato più volte la cultura patriarcale dominante in questo campo, che vuole le donne relegate al massimo al ruolo di arredatrici».

«Non credo che conti qualcosa, ma ti porgo le scuse ufficiali del genere maschile».

«Non cambierà nulla nel panorama generale, ma le accetto».

«Quindi, dici che se mi mettessi al bancone a scarabocchiare cose a caso su un tovagliolino dicendo che sono un architetto, le donne cadrebbero ai miei piedi?», mi prende in giro.

«Probabile. Ma non vorrai farmi credere di aver bisogno di questi trucchi per conquistare una donna?»

«A giudicare da quanto mi ci è voluto a convincerti a vederci per un bicchiere di vino, inizio a pensare di sì».

«Ma noi, ci stiamo vedendo da *solo* amici», gli ricordo.

«Sei un'amica molto... interessante».

«E tu un amico molto ruffiano», ribatto. «Toglimi una curiosità: come mai stai in hotel se sei di Londra?»

«La ragione è molto semplice: visto che in pratica abito a Parigi e torno a Londra per le festività o nel weekend, sto da Vanessa, per questo non mi sono mai preoccupato di prendere una casa mia, non avendone un effettivo bisogno. Diciamo che a Capodanno io e lei stavamo passando un periodo no, eravamo in pausa, così ho preferito alloggiare al Bloom Park Hotel come al solito. In genere mi tengono la Presidential suite, ma stavolta era occupata».

«Se non ricordo male, Jerry ogni tanto parla della residenza di vostro padre in Grosvenor Square».

«Sì, ma ci abita la sua terza moglie, Viola, e né io né mia sorella la sopportiamo, quindi ce ne teniamo lontani il più possibile».

Noto dal suo tono che il tasto "terza moglie" lo infastidisce, così decido di non approfondire. «Anche io ho vissuto a Parigi per un po'», dico.

«Davvero?». La mia frase riaccende il suo interesse. «Quando?»

«Ho frequentato lì il quarto anno di università, specializzazione in Recupero e restauro».

«Anche io ho studiato a Parigi», esclama lui, colpito.

«Vivevo in una mansarda a Les Halles, vicino a Stohrer, la miglior *boulangerie* della città, che sfornava croissant e baguette dalla mattina alla sera».

«La conosco, è una droga. Impossibile resistere».

«Infatti non resistevo. Il mio corpo è composto al settanta per cento da pane, quindi era la mia tappa fissa quotidiana».

«Non rose, ma bouquet di baguette».

«Sarebbe molto apprezzato. Le rose sono belle, ma vuoi mettere una baguette croccante? Non c'è proprio paragone».

Quando arrivano i nostri due bicchieri di Chardonnay, Sebastian fa tintinnare il suo contro il mio. «Questo è il brindisi mancato di Capodanno».

«Siamo un po' fuori tempo massimo», dico.

«Io credo che il tempo ci abbia aspettato». Dal suo tono e dal modo in cui Sebastian mi guarda, mi viene il dubbio che nella sua battuta ci sia un sottotesto che però fatico a decifrare. Non so se sono io o è lui, o questa situazione paradossale nella quale sappiamo entrambi alla perfezione che ci sono confini ben marcati che non possiamo valicare.

Stiamo per portarci i bicchieri alle labbra, ma lo squillo del mio cellulare ci interrompe.

«Scusami», gli dico prendendo la chiamata. «Pronto? Royce, ciao».

«Ciao, Charlie. Ti disturbo?».

La risposta corretta sarebbe: "No, figurati", ma io mi sento disturbata. «Dimmi tutto».

«Ok, so che stasera non avevamo nulla in programma, ma

l'intrusione di Ben di ieri ha cambiato un po' di cose e dovremmo vederci. Ken e Tanya vogliono sapere se ce la fai a raggiungermi qui, in hotel».

«Adesso?»

«Sì, adesso».

Guardo Sebastian e i nostri bicchieri ancora pieni e un moto di stizza mi fa stringere le labbra a trattenere una rispostaccia.

«Charlie». Royce intercetta il mio silenzio troppo prolungato. «Se non fosse urgente non te lo chiederei».

«Va bene, certo, arrivo subito», risponde il mio pilota automatico. Alla chiusura della chiamata, ho la netta percezione che l'atmosfera si sia raffreddata di colpo. Eravamo nella nostra bolla privata, ma il pungente ago della realtà è venuto a scoppiarla.

«Qualcosa non va?», mi domanda Sebastian.

«Credo che il brindisi dovrà aspettare anche stavolta. Royce mi ha chiamato per chiedermi di vederci».

«Digli che sei impegnata».

«Tu daresti questa risposta alla persona con cui stai insieme?», ribatto. Che credibilità avrei come fidanzata, se bidonassi Royce per un aperitivo qualsiasi? Ok, non è un aperitivo qualsiasi, è lo strano inizio di qualcosa di non ancora chiaro e, a maggior ragione, da fermare prima che uno di noi due vada oltre. E considerato che sono a stomaco vuoto dall'una, quel bicchiere mi sarebbe sufficiente per andare in bagno, sfilarmi le mutandine e infilargliele in tasca.

Lui annuisce con un'espressione indecifrabile. «Capisco».

«Mi dispiace, devo proprio andare».

«Ci mancherebbe. Doveva essere una cosa veloce, se l'ordinazione fosse arrivata prima avremmo già finito».

Darei la mano destra per entrare nella testa di Sebastian e vedere cosa pensa in questo momento.

Scendiamo in silenzio, con solo il sibilo dell'ascensore a

fare da sottofondo e io lotto con la fastidiosa sensazione che qualcosa si sia incrinato. Ma qualcosa, cosa?

Mi apposto a bordo marciapiede per fermare un taxi, con Sebastian accanto.

«Mi dispiace», ripeto a corto di parole.

«Non c'è nulla di cui ti devi dispiacere». Un *black cab* si ferma proprio davanti a noi e Sebastian mi apre la portiera per darmi la precedenza sul sedile della vettura.

Mi siedo facendogli spazio, ma lui non sale a bordo. «Non vieni all'hotel anche tu?», gli domando.

Lui scuote la testa. «No, ho fatto il check-out ieri. Sono tornato da Vanessa». La sua ultima frase mi trapassa da parte a parte come neanche la più affilata delle lame.

Sono tramortita al punto che non so neanche come ribattere.

Lui richiude la portiera, il taxi riparte, e io lo guardo diventare un puntino sempre più lontano, con la certezza che il tempo non ci abbia aspettato affatto.

19

La tagliagole

La situazione che trovo quando arrivo nella suite di Royce è piuttosto tesa.

«Dobbiamo accelerare tutto», è la battuta con cui mi accoglie Ken, senza saluti o preamboli, come nel suo stile.

«La piazzata di Ben ha cambiato le carte in tavola. Al di là di ciò che è stato pubblicato sui giornali, sui social i commenti degli utenti ai vari articoli sembrano puntare nella direzione che non vogliamo, quindi bisogna precedere ogni altra speculazione che possa uscire prima dei BAFTA», ci spiega Tanya, mentre io e Royce li ascoltiamo seduti rigidi sul divano.

«Significa che dobbiamo anticipare quelle uscite in cui farci paparazzare come coppia di fatto?», domando.

«Sì», conferma Tanya. «Questo vuol dire che potresti trovarti esposta molto prima del previsto. Come abbiamo già concordato, mi raccomando, tieni un profilo basso, così da non richiamare più attenzioni di quelle che servono. E poi, siccome le cose non si ripetono mai abbastanza, ricordati: divieto assoluto di intraprendere qualsivoglia tipo di relazione fino a dopo gli Oscar».

Mi limito ad annuire certa, stavolta, che riguardo a questo non ci sia pericolo. Non più.

D'altra parte, è anche meglio così. Sebastian stava diventando una stupida infatuazione adolescenziale ma che non avrebbe portato a nulla se non a distrazioni e guai.

Distrazioni sul lavoro perché è a tutti gli effetti il mio capo e guai per due motivi: pensa che sia un'altra persona e poi sta per sposarsi.

Non posso gestire tutti questi problemi in una volta. E non voglio neanche farlo.

Concordiamo un nuovo calendario riadeguato all'emergenza, con Royce che si prostra con me in mille "Scusa, mi dispiace".

Una persona che invece non sa cosa siano gli "scusa" e i "mi dispiace" è mia madre, che mi fa da sveglia anticipata il mattino seguente.

«Questa è la segreteria telefonica di Charlotte Taylor, per lasciare un messaggio attendere il *bip*...», mugugno a faccia in giù sul cuscino.

«Non mi hai detto che hai lasciato Warren», è il suo buongiorno appena ho la malaugurata idea di rispondere. Non ho ancora preso il caffè, questo vuol dire che non sono nel pieno delle mie facoltà mentali.

«Chi te lo ha detto?», domando mentre medito già una vendetta dolorosa per Jane o Ike. O per entrambi.

«Tuo cugino Freddy».

Mi basta solo il suo nome per rabbrividire. «E allora?»

«Che cosa dirò a Clarke? Lo vedrò fra tre giorni all'assemblea dei dirigenti d'istituto della contea, che figura ci faccio?!».

Potrei ignorarla e lasciarla parlare con il nulla, ma quella battuta mi fa scattare sulla difensiva. Prevedibile reazione da parte sua: non le interessa tanto il perché ci siamo lasciati, quanto cosa dirà a Clarke, suo stimato collega nonché padre di Warren.

«Puoi dirgli, per esempio, che suo figlio è l'anello mancante della catena del cesso», ribatto lapidaria.

«Ti rendi conto della posizione scomoda in cui mi ritrovo?»

«No, mamma. *Tu* forse non ti rendi conto del fatto che tra me e il mio ex stai prendendo le sue parti a priori, senza domandarti che ragioni ci siano dietro la mia decisione di lasciarlo». Tipico da parte sua. Mia madre è quel tipo di persona che dice: "Non pensare a quello che fanno gli altri, preoccupati solo di te stessa", poi cinque minuti dopo se ne esce con: "Guarda la figlia della nostra vicina!".

«Eravate una coppia perfetta».

«Una coppia è composta da due persone e il nostro era un rapporto affollato, visto che eravamo in tre, per citare Lady Diana. Warren mi tradiva da oltre un anno con Cynthia».

«Ah», è la sua laconica risposta, e io spero con tutta me stessa che in questo momento mia madre possa riascoltarsi e sentirsi inopportuna. Come previsto, però, quell'*ah* borbottato a mezza voce è il massimo del "Scusa, mi dispiace" che posso ottenere da lei.

«Adesso sai come stanno le cose, contenta?». Ormai il mio sonno è stato interrotto e non ci sarà modo di riprenderlo, così mi alzo.

«E il vostro studio? Avevate un'attività così ben avviata», continua senza darmi tregua.

«Era ben avviata perché *io* la tenevo in moto mentre loro due facevano i propri comodi alle mie spalle. E comunque, da quel punto di vista, sono coperta. Lavoro per Jerry, ora». Non sto a entrare nel dettaglio delle diecimila sterline perché non voglio che i miei pensino che io abbia bisogno del loro aiuto. Non che non mi farebbe comodo, ma preferisco fare economia e debiti pendenti.

Al sentirmi pronunciare quel nome, mia madre sbuffa. «Non mi piace Jerry».

«A te piaceva Warren, quindi direi che il tuo giudizio non è attendibile».

«È una ragazza facile, frivola, viziata e superficiale», decreta. «Non è alla tua altezza, Charlotte».

«È una persona genuina e di cuore, ma tu non la conosci, ti fermi solo al sentito dire».

«Lo sai che non approvo che la frequenti: chissà che roba circola nei suoi giri».

«Senti, c'è una ragione particolare per cui mi hai buttata giù dal letto o avevi solo voglia di parlare dei massimi sistemi?»

«Volevo dirti che il 30 facciamo una festa di addio per Jane».

«Santo cielo, mamma! Festa d'addio? Jane va a fare un anno a Zurigo, mica si è arruolata nella legione straniera!».

«Mi raccomando, non mancare. Voglio presentarti una persona».

Cosa?! No, non di nuovo. «Stai scherzando?»

«È un dottorando in Filologia romanza, si chiama Wade e...».

«Ciao, mamma», la interrompo e riattacco. Sento odore di caso umano fin da qui. E poi, non si sfugge alla maledizione della w. Non c'è due senza tre e il quarto vien da sé.

La mattinata, iniziata male, non mi riserva una sorpresa migliore, una volta arrivata al Bloom Group.

Entro a passo spedito in ascensore e mi ritrovo faccia a faccia con Vanessa.

Complice l'orario anticipato, nella cabina ci siamo solo noi due quindi ignorarsi è piuttosto difficile, come anche arretrare adducendo la scusa: "Siamo in troppi, non ci stiamo. Aspetto il prossimo".

Passano alcuni secondi di silenzio dalla chiusura delle porte prima che una delle due parli, e questa una è lei. «Bea Beaufort», pronuncia il "mio" nome in un tono cordiale ma allo stesso tempo tagliente, come a mettermi in guardia.

«Vanessa», ricambio consapevole di non suonare altrettanto autoritaria.

«Vauxhall», precisa. «Vanessa Vauxhall. Forse è il caso di

presentarci meglio». Lei mi tende la mano e io la stringo a mia volta, atterrita da quella presa dura e gelata. L'occhio mi cade sull'anello sormontato dal diamante che porta all'anulare e la mente mi vola subito a Sebastian e a ieri sera.

Lei mi lancia una lunga occhiata con cui mi scannerizza da capo a piedi e io ringrazio di aver accettato gli abiti di Jerry.

Vanessa sembra uscita dalla prima pagina di «Vogue».

«Dirigo la Bloom Foundation. Tu sei la project manager dei J Hotel, se non ho capito male, giusto?»

«Esatto», mi limito a risponderle.

«Questo lavoro porterà via molto spazio ai tuoi impegni mondani», osserva.

«Non più di quanto ne porti via a te il tuo», ribatto. Non so cosa voglia insinuare, ma non ho problemi a smentirla.

«Non fraintendermi. Capisco alla perfezione cosa vuol dire stare con un uomo i cui minuti valgono milioni di sterline».

Ecco cosa voleva: marcare il territorio.

«Il tempo di Royce non vale più del mio», rispondo. «Immagino che per te sia lo stesso».

«Certo».

Tra di noi cala di nuovo il silenzio e io imploro l'ascensore di sbrigarsi. La presenza di questa donna riesce a raggelare ogni atmosfera.

«Credo che tu e Royce dovreste partecipare all'inaugurazione della nostra nuova mostra alla Saatchi Gallery, questo venerdì», dice dal nulla.

«In che senso?»

«Tra le mission della Bloom Foundation c'è anche il patrocinio della cultura e, per il programma di quest'anno, è stata promossa una mostra temporanea di sei mesi per esporre al pubblico le opere d'arte contemporanea che fanno parte del fondo artistico dei Bloom, alla Saatchi. Venerdì ci sarà il vernissage. È su invito, ovviamente», aggiunge come a farmi intendere che la sua è una gentile concessione.

«Sembra meraviglioso», rispondo con scarso entusiasmo. Mi piace l'arte, è lei che non mi piace.

«È quel tipo di eventi ad alto impatto mediatico ai quali è sempre ben vista la presenza di personaggi del mondo dello spettacolo».

Ora è tutto chiaro. Non vuole me, vuole Royce. Io sono solo un mezzo. «Vedremo», sto vaga. «Ma sono più che sicura che abbiamo già un impegno».

Grazie alla Divina Provvidenza, l'ascensore arriva al mio piano, mettendo fine alla disagiante conversazione.

«Peccato, è un'ottima occasione».

Ottima occasione per chi? Per lei e il suo ufficio pubbliche relazioni, forse. «Già, peccato. Ti ringrazio comunque, Vanessa», la saluto in tono asciutto uscendo dalla cabina.

Ci metto un po' a scrollarmi di dosso la sensazione di essere stata messa sotto esame, e più ci penso, più mi domando come faccia Sebastian a stare con lei. È un uomo brillante, spontaneo, autoironico, "caldo", mentre lei è così... robotica. Capisco alla perfezione perché Jerry la definisce calcolatrice: ogni suo gesto e ogni sua frase sembrano frutto di una studiata valutazione sulla base di suoi personali algoritmi.

Sarà la mia parte infatuata a parlare, ma non c'entrano nulla l'una con l'altro.

«Me lo sono sempre chiesta anche io», mi dice Jerry più tardi, durante la (sua) pausa caffè, sdraiata sul divanetto del mio ufficio, dopo che le ho raccontato del mio incontro con Vanessa.

«Non conosco Sebastian come lo conosci tu, ma mi sembrano troppo diversi per funzionare. Non mi pare il tipo da ipotecare la sua vita con una donna solo per la sua oggettiva bellezza».

«Infatti, quando l'ho messo alle strette, domandandogli cosa ci trovasse in lei, mi ha risposto: la prevedibilità».

«E da quando è una qualità?», obietto.

«Da quando è un meccanismo di autoprotezione in cui si è chiuso a guscio. Sebastian è convinto che stare con una donna che non ama lo protegga dal soffrire. Ha visto papà uscire distrutto da due matrimoni e non vuole patire come lui. La madre di Sebastian pare fosse una traditrice seriale e papà ha chiesto il divorzio solo quando la situazione per lui è diventata insostenibile. Poi c'è stata mia madre, alla quale Sebastian era affezionatissimo, anche più che alla sua. Quando è morta, io avevo quattordici anni e lui diciannove, ed è rimasto sotto un treno per un pezzo. Anche papà ci ha messo la bellezza di dieci anni a superare il lutto e per Sebastian tutta questa sofferenza è colpa del fatto che nostro padre fosse innamorato, così lui ha deciso di mettere in freezer i sentimenti e stare con una persona che non possa farlo stare male, ossia una come Vanessa».

«Mi sembra una rinuncia fin troppo grossa».

«Gliel'ho detto pure io ma lui è convinto che Vanessa, per quanto umana come un cyborg, non lo farà mai stare male perché, dei due, non è lui quello che ama di più».

«*Lei* lo ama?», chiedo io con un sopracciglio increspato al punto che mi fa male la fronte.

«Di sicuro ama l'idea di essere la futura signora Bloom. La ama tanto da aver firmato un accordo prematrimoniale steso dai migliori avvocati del Paese che blinda ogni sua possibile mossa falsa».

«Che cosa romantica».

«Ma mio fratello sarebbe un imbecille se non lo facesse», osserva Jerry. «L'hai vista Vanessa? È una tagliagole mancata».

«La persona ideale con cui dividere il letto».

«A proposito di Sebastian. Ieri sera, il vostro drink "solo amici"?».

Mi accascio contro lo schienale della poltrona, con lo sguardo fisso sul soffitto. «Non abbiamo fatto in tempo a berlo. Sono dovuta andare da Royce».

E a proposito di Royce, ricevo una telefonata da parte di Tanya che interrompe la chiacchierata tra me e Jerry.

«Venerdì sera andrete al vernissage che si terrà alla Saatchi», mi annuncia, e io quasi cado dalla sedia.

«Come sai della mostra?». Io non ho detto nulla a Royce, anzi, ho declinato senza consultarlo.

«Abbiamo appena ricevuto l'invito ufficiale».

Ho capito: Vanessa vuole Royce a tutti i costi e, siccome il mio no non le è piaciuto, mi ha scavalcata e si è rivolta direttamente a lui.

«Non credo sia una buona idea», cerco di dissuaderla. «Ci sarà la stampa...».

«*Appunto*». Tanya è convintissima. «È quello che ci serve».

«Potremmo trovare altre alternative», suggerisco.

«Abbiamo già dato conferma», è la sua chiusura di telefonata che non mi lascia nessun appello.

Penso e ripenso al vernissage e nella mia testa non fa che lampeggiare l'insegna luminosa che mi ricorda che ci sarà Sebastian.

20

Ti piace James Rizzi?

«Come sto?», domando per la quindicesima volta a Royce, mentre l'auto dell'hotel ci porta alla Saatchi.

«Benissimo. Il rosso ti dona e quel vestito ti sta uno schianto. Credo di avertelo detto anche cinque minuti fa».

«Sì, scusa, sono un martello pneumatico, ora la smetto».

«Se fai così per l'inaugurazione di una mostra, per i BAFTA dovrò portarmi un defibrillatore».

«Ai BAFTA non ci sarà…», mi mordo la lingua. «Niente».

«Non ci sarà, chi?»

«Nessuno. Dicevo cose senza senso», divago. Meglio se cambio discorso. «Con Ben come va? Avete parlato?». Anche se il nostro abitacolo è diviso da quello dell'autista dal séparé chiuso, abbasso la voce fino a un bisbiglio appena percettibile.

«Sì», risponde asciutto.

«E…?»

«E ci siamo lasciati. *Mi* ha lasciato», specifica.

«Oh, Royce, non ne avevo idea. Immagino che tu non abbia tutta questa voglia di uscire stasera».

«Figurati, ci sono già tante cose che faccio anche se non ne ho voglia, che ti assicuro che questa è la meno peggio. Anzi, almeno con te ne posso parlare».

«Non avrei mai immaginato che sarebbe arrivato a tanto».

«Neanche io, ma mentre cercavo di farlo ragionare è arrivato Ken che lo ha messo spalle al muro dicendogli che ora non c'è spazio per lui».

«Che frase infelice», commento. «Ken non sa cosa sia il tatto».

«Già, e Ben l'ha preso in parola rispondendo che mi lasciava tutto lo spazio che volevo, anzi! Mi lasciava proprio. Se n'è andato e non lo sento dall'altra sera».

«Mi dispiace. Mi sento responsabile».

«Chi, tu? Ti assicuro che sarebbe andata così con o senza di te. Entrando nel "periodo caldo" delle premiazioni, Ken e Tanya avrebbero fatto in modo di allontanarci comunque».

«Non pensi che Ken e Tanya abbiano troppa voce in capitolo nella tua vita?», gli domando. «Insomma, prendono decisioni per te che vanno oltre la loro sfera di competenza».

«Questo è vero, ma lo fanno per la mia carriera. Amo recitare, è un lavoro che mi sento dentro da sempre. Io volevo seguire il corso di teatro, al liceo, ma papà trovava che fosse una roba da femmine e così mi sono dato al basket e sono entrato nella squadra come ala».

«Sembra che però non sia durata a lungo».

«No, infatti. È stato durante il terzo anno che...».

«Che ti sei reso conto di giocare in un altro campionato?», azzardo io.

«Già. Nutrivo un'adorazione sconfinata per Aidan Cross, il playmaker. Lo veneravo e pendevo dalle sue labbra. Ero il primo ad arrivare agli allenamenti e l'ultimo ad andarmene. All'inizio credevo che la mia fosse pura ammirazione sportiva, finché non mi sono reso conto che ogni volta che mi ritrovavo da solo negli spogliatoi speravo con tutto me stesso che arrivasse lui. La mia fantasia si avventurava in posti in cui non si era mai azzardata prima».

«Fa molto *teen drama*», ridacchio.

«Lascia stare, mi sento patetico solo a pensarci. C'è mancato tanto così che mi rendessi ridicolo. Dopo la nostra vittoria ai quarti di finale delle superiori dello Stato, siamo rimasti soli negli spogliatoi. Mi ha fatto i complimenti per la partita e mi ha abbracciato. Qualcosa nella mia testa ha pensato che mi stesse per baciare. Morale? Ho teso le labbra e l'ho centrato sul mento».

«Non ci credo?! Mai fare la prima mossa!», lo rimprovero con una gomitata.

«Ero partito», si giustifica lui. «Fatto sta che ho balbettato delle scuse idiote e me ne sono andato di corsa. Una volta uscito mi sono reso conto che ce l'avevo duro al punto che mi si sarebbe potuto spezzare, come mai mi era successo in due anni di storia con Brittany».

«Brittany?», chiedo sorpresa. «Allora c'era una ragazza».

«Sì, con la quale non sono mai riuscito ad andare oltre il confine della biancheria intima».

«E lei non ti ha mai chiesto come mai?»

«In Tennessee sono molto religiosi, parecchi ragazzi aspettano il matrimonio per la loro prima volta».

«E se l'è bevuta?». Gli lancio uno sguardo colmo di scetticismo.

«Non lo so. Ma dopo quell'episodio con Aidan mi sono cancellato dalla squadra di basket e mi sono unito alla redazione del giornale scolastico: niente ragazzi sudati e nudi che ti si strusciano addosso nelle docce».

«Mossa saggia».

L'autista ferma la macchina, ci apre la portiera e ci annuncia che siamo arrivati.

Mio Dio, di già? «Royce… Come s…?»

«Stai una favola. Cristo, calmati, si può sapere cos'è tutta questa ansia?»

«Lasciamo perdere. È un argomento troppo stupido per sprecarci anche un solo minuto».

Scendiamo e percorriamo il vialetto che porta al palazzo dove all'ingresso sono assiepati un nugolo di fotografi.

«Stammi accanto e sorridi», mi sussurra. «E se qualcuno ti fa domande, rispondi che...».

«È la nostra serata speciale, niente di più», dico recitando la frase standard scelta da Tanya per dare un antipasto alla stampa ma lasciarla con la fame.

È il primo *photocall* della mia vita e io e Royce posiamo sui gradini ammantati dalla moquette rossa mentre ci accecano con una raffica di flash.

Per fortuna non vedo quasi nulla quindi è un po' come sorridere al vuoto. Royce mi tiene un braccio intorno alla vita e con l'altra mano lancia saluti generici a destra e sinistra come se conoscesse tutti i reporter di persona.

Dopo cinque minuti di «Royce, da questa parte!», «Bea, un sorriso!», «Bacio! Bacio!», ci ritiriamo in salvo dentro la galleria.

Consegno il mio cappotto al guardaroba e faccio appena in tempo a muovere due passi nel bianco abbagliante del tempio dell'arte contemporanea che il mio sguardo incrocia quello di Sebastian.

È all'esatto opposto della sala espositiva e i faretti intorno a lui lo illuminano quasi fosse una delle tante opere esposte.

Io guardo lui, lui guarda me. Nei suoi occhi leggo un: "Sei qui!", e io gli rispondo con un sorriso che da solo significa: "Speravo di vederti".

Sorriso che lui ricambia facendomi perdere un anno di vita.

È come se la sala si fosse svuotata e ci fossimo solo noi due.

Muove un passo nella mia direzione per poi bloccarsi subito, e sul suo volto il sorriso sparisce per lasciare posto a un'espressione rigida e contrariata.

Perché?

«Eccomi qua», dice Royce affiancandomi con tanto di braccio intorno alle mie spalle nude. «Scusa, ma nel corridoio mi ha fermato una cronista del "Daily Mirror" e ho dovuto scambiare due convenevoli».

«Certo», rispondo con tono indifferente, sorda alle sue parole e con lo sguardo fisso ancora su Sebastian.

«Beviamo qualcosa?»

«Mmh...».

«Sei un tavolino da caffè stile Luigi XV?»

«Sssì...», mugugno udendo a malapena le sue parole.

«Vedo che mi stai ascoltando. Ho capito», mormora lui con una punta di malizia.

«Capito, cosa?»

«Il motivo della tua agitazione, prima in macchina, è per caso alto un metro e novanta, spalle che fanno provincia, capelli neri scompigliati e labbra da mordere?».

Stavolta la mia reazione è molto più pronta. «No, perché mai?»

«Perché sembri in adorazione e tra un po' dovrò attaccarti il mento con lo scotch prima che ti cada per terra».

«Ma ti pare?», ribatto sulla difensiva. «Sono solo... solo... sbalordita dall'installazione».

«Guarda che l'ho capito dove vuoi installarti tu. Da come vi stavate guardando prima, è strano che tu non sia già incinta».

«La vuoi smettere, Royce! Non è divertente», borbotto. «Con lui è stato un casino fin dall'inizio, la notte di Capodanno all'Attitude».

Royce sgrana gli occhi. «No! *Lui* è l'Uomo-Bagno?»

«Sì, e non solo. È il fratello di – rullo di tamburi – Jerry. E tecnicamente anche il mio capo. È più off limits di Gesù, quindi cambiamo discorso», taglio corto.

Lui non sembra essere d'accordo. «Ma c'è stato qualcosa tra di voi, o no?»

«Sì, no, boh... Non lo so. E in ogni caso non posso avvicinarmi a nessun uomo fino alla notte degli Oscar, ricordi?»

«E quella chi è?!», esclama Royce con la voce carica di ammirazione.

«Vanessa», rispondo a denti stretti mentre la guardo agganciare la mano al braccio di Sebastian e spostargli un riccio dalla fronte con l'altra. E poi lo bacia.

Ambulanza! Portatemi una barella.

«Ahi», un lamento di dolore esce dalla bocca di Royce. «È come *Ironic* di Alanis Morissette. Incontri l'uomo della tua vita e subito dopo arriva la sua bellissima moglie».

«Fidanzata», puntualizzo. «Non sono sposati. Non ancora».

«Ho un'idea», esclama Royce. «Facciamolo ingelosire».

«Cosa? Non se ne parla neanche!», protesto.

«Ehi, ti ricordo che io e te siamo una coppia pubblica e quindi dobbiamo comportarci come tale. Con gli sguardi che vi stavate scambiando stava per andare a fuoco la sala; a mio modestissimo avviso, Vanessa ha le ore contate. Diamo al tuo Uomo-Bagno qualcosa su cui riflettere».

Lasciare perdere è la soluzione più sensata, ma l'istantanea mentale di Vanessa che bacia Sebastian mi fa salire il sangue al cervello, dando un calcio in culo al mio buon senso. «Ci sto. Recita pure il peggior cascamorto che hai mai interpretato».

Royce esegue, piazzandomi una mano sul fianco – se fosse due centimetri più in basso sarebbe pieno sedere. «Benissimo», mi sussurra all'orecchio in un modo che, agli occhi degli altri, può sembrare piuttosto malizioso. «Ma guai a te se protesti».

Mi bacia il collo con un tocco leggero, ma quello che da parte di un altro uomo mi provocherebbe una scarica di brividi lungo la schiena, ora mi costringe solo a trattenere a fatica una risata. «Mi fai il solletico», mugugno tra i denti.

«Sforzati di guardarmi come prima guardavi lui, o non funzionerà».

«Dove andiamo?», chiedo mentre mi trascina su un lato della sala, e Sebastian esce dal mio campo visivo.

«Dove lui debba cercarci», risponde sicuro. «Se ti vuole,

deve trovarti. Per un uomo geloso, il non averti a portata d'occhio lo farà ammattire».

«Sei molto scaltro».

«Dai copioni delle commedie romantiche si impara tanto».

Io e Royce girovaghiamo per le sale espositive tra quadri di Lichtenstein e Pollock e sculture di Jeff Koons, mescolandoci tra i critici e gli invitati.

Ogni volta che Sebastian e Vanessa compaiono nel nostro raggio, Royce mi accarezza il viso, mi mette un braccio intorno alle spalle, mi prende per mano o io gli metto la testa sulla spalla giusto quei due secondi per lanciare la provocazione e poi sparire in un'altra sala.

Arriva perfino a baciarmi, quando intercettiamo Sebastian poco dietro di noi in fila per prendere un bicchiere di Pinot grigio al buffet del bar.

È un bacio però privo di qualsiasi portata passionale e, se anche la metà delle donne della terra darebbero il braccio destro, io resto impassibile. Non andiamo neanche vicino alle vampate che mi provoca il solo sguardo di Sebastian.

«Ci guardano tutti», gli sussurro.

«Meglio. Che guardino. E che parlino. In fondo siamo qui per questo, no?», ribatte Royce brindando contro il mio bicchiere. «Cin! Al gossip scatenato! E al tuo Uomo-Bagno che speriamo si stia mangiando anche i gomiti».

«O magari non gliene importa nulla perché, come hai sottolineato tu prima, Vanessa è uno schianto».

«Ok, lei sarà anche molto appariscente ma, credimi, non hai davvero nulla da invidiarle».

Lo guardo scettica con tanto di sopracciglio increspato. «Apprezzo lo sforzo, ma non serve. Ho gli occhi e sono dotata di autocritica».

«Pensi davvero che quindici centimetri di gambe in più possano fare la differenza? O una taglia di seno?»

«Per te no di sicuro», lo prendo in giro.

«Ma neanche per lui, credimi. Scommetto che bellezza a parte, anche lui ti piace per altri motivi, no?»

«Ha questa voce calda, avvolgente, profonda al punto che mi sento vibrare lo stomaco quando parla. E mi fa ridere. Ha sempre una battuta pronta e sa prendersi in giro». Il Pinot grigio ha sciolto tutte le mie riserve.

«Il ragazzo sta scalando la classifica».

Io continuo a sciorinare il mio elenco puntato a briglia sciolta. «Mi piace il modo in cui si lecca le labbra prima di parlare; il modo in cui, quando sorride, solleva l'angolo destro della bocca più del sinistro; come piega la testa all'indietro quando ride…».

«A me piace il suo culo».

«Grazie per il tuo contributo poetico, Royce».

«Stavi diventando troppo melensa, ho sentito la necessità di riportare un po' di equilibrio». Lui trangugia l'ultimo sorso di Pinot e appoggia il bicchiere su una seduta. «A proposito di necessità, vado un secondo in bagno».

«Fai pure, io ti aspetto qui, lontano dalla folla».

Giocherello con il mio calice, mentre inganno l'attesa studiando i dettagli del quadro davanti a me, e ipnotizzata dalla colorata metropoli di omini stilizzati quasi non mi accorgo di non essere più sola.

«Ti piace James Rizzi?», mi domanda Sebastian facendomi quasi saltare all'indietro per la sorpresa.

«Molto», rispondo facendo appello al mio autocontrollo. «Adoro la street art cartoon e il suo uso del colore mi mette allegria. Poi era un architetto, quindi non posso non apprezzarlo».

«Miranda aveva un ottimo gusto in fatto di arte, portava me e Jerry a tutte le aste a cui partecipava. Se esiste la Bloom Foundation è merito suo». Anche se non si sbilancia molto, dalla morbidezza della sua voce percepisco il suo affetto nei confronti della madre di Jerry.

«È una mostra davvero magnifica», mi complimento.

«Dici? Non mi sei sembrata molto interessata alle opere, a dire la verità».

«Ah, no? Come mai?», gli domando. Stiamo ancora fissando il James Rizzi, ma più per evitare il contatto visivo.

«Mi pare tu sia stata più impegnata a flirtare con Royce».

«Posso flirtare e guardare i quadri allo stesso tempo. Si chiama multitasking», ribatto.

«A me piace dare attenzione a una cosa per volta».

«Cioè, come stare con una persona ma uscire a bere con un'altra?». Gli tiro la frecciatina che ho sulla punta della lingua da un po'.

«Stai parlando di me o di te?». Touchée, la mia era un'arma a doppio taglio e lui me l'ha ripuntata contro.

«Sei tu che hai iniziato», lo accuso.

«Datti un po' di contegno. Sembri una bambina che mette in mostra il suo giocattolo nuovo».

Mi volto verso di lui, stufa di fingere di non essere presa dalla conversazione. «Ti dà fastidio?».

Lui ricambia il mio sguardo con aria di sfida. «Niente affatto».

«E allora di cosa stiamo parlando?»

«Di nulla, ci tenevo a farti notare che sei ridicola».

«Non vedo come la cosa ti riguardi».

«Bea Beaufort può fare quello che vuole, come vuole e con chi vuole nel suo tempo libero, ma visto che è un evento pubblico del Bloom International Group preferirei che non dessi spettacolo. I giornali domani dovrebbero parlare dell'inaugurazione della mostra e invece dedicheranno tutto il loro spazio all'attore famoso e alla sua nuova ragazza. Potevate cercarvi un altro palco».

«Oh, fosse stato per me avrei avuto di meglio da fare, ma *la tua* Vanessa ha insistito con forza sull'invitarci». Riguardo all'aver di meglio da fare ho mentito, e la mostra mi piace molto ma, in questo momento, rispondergli a tono vale di più. E volevo tirare fuori Vanessa, per ricordargli che, dei due, quello che si deve sposare a giugno, è lui.

E a proposito di Vanessa, eccola che sbuca da dietro un pannello e si unisce a noi, mettendo fine alla nostra diatriba.

«Sebastian, che fai? Ti nascondi?», lo rimprovera, svelta ad agganciarsi al suo braccio. «Oh, Bea, ci sei anche tu».

«Ci stavamo confrontando su James Rizzi», risponde lui con un'invidiabile faccia da poker, che maschera la sua espressione irritata di un secondo fa.

«Sul serio?», domanda lei.

«Già, ma sembra che io e Sebastian abbiamo punti di vista alquanto differenti», replico.

A lei di James Rizzi non interessa nulla. «E Royce dov'è?»

«È andato un attimo in bagno... Ah, no!», esclamo sollevata. «Eccolo che arriva».

Royce ci raggiunge e io provo l'immediato sollievo di non sentirmi più in minoranza. «Eccomi qui, scusa ma c'era la fila», mi dice posandomi un leggero bacio sulla spalla. «Ti stavi annoiando, Bea?»

«Un po'», rispondo tagliente diretta a Sebastian che alza gli occhi al soffitto, sbuffando.

«Vedo che non sei sola, però».

«Sì, scusami. Lui è Sebastian Bloom, il fratello di Jerry», glielo presento.

Royce gli tende la mano. «Ma sul seriooo?», domanda fingendo stupore. «Non vi assomigliate affatto».

«Stesso padre, madri diverse», risponde asciutto. Si decide a ricambiare la stretta che, a giudicare dall'espressione di Royce, deve essere una presa d'acciaio. «Piacere».

«E io sono Vanessa», s'intromette lei, afferrandogli il palmo. «La sua fidanzata. Ovviamente, Royce, ti conosco di fama. Ho visto tutti i tuoi film. Non so davvero come complimentarmi con te».

«Non serve, di certo non mi aspetto che tutti guardino i miei film».

«Io non li ho visti», afferma secco Sebastian.

Royce mantiene il suo aplomb posato senza farsi scalfire. «Tranquillo, non hai scadenze».

«Non sono il mio genere».

«Scusa, Sebastian», intervengo. «Come fai a dirlo se non li hai mai visti?»

«Preferisco il cinema d'autore, senza offesa».

«Comunque», continua Vanessa indifferente al clima di disagio che si è creato, «quanto resti qui a Londra, Royce?»

«Qualche mese, almeno fino alla fine delle riprese del film che sto girando ora. Tornerò a L.A. solo per gli Oscar a inizio febbraio».

«Se non ti mettono in nomination sono dei pazzi! Ah, ho visto la nuova villa che hai comprato a Beverly Hills su "Forbes"! È di-vi-na». Vanessa è un fiume in piena e anche Royce sembra essere arrivato al suo limite di accettazione di complimenti.

«Mi piace lo stile pop anni Settanta, ma l'ho scelta soprattutto per la vista...».

«Uh! Fotografo!», lo interrompe Vanessa agitando la mano per richiamare il povero malcapitato con la Nikon appesa al collo. «Ci faccia una foto, qui davanti al coso... al... James Rizzo».

«Rizzi», la correggiamo io e Sebastian all'unisono.

«D'accordo, allineatevi in fila», ci istruisce lui mentre regola l'obiettivo per la messa a fuoco.

«Royce», lo chiama Vanessa. «Mettiti qui, accanto a me, alla mia sinistra».

E lui, che ha capito di che pasta è fatta, esegue senza obiettare, così lo imito.

«No, se lei si mette lì, il quadro non si vede», mi dice il fotografo. «Si sposti dall'altro lato».

Dall'altro lato, ossia di fianco a Sebastian. Mi piazzo alla sua destra, ben attenta a tenermi a distanza di sicurezza, ma il fotografo insiste perché mi avvicini per entrare nell'inquadratura.

Nell'esatto momento in cui sento la mano di Sebastian sulle mie spalle nude, mi viene a mancare il respiro.

Riecco la scossa.

Mi sembra che questa foto duri una vita. E quando penso, dopo il primo flash, che sia tutto finito, Vanessa chiede altri scatti: sorriso a bocca aperta, sorriso a bocca chiusa, seri, con i bicchieri in mano, senza bicchieri, e io continuo a stare lì, con Sebastian che, pur sfiorandomi appena, mi incendia dentro.

«A posto?», chiede il fotografo.

«Direi di sì», gli concede Sua Grazia.

Finalmente rompiamo le righe e io posso scongiurare l'autocombustione. «Bene, Royce, è stata una bella serata ma credo che per noi si sia fatto tardi. Domattina devi essere sul set prestissimo e…».

«Andate già via?!», la mia frase non piace a Vanessa.

«Siamo rimasti anche più del previsto», rispondo.

«Idea! Dovremmo uscire a cena, noi quattro. Tutti insieme», rilancia lei.

«Veramente, noi…», indugio in cerca di una scusa.

«Che ne dite di domani sera?», insiste. «Abbiamo già un tavolo prenotato in un posticino delizioso a Fitzrovia, molto intimo. Nessuno ti darà fastidio lì, Royce», insiste.

«Non so se è il caso. Magari preferite stare soli voi due», butto lì.

«Per me è perfetto», ribatte Sebastian senza la benché minima intenzione di darmi tregua.

«Ma non per noi. Dovevamo andare a… quella cosa, eh, Royce?», gli dico in una disperata richiesta di aiuto.

Lui però non raccoglie. «Quale cosa?»

«Dai, *quella* cosa!», ripeto. «Non ti ricordi?».

Lui alza gli occhi al soffitto scuotendo il capo. «Nnno… in realtà no».

«Perfetto!», esclama Vanessa compiaciuta. «Faccio aggiungere due posti. Sarà una serata molto interessante».

Sebastian mi trafigge con lo sguardo. «Davvero. Molto interessante».

21

Aprila come una cozza

«Un'uscita a quattro?!», sbraita Jerry seduta al bancone della sua scenografica cucina, intenta a scoperchiare un secchiello di gelato.

Le ho raccontato della mostra e ora siamo arrivate al punto cruciale: la cena di stasera. «Vanessa è stata irremovibile, a un certo punto ho pensato che avrebbe fatto sprangare le porte della Saatchi per impedirci di andarcene senza darle un sì. Sbava dalla voglia di essere amica di una celebrità».

«Mio fratello odia queste cose».

«Davvero?», domando scettica. «Perché non ha posto la benché minima obiezione».

Jerry si stringe nelle spalle, scuotendo la testa. «È molto strano. Lui ha un'insofferenza congenita alle coppie che fanno cose tra coppie. In tutti questi anni con Vanessa, alla base dei loro litigi ci sono sempre stati scontri su lei che vuole affittare una villa con le sue amiche e i rispettivi fidanzati a Cannes e lui no; Vanessa che vuole fare una crociera a otto nell'Egeo e Sebastian che le dice: "Io non vengo"; Vanessa che organizza weekend di tennis e picnic a coppie e lui che dà buca all'ultimo. Detesta tutte quelle situazioni da "Siamo la coppia più bella del mondo", "Noi ci amiamo più di voi" eccetera… Che lui non abbia accantonato subito l'idea mi suona come una novità assoluta».

«Forse ha deciso di andare incontro alle richieste di Vanessa in vista del matrimonio. Se stanno per sposarsi avranno dovuto trovarsi a metà strada».

«Mah», sbuffa Jerry affondando il cucchiaio nel gelato. «Non è da lui».

«Ho cercato di far capire a Royce che non era il caso, ma non ha voluto farmi da spalla».

«Perché?»

«Quando gliel'ho chiesto, in macchina, mi ha risposto che è un'altra ottima occasione per farci vedere insieme. Dopo quel casino con Ben da Annabel's, ogni uscita è buona».

«Mi sembra che ieri sera sia andata benone», osserva accennando alla pila di giornali che ho portato con me. Come aveva previsto Sebastian, le colonne di «Costume e società» dei quotidiani hanno dato ampio spazio alla prima uscita ufficiale di Royce DeShawn e della sua nuova fiamma, l'ereditiera Bea Beaufort. Gli articoli sono corredati di generiche informazioni biografiche desumibili dal profilo social di Bea, gestito da Jerry, e da quello che hanno fatto trapelare le "solite fonti".

«Sì, è stato più facile di quanto credessi, anche se mi sento sempre abbastanza strana quando Royce mi stringe o mi bacia, perché io so che è tutto finto e sono convinta che mi si legga in faccia».

«Oh, no. Sei molto naturale, invece», dissente lei aprendo uno dei giornali a caso e puntando il dito sullo scatto di me e lui all'ingresso della Saatchi. «Menti piuttosto bene per una principiante».

«Se è vero che le bugie hanno le gambe corte, io dovrei camminare con il culo».

«Potrebbe diventare una seconda carriera».

«Come no! Fidanzata a noleggio per matrimoni, battesimi

e riunioni di ex alunni. A tua disposizione per dodici, ventiquattro o quarantotto ore. Chi me lo ha fatto fare di laurearmi?», ribatto. Prendo un cucchiaio dal cassetto del bancone e lo tuffo nel secchiello insieme a quello di Jerry.

«Comunque preparati: stasera Vanessa si lancerà in una delle sue migliori esibizioni del "Sono la migliore in tutto", quindi tira fuori l'artiglieria pesante», mi avverte con tono serio.

«Non intendo competere con lei. Vuole il titolo di campionessa? Se lo può tenere. E poi, l'importante non è vincere, ma partecipare».

«Questa è una cazzata che si è inventato un tizio che aveva perso».

«E cosa dovrei fare, secondo te?», mugugno con la bocca piena di gelato.

«Aprirla come una cozza», insiste Jerry più convinta che mai. «Senti, sono sei anni che cerco di far capire a Sebastian che non può stare con una persona solo perché il non amarla lo fa sentire al sicuro, ma io sono la sorella minore che non ha mai avuto una storia più lunga di due mesi e i miei consigli non li considera».

«E cosa ti fa pensare che dovrebbe ascoltare me?!».

«Lui dovrebbe solo rendersi conto che Vanessa non vale la pena di un sacrificio così grande e tu sei la persona giusta per stenderla su tutta la linea. Chiunque dotato di un paio di orecchie capirebbe che non c'è paragone tra di voi».

«Farò finta di non aver sentito che hai parlato di orecchie e non di occhi, solo perché so da me che Vanessa è stupefacente».

«Eh, sì, saremmo tutte stupefacenti con un cugino chirurgo plastico». Jerry si indica gli zigomi, il naso, la bocca, il seno e il sedere.

Io penso a mio cugino Freddy e soffoco un conato. «Bleah, che schifo, io non mi farei mai toccare da mio cugino!».

«Lei sì. È finta fuori e dentro. Ti prego, ti supplico, dai il meglio di te e fai capire a mio fratello che si sta accontentando».

«Ma non eri proprio tu, pochi giorni fa, a implorarmi di stare alla larga da Sebastian?», le ricordo.

«Sì, ma farlo rompere con Vanessa è più importante. Non la voglio come cognata, perdio!».

«Cosa ti fa pensare che io sia la persona giusta?»

«Perché sei la mia anima preferita al mondo».

«Addirittura? Mi fai quasi commuovere».

«E perché ti presterò la mia Kelly Himalaya. Mi devi un favore».

«Ruffiana».

«Allora, Royce, come stanno andando le riprese?», gli domanda Vanessa. Ci siamo seduti da appena cinque minuti e lei lo sta già torchiando. Quando il maître ci ha accompagnato al tavolo dove ci aspettavano lei e Sebastian, molti degli ospiti si sono voltati al nostro passaggio, sollevando un leggero brusio. Prevedibile, visti gli articoli di gossip che stanno circolando.

Vanessa è ben attenta a mostrare a tutti che conosce Royce e, appena lo ha visto, è balzata in piedi per salutarlo, con un tono di voce ben più alto di quanto servisse. Alla faccia della discrezione.

Poi lo ha fatto sedere davanti a sé lasciando me di fronte a Sebastian, con cui ho scambiato solo una gelida occhiata.

«Il film è impegnativo, ma il regista è così preciso con le direttive che è impossibile sbagliare», risponde Royce come se fosse un'intervista in un talk show.

«E per la première? Sarebbe troppo chiederti di metterci in lista?», domanda lei, sfacciata.

«Ah... ehm», s'inceppa lui imbarazzato. «È ancora presto per parlare della première», taglia corto per non essere costretto a uno scortese no.

«Nel caso, Jerry o Bea mi terranno informata, vero?», chiede rivolta a me.

«Certo».

«Noi saremmo molto felici di venire», insiste.

«Noi, chi?», interviene Sebastian aggrottando la fronte.

«Come, chi?». Vanessa lo guarda stupita. «Tu e io!».

«No, grazie».

Lei gli dà un colpetto sul braccio. «Ma sarà divertente!».

«Non fa per me», ribatte lui.

«Neanche le cene a quattro, eppure eccoti qui», gli faccio notare a denti stretti.

Per fortuna arriva il cameriere a lasciarci i menu e la discussione sulla première muore lì.

«Allora, Bea, com'è che conosci Jerry?», mi domanda Vanessa.

La storia vera sarebbe troppo complicata per spiegarla qui e ora, così opto per la strada più in discesa. «Amici in comune, ex compagni di scuola».

La mia risposta, anziché dissuaderla, incentiva ancor di più il suo interesse. «Ah, sì? In che scuola andavi? Non alla Wycombe Abbey, o ti ricorderei. Ero capoistituto».

Accidenti. Dovevo immaginarlo che lei e Jerry avessero studiato nella stessa scuola, una delle più prestigiose del Paese con una retta annuale di quarantamila sterline.

«Anche io ti ricorderei», aggiunge Sebastian inchiodandomi al suo sguardo, che ci isola da tutto e da tutti. Perché ho la sensazione che in quella frase ci sia molto di più di quello che dice?

«Certo», bercia lei, invadendo il nostro secondo di privacy, «anche perché non c'è studentessa della Wycombe che tu, Parker e Harring non vi siate…».

Lui però mette a tacere il resto della frase di Vanessa con uno sguardo tagliente, anche se la conclusione era facilmente immaginabile. E suscita la mia tanto immediata quanto ingiustificata gelosia nei confronti delle summenzionate studentesse.

«Ho cambiato molte scuole, i miei genitori viaggiavano parecchio», rispondo vaga. «Ho girato tutta Europa: Milano, Monaco...».

«Ah, Baviera?», chiede lei entusiasta.

«No, Montecarlo», aggiungo.

«Allora sei stata al Collège Charles III! Eri in corso con Chantal Bouvier?».

Merda, capirai se non conosce qualcuno anche lì. «No! Ho studiato al... al...». Accidenti, cosa mi invento, ora?! Mi cade l'occhio sulla lista dei vini rossi fermi. «Al Château Lafleur de Quinsac. Ottimo liceo, insegnanti di prima categoria».

Al tavolo cala il silenzio e tre paia di occhi mi guardano con aria interrogativa.

«Lafleur de Quinsac... come il Bordeaux?», mi domanda Sebastian.

«È anche una scuola», insisto tenendo il punto. «Molto esclusiva».

«Mai sentita», ribatte Vanessa.

«Appunto», rispondo io.

Il mio cellulare squilla e io mi salvo in corner. Frugo nella borsa alla ricerca del telefono ma lo trovo solo quando ormai la chiamata è persa. Mia sorella. La richiamo dopo.

«Oh, mio Dio!», esclama Vanessa. «Quella è una Kelly Hermès Himalaya!».

«Sì», le confermo cercando di tacere il compiacimento nell'averla sfoggiata.

«Non ne ho mai vista una dal vivo. Posso?». Tende la mano verso di me con gli occhi lucidi.

Io gliela passo, sollevata dall'aver qualcosa che lei possa invidiarmi. Io le invidio Sebastian ma, a differenza sua, non posso allungare le mani su di lui e chiedere: "Posso?".

«È divina, un'opera d'arte», si complimenta rigirandola. «Ecco, Sebastian, questo sì che è un regalo! Impara da Royce».

Royce però scuote la testa. «Non gliel'ho presa io».

Lei resta spiazzata, con la sua argomentazione vincente che le si sgretola sotto gli occhi. «Ah».

«Sii ben contenta che io non ti regali niente del genere. Il giorno in cui lo farò, vorrà dire che avrò qualcosa di grosso da farmi perdonare», la stuzzica Sebastian.

«Oh, è comunque magnifica. Come l'hai trovata?», mi domanda lei aprendo e chiudendo la fibbia. «È rarissima. Una mia amica ha perfino assunto un cacciatore e neanche lui è riuscito a reperirne una da qui a Tokyo».

«Sì, ecco… è vintage», spiego. «Me l'ha data mia… zia. Morta», aggiungo nel caso Vanessa voglia uscirsene con: "Come si chiama tua zia? La conosco?".

Per fortuna vengono a prenderci le ordinazioni e per un po' ci concentriamo su altro. Il momento di pace dura poco, perché Vanessa alza una mano verso due ragazze che sono appena entrate. «Linda! Crishelle!», le saluta. «Royce, vieni con me, voglio presentarti le mie amiche. Crishelle ti adora, le verrà un colpo a vederti».

«Non so se è il caso, allora», mormoro tra me e me.

«Ci mettiamo un secondo», insiste.

Royce cede e la segue al tavolo al capo opposto della sala e io e Sebastian restiamo soli.

«Bene», dico.

«Bene», ripete lui mentre tra noi cala di nuovo il muro di silenzio imbarazzante. Per fortuna il cameriere viene a versarci da bere e possiamo fingere interesse nello Chablis che ci ha appena portato.

«Squisito», commento.

«Annata eccellente», replica lui, ritrovandoci di nuovo al punto di partenza.

«È evidente che questa cena non diverte né me né te», dico in uno slancio di franchezza. «Cosa stiamo facendo?»

«*Tu* cosa stai facendo?», controbatte in tono accusatorio.

«Io?»

«Sì».

«Scusa un momento, Sebastian. Se non ricordo male, sei stato tu a insistere per fare questa uscita a quattro».

«Idea che non ti è piaciuta».

«E come lo hai capito?!», rispondo sarcastica.

«Non c'è feeling tra te e Royce, l'ho visto ieri e lo vedo oggi». Nella sua frase sento una fastidiosa nota di autocompiacimento.

«E la cosa ti riguarda, perché...? Ah, no! Non ti riguarda».

«Volevo capire se fosse solo una mia impressione o no. Non è un'impressione».

«Se questa cena è una gara di feeling, ti do la spiacevole notizia che neanche tu e Vanessa state guadagnando punti».

«Io e Vanessa stiamo insieme da sei anni, non dobbiamo dimostrare nulla».

«State per sposarvi, dovresti essere al settimo cielo, non tre metri sotto terra».

«Sebastian Bloom?!», esclama sorpreso un uomo, avvicinandosi al nostro tavolo. Uomo che ha un aspetto familiare.

Sebastian lo scruta qualche secondo prima di rispondere al suo saluto. «Alan», replica secco.

«Il delfino di Graham. Sei venuto a prendere possesso dell'impero?»

«Mio padre è all'estero e io sono tornato a Londra per seguire da vicino alcuni affari che richiedono attenzione».

«Degno figlio di tuo padre, dev'essere orgoglioso di te».

«Faccio il possibile». Sebastian non sembra di molte parole e risponde solo per pura cortesia.

Alan... Alan... Oh porcaccia vacca! Alan Cage. Quell'Alan

Cage, della Cage Company! Fa' che non mi veda, fa' che non mi veda.

«Scusa, forse sto disturbando», risponde Alan spostando lo sguardo su di me mentre io prego che non si ricordi.

«No, figurati», è la risposta di Sebastian.

«Questa è la tua fidanzata? Ho saputo che vi sposate! Congratulazioni!».

«No», esclamiamo io e Sebastian all'unisono.

«Non è la mia fidanzata», spiega. «È... è... lei...».

Già, cosa sono? Amica? Non direi. Conoscente? Mi ha visto seminuda. Una cosa è certa: sono nel posto sbagliato con le persone sbagliate.

«Ah, scusami, è che ha un volto che ho già visto... solo non ricordo...».

«Già visto? Impossibile», lo anticipo, sotto lo sguardo incupito di Sebastian che sembra dire: "Cosa?!".

«Ne sono sicuro. Inizio ad avere i miei anni ma ho una memoria fotografica infallibile. Ma sì!», esclama picchiandosi la fronte. «Una stagista. Hai lavorato nella mia società, anni fa, giusto? Cheryl... Chelsey... No! Charlotte!».

«Ah ah ah!», esplodo in una risata tanto fragorosa quanto falsa. «Si sta confondendo con qualcun'altra. Il mio nome è Bea Beaufort».

Alan mi guarda confuso. «Bea?»

«Sì, ma non si preoccupi. Vengo spesso scambiata per altre persone, devo avere dei lineamenti molto... comuni».

«Chiedo scusa. In questo caso, mi presento: Alan Cage, molto lieto». Lui mi tende la mano e io la stringo senza particolare energia. «Bene, io torno da mia moglie. Vi auguro una bella serata».

Bella serata? È la più faticosa della mia vita!

Sebastian torna a sedersi borbottando: «Vecchio leccaculo» tra sé e sé.

«A proposito di leccaculo, non sei geloso del fatto che Vanessa abbia letteralmente la lingua nei boxer di Royce? "Sei magnifico, ti meriti l'Oscar, stupenda la tua nuova casa"», dico facendole il verso.

«Sei arrabbiata perché qualcun altro ti ha sottratto il tuo trofeo?», mi punzecchia lanciandomi uno sguardo tagliente da sopra il suo Chablis.

«Il mio… il mio trofeo?! Royce non è il mio trofeo».

«A me sembra di sì», insiste.

«Sto cercando di ricordare il momento in cui ho chiesto la tua opinione ma mi sfugge. Forse perché non te l'ho chiesta».

«Rimproveri tanto il comportamento di Vanessa, ma tu mi dai l'idea di una che ha visto l'occasione di trarre fama e celebrità dalla relazione con una star e l'ha colta al volo».

Non credo alle mie orecchie. Cosa gli dà il diritto di sputare sentenze? Di solito sono una persona molto razionale e che predilige la diplomazia alle reazioni istintive, ma la sua frase accende la miccia del mio deposito interno di esplosivi, lo capisco dalla mia mandibola serrata al punto che digrigno i denti.

«A parte che, se anche fosse, non dovrebbe essere un tuo problema, ma ti sbagli. E non accetto lezioni da uno che ha deciso di sposare una donna che non ama solo perché così si sente al sicuro».

Alla mia replica, scende il silenzio. Sebastian mi fissa con uno sguardo gelido e affilato.

Ops. Forse questa cosa dello sposare una donna che non ama perché si sente al sicuro dovevo tenermela per me. Perché se il mio rapporto con Royce non lo riguarda, vale lo stesso anche per me rispetto a lui e Vanessa.

Ma la frittata è fatta.

E io non sono più a mio agio qui. Non lo ero neanche prima, ma adesso l'aria è irrespirabile.

«Eccoci!», si autoannuncia Vanessa tornando al nostro tavolo con Royce. «Linda e Crishelle sono rimaste scioc-ca-te!

Non ci credevano! Quando hanno visto Royce sono andate in iperventilazione!».

Se la sento parlare ancora ribalto il tavolo. «Cameriere!», chiamo con un gesto della mano. «Per favore, faccia annullare la mia ordinazione».

«Perché?», mi chiede Royce incuriosito.

«Mi è venuta un'emicrania terribile», dico alzandomi. «Meglio che vada a casa». Nel raccogliere cappotto e borsa non riesco a non lanciare un'ultima occhiata assassina a Sebastian. «Per me la serata finisce qui».

22

Cannibalismo a colazione

Il lunedì mattina l'umore tetro non mi ha ancora abbandonata. Sono arrabbiata.

Anzi, se è possibile lo sono anche di più perché ho passato la domenica a rimuginare.

Quando guardo i progetti preliminari del primo J Hotel in programma di apertura, quello a Barcellona, ho un motivo per sfogarmi.

«Russel, puoi venire subito nel mio ufficio?», lo chiamo senza aggiungere "buongiorno" o "per favore". Anche perché non è né un buon giorno, né è un favore quello che gli sto chiedendo.

Lui, per dimostrarmi che non riconosce affatto il mio ruolo di project manager, si prende tutto il tempo che vuole, trasformando il mio "subito" in "mezz'ora dopo". E quando arriva lo fa con un passo così indolente e un'espressione così scocciata che accantono ogni mio proposito di diplomazia.

«Mi spieghi cos'è questo?», dico indicando il foglio chilometrico aperto sulla mia scrivania.

«Il piano terra dell'hotel?», risponde come se avesse davanti una minorata. «C'è scritto. Proprio lì».

«Lo vedo che è il piano terra dell'hotel. Quello che non capisco è che fine abbia fatto lo scivolo». Il progetto originale prevedeva uno scivolo a spirale in plastica olografica posizionato nel pozzo delle scale, che scendeva dal bar sulla terrazza fino alla hall. Scivolo che ora è sparito.

«Ho pensato che la hall avrebbe avuto un aspetto più pulito e minimalista, così l'ho eliminato».

«E la serra-giungla?», chiedo puntando il pennarello dove ora c'è un asettico rettangolo vuoto.

«Credo che il cubo di cristallo stile Mies van der Rohe, per il ristorante, funzioni di più».

«Mies van der Rohe», sibilo a denti stretti. «Peccato che siamo a Barcellona, patria di Gaudí, che non potrebbe essere più lontano dal minimalismo. Se non ricordo male, all'ultima riunione avevamo deciso di reinterpretare il suo stile esuberante ed eccessivo in chiave 2.0, invece mi ritrovo davanti a un progetto così sterile da scambiarlo per una sala operatoria».

«Sarà più facile imprimere riconoscibilità ai J Hotel e replicarli», obietta, incrociando le braccia al petto.

«Replicare? Il Bloom Group non è un Mercury Hotel qualunque. Ogni struttura della catena deve possedere una personalità unica».

Lui fa spallucce. «So quello che faccio».

«Io no?»

«Ho dei dubbi».

«Va bene», dico alzandomi dalla scrivania. «Non so se la tua sia più ottusità o una presa di posizione per dimostrare chi porta i pantaloni, ma ti informo che è una fatica inutile. Lo so che pensi che io non abbia né le capacità né la caratura per occupare questa posizione, e che io sia solo un'amica annoiata di Jerry che ha bisogno di un passatempo, ma preparati allo shock: me ne frega meno di zero di ciò che pensi. Ora sei pregato di risistemare il progetto com'era. E i tuoi dubbi infilateli nel cu...».

Driin, driin.

«Pronto?», ringhio al cellulare.
«Buongiorno, la chiamo da parte della UKmobile per proporle la nostra nuova promozione: mille minuti verso tutti e navigazione illimitata a sole quindici sterline al mese».
Riattacco seccata. Ho perso il filo del discorso sul più bello. Dove ero arrivata?
«Dicevi?», mi domanda Russel con aria di sfida.
Ah, sì! Ora mi ricordo. «Di fartici un clistere con i tuoi dubbi. Puoi lavorare con me o contro di me, a te la scelta. Nel secondo caso, però, non ti renderò le cose facili».
Russel sbuffa e raccoglie la tavola con il progetto uscendo dal mio ufficio. «Magari ne riparliamo quando non avrai le tue cose», borbotta.
Eccola, la classica battuta per sminuire una donna: ridurla a un'isterica in balia degli squilibri ormonali. 'Fanculo, Russel.

Per fortuna vedo Jerry per pranzo così posso sfogarmi con lei. E con il cibo.
«Davvero hai detto a Russel di farsi un clistere?», mi domanda.
«Sì, un clistere metaforico con i suoi dubbi», mugugno con la bocca piena di pad thai. Siamo nel ristorante al primo piano della torre del Bloom Group, ma della società ci siamo solo noi, quindi posso parlare senza che ci sentano orecchie indiscrete. «Misogino del cazzo».
«Grazie per aver difeso il mio scivolo».
«È stato un piacere».
«Devo dire che sono stupita: tu di solito sei una persona molto calma, pacata, ponderi sempre le parole. Sfanculare la gente è più una cosa da me».
«Ha fatto lo stronzo nella giornata sbagliata».
«Uh, a proposito di stronzi», esclama Jerry spinzettando l'aria con le bacchette. «Sabato come è andata con Vanessa?»

«Una serata che mi è bastata per tutta la vita. Avrei preferito un'otturazione senza anestesia».

«Non dirlo a me che la sopporto da sei anni».

«In più, anche tuo fratello ci ha messo del suo per rendere la cena un inferno. A un certo punto, quando Vanessa ha trascinato Royce a conoscere due sue amiche, io e Sebastian siamo rimasti soli e lui si è messo a fare delle stupide insinuazioni».

«Tipo?»

«Tipo che frequento una star del cinema non perché mi piace, ma per godere di celebrità riflessa».

Jerry rimane a bocca aperta mostrandomi l'involtino di maiale mezzo masticato sulla sua lingua. «Sebastian ha detto una cosa del genere?!».

«Esattamente».

«L'uomo più riservato del mondo, che neanche usa i social perché: "Preferisco vivere la mia vita che guardare quella degli altri", si mette a prendere le misure di una coppia con cui è al ristorante? Roba fuori dal mondo».

«Eppure lo ha fatto».

«Ho visto un documentario sulla savana: gli animali attaccano quando si sentono minacciati. Credo che Sebastian si sia sentito minacciato».

«Da chi? Da me? Ehi... e da quando tu guardi documentari, Jerry?»

«Da quando ho perso il telecomando e la TV trasmette solo National Geographic. Il comportamento di Sebastian mi sembra quello di un leone che attacca per difendersi».

«Io non sono stata a soppesare le attenuanti».

«Tu cosa gli hai risposto?».

Eccoci alla nota dolente. «Che non mi interessa l'opinione di un uomo che sta per sposare una donna che non ama solo perché si sente al sicuro», rispondo a mezza voce. Non ne vado orgogliosa.

A Jerry quasi va di traverso il boccone. «Era una cosa che ti ho detto in confidenza!».

«Mi è scappato», ammetto. «Mi sono resa conto di aver detto una parola di troppo solo dopo aver chiuso la bocca».

«Non deve averla presa bene».

«No, infatti. Scusami, Jerry, non dovevo. Sei arrabbiata?».

Lei sospira stringendosi nelle spalle. «Dovrei, ma è una cosa tanto vera che non ci riesco. Qualcuno doveva dirglielo e lui se l'è cercata giudicandoti per primo».

«Non voglio essere responsabile di una rottura tra fratelli».

«Se c'è una cosa che non possono fare i fratelli è sparentarsi, nonostante tutto». Lei mi stringe la mano nella sua. «Dev'essere stata proprio una bella cena».

«No, perché me ne sono andata prima che ci portassero le ordinazioni. Il mio amor proprio me l'ha imposto».

«Hai fatto bene, un'uscita di scena drammatica ha sempre un grande effetto anche se probabilmente... non è servita a nulla».

«Ottimo», commento senza il minimo entusiasmo. «Tra l'altro ho quasi rischiato di essere beccata. Al ristorante c'era anche Alan Cage, è venuto a salutare Sebastian e mi ha quasi riconosciuta. Anzi! Togli il quasi. Io ho sviato la conversazione».

A Jerry quasi cade la faccia quando pronuncio il nome Alan Cage. «C'era Cage?»

«Della Cage Company, proprio lui».

«E Sebastian non lo ha preso a pugni?»

«No. Anche se non sembrava troppo felice di vederlo».

«Tu forse non lo sai ma Cage è come l'anticristo, qui. È stato partner di mio padre per anni, finché non se n'è andato portandosi via grosse commesse, estromettendo il Bloom Group da diversi progetti che erano stati avviati da noi. Ha costituito la Cage Company con quello che ha sottratto alla nostra società e da allora prova a farci le scarpe. Anche se senza successo, devo dire».

«Non ne avevo idea».

«Sono passati quindici anni da allora. Io ero una ragazzina ma Sebastian ne aveva venti, era già con i piedi qui dentro e lo ricorda bene. Quell'anno è stato difficilissimo riprendersi. Per questo sono stupita che non abbia appeso Cage al muro».

«Ne avrebbe avuto tutte le ragioni», concordo.

«Basta con questi ricordi spiacevoli!», taglia corto lei. «Ci vediamo più tardi? Facciamo una cosa sole donne, io e te».

«Non posso. Vedo Royce. Altro appuntamento pubblico per sfamare la bestia mediatica».

«Sono gelosa». Jerry sbuffa scocciata. «Rivoglio indietro la mia amica. Non esci più con me».

«Non è che quando non "stavo" con Royce facessi chissà che vita sociale!».

«Ma almeno stavi a casa a non fare nulla, adesso invece mi sento tradita. Ora conosco il vero significato di "o mia o di nessun altro!"», piagnucola in tono melodrammatico.

«Dammi un mese e tornerò a essere la pantofolaia lucida-rubinetti che conosci. Anzi, dopo tutta la vita mondana che sto facendo ora, credimi, non desidero altro che una serata di relax, immersa nella vasca da bagno piena di schiuma con un libro e un calice di vino».

«Ma se nel tuo appartamento neanche c'è la vasca! Il tuo bagno è così piccolo che riesci a malapena a girarti su te stessa».

«Sto meditando di comprarne una di quelle pieghevoli, su Amazon».

«Vieni a casa mia a farti il bagno. Uff... è che mi sento così sola!».

«Sei la persona meno sola che io conosca, Jerry», osservo raccogliendo le verdure superstiti dal piatto. Ma il mio pad thai è già finito?!

«Vorrei qualcuno con cui essere in sintonia, sentirmi innamorata, ma non quegli innamoramenti che svaniscono dopo due settimane».

«Parlo con la stessa persona che fino a qualche tempo fa mi diceva di voler provare tutto il reparto ortofrutta?». Le piazzo la mano sulla fronte. «Ti senti bene?»

«Mi sento benissimo. È che sono stanca di ragazzi che mi chiedono di uscire solo perché insieme veniamo bene in foto. Tipo Banner».

«Banner ti ha chiesto di uscire?»

«Sì».

«E tu cosa gli hai risposto?»

«Che ho una brutta forma di herpes... E indovina? È sparito! Nessuno del mio giro vuole uscire con me *per stare* con me e inizio a stufarmi».

«Forse dovresti smettere di uscire con quelli "del tuo giro"», le suggerisco. «Prova a cambiare ambiente».

«E come?»

«Non lo so: fai volontariato, iscriviti a un corso di danze folkloristiche...».

«Hai ragione!», esulta lei entusiasta. «Cambio giro! E lo farò da stasera!».

Proprio mentre lei si mette a rastrellare tutte le iniziative dei circoli della città, da: "Salviamo i gufi albini" al: "Corso di cucina vittoriana", a me arriva un messaggio di Royce.

"Stasera annulliamo l'appuntamento... VEDO BEN!".

23

Tutta colpa del burrocacao

Il monitor del mio computer è l'unica fonte di luce nel buio degli uffici. Approfitto della disdetta di Royce per lavorare al progetto di recupero di Sharesby Hall.

Mi sono detta: "Un'ora, massimo un'ora e mezza, poi a casa per una serata di normale e noioso riposo" poi, però, ho perso la cognizione del tempo e sono ancora qui, alla mia scrivania sommersa da bozze revisionate, con gli auricolari nelle orecchie mentre canticchio a fior di labbra *What Kind of Man*.

«Cosa ascolti?», mi domanda una persona alle mie spalle, dopo avermi sfilato un auricolare. Volto la sedia girevole e mi ritrovo davanti Sebastian, in piedi, nella penombra, che mi fissa con sguardo enigmatico.

L'ultima volta che ci siamo parlati non è stata una conversazione piacevole, da allora mi ero convinta che i ponti tra noi fossero stati tagliati del tutto. Anzi, proprio fatti saltare con una carica di esplosivo al plastico.

Ritrovarmelo in ufficio mi paralizza.

Siccome non gli rispondo, si porta la cuffietta all'orecchio. «Florence + the Machine, scelta di classe».

«Conosci Florence?», domando stupita.

«Sì, ho tutti i dischi. In vinile. E no, non ho paura che questa ammissione mini in qualche modo la mia virilità».

«Sono contenta per te», taglio corto tornando a voltarmi verso il computer.

«Qual è il tuo album preferito?».

Io lo ignoro ma la cosa sembra non infastidirlo, anzi, continua il suo monologo. «*How Big, How Blue, How Beautiful* è un capolavoro ma *Ceremonials* non si batte».

Ah. *Ceremonials* è anche *il mio* preferito. «Hai bisogno?», domando secca.

«Cosa stai facendo?»

«Niente».

Lui si appoggia al bordo della scrivania, a braccia conserte. «Un niente che ti tiene in ufficio fino alle undici passate?»

«Niente che ti riguardi». Non intendo dargli corda.

«A me sembra che questo niente sia un palazzo diroccato. Non sapevo che il Bloom Group trattasse anche dimore storiche ora».

Con un clic del mouse faccio sparire l'immagine di Sharesby Hall dallo schermo e raccolgo i disegni scarabocchiati alla rinfusa. «È un progetto mio. Mi ci dedico fuori dall'orario di lavoro».

«Non credevo ci fosse ancora qualcuno in ufficio».

«Ci sei anche tu, no?», gli faccio notare.

«Avevo una conference call con la succursale di Singapore per un nuovo resort da realizzare a Sentosa Cove e ci siamo trovati a metà via rispetto al fuso orario».

«Alibi di ferro. Ma perché sei *qui*, nel mio ufficio?».

Sebastian abbassa lo sguardo e la sua espressione sempre sicura lascia posto a un'aria di scuse. Si infila una mano in tasca e ne estrae un biglietto. «Volevo lasciarti questo. Non pensavo di trovarti, ma dato che ci sei...». E me lo allunga.

Prendo il cartoncino e lo leggo in silenzio.

Mi dispiace, ho parlato senza pensare. Magari non accetterai le mie scuse ma è mio dovere fartele. Un uomo si riconosce anche da come si accorge dei suoi errori e io mi sono comportato da coglione.

S.

«Sono stato un po' stronzo l'altra sera», dice con una vena di imbarazzo nella voce.

«Un po' *molto*», lo correggo.

«Non è per tirare fuori di nuovo il discorso, volevo solo farti sapere che so di aver avuto torto».

Annuisco in un impercettibile "Sì". «Scuse accettate. Grazie». Nella stanza si sentono solo i nostri respiri. «Anche io sono stata sgradevole».

«Io però ho iniziato. Che ne dici di bere qualcosa insieme? Voglio farmi perdonare».

«È tardi, dovrei andare a casa a cambiarmi, farmi una doccia... Non ho proprio le energie per uscire di nuovo, se devo essere sincera». Io sono convintissima del mio no e questa non è neppure una scusa. Sono stanca davvero e non ho nessuna voglia di trascinarmi in qualche locale. Nemmeno se me lo chiede Sebastian. Nemmeno con quel sorriso illegale in almeno cinquanta dei centonovantatré Paesi delle Nazioni Unite.

«Non c'è bisogno che tu vada a casa a cambiarti».

«Fidati, se te lo assicuro».

«Sul serio», insiste. «Nel posto che dico io nessuno farà caso a quella riga di pennarello che hai sulla fronte».

Resisto all'istinto di prendere lo specchietto per controllarmi, ma dentro di me maledico la mia mania di mettermi le mani in faccia quando penso. «Tempo di trovare un taxi, farci dare un tavolo, ordinare...».

«Ci vorranno due minuti. Contati». Lui m'invita a seguirlo, in piedi sulla soglia del mio ufficio. «Giuro che se ce ne mettiamo tre, ti lascio andare a casa senza obiettare».

E riecco il sorriso letale. Afferro cappotto e borsa e lo raggiungo.

Cosa posso farci? Non sono mica fatta di pietra!

Nel nanosecondo in cui mi dà le spalle, ho la prontezza di spirito di passarmi almeno un velo di burrocacao, anche se vorrei avere il tempo anche di darmi una spolverata di cipria e due pennellate di mascara.

Raggiungiamo l'ascensore e, con mio stupore, anziché il tasto del piano terra, Sebastian preme quello del secondo.

«Scusa, ma non vuoi andare a bere qualcosa?»

«Infatti».

«Non capisco».

Lui si volta verso di me con sguardo enigmatico. «Vedrai».

E al secondo piano raggiungiamo il cocktail bar, anche quello immerso nella totale oscurità come il resto dell'edificio.

«Ma è chiuso», gli faccio notare.

Lui estrae dal taschino una tessera magnetica. «Scommettiamo che riesco a farlo aprire?». La passa davanti al lettore ottico e le porte di vetro ci scorrono davanti. «Quanto ci abbiamo messo?»

«Due minuti», ammetto.

«Visto? Ho mantenuto la promessa. Prima le signore». Mi segue all'interno del locale mentre i sensori di movimento accendono le luci al nostro passaggio.

«Avremo dei problemi? Non è effrazione?», domando.

«Nel caso, il gestore potrà presentare le sue lamentele al proprietario dello stabile: Graham Bloom».

«Questa è una mossa da figlio di papà in piena regola».

«Diciamo che se era una carta che potevo giocarmi una volta nella vita, ho scelto stasera». Eccolo lì. Ogni volta che ci si punzecchia sul confine dello scherzo, lui mi prende in contropiede e valica quel confine con una frase spiazzante.

Sebastian si mette dietro il bancone e, dopo essersi sfilato la giacca, si tira su le maniche della camicia e io mi ritrovo a spostare lo sguardo altrove.

Mi rendo conto che mai prima d'ora l'ho visto senza giacca, sono arrivata a credere che i suoi completi fossero una sua parte integrante e ora mi sento in imbarazzo come se fosse nudo. C'è da dire che il pannello di neon alle sue spalle disegna in controluce il netto profilo del suo torso scolpito e la camicia bianca lo fascia non lasciando nulla alla mia immaginazione. È la mia immaginazione che ha bisogno di pochissimi spunti per fantasticare, in verità.

«Allora, cosa vuoi bere?», mi domanda prendendo uno shaker e lanciandolo in aria. «Sono al tuo completo servizio: Mojito, Martini Dry, Cuba Libre? Posso suggerirti la mia specialità? Sono cintura nera di Mai Tai».

«No, credimi. Il Mai Tai è il mio cavallo di battaglia», ribatto. «Meglio che non ci provi neanche».

«Stai scherzando?! Lo sai come mi chiamavano all'università? Il farmacista. Le feste non iniziavano neanche se non c'ero io ai cocktail».

«Stai parlando con una professionista, mi dispiace». Lui non ha la più vaga idea di quanti drink io abbia preparato in quattro anni di pub, ma posso parlare con cognizione di causa.

Sebastian fa piroettare lo shaker intorno al polso e lo fa atterrare sul bancone davanti a me. «Scommettiamo?».

Io raccolgo lo shaker della sfida, scendo dallo sgabello e lo raggiungo dietro il bancone. «Peggio per te: ti straccerò le mutande senza neanche levarti i pantaloni».

«Sembra interessante. Vorrei dire la stessa cosa ma tu hai la gonna, per me sarebbe ancora più facile».

Ed eccola lì, la torbida immagine proiettata sul mio schermo mentale di lui che mi prende, mi sbatte sul bancone e mi strappa gli slip. I miei ormoni sono seduti in prima fila a ingozzarsi di pop-corn, mentre io soccombo a una vampata di calore infernale.

Un attimo! Che slip mi sono messa stamattina?

«Allora?», mi domanda lui riscuotendomi dalla mia trance.

«Eh?»

«Sfida accettata?». Mi lancia uno sguardo che è elettricità pura e io sento che siamo tornati quelli della notte di Capodanno, nel bagno dell'Attitude.

«Al tre», dico. «Uno...».

«Due...».

«Tre!».

Bottiglia alla mano verso il rum bianco nel misurino, mentre lui fa lo stesso nella postazione alla mia destra con il curaçao e poi ce li scambiamo, fingendo d'ignorare la subdola carezza che si scambiano le nostre dita.

Non distrarti, Charlie!

Nello shaker aggiungo anche un cucchiaino di maraschino, e il succo d'ananas.

Sebastian mi passa alle spalle e mi ritrovo a trattenere il respiro quando la mia schiena sfiora il suo petto e il suo respiro leggero mi solletica il collo.

«Se mi copi, non vale», lo rimprovero.

Allunga il braccio, con la sua mano che s'intrufola tra le mie. «Mi serve il lime», mi sussurra all'orecchio mentre afferra un frutto dalla ciotola di fronte a me.

Vi prego, gambe, non piegatevi! Dio, quanto invidio quel lime!

Lui torna al suo posto e io devo fare mente locale su che cosa devo fare perché mi sono persa. Ho messo l'orzata, e ora?!

Ah, sì! Il ghiaccio! Mi serve il ghiaccio per raffreddare il bicchiere. Lo sportello del refrigeratore, però, è proprio sotto la postazione di Sebastian.

«Posso?», domando piegandomi in ginocchio davanti a lui, con tono equivoco. Gli sto chiedendo il permesso, ma di fare cosa lo lascio alla sua fantasia. «Mi piacerebbe...».

«Tutto quello che vuoi», risponde con un lampo di malizia negli occhi.

«...prendere il ghiaccio». Apro lo sportellino del refrigeratore e prendo una palettata di cubetti. «Mi sa che serve anche a te».

«Sssì».

Lascio cadere qualche cubetto nel suo bicchiere. «C'è bisogno di raffreddare qui».

Ora siamo di nuovo pari. Aggiungo il mio ingrediente segreto e chiudo lo shaker.

Shakeriamo per venti lunghissimi secondi mentre ci guardiamo a vicenda sulla nostra pedana di sfida che sembra fatta di carboni ardenti.

Il liquido dalle sfumature di un'alba caraibica finisce nei due tumbler già opachi di condensa e non resta che guarnirli: una foglia di menta, una fetta di lime, manca solo la ciliegina.

Allungo la mano verso la terrina tra le nostre due postazioni, ma anziché una ciliegia, le mie dita incontrano quelle di Sebastian, che indugiano qualche secondo di troppo.

«Vorrei la mia ciliegina», dice, lasciando a me se raccogliere il suo doppio senso o no.

Io però la afferro per il picciolo e me la porto alla bocca, avvolgendola tra le labbra. «Ora è la mia ciliegina».

Lui scuote la testa sempre con quel mezzo sorriso che non lo abbandona mai, ne prende un'altra e la mette nel suo bicchiere.

«Pronto», annuncia orgoglioso.

Accosto il mio bicchiere al suo, identico in tutto e per tutto. «Anche io».

«Non ci resta che assaggiare e decretare il vincitore».

«No», lo fermo. Mi guardo intorno un secondo finché non trovo quello che cerco. Pesco un foglio di bollini bianchi adesivi da sotto la cassa, di quelli che servono per etichettare gli stuzzichini, ne stacco uno e lo appiccico sotto il mio bicchiere, dopodiché li cambio più volte di posizione finché non distinguiamo più quale dei due è di chi.

Sebastian mi guarda incuriosito. «Perché?»

«Perché ora possiamo giudicare senza che nessuno porti l'acqua al proprio mulino. Giudizio imparziale e trasparente».

«Mi sembra giusto», concorda, affondando due cannucce nei cocktail. «Partiamo con il primo. Che vinca il migliore», dice porgendomelo.

Prendo un sorso e nella mia bocca esplode il sapore di Caraibi. Buono. Così buono che ne prendo ancora due sorsi. «Mi piace», dico passandoglielo.

Lui afferra il bicchiere e stringe la cannuccia tra le labbra, sensuale al punto da far alzare la temperatura della stanza di due gradi. Signore onnipotente fammi essere quella cannuccia.

«Anche a me piace molto. La nota di vaniglia è piacevole», osserva.

«Vaniglia? Non c'è vaniglia in quel Mai Tai». Sono abbastanza sicura di ciò che ho assaggiato.

«Nel Mai Tai no, ma sulla cannuccia sì». Mi scocca un'occhiata bruciante. «Il tuo burrocacao».

«Potevi usare un'altra cannuccia».

«Potevo, sì. Ma non l'ho fatto».

Questo piccolo, insignificante dettaglio ribalta il delicato e precario equilibrio. Bevendo dalla stessa cannuccia è come se ci fossimo scambiati, per procura, quel bacio che era rimasto nell'aria all'Attitude.

E a rimarcare la sua allusione, nel caso mi fosse sfuggita, Sebastian si passa la lingua sul labbro superiore.

«L'altro!», dico per mettere a tacere l'incendio che mi sta bruciando dentro neanche fossi diventata un reattore nucleare con il sistema di raffreddamento in cortocircuito. «Assaggiamo l'altro».

Anche qui prendo una sorsata generosa, ma stavolta non faccio affatto caso al sapore, distratta come sono dalle immagini vietate ai minori che il mio cinema mentale sta proiettando.

«Te lo vuoi bere tutto?»

«No, scusa». Glielo passo, con il liquido ormai a metà livello.

«Mmh», geme al primo sorso, a cui segue un secondo e un terzo. «Ci credo che lo stessi finendo».

«È buono?»

«È spettacolare».

«Più del primo?», domando davvero curiosa, perché io non ho proprio fatto caso a cosa stavo bevendo. Poteva essere anche nitroglicerina e non me ne sarei accorta.

«L'altro è buono, ma questo è il Mai Tai definitivo».

«Allora scopriamo di chi è».

Sebastian alza il bicchiere così da poterne vedere il fondo: c'è il bollino bianco.

Dentro di me esulto. «Te l'avevo detto o sbaglio?».

Lui simula un inchino, fingendo di porgermi una corona. «Ti cedo il titolo».

«Mai avuto dubbi», ribatto orgogliosa. Quattro anni di bancone non si cancellano con un colpo di spugna. «E poi, io ho un ingrediente segreto».

«Ora che ho riconosciuto la tua superiorità, me lo devi rivelare», dice incrociando le braccia al petto. «E non tirare fuori quella cazzata che se lo fai, dovrai uccidermi: è così un cliché».

«Peperoncino», rispondo senza indugio.

«Cosa?», domanda lui incredulo.

«Peperoncino», ripeto. «Ne ho grattato una spolverata prima di shakerare. Il piccante taglia il dolce dell'orzata».

«Geniale».

«Grazie».

Sebastian riempie i due bicchieri con quel che resta negli

shaker, fa il giro del bancone e m'invita a raggiungerlo sugli sgabelli dall'altra parte.

«Dove hai imparato?», mi chiede.

«Ah, ehm… più o meno come te. All'università organizzavo un sacco di feste», rispondo glissando sulla questione "pagarmi gli studi". Bea non aveva questo tipo di problema.

«Adesso ti va di dirmi cos'è quel castello a cui stavi lavorando prima? Giuro che non lo dico a nessuno».

«In realtà è una cosa molto meno misteriosa di quello che si possa pensare. Si chiama Sharesby Hall, è una residenza monumentale nel Berkshire costruita nel Settecento con parco annesso. È una specie di Blenheim Palace ma un po' più piccolo, tuttavia ha una storia molto sfortunata. Negli anni è passato di mano in mano per diversi eredi che non se ne sono mai curati, lasciandolo cadere in rovina, fino all'ultimo proprietario che lo ha abbandonato a inizio Novecento, dopo che un incendio devastante lo ha danneggiato privandolo delle coperture. Lo ha acquistato un industriale, ma in seguito al suo fallimento la proprietà dell'immobile è passata a una banca che non ci ha mai fatto nulla. Dopo quasi un secolo senza tetto, l'edificio è del tutto in balia degli elementi naturali e rischia di andare distrutto finché ne resteranno poche macerie».

«Quindi quello a cui stavi lavorando era il progetto di restauro?»

«Sì. Ho lanciato una campagna di crowdfunding per riportarlo ai suoi antichi fasti. Credo che una volta recuperato possa essere un volano economico per il paese circostante, dopo averlo inserito nel circuito turistico».

«Una missione nobile, la tua».

«Credo nella salvaguardia del patrimonio storico e artistico con tutta me stessa».

«Posso partecipare anche io al crowdfunding?»

«Chiunque può. Ho creato un sito, *SaveSharesby*, attraverso il quale versare cinquanta sterline nel fondo acquisto e restauro».

«Perché non lo hai comprato tu?», mi domanda a bruciapelo.

Eh, bella domanda. Perché un'ereditiera di un impero dolciario non lo ha acquistato con uno schiocco di dita? «Lo spirito non è quello di farne una residenza privata dove giocare alla castellana, ma aprirlo alla comunità. Oltre a diventare una meta turistica, potrà essere affittato per eventi e cerimonie e il parco fornirà frutta ed erbe per produrre composte, marmellate, saponi e sidro che poi verranno venduti».

«Mi sembra un progetto molto valido. Non avevo idea che avessi una passione per i restauri».

«Non lo sapevo neanche io finché non ho iniziato a frequentare il corso di *Restauration des bâtiments historiques* quando ho fatto l'anno di università a Parigi. Il caso di studio che mi ha aperto gli occhi è stata la conversione della Gare d'Orsay in museo. Ti rendi conto? Una stazione ferroviaria è diventata la casa di Monet e Degas, Renoir… Dove una volta partivano treni a vapore, oggi possiamo ammirare i capolavori della storia dell'arte».

«Sono prevedibile se dico che il Musée d'Orsay è il mio preferito in assoluto?»

«No, solo un folle negherebbe la bellezza mozzafiato del d'Orsay. Immaginati di che prezioso patrimonio saremmo privati se nel 1961 fosse stato demolito, come voleva Pompidou, per costruirci un palazzo di vetro! Sono stati i parigini a chiedere che la vecchia stazione fosse recuperata e resa monumento nazionale. Le persone possono fare tanto quando si uniscono con uno scopo comune».

«Ti ammiro», dice Sebastian serio, fissandomi negli occhi. «Si vede che credi in ciò che dici: quando parli ti brillano gli occhi e non smetti di sorridere. Ed è un sorriso che illumina tutto quello che ti sta intorno».

Quando non riesco più a sostenere il suo sguardo, lo abbasso prima di andare a fuoco e, per caso, noto le lancette sul quadrante del suo orologio. «Vuoi vedere che stasera riusciamo finalmente a fare quel brindisi che ci è rimasto a metà?», cambio discorso. «È quasi mezzanotte e siamo davanti a due bicchieri».

Lui guarda l'ora a sua volta e annuisce. «Hai ragione».

«Brindiamo allora», e tintinno il mio bicchiere contro il suo.

«C'è un'altra cosa che è rimasta a metà, quella notte all'Attitude». La voce di Sebastian, bassa e sommessa, mi provoca un brivido lungo la schiena.

«Ah, sì?», è la mia faticosa replica, con la gola chiusa.

«Non ti ricordi?». Lui allunga la mano al mio volto, accarezzandomi la guancia con dolcezza. Si protende verso di me, il suo viso a pochi centimetri dal mio.

«Mi ricordo», le mie parole sono poco più che un sussurro. I miei battiti stanno aumentando, al punto che il torace mi fa male dalla fatica che sta facendo a contenere il cuore.

«E a me non piace lasciare le cose a metà».

Posso già sentire il lieve calore delle sue labbra così vicine alle mie, e mi sembra di non aver mai desiderato nulla così tanto in vita mia. «Neanche a me».

Socchiudo le palpebre e inclino la testa pronta ad accoglierlo, con le forze che mi abbandonano nel momento che la mia bocca incontra la leggera pressione della sua.

«Ah, Mr Bloom, è lei». Una terza voce intrusa ci fa sussultare ed entrambi scattiamo in piedi in un misto di spavento, colpevolezza e imbarazzo.

«Ah... Dean, ciao», borbotta Sebastian all'uomo in uniforme da guardia che ci osserva dalla porta.

«Stavo facendo la ronda dell'edificio e ho visto la luce accesa, non credevo fosse lei».

«Sì, scusa, avrei dovuto avvertirti... mi sono trattenuto in ufficio e mi è venuta... *ci* è venuta voglia di bere qualcosa. Non preoccuparti, sistemo tutto io con Maxwell domattina».

«Tanto noi abbiamo finito», intervengo a mia volta con la voce che mi trema. «È tardi, abbiamo solo bevuto un drink veloce, no?».

Fatico a decifrare lo sguardo di Sebastian, e non capisco se la sua sia rabbia, delusione o cos'altro.

E in un secondo mi torna in mente che qui è tutto sbagliato. Tutto. Afferro borsa e cappotto ed esco difilato dal bar senza salutare nessuno.

«Bea», urla Sebastian mentre si sporge dal parapetto sull'atrio. La sua voce rimbomba nel silenzio dell'edificio.

Alzo il mio viso in su a guardarlo senza dire nulla.

«Non abbiamo finito niente!», continua lui incurante della presenza del custode.

Invece abbiamo finito. Esco dall'edificio camminando a passo svelto, quasi corro, con le luci dei lampioni che bucano la notte lungo il marciapiede deserto. L'aria fredda mi brucia i polmoni e le auto sfrecciano in strada alzando ondate d'acqua dalle pozzanghere.

«Bea, ti prego, fermati!», urla la voce alle mie spalle. «Ti devo parlare».

24

Sì, ma no

Io continuo a camminare spedita, decisa a non fermarmi.

«Bea!», grida lui dietro di me. «Per favore! Ho bisogno di parlarti!».

«Magari non ti voglio ascoltare».

«L'ultima parola si concede anche a un condannato. Visto che tu hai già emesso la tua sentenza, se credi che ciò che dirò non cambierà la tua decisione, ascoltarmi non ti costa niente».

Mi fermo e mi volto verso di lui, pronta a difendere i due metri di spazio che ci separano. «Hai la tua vita, hai la tua carriera, hai la tua fidanzata. Qual è il tuo problema?», lo aggredisco.

«Il mio problema è che non riesco a fare finta che tu non esista». La sua frase è spiazzante e il suo sguardo è una catena. «Il mio problema è alzarmi la mattina e sperare di incontrarti. Il mio problema è cercare una scusa qualsiasi per parlarti senza sembrare un idiota. Il mio problema è che dalla notte di Capodanno ho come la sensazione che mi manchi qualcosa ma non so cosa. Ho provato ad andare avanti come se niente fosse e, ogni volta che credo di esserci riuscito, ecco che tu ricompari».

«E cosa vuoi da me?»

«Voglio sapere se sto mettendo in discussione tutta la mia vita per qualcosa che ne valga la pena». In due falcate si mangia lo spazio che ci divide. «Voglio sapere se anche tu ti senti così, perché non voglio credere di essere l'unico a esserci rimasto in mezzo».

«Farebbe differenza?». La mia domanda però non è sostenuta dal tono della mia voce, sommesso al punto da sembrare un sussurro.

«Cambierebbe tutto».

«Sebastian...». Un tuono assordante squarcia la quiete intorno a noi e, subito dopo, il cielo ci riversa addosso un potente scroscio d'acqua.

Lui afferra la mia mano e mi trascina al riparo dentro una cabina telefonica.

Siamo premuti l'una contro l'altro, la mia schiena appoggiata al vetro tappezzato di volantini sbiaditi, e l'acqua batte sul tetto come se fossimo sotto un bombardamento.

I nostri sguardi sono persi uno nell'altro, il respiro corto come se avessimo corso e le gocce di pioggia che ci cadono dai capelli. Lui porta una mano al mio viso e scosta il ciuffo che mi è ricaduto sulla fronte.

«Dimmi che lo senti anche tu», mormora a un soffio dal mio viso.

«Cosa?»

«Il bisogno di baciarci. Io ho bisogno di sentire che sapore hanno le tue labbra più che di respirare. Ne ho così tanto bisogno che non riesco più neanche a dormire».

Se ho bisogno di baciarlo? Sto tremando dal bisogno.

«Ti è mai successo, prima?», gli chiedo. «Restare bloccato in una *situazione* con qualcuno?»

«Sì». Lo capisco da come mi guarda che sa di cosa sto parlando; che ha riconosciuto le sue parole di quella notte all'Attitude.

Sono in apnea da quando ci siamo chiusi qui dentro e ogni

parola mi costa il centesimo di aria che mi è rimasta nei polmoni. La mia bocca è schiusa in cerca di ossigeno. O di qualcos'altro. «E cosa si fa in questi casi?»

«Di tutto, cazzo». E la bocca di Sebastian si appropria della mia. Nel momento in cui le sue labbra roventi mi sfiorano sento un gemito soffocato salirmi in gola.

Dopo tutti quei quasi baci che abbiamo provato a darci senza poi riuscirci, questo è uno di quelli che non chiede permesso.

Il corpo di Sebastian mi preme contro la parete e le sue mani trattengono le mie sul vetro, ai lati della testa come se volesse togliermi ogni minima possibilità di respingerlo. Io sono ben lontana dal farlo, e mentre ricambio il bacio lascio che le mie dita s'intreccino alle sue abbandonandosi alla sua presa.

Non è un primo bacio di quelli dati con gentilezza, timore, curiosità, è un bacio che dice: "Finalmente ti sento!".

E ci sentiamo, io e lui: ci sentiamo con le labbra, ci sentiamo con la lingua, anche con i denti quando lui mi morde e io gli restituisco il morso. Ci sentiamo con il respiro, che io rubo a lui e lui ruba a me.

Le sue mani scorrono giù lungo i miei fianchi, fino a prendermi sotto il sedere e sollevarmi contro il vetro. Io gli cingo la vita con le gambe e tuffo le mie dita nei suoi ricci corvini madidi di pioggia.

«Da quanto ti sto aspettando», mormora spostando la bocca sul mio collo e regalandomi un brivido. «È dalla notte di Capodanno che ti aspetto, Bea».

Se fino a un secondo fa ero persa nel nostro nirvana personale, quel "Bea" mi riscuote di soprassalto.

Lui vuole Bea, ma io sono Charlotte. Posso concedere a Bea tante cose ma non una relazione con la persona che piace a Charlotte, anche perché la persona che piace a Charlotte è già impegnata e io non sarò "l'altra". «No», dico in un improvviso colpo di coda di coscienza. «Non possiamo». Gli pianto le mani sulle spalle e rimettendo i piedi a terra lo respingo contro l'altra parete. Ci dividono ancora poche decine di centimetri ma sono abbastanza per raffreddare le braci.

«Cosa? Perché no?»

«Ci sono mille perché, Sebastian. Sono più i perché no dei perché sì».

Apro la porta della cabina e mi precipito sotto la pioggia battente, sventolando la mano per intercettare il primo taxi.

Un *black cab* accosta giusto nel momento in cui Sebastian esce e grida: «Non andartene» alle mie spalle. Io però faccio leva sul briciolo di integrità morale che mi è rimasta, salgo nell'abitacolo e dico al tassista di partire.

25

Sono un quokka

Non ho dormito niente. Niente.

Ogni volta che cadevo dalla veglia al sonno mi ritrovavo chiusa in quella cabina telefonica con Sebastian, per poi svegliarmi di soprassalto e con il batticuore.

La mia parte razionale ha già messo a verbale che Sebastian non ci riguarda più e ha già fatto smistare il suo file perché venga archiviato al più presto, con tanto di etichetta "Non aprire in nessun caso".

Quella emotiva invece sta protestando con comizi e picchetti aggressivi al grido di: "'Fanculo l'etica! Tiriamogliela con la fionda!". Sopprimo l'ennesimo sbadiglio leggendo una e-mail senza comprenderne il contenuto. Per la terza volta.

È Jerry a darmi la sveglia, piombando nel mio ufficio con la grazia che la contraddistingue e due muffin al cioccolato, cosa di cui le sono grata.

«Ieri sera sono andata in una casa di riposo per anziani a fare volontariato: abbiamo giocato a bingo e poi è venuta un'orchestra a tenere un concerto di beneficenza. Ho conosciuto un uomo!».

«Ma è meraviglioso».

«Si chiama Harvey: settantotto anni, attuale campione in carica di bocce del circolo e ballerino di fox-trot. Il catetere è un po' d'impiccio quando si balla, ma ha un passo molto leggero. Stasera c'è il torneo di burraco!».

Io quasi mi strozzo con le briciole del muffin. «Sei seria?!».

«Mi hai detto tu di cambiare giro!».

«Sì, ma dall'Attitude al reparto geriatria mi sembra un tantino radicale».

«Era dai tempi del liceo che non andavo a letto prima delle undici! È stata una serata deliziosa. È stato bello per una volta non doversi vestire e truccare per essere impeccabili davanti a qualche obiettivo o per allinearsi al dress code del locale di tendenza del momento. Ma tu, piuttosto», si avvicina a studiarmi il viso, «hai dormito?!».

«Niente affatto».

«Hai due occhiaie impressionanti. Ci penso io, ti do un correttore che cancella tutto».

«Anche gli errori della vita?», mugugno immusonita.

«Ma che avete tutti, oggi?! Sembra che vi sia crollato il mondo addosso!», sbotta lei roteando sulla sedia girevole davanti a me.

«Tutti, chi?»

«Tu, Sebastian... Pensa che mio fratello, stanotte, si è presentato a casa mia ubriaco perso alle due passate. Non lo avevo mai visto così. *Mai*».

«Davvero?», domando fingendo disinteresse. In realtà ho le orecchie tese che neanche due antenne della BBC.

«Giuro. Non ho idea di cosa abbia fatto, ha biascicato due o tre frasi senza senso e poi è svenuto sul mio divano. Stamattina era ancora lì che vegetava».

«Quindi... non gli hai chiesto niente: cosa ha fatto? Con chi è stato? Cosa è successo?»

«Non era in grado di formulare frasi di senso compiuto, figurarsi comprendere domande!».

Ok, se lui non le ha detto nulla, non serve che lo faccia io.

«Ho bisogno di una dose extra di caffeina, facciamo un

salto al bar?», dico alla ricerca di uno slancio vitale che mi impedisca di prendere a testate il monitor.

«Andiamo, non ce la faccio a vederti così».

Ci alziamo dalle poltroncine ma, proprio quando stiamo per uscire dal mio ufficio, ecco Sebastian, in procinto di bussare.

«Oh, buongiorno! Ti sei svegliato?», esclama Jerry. «Sta' a vedere che tu diventi il festaiolo e io la sorella lavoratrice responsabile che arriva in ufficio puntuale».

«Sì», risponde lui senza raccogliere la sua provocazione.

«Stavamo andando giù, alla caffetteria, vieni con noi?», gli domanda, mentre io fisso con interesse le venature del parquet.

«No, grazie. Avrei bisogno di parlare con Bea un momento. Da solo».

Jerry ci guarda a turno con il sopracciglio increspato. «Oook, messaggio ricevuto: mi levo di torno».

Il mio primo istinto è quello di attaccarmi alla sua gonna e nascondermi dietro di lei, ma mi sforzo di resistere. Dopotutto ho trent'anni. Quasi.

«Bea», mi saluta Sebastian in tono asciutto, appena Jerry ci lascia. Nemmeno lui ha un'aria fresca e riposata.

«Sebastian». Restiamo lì, sulla soglia, lui fuori e io dentro, a fissarci in silenzio. «Dimmi...».

«Posso entrare?», mi domanda.

«Sì, certo». Gli cedo il passo. La mia mano si sposta in automatico sulla maniglia per chiuderla ma, all'ultimo secondo, decido di lasciare la porta aperta.

Non succede mai nulla di buono quando io e lui rimaniamo chiusi da soli da qualche parte. O litighiamo, o flirtiamo, o ci baciamo. O tutte e tre le cose.

«Ascolta, ehm», si schiarisce la voce in modo nervoso, come se stesse cercando le parole giuste. «Riguardo a ieri notte, ho pensato a quello che è successo».

«Anche io».

«E credo che dovremmo fare come se non fosse mai accaduto nulla», mi comunica con il tono pratico di chi sta sbrigando una qualsiasi incombenza lavorativa. «Dopotutto io sto per sposarmi, tu stai con Royce e forse il nostro è un gioco che è andato un po' troppo oltre. Credo sia il caso di fermarsi qui».

«Hai ragione». Perché sono d'accordo con lui ma le sue parole mi fanno male? «Meglio fermarsi».

«Mi sembra la cosa migliore».

«Bene». Annuisco.

«Le cose che ti ho detto, quello che ho fatto… sono stati gesti dettati dallo slancio del momento, non so cosa mi sia preso. Quello non ero io».

Ogni parola che esce dalla sua bocca è una coltellata. «Ho capito, Sebastian. Il treno è arrivato alla fine dei binari, non serve girarci intorno. Ieri notte la cancelliamo», ribatto sbrigativa. Questo è un dolore non necessario, non c'è motivo di continuare a discutere. «C'è altro che mi devi dire?»

«Sì».

Lui però non parla, rimane lì in piedi davanti a me. Da quando questa stanza è così stretta? Si soffoca.

«Cosa, Sebastian?», lo incalzo perché la suspense mi sta tagliando a metà.

«Stasera parto», annuncia con la stessa voce grave di una sentenza di morte. «Torno a Parigi».

Ecco, questo non lo avevo messo in conto. Cioè, in teoria non dovrebbe cambiarmi nulla, ma in pratica cambia tutto. «Ah».

«Non so quando tornerò, quindi…».

"Quindi, cosa? Quindi, perché?", vorrei urlargli. Non si rende conto che sta solo infierendo?!

«Volevo solo salutarti e, niente, dirti che stai facendo un ottimo lavoro con i J Hotel e mia sorella è fortunata ad averti come amica. La lascio in buone mani».

Non so cosa dire. Nella mia testa si accavallano pensieri

contrastanti che vanno dal: "Meno male che se ne va" al: "Riprendiamo dove ci siamo lasciati ieri".

«Bea, di' qualcosa», mormora con voce sommessa. Muove un passo verso di me, ma è già troppo.

Ho tante cose da dirgli ma nessuna sarebbe senza conseguenze. «Buon viaggio».

Lui sospira e annuisce con un debole cenno del capo. Mi sembra che ci metta una vita a percorrere il metro e mezzo che lo separa dalla porta e quando lo vedo uscire, con la coda dell'occhio, mi affretto a chiuderla.

Un secondo dopo mi ritrovo a singhiozzare scomposta, abbandonata sul divanetto con la testa tra le mani.

Il mascara sciolto dal pianto mi fa bruciare gli occhi e ho il respiro mozzato. Spero che non entri Russel o sarebbe capace di rifilarmi un'altra battutina trucida sul ciclo mestruale.

In questo momento vorrei solo essere a casa mia, libera di potermi sfogare e di prendermela con me stessa perché non riesco a capire come abbia fatto Sebastian a entrarmi dentro la testa così, in modo subdolo, senza sforzo, e ora mi ritrovo a fare i conti con sentimenti che non avevo previsto.

Sentimenti.

Già.

Pensavo di non averne più. L'ultima volta che ho provato qualcosa di simile a un sentimento è stato agli inizi della convivenza con Warren, dopodiché li ho riposti tutti nella scatola del cambio stagione e aspirato via l'aria perché occupassero meno spazio possibile. Poi arriva un Sebastian qualunque ad aprire la valvola del sottovuoto e *sbam*, sentimenti da tutte le parti!

Non è un Sebastian qualunque. È il *mio* Sebastian. Non riesco a immaginare nessun altro per me che non sia lui.

Mi vedo nel riflesso del vetro del quadro naïf appeso alla parete di fronte, tra le fronde dei *Ficus benjamin*, e mi do uno schiaffo.

Sì, un bel ceffone sulla guancia destra.

Svegliati, Charlotte!

Sebastian pensa che tu sia un'ereditiera di nome Bea Beaufort!

Sposerà Vanessa!

E tu, guarda come ti sei ridotta!

Schiaffo sulla guancia sinistra. E poi di nuovo destra, poi sinistra, destra...

«Ma che accidenti stai facendo? Ti stai prendendo a schiaffi?», esclama Jerry aprendo l'uscio, con un portacaffè nell'altra mano. «Sei impazzita?»

«La risposta a entrambe le domande è sì».

Jerry mi si siede accanto avvolgendomi in un abbraccio. «C'entra qualcosa con il fatto che Sebastian sia appena uscito di qui con una faccia da funerale record?»

«Può darsi».

«E con ieri sera, magari?».

Sospiro, inalando il suo profumo zuccheroso al limite dello stucchevole ma che ora mi conforta come non mai. «Se ti racconto cosa è accaduto mi prometti che non te la prendi con me?».

Jerry mi tampona gli occhi con il tovagliolino del caffè. «Charlotte, come potrei prendermela con una che in questo momento sembra un quokka».

Tiro su con il naso, sconsolata. «Cos'è un quokka?»

«Un tenero piccolo marsupiale indifeso in via d'estinzione con le guanciotte tonde. Dovresti guardarlo anche tu National Geographic». Mi sistema i capelli arruffati con una carezza. «Ora, vuoi raccontarmi cosa è successo?».

26

La pesca a sorpresa

Io e Royce siamo sdraiati sul suo letto, cosparso di incarti di cioccolatini, impegnati a comporre un puzzle con i pezzi dei nostri cuori infranti. Lui per Ben, io per Sebastian.

Dovevamo uscire ma eravamo entrambi troppo depressi per farci vedere in giro, così ci siamo chiusi nella sua suite a strafogarci di cioccolato e a raccontarci le nostre tragedie: un pigiama party per anime in pena. Lo sfogo con Jerry non mi è bastato e, anche se devo dire che è stata molto più comprensiva di quanto credessi, ho ancora bisogno di esternare il mio tormento. Lei è sempre troppo allegra e felice per empatizzare con il mio dramma, invece Royce è sulla mia stessa lunghezza d'onda.

«Quindi vi siete baciati?», mi domanda Royce addentando una pralina al liquore.

«Sì. Bagnati di pioggia. Chiusi in una cabina telefonica», aggiungo a spizzichi e bocconi. Ogni dettaglio mi riporta alla mente quel breve ma intenso momento e mi dilania come una coltellata.

«E come è stato?»

«Il bacio migliore della mia vita. Per fortuna che a un certo punto mi ha presa in braccio perché non mi sentivo più le gambe dall'eccitazione».

«In effetti, Sebastian ha l'aria di uno che, quando ti mette le mani addosso, riesce a farti scordare nome e cognome».

«E pure numero di telefono e codice fiscale, se è per questo».

«Come hai fatto a lasciarlo andare a Parigi? Folle che non sei altro!», mi domanda Royce con una punta di affettuoso rimprovero.

«Ho dovuto. Primo: non sono una sfascia-matrimoni; secondo: non sono chi lui crede che io sia. Ah, terzo: sono la tua "fidanzata", ricordi?», mugugno con la bocca piena di bonbon fondenti, mimando le virgolette.

«Apprezzo l'impegno. Vorrei tanto che Ben fosse come te, e non un dispensatore di crudeltà gratuita».

«Credevo che vi foste rivisti per rimettervi insieme».

«No. Mi ha solo restituito i miei regali, dicendomi che gli danno infelicità e che con me ha buttato un anno della sua vita».

«Lo so che il mio è un punto di vista non richiesto, ma come puoi essere innamorato di qualcuno che ti ferisce così?».

Royce si stringe nelle spalle con un sospiro. «Quando io e Ben siamo soli ti assicuro che siamo una coppia a dir poco perfetta. Lui è amorevole, divertente, c'è sintonia al punto che uno finisce le frasi dell'altro. Il problema è quando ci troviamo in pubblico: lui è gay dichiarato, io no, quindi la distanza che siamo obbligati a tenere ci spacca, tirando fuori il nostro lato peggiore. Io divento freddo e distaccato, lui nevrotico e geloso».

«Però non ti fa bene. Hai sempre il broncio e ti sta venendo una ruga proprio in mezzo alla fronte», gli dico.

«Sul serio?», domanda lui strabuzzando gli occhi.

«Sì», confermo puntando l'indice al suo viso. «Proprio qui. Da parte a parte».

«Oddio! Non ci credo!», esclama balzando dal letto per catapultarsi allo specchio.

«Ma leggera, una cosa da niente, ti assicuro che per vederla bisogna sforzarsi», provo a tranquillizzarlo.

Lui, a un centimetro dal suo riflesso, si scruta attento. «Una ruga! Eccola, la vedo!».

«Niente che i riflettori giusti non possano nascondere».

«Ma quale nascondere?!», ribatte lui voltandosi verso di me. «Deve vedersi bene!».

«Vuoi che ti si veda la ruga?». Io lo guardo confusa. «Perché? Non hai detto che a Hollywood è vietato invecchiare?».

Royce torna a sedersi sul letto accanto a me. «Per le donne, ma è un enorme vantaggio per gli uomini. Guarda Brad Pitt o DiCaprio. L'industria ha cominciato a prenderli sul serio solo quando hanno iniziato a mostrare i segni dell'età e a non essere solo dei bei faccini».

«In effetti, le sconfitte di DiCaprio agli Oscar sono diventate leggenda. Quando è riuscito a vincerlo non ci credeva neanche lui».

«Per questo voglio le rughe il prima possibile, o i capelli magari un po' brizzolati, in modo che i produttori smettano di dire: "Diamo questo ruolo a Royce DeShawn, così le casalinghe arrapate si fionderanno nei cinema come mosche sul miele e noi incasseremo milioni". La critica lo sa e per questo penalizza gli attori "bambolotto" finché non perdono l'immagine da strappamutande».

«Il ruolo per cui sei in lizza ai BAFTA e hai già vinto il Golden Globe non lo definirei proprio da strappamutande».

«Infatti Ken e Tanya non erano d'accordo che tentassi il provino. Avevano paura che perdessi il consenso delle fan con un ruolo troppo diverso dal classico fidanzato della porta accanto o l'eroe che salva il mondo dall'ennesima catastrofe. Quando mi sono messo a dieta per perdere trentacinque chili in un mese e ho preso l'appuntamento per farmi togliere tre denti, hanno capito che non ci sarebbe stato modo di farmi cambiare idea. Per fortuna le recensioni che ha avuto *The beechtree wood* mi hanno dato ragione».

Nel film Royce interpreta Schmuel Maas, un giovane farmacista ebreo omosessuale che viene incarcerato a Buchenwald, e che intreccia una relazione clandestina con un soldato delle SS, segretamente gay, dopo averlo curato per una grave febbre. Il soldato lo nasconde per salvarlo dallo sterminio ma, una volta scoperti, vengono fucilati insieme, nella foresta di faggi che circonda il lager.

«Il film è magnifico, e sei stato più che all'altezza».

«Tutti pensano che io sia un eroe. Hollywood adora e premia gli attori etero che interpretano ruoli gay, come se avessero compiuto chissà che impresa coraggiosa. Vuoi qualche esempio? McConaughey e Jared Leto per *Dallas Buyers Club*, Sean Penn con *Milk*, Rami Malek in *Bohemian Rapsody*. Sono stati eccellenti e meritano tutti i premi che hanno ricevuto, ma se io dicessi di essere gay, i critici penserebbero che il ruolo di Schmuel l'ho interpretato bene non perché sono un bravo attore ma poiché, essendo gay, per me è stato più facile. Come se fosse facile calarsi nei panni di un deportato ebreo di quaranta chili nella Germania del Terzo Reich!».

«Io non lo penso».

«Tu no, ma gli altri?». Royce scuote la testa sconsolato. «Io vorrei davvero una vita con Ben alla luce del sole, ma ora non posso. E la mia paura è che, dopo di te, ci sarà una nuova relazione farlocca, magari seguita da un matrimonio farlocco a beneficio del gossip, con un divorzio farlocco, in un circo mediatico infinito. Voglio sia l'amore che la carriera, ma nel mio caso le due cose si escludono a vicenda».

«E io voglio un uomo che sta per sposare un'altra».

«Solo perché insisti a comportarti da brava ragazza. Fossi stato al tuo posto, l'altra sera, nella cabina telefonica, altro che bacio! Mi sarei fatto smontare da Sebastian al punto che non sarei riuscito a camminare per una settimana».

«Ma, come hai detto tu, sono una brava ragazza e una caratteristica di noi brave ragazze è quella di farci sfuggire ciò che vogliamo proprio da sotto il naso».

«Devo dire che ammiro il tuo autocontrollo. Io non sarei riuscito a fermarmi».

«Non credere che per me sia stato facile togliergli le mani di dosso. Ho usato una forza di volontà che non credevo di...».

Driiin, driiin.

Lo squillo del mio cellulare ci interrompe.

Mamma.

«Oh, Cristo!», esclamo raggiungendo il comodino a carponi. «Pronto?»

«Ma si può sapere dove diamine sei?»

«In che senso?», domando disorientata.

«Stiamo aspettando solo te!».

«Davvero? Perché?». Sto cercando di fare mente locale ma proprio non capisco a cosa si riferisca.

«Il compleanno a sorpresa per tuo fratello Ike. Te lo sei scordata?».

Il compleanno di Ike! Accidenti! «Ah... ehm... nooooo».

«E allora si può sapere perché non sei ancora qui? Ti avevo scritto che ci saremmo trovati alle otto *precise* per organizzare il rinfresco. Tuo fratello sarà qui alle nove!».

«Merda! Che ore sono?!», esclamo tra me e me.

«Le otto e mezza», risponde Royce. «Che problema c'è?»

«Stasera c'era la festa a sorpresa per il compleanno di mio fratello, solo che me ne sono scordata e adesso non arriverò mai in tempo, dato che in treno ci vuole più di un'ora per arrivare a Sunbury», gli spiego con una mano sul microfono del telefono, mentre dall'altoparlante mia madre bercia: «Charlotte? Ci sei?», senza sosta.

«Vai con la mia auto. In mezz'ora sarai lì».

«Dici sul serio?», chiedo con la voce che tracima gratitudine.

«Certo. Dovrei scherzare?»

«Grazie, Royce, sei un angelo». Sollevata, riprendo la conversazione con mia madre. «Parto adesso, tra mezz'ora sono lì. Ciao».

«Brava ragazza fino al midollo, eh?», mi prende in giro lui, mentre zompetto per la stanza infilandomi le scarpe.

«Una brava ragazza dimentica il compleanno del fratello? Non credo».

«No, però si scapicolla per arrivare in tempo una volta accortasi del suo errore, anziché fare l'egoista e dargli buca per tuffarsi nella vasca idromassaggio piena di schiuma, già pronta, di là», ribatte. «Tranquilla, ho pensato a tutto. Ho i costumi».

Idromassaggio?! Non sono mai entrata in un idromassaggio in vita mia. Mi mordo il labbro trattenendo la voglia di scusarmi con Ike e lanciarmi nella vasca. «Non posso mancare. Uh!», esclamo pescando dal letto una delle scatole di cioccolatini Godiva ancora intonse che ci siamo fatti portare. «Il regalo».

«Ma non farmi ridere!». Royce apre la cassettiera e mi porge una busta color avorio. «Presentati con qualcosa di decente».

«Per il biglietto di auguri. Perfetto». Apro la busta per scrivere: "Buon compleanno, Ike", ma al suo interno trovo un voucher. «Vacanza di sette giorni in un resort cinque stelle alle Hawaii, *all inclusive*?»

«I cioccolatini sono patetici».

«È un viaggio da migliaia di sterline. Non voglio sentirmi in debito con te».

«Non è un debito. Quella vacanza fa parte della *goodie bag* che hanno regalato a tutti i candidati ai Golden Globe».

«Non voglio privartene», insisto, restituendogli la busta.

«Tranquilla, ho di che consolarmi. E poi ti stai sacrificando per me».

«In realtà, ti ricordo che da contratto sarò pagata un milione di sterline».

«Mi riferisco a Sebastian. Stai rinunciando a lui per me. Prendilo, per favore».

«Grazie. Saprò sdebitarmi».

«Sì, sì... ora muovi il culo e vai! Non arriverai mai in tempo».

Quando arrivo a Sunbury, mia madre è abbarbicata al cancello di casa a fare la guardia e nel vedermi scendere dalla scintillante berlina nera resta a bocca aperta.

«Cha... Charlotte?»

«Eccomi! Le nove e cinque e, se conosco Ike, arriverà con almeno venti minuti di ritardo sull'orario prestabilito».

«Di chi è quest'auto?», domanda lei senza aver ascoltato nemmeno una parola.

«Noleggio con conducente», mi affretto a dire. «La soluzione più rapida per tornare in tempo».

«Avanti, andiamo dentro, ci sono già tutti», si affretta, spingendomi verso la porta. «Non riesco a capire cosa ti sia preso. Da quand'è che ti sei messa ad arrivare in ritardo e scordare le ricorrenze? Non è da te».

«È un momento un po' incasinato al lavoro».

«Eri con un uomo?», mi chiede a bruciapelo.

«Io? No».

«Prima, al telefono, mi è sembrato di sentire la voce di un uomo».

Avevo tappato il microfono ma mia madre ha i radar. «Ti sarà sembrato».

«Ti sei lasciata da poco. Mi sembra presto». Osservazione prevedibile. Se Jerry è della squadra "pene-scaccia-pene", mia madre è per un rispettoso periodo di lutto vecchio stile, neanche fossi vedova. «Cosa penserebbe la gente?»

«Non ero con un uomo, mamma, e anche se fosse, la gente

non dovrebbe pensare a nulla perché non sono fatti loro». Nel dirlo mi levo il cappotto rivelando il look che avevo scelto per il cocktail con Royce, prima che decidessimo di annullare: un tubino rosso scuro avvolgente con maniche di pizzo e schiena nuda. Molto nuda.

«Quindi questo è ciò che avresti indossato per il compleanno di tuo fratello, in famiglia?», domanda con disapprovazione.

Mentre sto cercando una valida argomentazione per sviare l'interesse di mia madre dal mio outfit, arriva Jane.

«Charlie!», mi abbraccia. «Stai una favola! Hai schiarito i capelli e wow... sono Jimmy Choo queste?!».

«Ehm... sì».

«Jimmy che?», domanda mamma.

«Choo, mamy. *Jimmy* Choo», ripete mia sorella, chinandosi per osservare meglio le mie scarpe. «Pazzesche! Saranno costate seicento sterline!».

«Quanto?!», sbraita subito mamma.

«Le ho prese in saldo. Supersaldo. In pratica, regalate. Erano l'ultimo numero... infatti mi vanno anche un po' larghe, guardate», dico, agitando il piede per mostrare l'avanzo nel tallone. Che sono un po' più larghe è vero, ma perché Jerry ha due pinne al posto dei piedi.

«Lo sai che non approvo queste spese sconsiderate. Sono solo scarpe!».

«Niente mi è necessario più del superfluo», ribatte Jane. «Lo diceva Oscar Wilde, mica il primo scemo che passa».

«Oh, dateci un taglio. Prendete un calice e mettetevi davanti allo striscione con gli altri», ci istruisce mamma. «Charlie! Charlie, il tuo regalo. Dammelo che lo metto nella cesta con gli altri».

«No, tranquilla, glielo do io».

«Ma, no! Facciamo la pesca a sorpresa come sempre».

«Ce ne sono già tanti, non stiamo a mettere anche il mio!», insisto. Tradizione di casa Taylor: tutti mettono i propri regali anonimi in un cesto, il festeggiato li apre a uno a uno e, dal contenuto, deve tirare a indovinare chi glielo ha fatto. Ecco, credo che la vacanza alle Hawaii strida un po' con le confezioni di dopobarba e i calzini di spugna.

«Non dire sciocchezze! Avanti, dammi quel regalo, che Ike sarà qui a minuti… Un momento, non dirmi che non ce l'hai? Non ti sarai scordata anche il regalo, eh?».

Scuoto la testa e prendo la busta dalla borsa. «Eccolo. Tieni».

«Uh, cosa gli hai preso? Un biglietto per il teatro? Ho saputo che la stagione di Covent Garden ha un calendario magnifico quest'anno…».

«Più o meno…».

Mia madre fa per aprirlo, curiosa, e io non riesco a fermarla in tempo. «Vacanza di sette giorni… alle Hawaii?! È uno scherzo? Dove diamine hai trovato i soldi?»

«Ah… ehm… benefit! Ora che lavoro per il Bloom International Group posso approfittare di tariffe supervantaggiose presso molte agenzie che hanno contratti con la società. Sai… sconti per dipendenti… cose del genere».

Mamma infila il voucher nella busta con disappunto. «Certo, avresti potuto informarci prima. Così farai sfigurare i regali di tutti gli altri».

«Davvero, non era mia intenzione…».

«Be', se non altro Ike apprezzerà. Avanti, fila! Io spengo la luce e aspettiamo tuo fratello. Quando entrerà grideremo tutti insieme "Buon compleanno"».

Mi affianco a Jane, che ha già seccato il suo terzo calice di vino, ma appena il buio cala nella sala, sento una mano appoggiarsi al mio fianco senza permesso. Freddy.

«Jane, scusa, possiamo fare cambio posto?», le bisbiglio.

«Perché?»

«Indovina».

I minuti passano senza che Ike arrivi e iniziamo tutti a spazientirci di starcene qui, in piedi, impalati e muti.

«Ma come eravate d'accordo con Ike?», chiedo io, con i piedi che soffrono impuntati nelle Jimmy Choo.

«Di fare un salto da casa per una fetta di torta, alle nove, con solo noi cinque».

«E lui che ha risposto?»

«Ha detto: "Ok"».

Il cellulare segna le nove e mezza, poi nove e trentacinque, poi quaranta, finché a un certo punto a Jane arriva un messaggio.

«È Ike», annuncia. «Dice che stasera vede una ragazza, ci saluta e dice di mangiare la torta anche per lui».

27

Stallo alla messicana

Se sembra che il mondo mi sia crollato addosso e mi trascino in ufficio, un giorno dopo l'altro, con il muso e le parole contate, Jerry è un concentrato di energia.

Venerdì la vedo addirittura uscire dalla sala riunioni con lo staff che si occupa del mercato asiatico.

«Ehi, buongiorno», mi saluta entrando nel mio ufficio.

«Ciao, Jerry. Pranziamo insieme più tardi?»

«Non credo di riuscire. Ho un incontro con quelli del marketing per pianificare il lancio dei J Hotel e subito dopo vedo il board della Bloom Foundation per presentare loro un mio nuovo progetto. Ho sì e no dieci minuti».

«Neanche il tempo di scendere alla caffetteria».

«Ma come, non lo sai? I CEO non mangiano mai. Elon Musk addenta un boccone al volo tra un impegno e l'altro».

La guardo sconvolta. Jerry, proprio lei che ha sempre fame? «Che cosa ne hai fatto della mia amica? Dove l'hai messa?».

Lei scrolla le spalle. «Donna in carriera *is the new* ragazza copertina. Prima pagina di "Gossip", no; prima pagina di "Forbes", sì!», decreta lei convinta. «Con mio padre in Brasile e Sebastian a Parigi, sono io la Bloom in carica e vedo che è più facile guadagnarmi il rispetto dei colleghi se sono la prima ad arrivare e l'ultima ad andarmene».

«Ma se mi hai sempre presa in giro per la mia innata propensione per gli straordinari».

«Già, ma da quando non faccio più le ore piccole, al mattino sono una bomba di endorfine. Uh!», esclama interrotta dall'allarme del suo cellulare. «È l'ora dell'integratore».

Non credo alle mie orecchie. «Integratore?»

«Magnesio-potassio e tutte le vitamine del complesso B», spiega pescando un flaconcino dalla borsa e lanciandosi la compressa in bocca. «Attiva il metabolismo, aumenta le difese immunitarie, riduce il colesterolo e, in più, il magnesio è un antidepressivo naturale. Vuoi?»

«Antidepressivo naturale? Posso buttare giù tutto il flacone così, a secco?».

Jerry lancia un'occhiata dietro di sé e chiude la porta. «Oh, Charlie. Pensi ancora a Sebastian?»

«Tu che dici?»

«Dico che prima lo scordi meglio è». Jerry si siede nella poltroncina davanti a me. «Ascolta, se potessi scegliere la mia futura cognata, darei un braccio perché Sebastian sposasse te invece che quell'arpia di Vanessa».

«Ma se fino a qualche settimana fa mi imploravi di stargli alla larga».

«Ci ho riflettuto e penso che la mia fosse una stupida gelosia infantile. Mi piacerebbe che facessi parte a tutti gli effetti della mia famiglia perché tu per me già lo sei. Guardami! Hai fatto di me una donna onesta».

«O forse sei solo maturata».

«Tu sei perfetta per Sebastian, sei una ragazza per la quale dovrebbe ringraziare Dio ogni giorno per svegliarsi al tuo fianco. Il problema è che lui non è perfetto per te».

«Oh, grazie», borbotto offesa.

«Non mi fraintendere, la mia è una critica a lui. Come ti ho già detto, Sebastian è in totale bancarotta emotiva, non ha niente da offrire. Ha deciso di non amare, di non sentire nulla e tu meriti tutto l'amore del mondo. Ti sposerei io, ma non sei il mio tipo».

«Ma l'altra sera mi ha detto…».

«Mi tocca essere brutale, ma quello che ti ha detto non conta, visto che il giorno dopo ha pensato di prendere un aereo per Parigi e tanti saluti. Vuoi davvero una persona così, che lascia la porta mezza aperta e mezza chiusa senza sapere se hai il permesso di entrare o no?»

«Sì», rispondo senza neanche pensarci.

«No, credimi. Non lo vorresti. Tu sei morbido cachemire vaporoso e soffice, da maneggiare con cura. Lui ti butterà in centrifuga e ne uscirai tutta infeltrita. Guardati ora, dopo appena un bacio, come stai. Mi costa ammetterlo, perché voglio bene a mio fratello, ma Vanessa è più adatta. Lei è tenera e dolce come una barra di uranio, non verserà mai una lacrima per Sebastian».

«Forse hai ragione».

«Togli il forse».

«Che progetto vorresti presentare alla Bloom Foundation?», chiedo per cambiare discorso.

«Vorrei che nei programmi di *charity* per l'anno prossimo prevedessimo la realizzazione di un centro diurno per anziani gratuito, così da agevolare quelle famiglie o persone sole che non hanno i mezzi per l'assistenza».

«Hai preso molto sul serio il tuo volontariato».

«Ieri, alla casa di riposo, c'era la serata bingo. Bisogna chiamare ogni numero almeno sei volte perché i vecchietti sordi non sentono e quelli che non vedono confondono i numeri sulle cartelle. Dovresti vedere la loro gioia quando gli fai notare che è uscito il numero mancante! Mi sono ritrovata a pensare che anche loro hanno avuto trent'anni, sono stati attivi e in gamba e noi, un giorno, saremo duri d'orecchi, cecati e un po' rincoglioniti ma non per questo vorremo sentirci trattati come spazzatura. Sarà la mia mission con la Bloom Foundation».

«Jerusalem Bloom, la paladina della terza età».

«Quando sarai vecchia e suonata, ti ricorderai di questa conversazione».

Sto per ribattere quando sul mio telefono arriva un messaggio. «Tanya», dico con uno sbuffo.

«Che dice?»

«Che stasera hanno programmato un appuntamento speciale per me e Royce alle sette. Manderanno un'auto a prendermi e di farmi trovare vestita e truccata alla perfezione».

«Hai un cambio?»

«Tengo un abito di riserva appeso dietro la porta per ogni evenienza. Ormai ho imparato che Bea Beaufort deve essere sempre pronta a tutto».

«Bene, così ti distrai e non pensi a quell'idiota di mio fratello».

«Pensavo che magari potevamo fare qualcosa insieme questo weekend».

«Ehm... mi piacerebbe però sono già impegnata».

«Non c'è problema, posso venire a sorteggiare i numeri del bingo con te».

«Veramente, vedo una persona», ammette mordendosi il labbro.

«Esci con uno?! Aspetta, avevo capito che avevi detto di no a Banner!».

«Infatti non è Banner. È... diverso. Accidenti!». Jerry scatta in piedi con un balzo. «Quelli del marketing, la riunione inizia tra due minuti, devo andare!».

«Questa volta la scampi ma sappi che, la prossima, ti tocca un interrogatorio in piena regola». La accompagno alla porta, con un moto d'orgoglio che mi inonda il cuore. Jerry stacanovista non sarei riuscita a immaginarla nemmeno nei miei sogni più sfrenati. Spero che duri.

Mentre la guardo allontanarsi nel corridoio, una voce mi sorprende alle spalle, facendomi trasalire.

«Bea».

Dietro di me c'è lei: Vanessa.

«Mi hai colto alla sprovvista», dico con un sospiro.

«Hai un minuto?», mi domanda, rivolgendomi un sorriso tagliente.

«Certo». E senza aspettare che le dia il permesso, entra nel mio ufficio, prendendo posto sul divanetto e facendomi il gesto di accomodarmi, *lei a me*, come se fosse la padrona.

Vanessa accavalla le sue gambe da gazzella, mentre tambu-rella sul bracciolo i suoi artigli freschi di manicure.

«Hai bisogno di me?», le chiedo, appoggiata al bordo della scrivania. Non mi siedo, voglio mantenere un minimo di autorità in quello che, fino a prova contraria, è il mio territorio.

«La settimana prossima ci sarà uno spettacolo all'Alexandra Palace, patrocinato dalla Bloom Foundation, sono venuta a portarti l'invito», dice, allungandomi un cartoncino che sfila dal taschino della giacca del tailleur.

«Non serviva che ti scomodassi».

«Ci tenevo a fartelo avere di persona».

«Per ricordarmi che la presenza di Royce è vivamente richiesta, suppongo».

«Farebbe comodo all'evento, sì. Ma non è per questo che sono qui».

«Non tenermi sulle spine, allora».

Alla mia frase lei indugia ancora, sorridendo tra sé e sé, mentre giocherella con le dita che seguono la trama dell'imbottitura del divano. «Sai, Bea, ho alle spalle anni di esperienza e dire che Sebastian sia un uomo difficile è un eufemismo. Tenerselo stretto richiede un costante esercizio di pazienza e intuito, doti che ho sviluppato nel tempo e che posso dire di padroneggiare con maestria».

«Non vedo come questo riguardi me», ribatto con la gola stretta.

«Per favore, risparmiami la parte della finta innocente, l'ho inventata io. Ti riguarda e lo sai bene. In sei anni di relazione ho avuto il piacere di sperimentare tutta la gamma delle personalità di Sebastian, al punto da riconoscerle al minimo cenno: il festaiolo, il taciturno, l'introverso, lo scontroso, il passionale – una delle mie preferite –, il determinato, ma devo dire che negli ultimi tempi mi trovo a confrontarmi con una sua versione del tutto inedita. È assente, distratto, a volte perfino ansioso. Tre cose che non gli appartengono, e ho iniziato a domandarmi a cosa potesse essere dovuto».

«Forse il matrimonio gli mette pressione».

«Sebastian firma contratti dalla mattina alla sera, non è certo uno scambio di fedi a farlo vacillare. No, ho riflettuto bene e questo cambio repentino di carattere mi sono resa conto che, guarda caso, coincide con la tua comparsa».

«Prego?»

«La faccio breve: io non perdo mai, Bea. Sebastian e io abbiamo avuto alti e bassi, ci sono già state sue avventure ma alla fine torna sempre da me o, se per caso è più recalcitrante del solito, so come fare a riprendermelo».

«Non sono una minaccia, Vanessa», affermo. Ed è vero. Se lo fossi stata, lunedì notte non sarebbe finita in quella cabina telefonica. Invece, per quanto Vanessa non mi piaccia e io abbia perso la testa per lui, ho fatto la cosa giusta. Anche se lei, ora, è qui a dichiararmi guerra. La mia paura è che lui, in uno slancio di sincerità, le abbia detto cosa è accaduto. «Sto con Royce e lo sai», provo a dissuaderla.

«E la sera della cena al ristorante te ne sei andata piantandolo in asso».

«Vanessa, cosa vuoi?»

«Avvertirti». Vanessa si alza in piedi e mi affronta. «Ti tengo d'occhio, Bea, ogni passo, ogni mossa. Sono una persona molto competitiva e molto vendicativa, se mi danneggi, io ti danneggio il doppio».

Quanto vorrei dirle in faccia che lei Sebastian non se lo merita, che non sono io il pericolo per la sua relazione ma lei stessa e il suo carattere di merda, ma ogni replica mi muore in gola. «Hai finito?»

«Sì», risponde sfoggiando di nuovo quel sorriso affilato. «Ci vediamo all'Alexandra Palace, mercoledì prossimo».

E se ne va, lasciando nel mio ufficio una nauseabonda scia di profumo.

28

Mademoiselle per una notte

Il mio telefono squilla alle sei e mezza e dalla hall mi informano che c'è un'auto che mi aspetta.

È arrivata in anticipo di mezz'ora ma, per fortuna, io sono già pronta, con addosso l'abito di scorta e con il trucco rifatto proprio come si è raccomandata Tanya.

Non so cosa abbiano in mente ma sono proprio curiosa di sapere cosa sia questa sorpresa, speciale al punto da non volermela dire.

In più, dopo la simpatica visita di Vanessa, ho bisogno di parlare con Royce, mio compagno di sventure sentimentali.

Salgo sulla berlina nera parcheggiata davanti all'edificio, con l'autista che mi saluta con un cortese «Miss Beaufort» e mi tiene la portiera aperta.

«Dove siamo diretti?», gli domando mentre ci infiliamo nel traffico serale in direzione est.

«Mi spiace, ho ricevuto istruzioni di non rivelarglielo, Miss. Ma lo scoprirà tra poco più di venti minuti».

E, fedele alla sua previsione, venti minuti dopo, l'auto si ferma.

Nella corsia davanti alle partenze dell'aeroporto London City.

«Prego, Miss», dice l'autista invitandomi a scendere.

«Scusi, ma... l'aeroporto? Perché?»

«C'è un aereo pronto per lei, la attendono al terminal dei voli privati per l'imbarco tra un quarto d'ora».

Una parte di me vorrebbe replicare con un: "Non se ne parla neanche", ma la curiosità mette a tacere tutti i miei dubbi. La tentazione di chiamare Royce è fortissima però so già che il segreto verrà custodito fino all'ultimo, quindi mi astengo dall'approfondire.

Voli privati. Chi ci è mai stato ai voli privati?

Tra il viavai di viaggiatori, carrelli di valigie e addetti che lustrano il pavimento con la lucidatrice, individuo una hostess di terra dalla quale farmi indicare dove devo recarmi.

Il tempo a mia disposizione è poco, così marcio spedita secondo le sue indicazioni, obbligandomi a resistere dall'infilarmi nel duty free per provarmi profumi, trucchi e comprare qualche schifezza ipercalorica come amo fare ogni volta che devo prendere un aereo. Dio benedica i duty free.

Al terminal, un'altra hostess in alta uniforme mi accoglie neanche stesse aspettando una visita di Stato.

«Miss Beaufort, buonasera, siamo lieti di darle il benvenuto a bordo, il mio nome è June», dice mentre mi accompagna attraverso le porte metalliche fino a un lucido jet bianco e blu senza scritte. «Sarà un volo breve, della durata di poco più di un'ora ma, per qualsiasi suo desiderio, sarò a disposizione fino all'atterraggio».

Prende i documenti di Bea Beaufort che mi hanno fornito Ken e Tanya – e che non ho osato chiedere da dove provenissero –, salgo la scaletta e mi accomodo in quello che è a tutti gli effetti un salottino, con larghe poltrone in pelle color crema e tavoli in mogano lucido.

Troppo concentrata a memorizzare ogni dettaglio, perdo ogni facoltà di parola a parte i meccanici «Grazie» che pronuncio a ripetizione per tutto.

Allaccio le cinture, metto il cellulare in modalità aereo e

dopo pochi minuti decolliamo, sulla pista costruita in un'ansa del Tamigi, tanto che si ha l'impressione di rollare proprio sul fiume.

Guardo la città diventare sempre più piccola, in attesa di scoprire che direzione prenderà il jet e intuire la rotta.

Con il sole che tramonta alla mia destra, capisco che siamo diretti verso sud.

Per quanto mi sforzi di immaginare i piani di Royce, Tanya e Ken, non mi viene in mente nulla, così mi abbandono alle coccole di June, che mi vizia con champagne, fragole e meringhe, sulla poltrona reclinata come un comodo lettino massaggiante con tanto di poggiapiedi, mentre nello schermo davanti a me riguardo l'ultima stagione di *Sex and the City*. A questo punto devo ammettere che non m'interessa neanche più tanto arrivare, mi sta bene anche volare a vuoto, così, all'infinito.

Mio malgrado arriva l'atterraggio, e solo una volta sulla pista leggo la scritta in testa al cornicione dell'aeroporto: PARIS ORLY.

Sono a Parigi.

Non so che strano senso dell'umorismo abbia portato Royce a organizzare una serata proprio qui, sotto lo stesso cielo di Sebastian, ma devo raccogliere tutta la mia forza interiore per non risalire sull'aereo al grido: "Riportatemi a Londra".

«Louis sarà il suo chauffeur», mi dice June indicandomi l'uomo in divisa davanti all'auto ai piedi della scaletta. «L'accompagnerà a destinazione, le auguro di trascorrere una buona serata».

«Fino adesso lo è stata», ammetto.

«*Bonsoir, Mademoiselle. S'il vous plaît*», mi saluta Louis invitandomi a salire a bordo dell'auto.

Via via che l'auto procede verso Parigi, una strana frenesia mista ad ansia s'impossessa di me, spingendomi a cambiare posizione ogni cinque secondi e a tormentarmi le unghie. A

Montparnasse ho i battiti a centoventi, a Saint-Germain-des-Prés – che potrei girare bendata – sono costretta a inspirare dal naso ed espirare dalla bocca per prevenire un imminente svenimento.

L'auto accosta lungo il Quai Anatole-France, sulla riva sinistra della Senna e Louis mi fa scendere davanti all'edificio in pietra bianca che guarda il fiume con i suoi sette occhi di vetrate ad arco, il tetto grigio scuro e i due orologi: il Musée d'Orsay.

I colori della sera lo hanno vestito di viola, e le finestre lo decorano con la loro luce dorata.

Louis mi accompagna all'ingresso dove però io indugio. «Ma non è chiuso?»

«Non stasera».

Entro titubante, sempre con il cuore impazzito, con alcuni addetti che mi fanno cenno di proseguire lungo la galleria.

Procedo con passo solenne con i tacchi che ticchettano sulla pietra calcarea chiara e lì in fondo, sull'ultimo livello, tra le bianche sculture in marmo dell'arte accademica, c'è lui, di spalle, ad aspettarmi.

«Finalmente sei arrivata», mi saluta, voltandosi.

Sebastian.

29

Conosco un posto

Sebastian mi viene incontro, i suoi occhi fissi nei miei. «Ho passato tre giorni pensando al luogo migliore per incontrarti, ma ogni posto mi sembrava troppo banale. Tu meriti di più».

«Avresti dovuto dirmi qualcosa».

«Non saresti venuta», ribatte.

«Sei un uomo che ha molti impegni e poco tempo, perché lo spendi con me?»

«Perché mi sembra tempo ben speso». Sebastian allunga la mano verso il mio viso per scostarmi una ciocca, ma io lo scanso.

«E cosa te lo dice?»

«Mi fai stare bene e hai la capacità di farmi vedere il quadro d'insieme».

«Anche se vorrei darti ragione, ci sono due cose che stonano, Sebastian».

«Quali?»

«Primo: mi stai facendo troppi complimenti. Secondo: una notte a Parigi con una donna che non è la tua fidanzata non mi sembra appropriato per un uomo che sta per sposarsi».

«Mi spiace smentirti, ma ti sbagli su entrambe le cose. I miei non sono complimenti».

«Ah, no?»
«Non sono un ruffiano. Se lo dico è perché lo penso».
«E su cos'altro mi sbaglio?»
«Non sto per sposarmi. Non più».
Quest'ultima frase mi leva ogni capacità di replica. Lo ha detto sul serio? Non si sposa più? Ecco che ora le parole di Vanessa e la sua acredine nei miei confronti hanno un senso.
Lui mi fissa negli occhi, impedendomi di distogliere lo sguardo. «Non posso sposare una donna quando non riesco a smettere di pensare a un'altra».
«Sono troppo sfacciata se ti chiedo di chi si tratta?», lo sfido.
«Saresti troppo ingenua perfino a pensarla, una domanda simile».
È vero, è una domanda ingenua ma voglio sentirlo dire da lui. Ne ho bisogno. «Allora, non te lo chiederò e mi terrò il dubbio».
«Se sei qui, la risposta la sai già».
La so, ma non replico. Può leggerla nei miei occhi.
«Se sei ancora dell'idea dell'altra sera, dimmelo e ti lascerò tornare a Londra senza obiettare: l'aereo è pronto a ripartire in qualsiasi momento».
«Voglio rimanere», dico senza pensarci neanche un secondo.
Lui sorride e sospira come se fosse stato in apnea fino a ora. «Questo piacerà molto agli addetti del catering, che avrei dovuto rispedire indietro con tutta la cena intatta».
«Hai detto cena?», chiedo incuriosita. «Qui?»
«Non esattamente». Sebastian mi tende la mano. «Vieni con me».
Allungo la mia e, nell'attimo in cui le nostre dita si sfiorano, capisco che è qui che voglio stare, con lui. 'Fanculo la brava ragazza.
«Per aumentare l'effetto sorpresa dovrei bendarti», dice, invitandomi a seguirlo.

«Hai riservato l'intero d'Orsay per me, direi che quanto a effetto sorpresa ti sei già giocato l'a...». Le parole mi muoiono in gola nell'attimo in cui mettiamo piede in una delle sale espositive. «...asso».

«Più che a una cena, avevo pensato a un picnic. Un picnic sull'erba, solo che non c'è l'erba».

Apparecchiato davanti al quadro *Colazione sull'erba* di Manet c'è un morbido tappeto coperto di cuscini, con al centro tre cloche e un secchiello del ghiaccio da cui fa capolino una bottiglia.

«Il tuo è per caso un invito a spogliarmi come una delle ragazze del quadro?»

«Loro sono nude per fare il bagno. Qui non c'è alcun laghetto ma, se decidessi di spogliarti, sappi che non avrei nulla in contrario».

«Sono ancora troppo sobria, Sebastian».

«Allora, rimediamo subito». Lui mi fa cenno di accomodarmi sui cuscini. «Prima le signore».

«Non atteggiarti a gentiluomo, non ti si addice. Ti ricordo che mi hai rapita e portata qui con la forza».

«E ti è piaciuto?», mi domanda in tono di sfida.

«Molto».

Versa lo champagne nei bicchieri e me ne porge uno. «Devo farlo più spesso allora».

«Credevo avessimo chiuso», dico in uno slancio di sincerità.

«Lo credevo anche io, ma mi sbagliavo. Mi sono reso conto che, quando si tratta di te, ogni mia previsione salta».

«E non lo trovi terribile?»

«Trovo che mi faccia sentire terribilmente vivo».

«È un'affermazione pericolosa, Sebastian».

«È la verità. Non meriti niente di meno». Sebastian alza le cloche rivelando un banchetto di tutto rispetto: vol-au-vent ai gamberi, quiche, mini soufflé e crêpe. «Non ho cucinato io».

«Vanessa l'hai conquistata così?», chiedo sollevando una fetta di quiche. So che tirare fuori il suo nome in questo momento è un azzardo ma non riesco a far finta che lei non esista.

«No. Lei ha una sensibilità molto più… materiale», risponde diplomatico.

«Non mi interessano le cose, preferisco i gesti».

«Lo so, per questo sto facendo l'impossibile e tuttavia sembra che non basti».

«E se fossi io a non meritarti? Se non valessi tutto questo sforzo, in fondo?»

«Per ora hai dimostrato tutto il contrario. Se ti confesso una cosa, mi prometti che non la utilizzerai contro di me in sede di processo?»

«Vuoi un avvocato d'ufficio?»

«Spero non mi serva».

«Prometto», dico appoggiando la mano destra sul cuore. «Ora confessa».

«Ricordi quella volta che c'era lo sciopero e ti ho dato un passaggio?».

E come scordarselo?! Per tutto il tragitto mi è parso di stare sulla sedia elettrica. «Per il mio appuntamento dall'estetista, certo».

«Ho fatto la strada più lunga non perché fosse meno trafficata, ma perché avrei passato più tempo con te».

«Stai scherzando?», domando sentendo un sorriso allargarsi sul mio cuore.

«Non sapevo perché lo stessi facendo, ma morivo dal bisogno di rubarti anche solo un secondo in più».

«Sono scioccata! Ti sei approfittato di una fanciulla indifesa».

«Non sei indifesa, sei capacissima di fare male, quando vuoi». Il suo sguardo, piantato dritto nel mio, non mi permette di nascondermi. «Quando martedì sono venuto nel tuo ufficio a dirti che partivo, il tuo "Buon viaggio" mi ha spaccato in due neanche avessi usato un'accetta».

«Be', sembrava che tu fossi venuto a liquidare un contratto».

«La sera precedente mi avevi respinto. Prima eri di fuoco, poi sei diventata di ghiaccio. Ho sperato fino all'ultimo che m'impedissi di partire».

«Non mi sarei messa tra te e Vanessa».

«Tra me e lei sarebbe dovuta finire molto tempo fa. Avevi ragione quella sera, al ristorante, quando hai detto che non provare niente mi faceva sentire al sicuro».

«E ora, cos'è cambiato?»

«Il dolore che sento ogni volta che vai via, ogni volta che non sono con te, mi fa sentire vivo come non lo sono mai stato».

«Non dirmi queste cose se non le pensi, solo perché credi che stiano bene nel contesto», lo ammonisco, ma è più per spegnere le mie illusioni. Avevo fame ma mi si è chiuso lo stomaco, quindi mi limito a piluccare dai piatti del picnic apparecchiato per noi.

«Voglio conoscerti. Ci siamo incontrati in un modo assurdo e abbiamo continuato a vederci in modi sempre più assurdi, o con i minuti contati o circondati da terzi incomodi, sempre troppo attenti a non dire una parola di più, barricati dietro le nostre maschere. Non ho scelto il Musée d'Orsay solo per compiacerti o per fare il ruffiano, ma perché penso sia il posto perfetto per noi due: i musei sono luoghi senza tempo, passato e futuro vivono cristallizzati in un eterno presente. In questo momento ci siamo solo tu e io, nessun altro, nessuna scadenza».

«Allora, parlami di te», gli chiedo. «Raccontami qualcosa che non hai mai detto a nessuno».

«Il Musée d'Orsay è anche il mio preferito. Nostra madre portava me e Jerry qui a Parigi molto spesso a curiosare nelle gallerie, negli atelier, per scoprire nuove opere, nuovi artisti. In quelle occasioni, una visita qui, al d'Orsay, era una tappa fissa. Jerry era piccola e si annoiava a morte, io invece immaginavo che di notte i quadri prendessero vita, una volta andati via i turisti e spente le luci. Ero impazzito per quella scena di Mary Poppins in cui lei, Bert, Jane e Michael saltavano dentro ai disegni ed ero convinto che si potesse fare davvero. Una volta, ho provato a entrare nel *Bal au moulin de la Galette*, e sono partiti tutti gli allarmi, sono arrivate le guardie… un casino».

«Non ti facevo così fantasioso. Mi hai sempre dato l'idea di essere molto pragmatico».

«Credo di esserlo diventato nel tempo».

«E non ti manca il Sebastian che voleva entrare nei quadri?»

«Negli ultimi tempi mi sta chiedendo di uscire. Quando lunedì sera, mentre bevevamo il Mai Tai, hai parlato del Musée d'Orsay mi hai sbalordito, richiamandomi alla mente ricordi che avevo messo da parte».

«Perché li hai messi da parte?»

«Perché non sono per tutti, ma tu puoi capirli».

«E se io non fossi la persona che credi?», domando soffocando il bisogno di raccontargli tutto: di Charlotte, di Bea, di Royce, del contratto.

«Non mi importa chi sei o cosa fai. Mi importa come mi fai stare».

«E non ti importa neanche che io sia impegnata?». Io so che la relazione con Royce è finta, ma Sebastian no.

«Stasera no», ribatte lui con piglio sicuro.

«E domani?»

«Ci penseremo domani».

«Cosa vorresti che sapessi di Sebastian Bloom?»

«Che non sono la persona sicura che sembro».

«Davvero? Perché a me sembra che tu non perda un colpo».

«Mio padre è il mio modello di vita, come persona e come professionista e sono terrorizzato al pensiero di prendere il suo posto un giorno e non essere all'altezza. L'idea che possa esserci Jerry a dividere con me questo peso è confortante e, se per la prima volta dopo anni posso iniziare a considerare questa eventualità non solo come fantascienza pura, è solo grazie a te».

«Io non ho fatto nulla. Bisognava solo che qualcuno desse fiducia a Jerry».

«Forse perché è sempre stata la piccola della famiglia, perché è rimasta senza mamma, con lei papà non è mai stato troppo severo. Su di me invece ha sempre avuto molte aspettative e io sono terrorizzato dal deluderlo».

«Aspettative familiari? Ne so qualcosa».

«Anche tu hai dei genitori con delle pretese?»

«Mio fratello e mia sorella sono due scavezzacollo, io sono quella di mezzo, quella brava, e si sentono tutti autorizzati ad alzare l'asticella, ad avanzare richieste, dettare tempi che dovrebbero essere solo miei, e quel che è peggio è che, anche se so che non è giusto, non riesco a sfuggire all'etichetta di brava ragazza che mi hanno appeso al collo».

«E i tuoi lo sanno che la loro brava ragazza, a Capodanno, danzava nuda in un bagno per uno sconosciuto?». La scintilla negli occhi di Sebastian mi provoca una vampata improvvisa.

«Certo che no. Verrei diseredata».

«Sapresti cavartela benissimo senza nessuna eredità. Come ballerina, per esempio».

«Ora sì che stai facendo il ruffiano».

«Ok, forse un po', lo ammetto».

«Sfacciato». Pesco un confetto rosa pastello dalla coppa di cristallo e glielo tiro, colpendolo sul petto. «Facciamo un gioco», gli dico alzandomi in piedi.

«Quale?»

«Visto che da piccolo immaginavi di saltare dentro i quadri, portami in quello dove vorresti entrare con me, se questo fosse il nostro primo appuntamento».

«Ci sto. Tu, poi, mi porti nel tuo quadro». Lui si alza in piedi guadagnando di nuovo il vantaggio dell'altezza, che accanto a lui mi fa sentire minuscola. «E, per la cronaca, questo è il nostro primo appuntamento».

«Allora, scegli bene, Sebastian».

«Non preoccuparti, sei in ottime mani». Lo seguo nel labirinto di sale, dove i quadri ci osservano in silenzio, finché ci fermiamo davanti a un'opera di Monet. «*Regate ad Argenteuil*».

«Molto vibrante», commento, osservando i riflessi dell'acqua.

«Ti porterei a fare un giro in barca a vela sulla Senna, appena la primavera si scalda un po', per fare un picnic sull'acqua, sdraiati a prua».

«Mi piace». Anche se non è chiaro se la mia risposta si riferisca al quadro o all'immagine di Sebastian e me in barca a vela. Direi entrambi, con una netta preferenza per la seconda.

«Anche a me. In questo dipinto non c'è il nero».

«Monet non lo ha usato».

«Neanche io lo userei, per la nostra giornata in barca».

«Ora ti porto io in un posto. Vieni con me». Cambiamo sala, fino a raggiungere quella dedicata ai postimpressionisti. «Che ne dici?», gli chiedo indicandogli il Van Gogh davanti a noi.

«*La notte stellata sul Rodano.* Una scelta molto… audace».

«Cosa c'è di audace nel guardare le stelle, sulla sponda del fiume, aspettando di esprimere un desiderio?»

«Da soli, senza occhi indiscreti, avvolti dal favore del buio, possono succedere molte cose», ribatte Sebastian allusivo.

«Ma non saremmo soli. Vedi? Ci sono due persone… Forse è il caso di cambiare location per quello che hai in mente tu. Dove mi porti, adesso?», gli domando evitando di raccogliere il suo doppio senso. Mi piace questo gioco, non voglio interromperlo.

«Una mezza idea ce l'ho. Però dobbiamo andare in alto».

«In alto?»

«Molto in alto».

Senza domandare oltre salgo con lui fino al quinto piano, dove raggiungiamo l'angolo nord-est del museo, avvolti nella semioscurità con i nostri passi che riecheggiano sul pavimento.

«Eccoci», annuncia Sebastian.

«Questo non è un quadro», dico.

«Dipende dai punti di vista. Se usi l'immaginazione questo è un quadro. Titolo: *Finestra nel tempo*».

Siamo davanti a uno dei due grandi orologi di vetro del museo, attraverso il quale, proprio come una finestra, si vede Parigi illuminata nella notte.

Muovo un passo in avanti, poi un altro, finché mi ritrovo con il viso a un palmo dal vetro, a scrutare la città sotto di noi: il fiume, i tetti del Louvre, la macchia scura dei giardini delle Tuileries, il nastro dorato di luci lungo Rue de Rivoli e, in lontananza, scorgo anche la cupola panciuta della basilica del Sacré-Cœur, sulla collina di Montmartre.

Sebastian, dietro di me, appoggia le mani sulle mie spalle e china il viso nell'incavo del mio collo che si scalda sotto il suo respiro. «Tutto ciò che volevo era averti qui, senza scadenze, senza minuti contati, senza fingere disinteresse. Abbiamo sbagliato i tempi da subito, ma stasera non ci faremo rubare neanche un secondo, te lo giuro davanti a questo orologio».

Una campana, in lontananza, annuncia la mezzanotte, l'orario di tutti i nostri quasi-baci.

«E ora che sono qui, cosa farai con me?», domando con il respiro mozzato, da quanto il cuore mi batte impazzito.

La mano di Sebastian sale lungo il mio collo poi, in una carezza, mi solleva il mento facendomi voltare con dolcezza verso di lui.

«Ti bacerò», sussurra con le labbra che già sfiorano le mie, «ti bacerò, tanto a lungo da non accorgerci che sarà arrivata l'alba».

E non mi accorgo di niente, tranne che di lui, che mi prende, mi fa girare e mi stringe tra le sue braccia, e la sua bocca cattura la mia.

Tempismo sbagliato.

Ma tutto questo è dannatamente giusto.

Le sue mani su di me sono giuste.

Il suo respiro che si perde nel mio è giusto.

Le mie dita tra i suoi capelli sono giuste.

La sua lingua che accarezza la mia è giusta.

«Sebastian», mormoro in preda a un fremito.

«Non chiedermi di fermarmi».

«Non pensarci neanche», è la mia risposta, che rinforzo catturando il suo labbro inferiore tra le mie.

Quanto tempo passi non lo so, potrebbero essere anche ore, ma io e lui siamo ancora stretti in questo abbraccio senza fine, neanche avessimo il terrore che qualcuno potesse separarci.

I nostri baci si fanno sempre più sfacciati e profondi, e le mani chiedono – anzi, implorano – di superare la barriera dei vestiti.

«Sei davvero sicuro che vuoi solo baciarmi fino all'alba?», gli chiedo.

«Se devo essere sincero, no», ammette con una sfumatura di finta colpevolezza nella voce.

«Non so che limiti ti hanno dato per l'uso del museo ma, visto che ti hanno già buttato fuori una volta, che ne dici di continuare la serata dove non siamo costretti a comportarci bene per forza?»

«Forse conosco un posto».

30

Senza scadenze

L'appartamento di Sebastian è sulla Rive Gauche, a pochi minuti di macchina dal museo, e anche se credo che meriterebbe una visita attenta, i pregi del design e della metratura non sfiorano affatto il mio interesse, al momento.

Interesse che, ora, è tutto focalizzato su Sebastian.

C'è mancato poco così dal bloccare l'ascensore e farlo lì, contro la parete d'acciaio, tanto il pur breve tragitto in auto è stato una tortura obbligata.

Entriamo al buio, ma accendere la luce è l'ultimo dei nostri pensieri, mentre Sebastian chiude la porta con un calcio senza staccarsi da me.

Non saprei dire cosa ci sia preso ma dire che ci stiamo saltando addosso non rende l'idea.

Mi solleva contro il muro obbligandomi a stringermi al suo bacino con le gambe, e la gonna del mio vestito, messa a dura prova, si alza dalla coscia al mio inguine, lasciandomi quasi svestita.

«Dove sei stata, per tutta la mia vita? Dove?», mormora lui sulla mia bocca implorante i suoi baci.

«Non lo so, ma adesso sono qui».

Gli strattono la giacca per sfilargliela, poi passo alla cravatta, che lancio chissà dove, e infine sbottono la camicia, con le dita che mi tremano da quanto ho bisogno di sentire la sua pelle addosso.

Quando finalmente se ne libera, affondo il viso nell'incavo del suo collo per stordirmi con quel profumo che, da solo, ridurrebbe qualsiasi donna alle soglie dell'infermità mentale.

Neanche lui è timido, anzi, da toro ascendente toro, prende in mano la situazione e si appropria di tutto ciò che il mio corpo ha da offrirgli.

Mi abbassa le spalline del vestito e del balconcino di pizzo insieme, famelico e spietato, per scoprirmi il seno, che sobbalza su e giù sotto i miei ansiti.

«Cristo, quanto sei bella». La sua bocca scende rapida dal mio collo al décolleté, finché si posa, rovente, intorno a un capezzolo, mentre con l'altra mano, e uno strattone violento, dilania il reggiseno che finisce a terra. «Scusa», dice senza un'ombra di rimorso, ma anzi, quasi compiaciuto. «Era di troppo».

«Chissenefrega, strappami tutto quello che vuoi», è la mia risposta.

Con le gambe allacciate alla sua vita e il bacino premuto contro di lui, posso sentirlo già pronto e il mio istintivo ondeggiare gli dice che anche la mia resistenza sta sfiorando il limite così, tenendomi stretta, dopo alcuni passi durante i quali il mio senso dell'orientamento non si scomoda per prendere atto dello spostamento, mi rovescia sul letto.

Io, restia a qualsiasi tipo di separazione che mi impedisca di baciarlo per più di due secondi, lo afferro per la cintura, obbligandolo a sdraiarsi su di me – non che opponga chissà che resistenza – e inverto le nostre posizioni, Sebastian sdraiato sulla schiena, io a cavalcioni su di lui.

«Sei molto assertiva per essere una che sembrava non volere nemmeno essere qui, stasera».

«Ma ormai ci sono e voglio una ragione per restare», ribatto sfilandomi il vestito – ridotto a un groviglio senza forma. «Dimostrami che ho fatto bene a non tornare a Londra».

Lui si solleva, afferrandomi il viso tra le mani. «Non vorrai più tornarci, a Londra».

Io lo spingo di nuovo giù, premendo la mano sul suo petto e facendola scorrere sui pettorali tonici e gli addominali scolpiti – ma quando lo trova il tempo di andare in palestra? – fino a quella piega di muscoli di cui, dopo trent'anni, non so il nome ma che sparisce sotto i pantaloni e mi fa perdere la ragione. «Prima fammi vedere cosa mi sono persa fino adesso».

Con una lentezza che andrebbe denunciata alla corte per i diritti umani, gli slaccio la cintura, e le mie mani sfiorano in modo subdolo l'erezione nascosta sotto i suoi pantaloni che non vedo l'ora di liberare.

«Ti diverti a farmi soffrire?», mi domanda con gli occhi che, nella penombra rischiarata solo dalla finestra, luccicano come braci ardenti.

«Un po' sì... ma credo che dopo mi divertirò ancora di più». Mi alzo in piedi, gli sfilo pantaloni e boxer insieme, e li abbandono a terra.

«Levali», mi ordina lui, tassativo, con lo sguardo fisso su di me, al punto che potrebbe trapassarmi. «Gli slip».

Aggancio l'elastico delle mutandine con i pollici e le abbasso, lasciandole cadere giù e liberandomene con un colpo di tacco.

«...E queste?», gli chiedo accarezzandogli la gamba con la punta delle décolleté.

Sul viso di Sebastian si allunga un sorriso malizioso. «Quelle tienile. E anche le calze».

Aggancia il bordo di pizzo della mia autoreggente con il dito e mi attira di nuovo a sé, obbligandomi a piegarmi su di lui.

A piegarmi *molto*.

Non so cosa mi scatti dentro, ma tra il suo calore e il suo odore, mi prende uno strano fremito interno, che mi accende il bisogno di baciarlo tutto, di assaggiarlo tutto e di leccarlo tutto. Tutto.

La mia bocca lo esplora senza timidezza, dal petto fino all'inguine, e ogni suo gemito mi incentiva a continuare.

Non sono mai stata una fan del sesso orale, e su richiesta mi sono sforzata di essere una fidanzata accondiscendente, ma in questo caso Sebastian non mi ha chiesto nulla. Sono io che lo voglio in ogni modo possibile.

Quando lo accolgo tra le mie labbra, anziché perdere l'eccitazione che mi ha scaldata fino a ora, mi infiammo ancora di più: prima curiosa, poi sempre più impavida, addirittura avida e ingorda, mentre le sue mani posate sulla mia testa guidano i miei movimenti.

Lo sento pulsare nella mia bocca che a stento riesce a contenerlo e mi domando come sarà sentirlo dentro.

Voglio sentirlo dentro.

Ho *bisogno* di sentirlo dentro.

«Fermati», dice con malcelato sforzo nella voce. «Sono io che devo dimostrarti che hai fatto bene a restare, no?».

Mi afferra sotto le braccia con la sua presa salda e in un secondo mi ritrovo di nuovo sdraiata sul materasso, con Sebastian che torreggia su di me.

«Ti voglio», gli dico, travolta dall'adrenalina. «Ho più bisogno di te che dell'ossigeno».

«Guardami», mi ordina, il suo viso a un palmo dal mio. «Fammi perdere nei tuoi occhi».

Il mio bacino si tende per accoglierlo, stremata dalla voglia che mi è montata dentro dal momento in cui ci siamo baciati, davanti all'orologio. «E io nei tuoi».

Per fortuna che sono sdraiata, perché al suo primo affondo, ho un mancamento.

Al secondo, una vampata m'incendia dentro al punto che potrei esplodere.

Al terzo, il mio corpo si muove insieme a lui, una spinta

dopo l'altra, in un folle equilibrio tra soddisfazione e bisogno, che si alternano ogni volta che lui si ritira e riaffonda in me.

Se è così che si impazzisce, a me sta bene.

Si porta le mie gambe sulle spalle, mi gira su un fianco, mi solleva sul bacino, sono come una bambola nelle sue mani e il mio corpo segue i suoi movimenti con meravigliosa arrendevolezza.

Toro ascendente toro, e pure controascendente toro, direi. Non ho mai capito niente di oroscopi ma mai come ora il concetto mi è sembrato chiaro.

Quando credo di essere arrivata alla mia prima esperienza di viaggio extracorporeo, Sebastian rallenta il ritmo, si sdraia accanto a me e mi accompagna verso il piacere con una serie di affondi lenti ma intensi e profondi, al punto che mi fanno vibrare dentro.

Vibro davvero. Un'onda mi scuote tutta, dai piedi alla testa, mentre muoio piano, con un gemito strozzato che lui soffoca con un bacio.

Anche lui cede all'orgasmo con un ultimo colpo deciso, che mi finisce, portandomi via quello che resta della mia capacità d'intendere e di volere.

Passano diversi minuti di silenzio, scanditi solo dal nostro respiro, prima accelerato, poi sempre più rilassato, prima che uno dei due dica qualcosa.

Non volevo essere io la prima a parlare, ma tra tutti i controlli che ho perso c'è anche quello della voce.

«Potresti avermi convinto a restare», mormoro contro il suo collo, le mie braccia e gambe ancora avvinghiate a lui.

«Ah, perché? Credi che sia finita qui?»

«Non lo è?»

«Non è neanche iniziata», ribatte lui togliendomi ogni possibilità di replica con un bacio.

Sebastian è uno che mantiene le promesse. Non solo mi ha tolto ogni minima voglia di tornare a Londra, ma non intendo nemmeno lasciare questo letto per i prossimi vent'anni. Ok, facciamo trenta.

«Sei bellissima», mi sussurra all'orecchio, dopo tanti di quegli amplessi che ho perso il conto. L'ultimo, travolgente, dilaniante di una lunga serie. Sdraiati fianco a fianco, uno verso l'altra ci godiamo questa deliziosa spossatezza.

«Guarda che non devi più lusingarmi. Sono già senza vestiti».

«Dico sul serio. Sei così… vera».

«Vera?», domando confusa.

«È difficile da spiegare, ma è come se avessi la sensazione che fossimo stati plasmati per combaciare alla perfezione e non riesco a smettere di toccarti, come se avere le mie mani su di te fosse vitale».

«Puoi tenerle su di me quanto vuoi».

«Non hai idea di quante volte io abbia fantasticato su cosa sarebbe potuto succedere tra di noi, chiusi in quel bagno, all'Attitude, la notte di Capodanno».

«Forse posso», rispondo mordendomi le labbra. Posso, eccome, perché ci ho fantasticato anche io.

«Se te lo dicessi, mi metterei in una pessima luce».

«Diciamo che ora ci sono ben poche cose di cui imbarazzarsi».

«Mettiamola così. È da un po' che sto pensando di comprare un divano ad acqua».

«Cosa credi che sarebbe successo se gli inservienti non fossero venuti ad aprirci?», gli chiedo, con l'indice che scorre su e giù lungo il suo petto.

«Di sicuro non avremmo continuato a parlare».

«Credo anche io».

Sebastian mi afferra di nuovo, per farmi rotolare sulla schiena, lui sdraiato su di me. «Lo avremmo demolito, quel bagno».

«Tanto sono assicurati».

«Sai… neanche io ho più voglia di tornare a Londra», sbuffa appoggiando la testa al mio petto. «Purtroppo devo lavorare al preliminare per l'acquisizione del terreno di Sentosa Cove con l'ufficio legale, ma non ne ho nessuna voglia».

«Fammi indovinare: la sindrome del bravo ragazzo che non vuole deludere papà?»

«Assolutamente… sì», ammette. «Io sono sempre stato il figlio in riga, quello che faceva tutto ciò che gli veniva detto, quello ubbidiente, non capriccioso, che non si è ribellato quando i miei hanno divorziato; che non ha piantato i piedi quando papà si è risposato; che non ha fatto il geloso quando è arrivata la sorellina; che non ha pianto quando nostra madre è morta; che non faceva cazzate perché papà era già preoccupato di dover tirare su due figli da solo; che prendeva ottimi voti per non deluderlo e che ora vuole dimostrargli di essere suo degno erede, in futuro. Sono stanco».

«Stessa storia: brava a scuola, grandi aspettative di carriera, quella che metterà su una famiglia come si deve…».

«Come mai non sei entrata nel business dei dolciumi Beaufort?», mi chiede alzando il viso verso di me, con espressione curiosa.

Ehm… forse perché la mia famiglia non ha un impero di dolciumi. «C'è un consiglio di amministrazione molto valido e… ehm…». Che cavolo dico ora? «Abbiamo delle quote ma le gestiscono i nostri fiduciari così siamo liberi di sperimentare nuove carriere e affermarci da soli. I nostri genitori ci tengono che noi tre ci creiamo la nostra indipendenza senza andare a rimorchio della loro fortuna. Così impariamo il valore del denaro».

«Princìpi virtuosi».

Fiuuu! E la palma d'oro per la paraculata dell'anno va a… Charlotte Taylor, conosciuta ai più come Bea Beaufort, l'ereditiera impostora. «I miei hanno sempre avuto dei princìpi educativi molto... all'antica».

«Sono quasi trentacinque anni che non sgarro mai; per una volta vorrei mettere in pausa tutto e fregarmene delle conseguenze. Magari essere qualcun altro, per un po', anche solo part time. Mi piacerebbe sapere com'è».

Essere qualcun altro part time? Ce l'hai davanti e ti assicuro che è un casino. Un vero, dannato, casino.

«Penso che, nonostante i pesi che gravano sulle nostre coscienze, siamo fortunati in molti modi», dico accarezzandogli la fronte per scostargli i capelli.

«Stasera lo sono stato di certo».

«Non è stata fortuna. Avevamo bisogno del nostro momento giusto, lontano da tutto e da tutti». Mentre lo fisso, mi rendo conto che i tratti del suo viso sono molto più visibili e non perché i miei occhi si sono abituati al buio, ma perché la stanza si sta rischiarando.

Mi volto verso la lunga vetrata che percorre l'intera parete del loft e la luce lattiginosa del mattino sta già tingendo il cielo di rosa.

«Sebastian», gli dico, «guarda fuori».

«È l'alba».

«Siamo riusciti a vederla».

«Senza fretta, senza conti alla rovescia e senza scadenze».

Gli sorrido e lui mi bacia con dolcezza, avvolgendomi in un abbraccio in cui mi addormento.

31

Non mi piacciono le cose a metà

Mi allungo nel letto, le lenzuola avvolte intorno alla mia pelle nuda, e apro gli occhi con pigrizia.

Dopo un primo abbaglio causato dal riverbero della luce del mattino sulle pareti bianche, il mio sguardo si perde oltre le grandi vetrate che si affacciano sui tetti di Parigi.

Accanto a me non c'è Sebastian ma lo scroscio della doccia mi dice che si è svegliato prima e mi ha lasciata dormire.

Rivedo alcuni flash di stanotte e mi ritrovo a sorridere e arrossire, mentre affondo il viso nel cuscino e un brivido mi percorre la schiena.

Quando sono partita ieri sera da Londra, tutto avrei immaginato meno che… Accidenti! Royce! Sarà fuori di sé per ieri sera! Non gli ho detto nulla.

Dove diamine ho mollato la borsa?!

Percorro il loft in lungo e in largo finché non la trovo abbandonata sul pavimento accanto al divano, solo che quando guardo il cellulare non vedo né messaggi né chiamate, il che è piuttosto strano.

Mi basta pigiare sul tasto home per accorgermi che è ancora in modalità aereo. Ho dimenticato di riattivarlo.

E nell'attimo in cui reimposto il settaggio normale ecco che compaiono una valanga di notifiche.

Chiamate di Royce, Tanya, Ken, perfino Jerry che dev'essere stata allertata da loro. Il tono dei messaggi oscilla tra il preoccupato e l'incazzato.

Con un nodo alla gola e un tremendo senso di colpa che mi appesantisce lo stomaco chiamo Royce, che risponde dopo appena uno squillo.

«Mi devi delle spiegazioni», è il suo esordio.

«Lo so».

«E delle scuse».

«Lo so».

«Si può sapere dove accidenti sei finita?»

«Sono a... Parigi».

«Paaarigiii?!», sbotta lui nel microfono.

«Sì, ma c'è un motivo».

«Lo spero bene, perché ieri sera mi hai piantato in asso come un idiota a Hyde Park dove Tanya e Ken avevano programmato un giro in carrozza in grande stile. Ti abbiamo mandato una macchina ma l'autista ha detto che eri già andata via».

«Ecco, Royce, c'è stato un equivoco. Io mi sono preparata per raggiungerti come da accordi, quando dalla reception del Bloom Group mi hanno detto che c'era un'auto ad attendermi. Credevo l'aveste mandata in anticipo. Sono scesa e l'auto mi ha scortata all'aeroporto di London City».

«Aeroporto? E non ti sei fatta neanche due domande?»

«Ho pensato che fosse una vostra trovata. Tanya è stata così criptica che non ho messo in dubbio che facesse tutto parte della nostra serata. Solo quando sono arrivata a Parigi, al Musée d'Orsay, mi sono resa conto che era stato organizzato tutto da Sebastian».

«Un attimo!», esclama Royce. «Mi stai dicendo che Sebastian ti ha fatta portare a Parigi da lui?»

«Sì», confermo. «E abbiamo passato la serata insieme. E la notte. Ora ti sto parlando coperta solo da un lenzuolo, davanti alla terrazza vista Senna del suo appartamento, lui è sotto la doccia e i miei vestiti non ho idea di che fine abbiano fatto».

«Allora è successo», insinua Royce con voce maliziosa. «Felice?»

«Al punto che il mio corpo stenta a crederci».

«Vorrei essere ancora arrabbiato con te ma non ci riesco».

«Mi dispiace da morire, davvero. So di essere venuta meno ai nostri accordi. È che nel momento in cui ho visto Sebastian, tutto il resto è scomparso».

«Non dirò nulla a Tanya e Ken o ti mangeranno viva. M'inventerò che hai avuto un'intossicazione alimentare, che sei svenuta o roba simile».

«Grazie, sei un amico. Ma comunque direi di tornare oggi, appena rientro ci sentiamo e organizziamo qualcosa».

«Non ci pensare neanche, nessuno con un'intossicazione alimentare vorrebbe mettere piede fuori dal suo letto o dal suo bagno per almeno due giorni».

«Giusto».

«Goditi questa mirabolante fuga di sesso a Parigi, ma sii discreta».

«Sai, Royce, credo di volerti bene».

«Charlotte?»

«Sì?»

«Vaffanculo. Di cuore», dice prima di riattaccare.

Mentre mi crogiolo nel mio buon umore con il cellulare ancora tra le mani, una scia di note musicali proveniente dal bagno mi dice che Sebastian è uscito dalla doccia, così decido di raggiungerlo.

«Buongiorno», lo saluto facendo capolino dalla porta.

Lui è davanti allo specchio, con i capelli umidi tirati all'indietro, mentre si stende un velo di schiuma da barba sulle guance.

Il mio sguardo si perde a seguire una goccia che scende lungo il suo torace, facendosi strada tra gli addominali fino a scomparire sotto l'asciugamano stretto intorno alla vita. In basso. Parecchio in basso.

«Ti ho svegliata?», mi domanda riscuotendomi dai miei torridi pensieri.

«No, ero in piedi già da un po'».

«Potevi raggiungermi sotto la doccia», insinua allusivo.

«Non è grande abbastanza per entrambi».

«Il punto è proprio quello». Sebastian mi attira a sé e così, scalza, accanto a lui, mi sento minuscola. «*I've got you under my skin*», canta lui insieme a Sinatra, dalla cassa della radio. «*I've got you deep in my heart*». Mi solleva a un palmo da terra, stretta al suo petto e, nel farmi volteggiare, il lenzuolo che stringevo addosso cade a terra.

Merda. Stanotte avevo il favore del buio a nascondere tutti quei difetti del mio corpo che mi fanno sentire sempre a disagio, tipo le smagliature sull'interno coscia regalo del mio metabolismo a elastico, che mi fa perdere due chili e poi prenderne tre senza soluzione di continuità. E il mio seno non proprio da pin-up. Ok, respiro dentro e petto in fuori, più che posso.

«Perché sei così rigida? Hai dormito scomoda e ti si è bloccata la schiena?»

«Sì. No... Ehi, non guardare in giù», gli dico per far deviare il suo sguardo dalle mie gambe.

«Perché?»

«Non guardare e basta».

«No, scusa, ora lo voglio sapere. Non puoi dirmi di non guardarti e basta».

«Non mi piacciono le mie gambe».

«Ah, sì?»

«Sì. E neanche il mio seno», aggiungo. «E non vado in palestra da ere geologiche».

Lui mi guarda storto come se non capisse. «Sul serio?»

«Sul serio. Mi mette a disagio».

«Allora abbiamo un problema, perché a me il tuo corpo piace tutto, e molto».

«Molto?», domando scettica.

«Molto». Mi appoggia al ripiano del lavandino, posandomi un bacio sulle labbra che mi lascia la faccia impiastricciata di schiuma da barba. «E voglio guardarti».

«Non raderti», gli dico, togliendogli la spuma dal viso con una carezza dispettosa.

«Devo. Non lo faccio da tre giorni».

«Io ti piaccio con le smagliature e tu mi piaci così, con l'aria un po' vissuta».

«Ma ormai ho iniziato», risponde lui continuando a baciarmi, con le mani che percorrono la mia schiena fino ai fianchi, e il mio naso si riempie del profumo maschile di mentolo.

«E non puoi smettere?», mormoro sulle sue labbra.

«Forse». Sebastian mi tortura di baci scendendo dalla bocca al mento fino al collo, entrambi ormai cosparsi di schiuma ovunque. «Ma non mi piace lasciare le cose a metà».

Non è più tanto chiaro di cosa stiamo parlando, ma una cosa è sicura: l'atmosfera in questo bagno si è fatta bollente e non per il vapore della doccia.

Allargo le gambe per lasciare posto a Sebastian, con la sua eccitazione che preme contro di me, strappandomi un gemito. La lunga carezza con cui saggio il suo torace solido termina proprio sull'orlo dell'asciugamano, che cede al tocco delle mie dita, scivolando giù.

«Ce la stai mettendo tutta per distrarmi», mi sussurra.

«Sei tu che hai una soglia d'attenzione piuttosto bassa».

E proprio nel preciso istante in cui sto per accoglierlo dentro di me, suona il citofono.

«Non posso crederci», borbotta lui con disappunto.

«Ignoriamolo», lo imploro già schiava della prima onda di piacere.

«Mi piacerebbe, però questa doveva essere una sorpresa… arrivata nel momento più sbagliato».

«Cioè?».

Sebastian tende le braccia sul bordo del lavandino prendendo le distanze da me, con grossi respiri. «Ti piacerà».

«Più di quello che stavamo per fare? Ne dubito», insisto per niente arresa alla brusca interruzione.

Lui si leva i residui di schiuma dal viso con una salvietta, si infila l'accappatoio e me ne porge un altro, ripiegato, dalla mensola. «Giudicherai tu stessa».

Non senza un broncio dettato dalla frustrazione, lo seguo in soggiorno dove apre la porta per ritirare una consegna, poi appoggia un canestro di vimini sul bancone di marmo della cucina. «Spero che ne valga la pena», dico sedendomi sullo sgabello.

«Anche io».

Alzo il telo dal cesto e la bocca mi si allarga all'istante. «Stohrer!», esclamo con lo sguardo rapito dalle scintillanti monoporzioni di éclair, millefoglie, paris-brest e tartellette. «La mia pasticceria preferita».

«Non sapevo cosa ti piacesse così ho chiesto uno di tutto».

«Qui non c'è niente che possa migliorare la mia linea». Afferro un croquembouche avvolto in una spessa crosta di caramello dorato e lo addento. «Ma hai fatto bene perché mi piace tutto!».

«Lo vedo», ridacchia lui alle mie spalle, notando che ho già fatto sparire il dolcetto e ne ho pescato subito un altro.

«Rettifico. Per fortuna che hai aperto», mugugno a bocca piena, assaltando un éclair.

«In caso contrario avrei saputo farmi perdonare… Ehi, respira tra un boccone e l'altro».

«Non posso, sono troppo buoni».

«Sei sporca di chantilly».

«Dove?».

Lui si china su di me, il suo volto a un millimetro dal mio. «Proprio qui». Con la lingua accarezza il profilo del mio labbro superiore, riaccendendo in un secondo l'incendio che avevamo soffocato poco prima nel bagno.

«Credo di essere pulita, ora».

Sebastian tuffa un dito nel ciuffo di panna che guarnisce un bignè e lo fa scorrere nell'incavo dei miei seni. «Ops...».

«Devono arrivare altri fattorini?», gli chiedo, cingendogli le braccia intorno al collo mentre lui mi slaccia l'accappatoio e mi solleva sul bancone. Il marmo è freddissimo ma il brivido che mi regala mi piace.

«Che io sappia no».

«Allora, direi che è il caso di finire quello che abbiamo iniziato».

Per toglierci di dosso le briciole della nostra colazione vietata ai minori, ci ributtiamo sotto la doccia, piccola al punto che siamo costretti a stringerci. Un sacrificio, non c'è che dire...

«Ah, che dolore!», brontola Sebastian.

«Cos'è successo?»

«Il rubinetto nella schiena».

«Tipico degli appartamenti francesi: saloni enormi, docce microscopiche», osservo, mentre sono impegnata a passare la spugna sulle sue spalle e lui mi massaggia i capelli con lo shampoo. Il suo shampoo, e devo dire che mi piace l'idea di avere addosso il suo profumo.

«Rubinetto a parte, ci sono anche dei vantaggi...».

«Non hai tutti i torti, e poi si risparmia acqua e ci si mette la metà del tempo. Per che ora dobbiamo essere in aeroporto?», gli domando, sciacquandomi sotto il getto.

«Non abbiamo un orario tassativo, ho chiesto il volo per la tarda mattinata».

«Se torneremo a Parigi...».

«*Quando* torneremo», mi corregge lui.

«Quando torneremo a Parigi, voglio portarti io, in un posto».

«Dove?»

«Al mercato di Aligre Beauvau. Girando tra i banchi di frutta e spezie sembra di fare il giro del mondo. E poi, al Marais c'è il ristorante di falafel migliore del mondo. Dopo, potremmo spulciare le bancarelle dei librai lungo la Senna. E andare À la Mère de Famille, la cioccolateria più buona della città». Più elenco cose da fare e posti da vedere e più me ne vengono in mente. «Uh, e anche la Bibliothèque Sainte Geneviève!».

«Perché aspettare di tornare, se siamo già qui?»

«In che senso?»

«Facciamolo oggi», ribatte Sebastian.

«Oggi? Ma non dobbiamo tornare a Londra? E il preliminare per il resort a Sentosa Cove?», gli ricordo.

«Posso lavorarci domani». E dalla sua alzata di spalle sembra che non gli importi. «Passiamo una giornata io e te a fare quello che vogliamo, senza pensare a doveri e aspettative. Come se fossimo due studenti e ci fossimo conosciuti qui. Che ne dici?».

Di restare un giorno intero con lui a Parigi? Dovrei dubitare delle mie facoltà mentali se dessi una risposta diversa dal sì. «Me lo chiedi pure?»

«Ieri sera mi hai rinfacciato di averti portata qui senza consenso», ribatte lui premendomi contro la parete, con l'acqua che ci piove addosso.

Io mi tendo verso il suo viso, per reclamare un bacio. «Ieri sera non sapevo molte cose».

Non senza indugiare ancora nel tepore della doccia, ci asciughiamo e ci rivestiamo poi, un attimo prima di uscire, Sebastian si sfila l'orologio dal polso e lo abbandona sul piano della consolle, accanto all'ingresso.

«Questo non lo metto», dice in tono solenne.
«Come mai?»
«Non voglio più contare i minuti quando sto con te. Lo rimetterò solo una volta tornato a Londra ma, fino ad allora, mangeremo quando avremo fame, berremo quando avremo sete e dormiremo quando avremo sonno».
«Dormiremo?», domando io con il sopracciglio alzato e l'aria scettica.
«Era così, per dire».

32

La nipote del truffatore

Alla fine, il sabato è diventato domenica e la domenica lunedì mattina. Impossibile rimandare oltre il rientro.

Abbiamo passato due giorni a vagare per la città, senza meta, nella nostra bolla, solo Sebastian e io, ubriachi di vita.

Abbiamo riso, abbiamo mangiato, abbiamo bevuto, fatto l'amore innumerevoli volte e abbiamo parlato di tutto e di più. Gli ho raccontato del mio progetto per Sharesby Hall, lui mi ha mostrato il suo per il comparto residenziale al Sentosa Cove, il tutto perdendoci tra le strade di Parigi.

Per essere febbraio, il clima ha voluto essere dalla nostra parte regalandoci sole e cielo terso anche se l'aria sul fiume era comunque pungente e, durante la crociera in battello su e giù per la Senna, Sebastian mi ha fatta riparare dentro il suo cappotto per scaldarmi.

E ci stavo davvero bene.

Ora siamo in aereo, in volo verso Londra, con le mani intrecciate sul bracciolo e lui giocherella con le mie dita.

«Mi manchi già», sospira.

«Sono sempre qui».

«No. Appena arriveremo a Londra ci sarà Royce a reclamare il tuo tempo e la tua attenzione».

Questo è vero. In parte, ma è vero. Solo che dopo tutto

quello che c'è stato tra noi, non so davvero più come spiegargli come stanno le cose. Non posso, a meno di tradire il segreto di Royce, e io avrò tanti difetti ma quello no. «È una storia complicata».

«Non ti giudico; non posso. Ho giocato con te per un mese pur essendo impegnato a mia volta, rispetterò i tuoi tempi».

«Dovremo essere discreti», gli dico.

«Sono d'accordo. Anche senza Royce di mezzo, in ufficio c'è Vanessa e credo che potrebbe renderti la vita difficile se ci vedesse insieme».

«Quindi, non le hai detto che la lasciavi per...».

«Per te? No, ti avrei tirato in mezzo in una cosa in cui non c'entri. Ma sono stato sincero: le ho detto che avevo capito che eravamo incompatibili e se devo passare tutta la mia vita con una persona, non voglio farlo con quella sbagliata».

«Parole dure».

«La verità è sempre dura, sia da accettare che da ammettere. Anche ammettere a me stesso che provo qualcosa per te non è stato facile, perché significava riconoscermi un punto debole».

«E quel punto debole sarei io?».

Sebastian annuisce portandosi la mia mano alle labbra e posandovi un bacio leggero. «Guardami, anziché occuparmi degli affari della società, ho rimandato come un irresponsabile ogni impegno in agenda».

«Stai cercando di farmi sentire in colpa?»

«Sto cercando di farti capire che, qualunque cosa stiamo facendo, io ci credo».

Un groppo in gola mi impedisce di formulare una qualsiasi replica. Mai una, di tutte le persone con cui sono stata, mi ha messo davanti nella scala delle proprie priorità. Sono sempre venuta dopo il catalogare insetti o i fossili del Cenozoico.

L'aereo tocca la pista del London City Airport, annunciando così il nostro ritorno ufficiale.

«Vieni qui», mi dice Sebastian attirandomi a sé, «dammi l'ultimo bacio, prima di scendere».

Ultimo bacio che rischia di diventare l'ultimo qualcos'altro se non fosse per il rumore della scaletta che viene calata a riscuoterci.

«Tra poco ho la presentazione del progetto dei primi due J Hotel», gli dico lasciando malvolentieri le sue labbra. «Mi farai fare tardi in ufficio».

«Mmh, allora sarà meglio che il capo non lo scopra».

«Sebastian… sei tu il capo».

«E questa è una riunione molto, molto particolare».

Riesco a essere in ufficio perfino un po' in anticipo – anche se io e Sebastian arriviamo su due auto separate – che sfrutto per cambiarmi al volo con i vestiti che avevo lasciato qui venerdì pomeriggio. Quello che ho addosso, oltre a essere molto vissuto, non è affatto adatto a una riunione e scatenerebbe i commenti maschilisti di Russel.

«Oh, meno male che sei arrivata!», esclama Jerry piombando nel mio ufficio di cui spalanca la porta senza bussare, mentre sono ancora seminuda.

«Jerry, perdio, chiudi quella porta!».

«Si può sapere che accidenti di fine hai fatto?! Eravamo preoccupatissimi, io e…».

«Tu e chi?»

«Royce. Io e Royce», si affretta a rispondere Jerry.

«Ti vuoi calmare? Sembri mia madre. Con Royce è tutto a posto, ci siamo sentiti sabato mattina e abbiamo chiarito il malinteso».

«Malinteso? Che malinteso? Un attimo! Perché ti stai cambiando?», mi domanda stranita, con tono interrogatorio.

«Perché ho indossato questo vestito», dico indicandole il corpo del reato, «per quasi tre giorni, mattina, pomeriggio e sera, inclusi due voli aerei, uno di andata e uno di ritorno».

«Voli aerei?»

«A Parigi. Da Sebastian».

«OMMIODDIO!», strilla.

«Shhh, abbassa quella voce o ti sentiranno tutti!».

«Sei andata da lui?!».

«Non esattamente. Lui mi ha fatto portare là. E stamattina siamo tornati insieme».

«Non ci posso credere».

«Mi ha detto che prova qualcosa per me. Ha lasciato Vanessa, stavolta è davvero quella definitiva. Matrimonio cancellato».

«Champagne!», annuncia lei, battendo le mani. «Ci serve dello champagne. Del '98? No, no, no, ci vuole un '96. Che voglia che ho di stapparlo in faccia a quella stronza! Un momento, tu come fai con Royce? E la storia di Bea?»

«Non gli ho detto nulla, non posso, Jerry, lo sai. Però è solo questione di poco tempo, qualche settimana e poi sarò libera… e troverò un modo per spiegargli la storia di Bea Beaufort. Per ora, io e Sebastian abbiamo deciso di tenere un profilo basso, sia per non mettere in cattiva luce Royce, sia per non solleticare gli istinti omicidi di Vanessa».

«Hai gli occhi a cuore», osserva con un sorriso largo da orecchio a orecchio.

«Si vede tanto?»

«Anche al buio». Jerry accorre in mio aiuto e viene ad allacciarmi la zip del vestito di ricambio. «Ma sono contenta, era tanto che non ti vedevo così».

«E tutte le remore sul fatto che non volevi che la tua migliore amica avesse una storia con tuo fratello?».

Lei dà un colpetto di spalle con noncuranza. «Acqua passata. Ti preferisco felice. Ecco, Charlie, magari non condividere con me i vostri dettagli privati».

«Non ne avevo comunque intenzione», la rassicuro. «Ci sono troppe cose che preferiresti non sapere».

«Tanto ti si leggono in faccia… brutta pervertita che non sei altro. Pervertita e bugiarda».

«Ti do ragione su entrambe, Jerry… ma forse è meglio che andiamo alla presentazione».

Presentare i J Hotel al consiglio del Bloom Group si rivela alquanto arduo. Se l'efficacia è tutta nelle immagini e nei render del progetto, proprio perché sono strutture pensate per avere un grande impatto visivo, l'obbligatoria introduzione orale vecchio stile sortisce un effetto piuttosto negativo sulla nostra audience.

I membri del consiglio sono tutti abbastanza over e hanno poca dimestichezza con il concetto di instagrammabilità e dello sfruttare i social – cosa in cui Jerry è una maestra – come veicolo promozionale, tutte idee che fanno sorgere espressioni scettiche sui loro volti.

«La nostra clientela è abituata a un'atmosfera più discreta», m'interrompe uno dei membri anziani. «Per esempio, Miss Beaufort…».

«Architetto», lo correggo, «architetto Beaufort».

«Architetto Beaufort, io non mi sentirei a mio agio in un albergo, come lo chiama lei, instagrammabile. E di certo non mi interessa documentare la mia camera d'albergo su un social».

«Ma infatti questa struttura non è rivolta né a lei né al target di clienti delle strutture del Bloom Group. I J Hotel ospiteranno i loro figli e i nipoti, Mr…».

«Mr Carson», ribatte lui quasi oltraggiato dal fatto che io non conosca il suo nome.

«Mi sono perso qualcosa?», domanda la voce di Sebastian alle nostre spalle, entrando a sorpresa nella sala conferenze.

«Niente di che. Miss Beaufort stava introducendo il concept dei J Hotel».

«Architetto», sibilo io tra i denti.

«Sembra interessante», ribatte lui sedendosi e lanciandomi uno sguardo complice.

«Secondo me non ci siamo, forse dovremmo aggiornare la seduta», brontola Carson.

«Ma non c'è bisogno!», interviene Russel con voce carica di boria. «Io ho delle valide proposte alternative, più in linea con la filosofia del Bloom Group, se volete posso mostrarvele anche ora».

Bastardo.

Ecco perché non ha quasi messo mano ai progetti dei J Hotel, perché stava lavorando ai suoi.

«Perché no?», annuisce Carson, già mezzo persuaso.

«Io prima vorrei vedere i render del progetto originario», ribatte Sebastian. «Tanto siamo qui, no? Che cosa abbiamo da perdere?»

«Tempo», replica la vecchia mummia.

«Sarò sintetica ed efficace», affermo, rientrando in pista. «Senjai, faresti partire le videosimulazioni?», chiedo al ragazzo alla mia sinistra.

Senjai è una delle mie conquiste, passato dal #teamRussel al #teamBea ed è stato uno degli aiuti più preziosi del gruppo. Se all'inizio eravamo solo io e Jerry contro gli altri, ora ho dalla mia venti persone e Russel è rimasto da solo, fermo sulle sue posizioni che però non si rassegna a mollare, con fastidiosa ostinazione.

I video sono iperrealistici come se stessimo guardando gli hotel già realizzati, finiti, chiavi in mano. La struttura di Barcellona apre il carosello, seguita da quelle di Milano e Praga, mentre riassumo in breve le caratteristiche di ciascuna di esse.

Al termine, le facce dei membri del consiglio non sono più scure come al principio e vedo Sebastian comunicarmi con un accenno di labiale la parola: "Perfetto".

«Io non ci alloggerei», esordisce un altro dei membri anziani, «ma mia figlia, ormai, quando viaggia non fa neanche più gli album di carta. Ci mostra le foto dal telefono, caricate sui social e con tutti i like e i commenti dei suoi amici. Credo che a lei piacerebbe».

«Ma che diavolo dici, Hollister?!», lo rimprovera mummia-Carson.

«A me, i miei nipoti, hanno fatto un account così li posso seguire e vedo tutte le foto che fanno».

«Justin, sei sui social?», gli domanda Sebastian stupito.

«Sì, guarda». Justin, con i suoi settant'anni suonati, sfodera il telefono aperto su Instagram e lo fa girare di mano in mano tra tutti gli altri membri. «Quella foto è di Laurie e Mark a Capodanno, a New York».

«Ehm, ehm». Russel tossicchia seccato per richiamare l'attenzione. «Se non vi dispiace, presenterei le mie alternative».

«Certo, vai pure», lo invita Carson.

La proposta di Russel in realtà è una sola, replicata effetto catena di montaggio in tutti e tre gli hotel di Barcellona, Milano e Praga, con il risultato di una presentazione scarna e anonima.

«Va bene, procediamo con i voti?», chiede Hollister.

«Quelli a favore del progetto presentato da Miss Beaufort?», chiama l'alzata di mano Carson, con sufficienza.

Con mia sorpresa, dei dieci membri del consiglio, alzano la mano in otto più Sebastian.

«A questo punto non credo che serva un controvoto», constata lui. «Il mio vale doppio ma stavolta possiamo anche contarlo unico perché non farebbe differenza».

«Questa cosa costerà una follia in promozione!», protesta Carson. «Le novità sono pericolose, pensaci Sebastian. Questo cambio di rotta vampirizzerà le risorse del marketing, ammesso che funzioni».

«Per la promozione sono già organizzata e autonoma, non toccherò un centesimo del budget del Bloom Group», interviene Jerry.

«Te lo dico da padre, Jerusalem, conserva il tuo fondo fiduciario per il futuro», ribatte Carson.

«Ce l'ho già un padre», lo stecca la mia amica. «È lo stesso che mi ha affidato questa catena di hotel. So che voi mi ritenete del tutto incapace di fare qualsiasi cosa che non sia strisciare una carta di credito ma, visto che non sono qui per spinzettarmi le sopracciglia, fatemi le domande che volete e io vi risponderò».

«Bene, Jerusalem. A parte qualche figlio di papà annoiato, gli under trenta sono sottopagati o disoccupati, come pensi che possano scegliere un tuo hotel per una vacanza?»

«Innanzitutto qui vedo nove poltrone occupate da over sessanta che potrebbero liberarsi e su cui far sedere altrettanti under trenta, e almeno per loro avremmo risolto il problema della sottoretribuzione, no?». La battuta di Jerry gela la stanza.

«Scherzi?», chiede Carson a denti stretti.

«Ovviamente. Ci sono tantissimi trentenni in giro per il mondo che lavorano e hanno le tasche piene di soldi da spendere, solo che voi non li conoscete: Kylie, miliardaria a soli ventun anni con la sua impresa di cosmetici; Evan Spiegel, CEO di Snapchat; Collison, fondatore di Stripe, posso continuare se volete».

«E il tuo piano marketing sarebbe?»

«Lexi Sloan».

Carson sbotta in una risata. «La nipote del truffatore?»

«Sì, ed è anche grazie a lei che l'FBI è riuscita a catturarlo e ritrovare i soldi. Lexi ora gestisce il concierge service con il portfolio clienti più ricco di Stati Uniti e Asia, e i J Hotel entreranno nel carnet dei suoi servizi», annuncia lei con orgoglio.

«È vero, Carson», conferma Hollister. «È quasi impossibile ottenere la tessera associativa del suo concierge service, c'è una lista di attesa di mesi».

Jerry sorride trionfante. «I social non servono solo per farsi selfie in bagno, ma anche per stringere utili collaborazioni professionali».

Carson si alza, scuotendo la testa. «Sia messo a verbale che io sono contrario a questa follia, a futura memoria per il giorno in cui falliranno i J Hotel».

«E nel caso funzionassero, come dovremmo prenderla, questa messa a verbale?», lo gela Sebastian.

Carson se ne va borbottando cose incomprensibili, e poco dopo il segretario propone al consiglio di passare al prossimo progetto in ordine del giorno, così io, Jerry e tutto il team lasciamo la stanza, Russel per ultimo, con il volto scuro e la mandibola contratta.

Mentre sfiliamo nel corridoio, mi volto verso la vetrata dove il consiglio sta già parlando di altro e scorgo Sebastian voltarsi verso di me e farmi un occhiolino.

Ricambio con un sorriso, ma quello che non può vedere è il sorriso sul mio cuore in questo momento.

Dopo pochi secondi, il mio cellulare annuncia l'arrivo di un messaggio con un *bip bip*.

È lui, e io mi devo mordere le labbra per trattenere un sorriso.

"Dove scappiamo, questo weekend?".

Sto per rispondergli: "Ovunque", d'istinto, ma un secondo prima di inviare mi ricordo che ci sono i BAFTA, uno degli eventi chiave a cui devo andare con Royce.

"Non posso. Ci sono i BAFTA".

"Così mi uccidi".

Voglia e senso di colpa danno un calcio in culo alla mia ragione e rispondono al posto mio. "Faccio in modo di liberarmi il prima possibile".

33

Una escort perbene

Arrivo a casa dei miei per la festa di addio – o di in bocca al lupo; addio non mi piace – per mia sorella, non puntuale, bensì in anticipo di mezz'ora sull'orario stabilito.

Un po' perché così mia madre non mi farà la solita ramanzina del *tu quoque*, perché se tutto il mondo può arrivare in ritardo, io no; un po' perché devo andare via prima per una serata con Royce.

Volevo chiedergli di rimandare visto che è la festa di mia sorella ma, tra il pacco che gli ho tirato venerdì sera e la sua generosità nel coprirmi con Ken e Tanya, non me la sono sentita.

Jane capirà. Anche perché riceverà in regalo la sua prima borsa Chanel.

Questa non è un dono di Jerry, e non è nulla che farà venire la gastrite a mia madre come quello per il compleanno di Ike, perché stavolta abbiamo fatto un regalo di famiglia, per cui tutti hanno contribuito, e io sono stata incaricata di sceglierlo, perché l'unica a sapere cosa piace a Jane.

Grazie a Jerry sono riuscita ad avere la borsa a un prezzo di favore perché, altrimenti, sarebbe stata molto al di sopra delle nostre finanze, ma essendo lei una delle clienti *top spender*, ha degli sconti pazzeschi.

«Eccomi», mi annuncio, entrando di schiena, con le chiavi in una mano, il regalo nell'altra e il pacco della pasticceria che mi penzola dai denti tra cui stringo il nastro. Abbandono tutto sul tavolo del soggiorno e faccio un sospiro. «So che hai già fatto un dolce, mamma, ma Jane adora i cupcake di Peggy Porschen e, visto che non potrà mangiarli per un anno, ho pensato fosse carino prenderglieli prima della partenza».

«No, no, hai fatto bene! Tra tuo padre e Ike il cibo non basta mai», risponde mia madre dalla cucina. «A proposito di Ike, viene stasera, vero? Non è che fa come per il suo compleanno e ci dà buca?»

«Credo di sì, a me non ha detto nulla».

«Speriamo che venga, se no chi la sente tua madre?», interviene papà, entrando in cucina.

«Devo proprio essere una povera pazza a voler festeggiare con i miei figli i loro traguardi. E poi, il compleanno non è solo la festa del nato ma anche della madre», ribatte lei risentita. «Chi ha sopportato due giorni di doglie per mettere al mondo quell'ingrato? Sono io quella che si merita torta, candeline e auguri».

«Sì, Imogen, lo dici ogni anno e per tutti e tre i compleanni dei nostri figli».

«E poi, se sta frequentando una ragazza, ci sta che abbia voluto passare la serata con lei, io non ci vedo nulla di male», lo difendo.

«Tu sai chi è?», domanda mamma allungandosi sul bancone, come se si aspettasse chissà che scoop.

Anche papà la imita. «La conosciamo? È la figlia di Duncan? Gliel'abbiamo presentata a Natale».

«Non ne ho idea, Ike non è molto espansivo sui dettagli della sua vita privata». Mio fratello, come me, è vittima del sistema clientelare dei nostri genitori, ossia da anni si ritrova a conoscere le figlie o le nipoti dei loro colleghi.

Con la differenza che io, da brava ragazza che non vuole deludere nessuno, sono finita per buttare anni della mia vita nel cesso con soggetti improbabili; Ike, invece, dà loro il benservito cinque minuti dopo la stretta di mano.

Tutte le papabili candidate promosse da mamma e papà non hanno mai nemmeno fatto in tempo a superare il primo appuntamento, perché – va detto – erano troppo casa e chiesa per Ike. I nostri genitori sono ancora convinti che una santarellina riuscirà a metterlo in riga, come se dopo trentadue anni non avessero capito come è fatto. O trova una che lo fa "correre" o si stufa dopo cinque secondi.

Me la ricordo, la figlia di Duncan, alla festa di Natale della scuola di mamma. Susan, venticinque anni, laureata di fresco in Geografia politica, aspirante diplomatica, con la passione della storia delle bandiere e del punto croce. Dopo neanche tre parole, Ike l'ha mollata a me, che mi sono dovuta sorbire un pistolotto di mezz'ora sulla sua mirabolante impresa di ricamare la bandiera della Papua Nuova Guinea sul suo portaocchiali. Non sono mai stata così felice di defilarmi dietro le quinte per aiutare gli alunni a prepararsi per la recita.

«Non credo che si tratti di Susan, così, a sentimento», dico.

«Perché?», domanda papà.

«Susan è deliziosa», afferma mamma, con convinzione, come se l'avesse già incoronata a futura nuora.

«Susan è…». Non so come finire la frase senza offendere nessuno ma per fortuna, proprio in quell'istante, entrano Jane e Ike, così il discorso cade.

La nostra è una cena intima, grazie al cielo mamma non ha chiamato a raccolta tutto il parentado e vicinato, così non devo sorbirmi le solite domande becere che mi toccano ogni volta.

Mangiamo, beviamo, ridiamo, Jane si commuove per la

borsa di Chanel, mamma si prende il merito della scelta, e io la lascio fare perché so che mia sorella sa.

«Ma, Ike, questa ragazza quando la porti a casa?», domanda papà divagando.

A Ike manca poco che vada di traverso la torta. «Eh?»

«Siamo curiosi», gli fa eco mamma. «È una che suona nell'orchestra?»

«No».

«Una tecnica teatrale!», azzarda papà.

«Neanche».

«Una compositrice!», esclama mamma. «È una compositrice?»

«Non mi focalizzerei tanto sulla professione...», divaga Ike, in evidente imbarazzo.

Io decido di entrare in suo soccorso. «Se è una ragazza che frequenta da poco, magari è un po' prematuro passare già alle conoscenze familiari, no?»

«Quante storie! Tutti i tuoi ex ragazzi, Charlie, noi li conoscevamo ancor prima di te!».

Ecco, appunto, e si è visto come è finita. «E non sarà un caso se ora sono i miei ex».

«Magari lui vuole godersi un po' di intimità per conoscere meglio questa persona...», dà manforte Jane.

«Canta!», m'interrompe papà, anche lui deciso a non darmi retta. «Opera lirica. Soprano o contralto?»

«Nessuna delle due. Non fa parte del settore artistico».

«Ah, no?», mamma sembra contrariata.

«È nelle... comunicazioni».

«Ah, una giornalista!», è la conclusione di nostro padre.

Un messaggio mi annuncia che l'auto di Royce è già fuori ad aspettarmi, così bevo un ultimo sorso d'acqua e mi alzo. «Io avrei un impegno. Mi spiace tanto ma ora devo proprio andare».

Gli occhi di mamma e papà si posano su di me allucinati. «Cosa? Ma sapevi che avevamo la cena di addio per Janey».

«Primo: non è un addio, Jane tornerà. Secondo: non potevo annullare, ma ho fatto in modo di esserci. Abbiamo finito di cenare e brindato più volte», spiego andando nell'ingresso a prendere il cappotto. «Non sarebbe comunque durata fino a notte fonda».

«E credi di prendere il treno per tornare a Londra a quest'ora?! Tu sei un'incosciente!», sbotta papà.

«Non vado in treno. Mi sono venuti a prendere», dico. «C'è un'auto che mi aspetta». Non dovevamo arrivare a questo punto della discussione, dovevo salutare, dare un bacio a Jane e uscire di scena.

«Auto di chi? Chi è venuto a prenderti?», interviene mamma.

«È un autista, mamma».

«E da quando viaggi con l'autista?»

«Da… è per un evento. Un evento del Bloom Group».

«E vuoi farci credere che il Bloom Group si disturba a mandare un'auto per te?», sbotta lei.

«Charlotte», mi chiama papà, alzandosi da tavola. «C'è qualcosa che dovremmo sapere?»

«Nooo. Cosa dovreste sapere?»

«Non è che sei finita in un brutto giro?», domanda.

Io li guardo basita. «Di che giro parlate?»

«Droga, sesso, squillo di alto bordo. L'ho sempre detto che quell'amicizia con Jerusalem Bloom non avrebbe portato nulla di buono».

«Squillo di alto bordo?!», non riesco nemmeno a credere di aver pronunciato queste parole. «È la sciocchezza più grande che io abbia mai sentito».

«Ah sì? Cosa credi? Che siamo nati ieri?», insiste mia madre. «Ci ho fatto caso, sai, a come sei cambiata. Arrivi sempre tardi, non rispondi al telefono, vai in giro vestita come una escort, tutta truccata e con borse e scarpe che, per quanto ti paghino bene al Bloom Group, dubito tu possa permetterti. E ora c'è questo viavai di gente che ti porta e ti viene a prendere e non ci dici chi è. Charlotte, la so riconoscere una ragazza nei guai, quando la vedo».

«Mamma, io non sono nei guai. Sto facendo un favore a un amico per una serata di beneficenza, tutto qui».

«Ma si può sapere che amici hai? Perché mi sembrano molto fuori dalla tua portata».

«Ma che ne sai di cosa è alla mia portata e cosa no? Ho quasi trent'anni. Cosa dovrei fare? Stare sul divano a ricamare bandiere mentre Warren mi cornifica in allegria e magari, quando ha finito di scoparsi l'altra, io gli scaldo pure la cena? Sì, ho cambiato modo di vestirmi, sì, esco un sacco, faccio cose e vedo gente, non saranno intellettuali di alta caratura accademica ma io mi diverto, almeno. Sì, arrivo tardi, sono trent'anni che sono puntuale, posso permettermelo», sbotto frustrata.

«Charlie», papà scuote la testa sconsolato. «Se sei in difficoltà, non devi aver paura a chiedere aiuto. Noi ti daremo una mano. Anche se sei... diventata... Se usi sostanze...».

«Sostanze?». Non credo alle mie orecchie. «Ok, con questo abbiamo passato il segno. Io vado, ci sentiamo quando avrete superato questa fase melodrammatica», taglio corto. «Janey, tesoro», dico affacciandomi alla porta della cucina e lanciandole un bacio, «ti voglio bene, ti auguro l'anno accademico più bello della tua vita, ci sentiamo domani prima che tu parta. Ok? Ah, Ike, voglio bene anche a te».

E senza troppe cerimonie, sbatto la porta e me ne vado, montando sulla berlina di Royce immusonita e incazzata.

Essere quella brava mi è sempre stato stretto, ma ora sta diventando soffocante e ci è mancato poco così dal gridare a piena voce: "Sì, faccio la escort", almeno per levarmi di dosso questa etichetta di brava ragazza una volta per tutte.

34

Trucchi del mestiere

Evitarci in ufficio è abbastanza facile. Dopotutto, Sebastian e io lavoriamo a piani diversi e con gente diversa, quindi se vogliamo non incontrarci non serve chissà che sforzo, benché ora io mi trovi nella fase opposta.

Stasera c'è il gala annuale di beneficenza della Bloom Foundation, all'Alexandra Palace e, per forza di cose, io e Sebastian saremo nella stessa stanza. Sì, una stanza grande, con centinaia di persone, ma insieme.

La cosa mi mette un po' d'ansia, sia perché ho una voglia atroce di rivederlo e stare con lui – io e lui e basta, s'intende – sia perché sarò con Royce.

Anche Ben si è unito a noi. Lui e Royce sono "in prova".

Ho insistito io perché Ben vedesse con i suoi occhi che sono qui solo per il bene dell'immagine di Royce, non per tenerglielo lontano, e fargli capire che la sua gelosia e il suo astio su di me sono immotivati. Inoltre, Jerry è senza accompagnatore e Ben le farà da più uno… sempre che riusciamo a trovarla in mezzo al marasma di gente.

«Mi sento un po' il terzo incomodo», brontola Ben, alla mia sinistra, mentre Royce mi scorta al braccio, alla mia destra.

«Non ti faremo sentire a disagio con manifestazioni di affetto eccessive», lo rassicuro.

«Anche perché stasera c'è la fiamma di Cha… ehm… Bea, e non vogliamo farlo arrabbiare».

«Fiamma?», domanda Ben, alzando un sopracciglio. «Non mi dire…».

«Quello di Capodanno, con cui sono rimasta chiusa in bagno».

«Il fratello di Jerry», puntualizza Royce.

«Sebastian?!», esclama Ben. «Quel monumento all'orgasmo?!».

«Shhhh», lo zittisco. «Non urlare, santo cielo».

«Io sapevo che doveva sposarsi». Rieccolo, Ben, il divoratore di gossip. «Con lei», dice, indicando l'algida Vanessa, tra la folla.

«Non più», taglio corto.

«Lui si è accorto che gli piace Bea e ha cancellato il matrimonio», aggiunge Royce.

«Chiedo scusa?! Mi state dicendo che Sebastian ha piantato Vanessa Vauxhall per Bea?», esclama Ben, scioccato. «Tesoro, cosa gli hai fatto? Devi dirmelo, se conosci qualche sortilegio sessuale non tenertelo per te».

«Si chiama intesa, Ben. Sai, quando due persone stanno bene insieme?»

«Intesa», ride Royce, «la signorina, qui, arriva dritta da quarantott'ore di sesso ininterrotto a Parigi, questo weekend. Jerry diventerà presto zia, te lo dico io».

«Quarantott'ore di sesso con Sebastian?». Ben sembra molto catturato dall'argomento. «Mi stupisco che tu riesca ancora a camminare sulle tue gambe».

«Ho avuto tre giorni per riprendermi. Ora, Ben, basta interessarti alla mia vita privata. Royce, smettila di diffondere dettagli non richiesti. Possibile che io debba portarmi i tuoi segreti nella tomba e tu, invece, fai da megafono a ogni cosa che ti dico?»

«Dammi un milione di sterline, e ti aiuterò anche a occultare un cadavere».

Ci uniamo ai partecipanti del gala, fitto di fotografi che scattano al nostro passaggio, Royce distribuisce generosi sorrisi stringendomi per la vita e Ben si tiene a qualche passo da noi con una discrezione di cui non lo credevo capace.

Appena ci vede, Jerry ci raggiunge, abbracciandoci uno per uno. «Che bello vedere un po' di facce amiche», ci saluta. «Sono tutti così rigidi a queste feste».

«È un gala di beneficenza, non uno schiuma party a Ibiza», le faccio presente.

«Ci credi che alla casa di riposo dove faccio volontariato c'è più vita? Più spirito, più brio!».

«Be', se il tuo progetto va in porto, il gala dell'anno prossimo si farà alla casa di riposo della Bloom Foundation», la incoraggio.

«Impossibile», decreta inacidita. «Ho presentato il mio progetto alla direzione della Bloom Foundation e mi hanno bocciato la proposta».

«Perché?». Io la guardo sconvolta. «Era una bella idea, altruista, d'impegno sociale».

«Hanno detto che il budget dell'anno prossimo è già stato ipotecato e quello di quest'anno è esaurito. In più, la casa di riposo non porta la visibilità che danno l'arte e gli eventi culturali».

«Budget? Non sapevo che il Bloom Group dovesse fare i conti con dei budget».

«Neanche io», brontola Jerry stizzita.

«In questo caso, tira fuori i bilanci, guarda i conti», le dico. «Se loro non vogliono darti i soldi, trovali tu».

«Io?!», domanda lei scettica.

«Ti chiami Bloom o sbaglio?», la sprono. «E non sei una che si arrende di fronte a un no».

«A proposito di gente che non si arrende, Vanessa non la smette di gravitare intorno a Sebastian», dice Jerry a denti stretti.

«Perché lui non la calcola», ribatte Royce.

«A Vanessa non piace essere ignorata e in questo momento sta facendo due cose», spiega la mia amica fissandola. «Uno: vuole ancora far credere che loro stiano insieme. Figuratevi che l'ho sentita dire che non porta l'anello di fidanzamento perché lo ha mandato a stringere, visto che nei preparativi del matrimonio ha perso tre chili e ora le va largo».

«E la seconda?», chiedo scettica.

«Attirare la sua attenzione che, evidentemente, è rivolta a qualcun'altra», commenta Ben, notando l'incrocio di sguardi tra me e Sebastian. «Cameriere, può portarci del bromuro on the rocks?! Bello forte. Mi sono eccitato anche io».

A me arriva un messaggio e quando lo apro, Royce, Jerry e Ben si fiondano sul mio schermo per leggerlo.

«Scusate?!», dico, stringendo il telefono al petto. «In che modo i messaggi tra me e Sebastian vi riguardano?»

«È mio fratello!», risponde Jerry.

«Fino a prova contraria sei la mia ragazza», si aggiunge Royce.

«E la tua scusa qual è?», chiedo a Ben.

«Io sono gay. I messaggi porno sono il mio ossigeno».

Sbuffo e arretro di due passi, a distanza di sicurezza dai loro occhi indiscreti per leggere cosa mi ha scritto Sebastian.

"Bel vestito".

"Ti piace?", gli chiedo.

"Mi piacerebbe togliertelo". Rileggo la sua risposta con il labbro stretto tra i denti, nel tentativo di sopprimere un brivido che mi corre giù per la schiena.

"Qui, davanti a tutti?"

"No, dove posso vederti solo io".

Alzo lo sguardo dal telefono e incrocio quello di Sebastian, ancora fisso su di me. Io gli sorrido, lui mi fa l'occhiolino, prima di riprendere a stringere mani.

«Dio mio, voi etero, quanto ci girate intorno prima di decidere se farvi una sveltina», brontola Ben.

«Shhh», protesta Jerry. «Sono immagini mentali di cui non ho bisogno».

«E poi è fuori discussione», dico io. «Sono con Royce, anzi, visto che siamo in tema sveltine, credo sia arrivato il momento per la messinscena progettata da Ken e Tanya. Che poi, è anche il motivo per cui tu, Ben, ti trovi qui».

Il piano è semplice: io vado in bagno, Royce mi raggiunge, ci chiudiamo in un cubicolo a simulare un amplesso fugace e repentino, dopo il quale lui uscirà seguito poco dopo da me, il tutto registrato da Ben che, attraverso Telegram, farà avere il video a tutti i siti di pettegolezzi del Paese.

Come da copione, mi chiudo in uno dei bagni e quando Royce entra, iniziamo a mugolare e ansimare al ritmo di lui che dà colpi di schiena alla porta. Il tutto mentre lui è impegnato a giocare a *Candy Crush* e io, seduta sul coperchio del water, a controllare le e-mail.

«Cosa dici? Bastano cinque minuti?», gli chiedo sottovoce.

«Secondo me sì».

«Ok, usciamo», dico alzandomi dal water.

«No», mi ferma Royce. «Effetti di scena, prima».

Mi toglie il rossetto dal labbro con il pollice e se lo passa sul collo, si allenta la cravatta, e si abbassa la zip dei pantaloni. «Ora tu». Scioglie una ciocca dalla mia acconciatura tirata, che scende sulla mia fronte e fa cadere la spallina del mio vestito. «Questa la rialzi mentre esci dal bagno».

«Vedo che hai imparato tutti i trucchi del mestiere».

«Ogni risorsa può tornare utile. Ora esco io, tu vieni fuori tra due minuti».

Attendo paziente il mio turno e, come concordato, lascio la toilette rassettando la mia aria scomposta e colpevole, il tutto a favore di Ben, che riprende con il cellulare, abbastanza lontano da sembrare un osservatore discreto, ma abbastanza vicino perché la ripresa non lasci alcun dubbio su chi siamo e cosa abbiamo fatto.

E proprio mentre riaggiusto la spallina e rimetto la ciocca dietro l'orecchio, incrocio lo sguardo di Sebastian, a pochi metri da me, fosco e duro, che mi fissa con la mandibola serrata.

Resto con la bocca semiaperta come a dire: "Non è come pensi", ma lui scuote la testa e si allontana.

«Cos'è quel muso, ora?», mi chiede Royce.

«Sebastian ci ha visti e la cosa non gli è piaciuta».

«Meglio. Gli uomini vogliono le cose degli altri, se fossi stata un acchiappo facile, non si sarebbe nemmeno disturbato a lasciare Vanessa. Ora io sono la tua arma più efficace, più gli sfuggi ora, più ti vorrà. Se fossi sempre lì per lui, gli verresti a noia e quella stronza se lo riprenderebbe nel giro di due settimane».

«Dici?»

«Funziona così anche tra gay, fidati», mi tranquillizza lui prendendo un calice di vino. «Guarda, anche Vanessa sta provando a farlo ingelosire, ma con scarsissimo successo».

«E con chi?», domando curiosa.

«Laggiù accanto al buffet. Quel tizio con l'aria del derelitto».

«Ah, no. Quello è Russel. Staranno parlando di quanto mi odiano. Non ho dubbi che passino il loro tempo a parlarmi alle spalle».

«Chi ti parla alle spalle è perché ti sta dietro». Royce tintinna il suo bicchiere con il mio in un brindisi. «Tra due settimane sarai libera e potrai goderti le attenzioni di Sebastian notte e giorno. Adesso divertiti a farlo correre».

35

Questioni di cancelleria

Non so cosa intenda Royce con "divertiti", ma ritrovarmi Sebastian incazzato nero nel mio ufficio non è il genere di divertimento che piace a me.

«Ti rubo solo un secondo», dice, entrando senza bussare.

«Sebastian, riguardo a ieri sera…».

«Ah, vedo che non devo farti nessun riassunto, sai già cosa voglio dirti», m'interrompe appoggiandosi alla porta a braccia conserte. «So che stai con Royce e so che non lo lascerai ma, quantomeno, gradirei che non deste sfoggio plateale delle vostre scopate in faccia a me. Eravate in foia al punto di non poter aspettare che il gala fosse finito?».

Mi alzo in piedi, per affrontarlo. «Sebastian, lascia che ti spieghi».

«Cosa vuoi spiegarmi? Lui che esce dal bagno chiudendosi la patta o tu che ti aggiusti il rossetto? Due cose potete aver fatto in quel bagno e non voglio i particolari né di una né dall'altra».

«Non abbiamo fatto niente, in bagno. Niente».

Lui scoppia in una risata nervosa. «Se proprio vuoi raccontarmi una balla, almeno mettici un po' d'impegno, così, giusto per farmi capire che valgo lo sforzo di pensare a una cazzata decente».

«Davvero, Sebastian. Lo so che quello che hai visto era fraintendibile, ma…».

«Non è quello che ho visto io, lo ha visto mezzo mondo. C'è il vostro video che uscite una dopo l'altro, dallo stesso bagno, che gira per tutto il web».

«Sì, ma non abbiamo fatto niente di sessuale».

«Allora cosa vuoi farmi credere? Che lo hai aiutato a pisciare? Cos'è, Royce non è autosufficiente e tu sei la sua badante?»

«O mi credi o non mi credi. Non ho motivo di dirti una balla», taglio corto. «Non c'è stato nessun torrido *rendez-vous*. Fine».

«Secondo te, sono nato ieri?»

«No, ecco perché ti sto dicendo la verità».

Sebastian si mangia lo spazio che ci divide in due falcate, affrontandomi faccia a faccia, con una durezza che mi fa arretrare fino al bordo della scrivania. «E allora perché non me la dici *tutta*, la verità? Perché stai con lui se ti piaccio io? Perché non lo lasci?»

«Non posso, non è così semplice».

«Ti ricatta?»

«Cosa?»

«Ti ricatta in qualche modo? Per questo sei costretta a stare con lui? Perché se è questo il problema, si risolve in un attimo».

«No, non mi ricatta».

«Allora è un possessivo patologico? È uno di quelli che non si fanno lasciare e che ti renderebbero la vita un inferno?»

«È una questione tra me e lui, Sebastian». Dio, la risposta è così semplice, che quasi mi esce dalle labbra da sola.

«No, Bea. Ora ci sono in mezzo anche io, e voglio sapere perché la donna che voglio e che, a quanto dice, vuole me, continua a stare con un altro».

«Sono questioni personali», ribatto. «Se non ricordo male

avevi detto che avresti rispettato la mia scelta e i miei tempi, e non mi avresti fatto domande, o sbaglio?»

«Non sbagli».

«E allora, questo interrogatorio che mi stai facendo che coerenza ha?»

«Non mettermi alla prova», ringhia infastidito.

«Altrimenti?»

«Sono geloso, va bene?». Sebastian serra la mandibola, sbuffando irritato. Nonostante lo scontro, mi porta le mani sui fianchi, attirandomi a sé. «Divento matto al pensiero delle sue mani su di te», china il suo volto sul mio a sfiorarmi le labbra, «la sua bocca che ti bacia», mi solleva con forza sulla scrivania, appoggiandosi nello spazio che gli lasciano le mie gambe, con tutta la cancelleria che finisce spazzata a terra. «Dimmi che è *solo* me che vuoi».

«È solo te che voglio», mormoro già in affanno, sotto l'assalto dei suoi baci famelici che mi divorano il collo.

«Quando vi ho visti sparire, non ho fatto altro che pensare che dovevo esserci io, con te, in quel bagno».

«Per fare cosa?», gli chiedo con arroganza.

«Questo». Insinua la mano sotto la mia gonna a tubino fino al bordo dei miei slip, che aggancia e sfila gettandoli a terra.

Raccolgo la sua sfida e strattono la sua cintura, sfilandogliela dalla fibbia per calargli i pantaloni mentre lui mi libera della camicia e prende possesso del mio seno.

Premo il bacino contro il suo, cercandolo, avida di quel piacere del contatto che non ho da giorni.

La nostra prima, intima carezza mi torce il basso ventre con una fitta dettata dal desiderio.

«Quanto mi sei mancata», mormora mentre affonda in me con una prima poderosa spinta.

«Anche tu mi sei mancato». Mi stringo a lui, che impone il ritmo del piacere, con rabbia, al punto da togliermi il respiro e perdere la testa.

Il sesso brutale, quello da arrabbiati, non lo avevo mai fatto, ma se è così che finiscono le discussioni, si dovrebbe litigare più spesso, perché, Dio, quanto è liberatorio!

È come se i nostri corpi fossero posseduti da un istinto primitivo, selvaggio, dove non ci risparmiamo morsi, graffi, prese serrate, con lui che mi tira la coda all'indietro per costringermi a guardarlo, e io che gli pianto le unghie nella schiena.

Sebastian mi afferra per la coscia, guidando la mia gamba intorno ai suoi fianchi, mentre mi preme giù, sul piano della scrivania.

L'orgasmo arriva violento, e siamo costretti a soffocarlo in un bacio feroce, con il mio "aaah" che muore nella sua bocca.

Resto appesa al suo collo, priva di qualsiasi forza, scossa dal mio respiro ansimante.

«Vederti con un altro mi uccide», sussurra al mio orecchio.

«E dover fare finta di niente uccide me».

«Royce è un bastardo fortunato. Solo a pensarti con lui mi va il sangue al cervello».

«Puoi venire nel mio ufficio a litigare ogni volta che vuoi, ma la prossima volta ricordati di chiudere la porta a chiave».

«Io la voglio stasera, la prossima volta».

«Vedo Jerry, poi volevo lavorare al progetto di Sharesby Hall».

«Troverò il modo di farti passare il tempo con me, dovessi rapirti di nuovo».

«Non vedo l'ora».

Sebastian si richiude i pantaloni mentre io riallaccio la camicia, poi mi bacia e se ne va. «Architetto Beaufort, le sue idee sono brillanti come sempre. Mi ha convinto anche stavolta», esclama a gran voce uscendo nel corridoio.

In franchezza non so come facciano quelli che hanno un amante! Ora anche la mia doppia vita ha una doppia vita: Charlotte si finge Bea, Bea sta con Royce ma ha una relazione segreta con Sebastian. Oddio, inizio a dubitare sul serio della mia salute mentale.

Mi daranno un TSO prima della fine di questa storia.

Quanto vorrei poter spiegare a Sebastian tutto dall'inizio e liberarmi di questo macigno di segreti e bugie che mi pesa sullo stomaco.

Sebastian mi piace a livelli che non credevo raggiungibili. Pensavo che, una volta sparate tutte le cartucce degli amori adolescenziali, quelli che ti prendono alle viscere e disconnettono il cervello, la maturità ormai mi avesse fatto raggiungere una consapevolezza tale da affrontare le relazioni in modo ordinato e pragmatico, di quelle che partono dalle solide basi di un caffè, seguito da ristorante, cinema e, se ci si piace, ci si azzarda a passare la notte a casa di uno o dell'altro, il tutto senza perdere la testa e aver valutato tutti i pro e i contro del caso.

Con Sebastian no, tutto il mio ben rodato raziocinio è andato a farsi benedire e l'unica cosa a cui voglio rispondere è la voglia atavica di stare con lui. E non come Bea Beaufort, ma come Charlotte Taylor.

Passo il resto della giornata a crogiolarmi al pensiero di noi due, finché alle quattro del pomeriggio non mi arriva una chiamata di Jane da Zurigo.

«Janey! Allora, come va? È bello il campus?»

«Charlie, sono davanti a casa tua».

«Come, davanti a casa mia?», domando spiazzata. «Sei già tornata? Dopo un giorno?»

«Non sono mai partita».

Alla sua risposta quasi mi cade il telefono. «Non sei mai partita?»

«No. È successa una cosa. Ho un problema e ho davvero bisogno di te».

«Adesso arrivo, dammi mezz'ora», rispondo terrorizzata che si sia ficcata in qualche guaio. Prendo giacca e borsa al volo, digito un messaggio sul gruppo Skype dei J Hotel per spostare la riunione di stasera a domani e mi precipito fuori senza neanche aspettare la risposta di Russel, con l'etichetta "sta scrivendo..." accanto alla sua icona.

In corridoio, quasi travolgo Jerry che stava venendo da me. «Dove vai così di corsa?»

«A casa. C'è mia sorella che mi aspetta, ha un problema e ha bisogno di me. Scusa ma dobbiamo rimandare».

36

Ricatti e bugie (non mie)

Quando arrivo a casa, c'è mia sorella Jane seduta sullo zerbino.

«Da quanto tempo sei qui?», le domando.

«Boh, da stamattina», risponde mogia, stringendosi nelle spalle. «Non sapevo dove andare».

«Adesso mi devi raccontare un po' di cose», la avverto. «Alzati. Mi hai fatto prendere uno spavento incredibile. Almeno sei tutta intera».

Appena entriamo nell'appartamento, scalcio le scarpe, mentre mia sorella si appollaia sullo sgabello. «Grazie per essere venuta».

«E cosa avrei dovuto fare? Sbatterti il telefono in faccia? Avanti, dimmi cosa è successo e perché ora non sei in Svizzera».

Lei esita, mangiandosi le unghie. «Mi prometti che non mi giudicherai?»

«Dimmi quand'è che ti ho giudicata, Janey?»

«Mai», risponde lei.

«E non inizierò ora».

«Hai qualcosa da bere? Acqua? Caffè?… Whisky?»

«Io credo che sia meglio un tè», dico. Metto su il bollitore e preparo due tazze. «Ora non tenermi sulle spine. Uh, a proposito: mamma e papà sanno che sei anc…?»

«No», risponde secca, anticipandomi. «E non devono saperlo».
«Iniziamo bene».
«Hai presente quella storia della chat line per adulti?»
«E chi se la scorda?», commento.
«Ecco, un mio professore lo ha scoperto...».
«Ferma tutto», esclamo in concomitanza con il fischio del bollitore. «Come ha fatto a scoprirlo?»
«Ha chiamato».
«Embè? Mica è vietato?», dico versando l'acqua nelle tazze. «L'agenzia della chat ti paga le tasse e ti versa pure i contributi. Chi sarebbe questo prof?»
«Phil Miller, ordinario della cattedra di Genetica dei microrganismi», specifica lei. «È successo che... Dio, non ci credo che sto per dirlo ad alta voce».
«Cosa?», sbotto. «Devo dire che sei un'autentica maestra della suspense! Chi sei? Hitchcock?»
«Lui mi ha fatto delle avances».
«Ok, forse era meglio il whisky». Che schifo, ho i conati. Non ho mai sindacato sul fatto che gli uomini fossero disposti a pagare un tanto al minuto per sentire Jane dire che indossava guêpière e perizoma quando, in realtà, se ne stava in pigiama e calze antiscivolo sotto le coperte, perché tanto erano fantasie e non era una situazione di rischio, ma questo... «Ti prego, dimmi che non hai ceduto».
«Ma ti pare?!».
«Non lo so, non mi sento di dare nulla per scontato quando si tratta di te».
«Hai detto che non avresti giudicato», mi rimprovera.
«Infatti non ti giudico, ma sto cercando di capire la gravità della situazione e tu, che parli con il contagocce, mi stai frantumando i nervi».
«Miller ha cominciato a dire che il consiglio accademico non avrebbe approvato il mio "hobby piccante" e che sareb-

be stato il nostro piccolo segreto se, in cambio, fossi andata a letto con lui».

«Sono allucinata», dico. «Non credo alle mie orecchie. Queste sono molestie».

«Quando lui ha cominciato a bocciare le mie ricerche ho capito che mi avrebbe ostacolato finché non avessi ceduto alle sue avances. Così ho accettato di incontrarlo in un hotel».

«Molestatore e coercitore», mugugno.

Jane sospira, cercando le parole. «Un attimo prima di entrare nella stanza in cui mi stava aspettando, mi sono tirata indietro e gli ho detto che non se ne faceva niente. Lavorare in una chat erotica non fa di me una puttana».

«Infatti non lo sei».

«Non è quello che crede lui, e neanche il consiglio. Gli studenti selezionati alla specializzazione a Zurigo devono essere accademicamente e moralmente esemplari, la crema dell'ateneo, disciplinati e virtuosi. Io non lo sono più».

«Cosa?! Sei la migliore del tuo corso», recrimino. «Bisogna parlare con il rettore».

«Sei pazza? E fare uscire fuori tutta questa storia?! Hai idea di cosa direbbero mamma e papà?», protesta disperata. «Ricordati che loro sono ancora convinti che tu sia una escort di lusso».

«Lo so, ma non puoi accettare di aver perso così».

«Charlie, se sono qui da te è perché le ho pensate tutte ma non ho trovato una soluzione. Ho bisogno di un posto dove stare per i prossimi nove mesi, non posso tornare da mamma e papà. Pensa che ieri mi hanno accompagnato addirittura in aeroporto fino ai controlli di sicurezza. Li ho salutati e mi sono infilata in bagno finché non sono andati via. Stanotte ho dormito in un ostello fuori Gatwick ma non posso restarci così a lungo. Sai quanto ci tengono a questo prestigioso anno a Zurigo. Mancavano solo i manifesti affissi per tutta Sunbury».

«Lo so», annuisco. Mamma e papà sarebbero sconvolti. Sarebbero disposti a perdonarle la chat line, ma non l'aver perso l'anno di specializzazione. «Ma come posso aiutarti io?»

«Potrei stare qui da te».

«Janey, lo hai visto questo posto? Sono venti metri quadri scarsi!». Volendo, due persone molto minimaliste e ordinate potrebbero anche condividerlo, ma Jane non rientra in nessuna delle categorie.

«Non ti darò fastidio».

«Ike!», dico. «Potresti stare da Ike, il suo appartamento è più grande».

«Cosa?», protesta Jane. «Sei matta? Ike vive con un coinquilino mezzo fattone, non puliscono e fermentano birra nella vasca da bagno. Sembra lo squat di *Trainspotting*».

«Sì, in effetti, Ike è un po' incasinato, ma almeno c'è spazio, ci sono le porte», le dico.

«Dovrò raccontargli tutto», sbuffa Jane.

«O Ike o mamma e papà. Io ti terrei qui, Janey, ma lo vedi anche tu che c'è appena spazio per respirare. Un fine settimana è un conto, nove mesi no».

«Hai ragione, Charlie, scusa».

«Ora lo chiamo e gli dico che stiamo andando da lui. Ormai avrà finito le prove da un pezzo», dico con fare pratico. «Gli raccontiamo tutto, ti sistemi, ci prendiamo una pizza e pensiamo al da farsi».

«E mamma e papà non dovranno saperlo», aggiunge lei.

«Phil Miller è un porco, non dovrebbe nemmeno insegnare. Io penso che bisognerebbe fare uscire questa storia».

«Io invece voglio lasciarmela alle spalle e basta. A essere sincera non ho la forza di farmi tirare della merda addosso, e perdere la faccia. Lo sai che è così: molti si schiereranno dalla parte di Phil e io mi ritroverò con la vita rovinata. Sarò per sempre la studentessa un po' troia che ha accusato un professore innocente solo perché non ha ottenuto quello che voleva».

«Chi dice che sei troia deve provare a farlo davanti a me, mangerà tutta la vita con una cazzo di cannuccia», minaccio. «E se Phil Miller facesse la stessa cosa con altre studentesse?», domando mentre usciamo dirette alla metro. «Un uomo in una posizione di potere, in pratica intoccabile, potrebbe approfittarsene ancora e qualche ragazza, senza il tuo carattere, potrebbe anche avere paura di lui e cedere alle sue profferte sessuali. Va fermato».

«Lo so», annuisce mia sorella. «Ma io voglio solo andare avanti e dimenticarmi di questo schifo il prima possibile».

Saliamo sul treno e sedute una accanto all'altra la abbraccio. «Insieme la risolveremo».

«Scusa se ti incasino la vita», mormora sconsolata.

«Tranquilla, per quello ci riesco benissimo da sola».

L'appartamento di Ike è a nord, a Camden, una zona molto vitale, alternativa, dove abitano un sacco di artisti.

E a proposito di artisti alternativi, è proprio il suo coinquilino ad aprirci.

«Ciao, Luke», lo saluto. «C'è Ike?», gli chiedo.

Luke, con lo sguardo assonnato, perso nel vuoto, mi guarda confusa. «Chi lo cerca?»

«Charlotte e Jane».

«Ah, ehm…». Luke prende un post-it spiegazzato e lo legge con voce strascicata. «Ike non è in casa, è uscito per delle droghe extra».

Prendo il post-it e lo rileggo meglio. «C'è scritto *prove* non *droghe*, Luke».

«Sì, è che io al lunedì mattina non sono proprio reattivo».

«È giovedì», gli faccio notare. «E sono le sei»

«Ahhh… chi siete?».

Ancora?! Gliel'ho detto un minuto fa. «Charlotte e Jane, santo Dio. Le sorelle».

«Sorelle? Ah, mica avevo capito che eravate delle suore, senza il vestito».

Non ce la faremo mai. «Non due sorelle, *sue* sorelle, di Ike. Stessa madre, stesso padre».

«Ahhh! E potevi dirlo subito. Allora entrate», dice facendoci accomodare nel salotto dove, sul divano, è accatastata una pila di mutande. Se pulite o sporche non è dato saperlo ma propendo per la seconda ipotesi. «Sedetevi».

«Stiamo bene in piedi, grazie».

«Ike arriva subito», dice lui.

«Vai a chiamarlo?»

«No… è… impegnato».

E a giudicare dal rumore ritmico che proviene dalla zona notte, intuisco di che impegno si tratta. «Fammi indovinare: Ike non sta facendo prove extra».

«Naaa. Quel bigliettino mi serve quando vengono a cercarlo tipe che ha bidonato».

Certo, perché se arrivano mentre lui è di là a fare le sue "prove extra", come minimo lo linciano. «Capito».

Visto che Luke non ha intenzione di andare a disturbarlo e potrebbe essere una cosa che va per le lunghe, nel caso decidessero di fare un secondo round, gli mando un messaggio, fiduciosa che nel tempo refrattario guardi il cellulare.

"Stasera non sono a casa", risponde alla mia richiesta di vederci, ignaro del fatto che io sia già qui.

Non c'è male: tra me, Jane e lui siamo proprio una bella famiglia di bugiardi.

Decido di aspettare altri dieci minuti, con mia sorella appoggiata al muro e Luke che le fissa le scarpe.

«Sei fidanzata?», le chiede lui.

«No», risponde lei distratta.

«Che numero di scarpe porti?»

«Trentotto».

«Ti dai lo smalto?».

Ora Jane si volta a guardarlo stranita. «Eh?»

«Ok», dico prendendola per mano. «Noi leviamo il disturbo».

«Ma no, restate», insiste lui.

«Abbiamo delle cose da fare», taglio corto. No, staremo anche strette ma mia sorella in casa con un maniaco non ce la lascio. Mentre imbocco la porta, il mio sguardo cade su una borsa appoggiata per terra.

È una Céline tricolor limited edition, di quelle che non si vedono in giro spesso. Nella fattispecie, ne ho vista una proprio nel guardaroba di Jerry.

Mi blocco e riprendo a scrutare l'appartamento con lo sguardo indagatore di un detective della Scientifica.

Poco più in là, buttate nel corridoio, due décolleté Ferragamo identiche a quelle che indossava oggi Jerry.

«Luke», dico. «La ragazza che è di là con Ike, per caso, è alta, con lunghi capelli neri?»

«Alta, capelli neri. Sì».

«È la prima volta che viene qui?»

«No, è già un po' che la vedo».

«Allora la conosci?», insisto.

Lui si gratta la testa dubbioso. «Me l'ha presentata una volta... si chiama Jessy, no, Jenny... no... Je-qualcosa».

«Jerry?», suggerisco.

«Jerry! Sì».

Jerry e mio fratello. Mio fratello e Jerry. Non ci posso credere! E nessuno dei due mi ha detto nulla! «Grazie, Luke. Ci vediamo».

Lo saluto tirandomi dietro la porta, con Jane già giù per le scale.

«Ehi», ci chiama lui, piombando sul pianerottolo. «Non restate neanche per un drink?»

«No», urlo.

«Jane? Mi lasci almeno i tuoi calzini?».

37

Sorelle

«Buongiorno», saluto Jerry appena entra nel suo ufficio.

Lei indietreggia con un balzo. «Charlie! Mi farai venire un infarto».

Mi ciondolo sulla sua poltrona girevole, fissandola con un sorriso mefistofelico. «Come va?»

«Appena le mie pulsazioni saranno tornate normali starò bene». Si toglie la giacca e sospira. «Come mai sei qui? Devi parlarmi di Royce? Di Sebastian?»

«No», rispondo serena. Prendo una matita e inizio a scarabocchiare su un notes. «La tua serata, ieri, è andata bene? Divertita al volontariato?»

«Molto. Ieri abbiamo fatto gli origami».

«E li hai fatti anche con mio fratello, gli origami?», sparo.

Jerry sbatte le palpebre confusa. «Tuo fratello?»

«Sì, Ike. Capelli castani, occhi scuri, barba sfatta. Abita in un trilocale a Camden».

Jerry mi volta le spalle e chinata sul divanetto finge di cercare qualcosa nella sua borsa. «Non capisco che vuoi dire».

«Voglio dire che, a meno che non esista un'altra Jerry, alta e mora, con una Céline limited edition e delle Ferragamo color ciliegia sospetto che tu, ieri sera, fossi con mio fratello. Nello specifico, nel suo letto».

«Ci hai…?». Jerry si volta di scatto, gli occhi sbarrati, incapace di finire la frase.

«Sentiti? Sì. Sono arrivata a casa di Ike proprio nel bel mezzo del vostro *rendez-vous*. All'inizio non ci ho fatto caso ma quando ho visto la borsa e le scarpe ho unito i puntini. E Luke era stranamente in possesso delle sue facoltà mentali da confermarmi che si trattava di te».

Non ho il privilegio di vedere Jerry arrossire spesso, ma ora la sfumatura del suo viso oscilla tra il rosso pompeiano e il porpora cardinalizio. Rimane lì, con la bocca semiaperta, senza proferire suono.

«Prima di arrivare al come e al quando, almeno ora so come mai hai cambiato idea in modo così repentino, passando dal: "Giù le mani da Sebastian, ti prego non metterti con mio fratello" a: "Ti vorrei come cognata". Adesso ho la certezza che non è stato in seguito a un profondo esame di autocoscienza».

«Hai ragione. Non volevo vederti con mio fratello, poi, quando mi sono trovata nella tua identica posizione, ho pensato che non potevo pretendere di frequentare Ike, impedendo a te di stare con Sebastian».

«Sei un'opportunista, Jerry. Ti voglio bene, ma sei un'opportunista».

«Mi odi, vero?»

«Ma no che non ti odio, perdio!», ribatto ficcando la matita nel portapenne. «Però devi dirmi come vi siete incontrati perché a te non ho mai nascosto nulla, invece *tu* mi hai tagliata fuori rifilandomi un pacco di cazzate».

Jerry si sdraia sul divanetto, come se fosse dallo psicologo. «È stata la prima sera che ho iniziato a fare volontariato alla casa di riposo. In programma c'era l'intrattenimento musicale mutuato dalla Filarmonica di Londra e Ike suonava».

«Allora, l'uomo speciale di cui parlavi non era Harvey, il ballerino di fox-trot con il catetere».

«È stato un colpo di fulmine nel momento esatto in cui Ike è entrato nella stanza», racconta con voce trasognata. «Lui ha questo aspetto così stropicciato, così ruvido, ma quando mette le mani sul piano diventa Dio».

«Esagerata».

«Tu non lo vedi con i miei occhi».

«E per fortuna, aggiungerei».

«Ci siamo fissati tutta la sera. Una volta messi a letto i vecchietti, ci siamo presentati, abbiamo iniziato a parlare e... non mi sono mai sentita così in sintonia con nessuno. Quando ho scoperto che era tuo fratello mi sono trovata spalle al muro. Lui mi piace tanto, ha una mente brillante, un'ironia affilata e delle mani... Ha le mani più belle che io abbia mai visto. Sentirmele addosso mi fa quasi perdere i sensi».

«Ferma, ferma, ferma», la blocco. «Non voglio sapere cosa fa su di te con le sue mani».

«Mettiamola così: mi fa stare mooolto bene. Con quelle dita lunghe, affusolate, agili, che sanno sempre che tasto premere».

«Ahhhh», mi porto le mani sulle orecchie. «Pietà».

«Credo di essere innamorata, Charlie. Non mi sono mai sentita così in vita mia».

«Jerry, non voglio fare la guastafeste, ma Ike non è proprio l'uomo più affidabile del mondo. È un po'... scostante». Eufemismo d'obbligo, ma se non avessimo un legame di sangue direi che è un bastardo di razza. Contraddizione in termini ma lo descrive piuttosto bene.

«A differenza di tutti i ragazzi con cui sono stata, lui ha visto Jerry, la ragazza, e non Jerusalem Bloom, l'ereditiera. Gli sono piaciuta in tuta e scarpe da ginnastica senza che nemmeno sapesse il mio nome».

«Se penso che sono stata io a spingerti a lasciare la vita

mondana per cambiare ambiente sociale, mi taglierei la lingua».

«Ma cosa dici?! Anzi! Il tuo consiglio ha migliorato la mia vita al punto che quasi non mi riconosco più: prima perdevo le staffe per delle stupidaggini e sprecavo il mio tempo, adesso ho così tanti progetti che fatico anche solo a concepire tutte le giornate buttate al vento di una volta. E Ike mi dà una carica che neanche un silos di caffè. Grazie a te ora sono una versione di me stessa che mi piace».

Io mi massaggio le tempie, cercando di contenere l'emicrania che sta per esplodermi. «Prego», mugugno.

«E poi, se tu ti metti con Sebastian e io con tuo fratello, saremo sorelle in tutti i sensi!», esclama gioiosa. «Non sei contenta?»

«Sì, Jerry, ma tu e Ike non siete in una situazione spinosa quanto me e Sebastian. Lui ancora non sa nemmeno chi sono».

«Sono certa, nel mio sconfinato ottimismo che, quando la storia con Royce sarà chiusa e tu gli spiegherai tutto, le cose andranno nel migliore dei modi».

«Se lo dici tu...». L'occhio mi cade sull'orologio ricordandomi che tra poco ho la riunione per passare al progetto esecutivo dei J Hotel che avevo annullato ieri. «Devo andare, ci sentiamo più tardi».

Ci accordiamo per pranzare insieme al volo, dopodiché la saluto e mi dirigo in sala riunioni, non prima di fermarmi a prendere un po' d'acqua dal dispenser nell'angolo ristoro.

Mentre riempio il bicchiere, un paio di mani forti mi cingono la vita da dietro e due labbra roventi mi posano un bacio sul collo. «Il tuo profumo mi fa impazzire», mormora Sebastian al mio orecchio.

«Sebastian», dico voltando il viso per cercare il suo.

«Ero di passaggio ma, quando ti ho vista in corridoio, non ho resistito e ho pensato di venire a salutarti».

«Le saluti tutte così, le donne?», gli chiedo spostando la sua mano che ha allungato sul mio sedere.

«Di recente, solo una». Mi fa voltare verso di lui, per stringermi a sé.

«Mi sa che la conosco». Abbandono il mio bicchiere sotto il boccione, per concedermi dieci roventi secondi di Sebastian.

«Il corridoio è pieno di telecamere», sussurra sulle mie labbra. «E potrebbe arrivare qualcuno», obietta quando gli artiglio la cravatta, strusciandomi contro di lui.

«Lo so».

«Sono stufo di vederti così. Stasera io e te ce ne andiamo e non accetto un no».

«Dove?»

«In un posto in cui nessuno può disturbarci. Ti aspetto giù, nel parcheggio interrato, alle sei».

38

Una notte alla Casa Bianca

Neanche fossi in un film di spionaggio, alle sei meno cinque, chiusi tutti i miei impegni a tempo di record, prendo le mie cose per raggiungere Sebastian.

Ho scritto un messaggio di SOS a mia sorella, che mi ha portato una borsa con un cambio durante la pausa pranzo.

Mi guardo intorno con circospezione, e imbocco le scale perché sono sicura di non incontrare nessuno.

Individuo l'auto di Sebastian e la raggiungo dopo essermi assicurata il via libera.

«Pronta per pa… ma perché ti sei messa gli occhiali da sole?», mi domanda lui, confuso. «È buio e siamo in un interrato».

«Per non farmi riconoscere, no?».

Lui scuote la testa con un sorriso dei suoi, che fanno perdere un battito e mi dà un bacio leggero. «Andiamo».

«Sì, ti prego».

«Per i prossimi due giorni sei solo mia».

«Uno e mezzo. Domenica pomeriggio devo tornare a Londra», dico.

«Vorrà dire che faremo in trentasei ore quello che volevo fare in quarantotto», ribatte mettendo in moto. «Spero tu prenda degli integratori».

«Spero che *tu* prenda degli integratori. Ogni promessa è debito, Sebastian».

L'auto scivola via dal traffico serale verso ovest dove imbocchiamo la M4 e quando, quarantacinque minuti più tardi, attraversiamo la Wraysbury Reservoir a me viene un colpo. Qui c'è lo svincolo per andare a casa mia a Sunbury.

«Maaa… dove stiamo andando?», gli chiedo sopprimendo un guizzo di ansia.

«Curiosa?»

«Sì». Sono piuttosto sicura di non essere riuscita a nascondere il tremito della mia voce. Non possiamo andare a Sunbury. C'è una guest house molto elegante ma sfortunatamente io e i miei conosciamo i proprietari. Tempo ventiquattr'ore e tutto il Paese saprebbe che Charlotte Taylor vi alloggia con un uomo.

«Tra poco lo scoprirai», risponde lui, sibillino.

Il panico scende quando mette la freccia e usciamo a Egham, altra ridente cittadina del Surrey immersa nel verde. L'attraversiamo fino a raggiungere Englefield Green e qui Sebastian rallenta, risalendo una lunga stradina serpeggiante in ghiaia.

«Arrivati», annuncia quando davanti a noi si spalancano due cancelli in ferro battuto. In fondo al vialetto punteggiato di lampioni si staglia il profilo di una dimora antica, dalla facciata bianca illuminata.

«La Casa Bianca?», domando stordita dalla sorpresa. È così che in zona è conosciuta questa proprietà, la Casa Bianca, che per stile neoclassico, colore e dimensioni ricorda in tutto quella di Washington.

Tutti, da bambini, l'abbiamo sbirciata da lontano, con la faccia incastrata tra le barre del cancello.

«In realtà si chiama Seydenhurst», mi corregge Sebastian, «ma immagino che per i più sia la Casa Bianca. Tutta nostra, fino a quando non dovrai andare via».

Ancora non capisco cosa facciamo qui, mentre fisso muta l'edificio diventare sempre più grande via via che ci avviciniamo.

Un valletto accoglie Sebastian, che gli lascia le chiavi dell'auto, mentre un altro fa scendere me e un altro ancora prende i bagagli.

«Hai fatto le cose in grande. Mi accontentavo anche di meno», gli dico appena mi raggiunge.

«Perché?»

«Insomma... affittare la Casa Bianca è... tanto».

Lui mi guarda con la fronte aggrottata. «Affittare?»

«Sebastian!», esclama una voce di donna, roca per l'età ma squillante. Una donna in uniforme compare nel quadro della porta, con le braccia tese in segno di benvenuto. «Quando hai chiamato oggi per dire che avresti passato il fine settimana qui, a momenti non ti credevo! È da settembre, anzi, no, dalla primavera scorsa che non torni».

«Come vedi, non scherzavo, Rosie», risponde lui che appena la raggiunge la abbraccia, sollevandola da terra. A guardarla, con le guance rosee e paffute e i riccioli bianchi, sembra la Mrs Bric della *Bella e la Bestia*.

«Mettimi giù, Sebastian!», lo sgrida. «Una volta ero io a prenderti in braccio».

«Hai detto bene: una volta». La riappoggia con i piedi saldi a terra e lei gli assesta un buffetto indispettito sul braccio. È evidente che si conoscono da tempo e mi manca qualche pezzo.

«Che bello rivederti, così sorridente... e non sei solo», aggiunge Rosie spostando lo sguardo su di me.

«Rosie, ti presento Bea. Bea, lei è Rosalie ma tutti la chiamiamo Rosie, qui comanda lei».

«Buonasera, è un piacere», la saluto tendendole la mano. «Prometto di non farla arrabbiare».

Lei la stringe con una presa leggera ma ferma. «Entrate, fa freddo fuori».

Al primo passo oltre l'ingresso di Seydenhurst, mi manca il fiato. Se da fuori il palazzo è maestoso, dentro è da sindrome di Stendhal: mi sento sopraffatta al punto che mi si piegano le ginocchia.

«Ho fatto apparecchiare una cena leggera nel giardino d'inverno, come mi hai chiesto», dice Rosie.

«In effetti, ho una fame che non ci vedo», dico ascoltando i crampi del mio stomaco.

«Finalmente una ragazza di sano appetito», applaude Rosie. «Ma prima fatevi una bella doccia calda per levarvi lo smog di Londra di dosso. Non devo accompagnarvi, vero?»

«Non vengo spesso, ormai, ma non c'è pericolo che mi perda», le risponde Sebastian.

Lo seguo su per l'imponente scalone fino al primo piano dove, soli, posso chiedergli di sciogliere tutti i miei dubbi.

«Adesso mi racconti tutto e non provare a fare il misterioso. Non ci sto capendo niente».

«Perché non c'è nulla da capire. Questa è la residenza di campagna della mia famiglia. Da piccoli vi trascorrevamo le estati e le vacanze di Natale. È il luogo perfetto per stare insieme, noi due soli, lontano da occhi indiscreti, senza dover fuggire all'estero».

«Proprio soli non direi», osservo.

«Rosie e tutto il personale che si prende cura della tenuta sono persone di fiducia. Lavorano per noi da anni. Non vedono e non sentono nulla, se sei preoccupata che qualcuno possa fare la spia a qualche giornale di gossip». Sebastian apre una delle numerose porte che si affacciano sul corridoio, invitandomi a entrare.

«Questa potremmo dire che è la mia... cameretta».

«Cameretta?», domando con lo sguardo sbalordito dall'immenso letto a baldacchino illuminato dalla luce arancione del fuoco che scoppietta nel camino.

«Guarda», lui mi indica una libreria grande quanto l'intera parete, sulla quale sono allineate le action figure scolorite dei supereroi: Batman, Flash, Capitan America, l'Uomo Ragno... o dovrei dire Bagno. «Se Rosie non lo ha buttato, da qualche parte ci dovrebbe essere il mio pigiama con le ruspe».

«Ma non mi dire. E per farti addormentare dovrò raccontarti la favola della buonanotte?».

Sebastian mi prende in braccio, di sorpresa, e mi tuffa sul letto, lui su di me. «Dormire non è in programma».

In realtà, poi, dormiamo un sacco.

La cena di Rosie è deliziosa. Leggera ma abbondante e seguita da una cioccolata calda guarnita con panna che, combinata al grande letto morbido, alle coccole e al tepore del camino, ci accompagna presto tra le braccia di Morfeo.

Il sabato ce la prendiamo comoda, anzi comodissima, prima con una lunga passeggiata nel parco della tenuta, dove Sebastian mi mostra la sua vecchia casa sull'albero, dove si nascondeva da bambino, con tanto di NO FEMMINE inciso sul pavimento; poi con un bagno nella piscina riscaldata in cui galleggiamo pigri finché non abbiamo le mani tutte raggrinzite.

Nel tardo pomeriggio mi viene voglia di biscotti, proprio di farli, e inforniamo insieme quasi sei teglie di frollini arancia e cannella: io impasto e stendo, Sebastian fa le formine, tutto sotto lo sguardo attento di Rosie che lo sgrida ogni volta che fa cadere avanzi di pasta a terra ma, sotto sotto, si sente un po' mamma chioccia nei suoi confronti.

Sforniamo e ceniamo abbuffandoci dei nostri capolavori e finiamo per giocare a Monopoly, seduti sul tappeto, davanti al fuoco, con Rosie e il maggiordomo Alveen.

Sebastian costruisce alberghi su tutte le proprietà di cui riesce ad appropriarsi, tranne su Viale dei Giardini, che io non gli cedo neanche a costo della vita, cosa che lo fa sbuffare più di una volta e che mi fa pagare più tardi, su in camera.

Domenica, riposata dal sonno profondo, mi sveglio alle sette e, dopo un primo momento di disorientamento tipo "chi sono-dove mi trovo", riprendo conoscenza.

Io e Sebastian siamo avvinghiati sotto una coltre di coperte, con i nostri corpi che, pelle contro pelle, si scambiano il tepore.

Una parte di me vorrebbe restare qui, immobile, a godersi questo benessere, un'altra preme per andare in cucina e preparare la colazione con cui svegliarlo.

Muovendomi al rallentatore, mi alzo, pesco jeans e maglione dalla mia sacca con il cambio ed esco dalla stanza.

Sul fatto che il personale sia invisibile non ci sono dubbi, perché ho la sensazione di essere del tutto sola, mentre scendo le scale.

Mi soffermo davanti a una foto incorniciata, su una mensola dell'ingresso.

La prendo in mano e la osservo: la bambina, che sorride all'obiettivo con la bocca spalancata, un dente sì e uno no, mentre fa la ruota con il vestito, è Jerry. Avrà sei anni, qui, ma gli occhi vispi sono riconoscibilissimi. Dietro di lei, seduti a un tavolo da giardino, ci sono Mr Bloom e la mamma di Jerry, Miranda, che a guardarla, oggi, è la sua fotocopia. Tra di loro, con un braccio sulle spalle del padre e l'altro su quello di Miranda, c'è Sebastian.

Ha lo stesso viso di adesso, certo i lineamenti erano più morbidi, ma il sorriso da colpo al cuore è sempre quello.

«Che famiglia meravigliosa», esclama la voce alle mie spalle, facendomi sussultare.

È Rosie. Metto giù la cornice di scatto, come se fossi stata colta a ficcanasare. «Chiedo scusa, non stavo sbirciando».

«Figurati! A guardare quella foto, siamo rimasti ormai solo

noi domestici», sospira lei con nostalgia. «Ti serve aiuto, cara?»

«Ah, io stavo andando in cucina, per la colazione».

«E sei scesa giù?», domanda lei stupita. «In ogni camera c'è l'interfono, se avevi fame bastava chiedere, senza scomodarti».

«No, volevo preparare la colazione io e portarla su per farla con Sebastian…». Riascolto la mia frase, pronunciata davanti alla governante di una magione di millemila stanze e mi sento una stupida patentata. «Idea cretina, me ne rendo conto solo ora».

«Ma quale idea cretina! È adorabile. Ti do una mano, se vuoi». Mi fa gesto di andarle dietro.

Raggiungiamo le cucine e Rosie mi apre il frigo. «Dolce? Salato? Hai delle preferenze?»

«Mi piacerebbe preparare delle crêpe».

«Idea splendida. Ho fatto delle marmellate di arancia proprio la settimana scorsa». Lei prende un cartone di uova e me lo allunga. «Dimmi quello che ti serve».

Pesati gli ingredienti, mescolo l'impasto in una ciotola, mentre Rosie mi osserva. «Te la cavi bene».

«A fare cosa?»

«In cucina, si vede che hai manualità».

«Sono solo crêpe», minimizzo.

«Crêpe, biscotti… Ci sai fare. Hai l'aria di una sveglia, ma posso darti un consiglio, da donna a donna?», mi dice con il tono di chi non si farà rispondere di no. «Non guardarlo sempre così adorante, Sebastian».

«Io non lo guardo adorante», ribatto sentendo già le guance arrossare.

«Ti ho vista bene, ieri. Ti brillano così tanto gli occhi che faresti luce al buio».

«Credo che sia normale, quando ci piace qualcuno. E Sebastian mi piace ben più di un po'».

«Ah, Sebastian», esclama nostalgica. «Anche se ha quasi trentacinque anni, io ci vedo sempre il monello di nove con la lingua biforcuta. Aveva il fascino della canaglia già da piccolo. Un rubacuori nato».

«Da quanti anni lavora qui?», le chiedo.

«Ah, almeno quaranta. C'era ancora il vecchio Bloom, il padre di Graham. È una famiglia che ho visto crescere. Ma il periodo più bello è stato senza dubbio quello del suo matrimonio con Miranda, la madre di Jerusalem. Dopo il divorzio dalla prima moglie, la madre di Sebastian, Mr Graham era diventato scontroso e burbero, ma quando ha conosciuto Miranda, durante un viaggio proprio a Gerusalemme, è rinato. Mrs Miranda era la gioia fatta persona, dove andava lei sembrava sempre primavera. Raffinata, intelligente ma non snob. Ha trascorso qui a Englefield i due anni della sua malattia ma non ha mai, dico mai, perso il sorriso fino al giorno prima di morire». Rosie sospira, guardando un punto lontano, oltre la finestra.

«È stata una donna molto amata».

«Oh, impossibile non amarla. E Jerusalem me la ricorda tanto: stesso spirito, stessa energia. Adesso è ancora acerba, magari con il tempo maturerà. Mr Graham, con la morte di Miranda, ha perso il cuore. Anche Sebastian si è trasformato in un gelido muro di pietra e sono venuti qui sempre meno».

«E la nuova moglie?», domando, curiosa.

«Mrs Viola? Lei preferisce la città, è una donna molto mondana, la quiete di un paesino come Englefield non fa per lei».

«È un peccato, questo posto è magnifico», dico versando una mestolata di impasto sulla padella calda.

«Sai, sei la prima ragazza che Sebastian porta qui».

Sto girando la crêpe quando, alla sua frase, quasi rischio di ustionarmi. «Io?»

«Già».

«Impossibile», la contraddico. «E Vanessa?»

«Chi? La rossa?». Nella voce di Rosie percepisco un velo di disapprovazione.

«Stavano per sposarsi».

«È venuta una volta, per un pranzo di Natale due anni fa. In pratica si è autoinvitata; Sebastian le avrà parlato sì e no due volte in tutto il tempo che è stata qui».

«E come mai non porta ragazze qui?»

«Questo è il suo posto felice. La famiglia Bloom ha vissuto molti momenti belli a Seydenhurst; è un po' il suo santuario dei ricordi e Sebastian non dà il permesso a nessuno di entrarci senza levarsi le scarpe. Vanessa si è imposta e, se devo dire la verità, non mi ha fatto una bella impressione. Guarda tutti come se stesse prendendo le misure per farci un vestito di legno. C'è qualcosa di freddo in lei, di non umano».

«Sì, Vanessa fa questo effetto», ridacchio tra me e me.

«Per questo, se vedo arrivare Sebastian, dopo mesi che non passava di qua, baldanzoso, con al braccio una ragazza, non posso non farmi delle domande».

«Che domande?»

«Se tu sia la famosa "quella giusta", per esempio».

«È presto per dirlo, ci stiamo ancora conoscendo».

«Quel ragazzo si merita tanta felicità quanto pesa; anche se ha avuto una vita privilegiata, non è stata facile. Una madre anaffettiva, una madre adottiva amata come fosse quella vera che con la sua morte si è portata via tutta la dolcezza che c'era in lui, l'ambizione lavorativa che il padre aveva per lui... Non mi piaceva il Sebastian duro e irascibile che era diventato col tempo. Quando l'ho visto con te, ieri, sorridente e sereno, ho sentito che qualcosa era cambiato. Non dovrei dirlo, ma le vostre risate, stanotte, si sentivano fin quaggiù».

«Ah, ehm... io soffro il solletico. Sebastian si è vendicato del Monopoly», dico imbarazzata. «Quando mi parte l'attacco di riso ci metto mezz'ora a fermarmi».

«Era tanto che non si sentivano delle risate in questa casa».

Impiatto le crêpe e le appoggio sul vassoio preparato da Rosie, già pronto di tovaglioli, posate e spremuta d'arancia. «Credo che per stare insieme sia fondamentale farsi stare bene a vicenda».

Rosie mi passa il retino con lo zucchero a velo. «Siete una bella coppia».

«Non abbiamo parlato di cosa siamo».

«Non c'è bisogno di deciderlo a tavolino, cara. Ci sono persone che sono una coppia dopo essersi conosciute da due ore e persone che non sono una coppia neanche dopo dieci anni di matrimonio».

«Lo terrò presente». Prendo il vassoio e mi dirigo verso l'uscita.

«Non so chi tu sia né da dove vieni, Bea, ma tu, a Sebastian, fai un gran bene. Non ferirlo, però, è una persona che non apre la porta due volte».

39

Andiamo dove vuoi

«Dove andiamo?», domando a Sebastian mentre saliamo a bordo del Range Rover parcheggiato davanti al portone, in attesa di partire.

«Da nessuna parte, ho voglia di guidare fuori città, senza frenare e accelerare a singhiozzo, imbottigliato nel traffico e godermi il panorama».

«Mi sembra un bel programma, non avere programmi. Anche se…», indugio pensando ai BAFTA che mi aspettano.

«Ti prometto che non faremo tardi e ti riporterò indietro in tempo perché tu possa andare a Londra. Anche se lo farò controvoglia».

Mi lascio portare da lui, verso l'orizzonte verdeggiante, sfumato da un velo di nebbia bianca, le nostre mani giunte sul bracciolo tra i sedili e le dita intrecciate.

Si porta la mia alle labbra e la bacia. «Continuo a sperare che tu, da un momento all'altro, mi dica che stasera mandi Royce al diavolo e resterai con me».

«Vorrei ma non posso, so che suona come una frase fatta, però è la verità».

«Che scusa hai usato per venire qui e non vederlo per due giorni?»

«Che sarei stata con Jerry per un weekend di sole donne».

«E non credi che mia sorella sia in qualche club a fare follie, il tutto documentato dai paparazzi?»

«Sono piuttosto sicura di no», rispondo pensando a lei e Ike. «La mia copertura è salva».

«Weekend di sole donne… mi sento sminuito», scherza lui, dandomi un morsetto all'indice.

«Oh, non preoccuparti. Non sei meno uomo ai miei occhi».

«Lo spero bene o avremo un problema».

Quando alla nostra sinistra compare il cartello BERKSHIRE, d'istinto faccio cenno a Sebastian di voltare a destra. «Vai di là».

«Perché? Cosa c'è di là?».

Imposto le coordinate che so a memoria sul navigatore e avvio la mappa. «Lo vedrai tra tredici minuti esatti».

E dopo tredici minuti, svariate svolte su strade improbabili e due chilometri di sterrato, ci fermiamo davanti a un rudere.

Non c'è altro modo per definirlo: non c'è più il tetto, diversi piani sono implosi uno sull'altro, una torre merlata è sgretolata e uno dei muri perimetrali si è ribaltando rivelando la scala di pietra al suo interno.

Scendo dall'auto e mi inerpico verso la scalinata di pietra sbeccata, con Sebastian che mi segue incuriosito.

«Benvenuto a Sharesby Hall», annuncio allargando le braccia. «Non è bellissima?»

«Con molta immaginazione, diciamo».

«È un palazzo risalente all'epoca Tudor, che poi è stato rimaneggiato nei secoli successivi prima di essere abbandonato alla rovina nel Novecento», gli spiego. «Come puoi vedere si possono distinguere in modo chiaro gli ampliamenti a seconda dello stile: quell'ala è gotico revival come il Parlamento, mentre tutta la facciata ovest è Queen Anne puro, il colonnato aggiunto al corpo principale è neoclassico italiano».

«Mi fido».

«Ho fatto molte ricerche», dico. «I restauri conservativi

hanno bisogno di un solida base storiografica sia per mantenere fedeltà al manufatto esistente, sia per ricostruire ciò che è andato perduto».

«Ti piace davvero, eh?», domanda lui scrutando l'edificio.

Mi avvicino al muro di pietra, coperto di edera rossa. «Credo che meriti di tornare al suo splendore originario. Non è colpa sua se chi avrebbe dovuto averne cura lo ha trascurato».

«Sai, devo confessarti una cosa: ti invidio».

Lo guardo attonita. «Invidiarmi? Per cosa?»

«Vorrei avere anche io qualcosa su cui fantasticare a occhi aperti. Tu guardi questo rudere ma nella tua testa vedi quello che sarà. Ti accendi come se emanassi luce propria e dalla tua voce traspare un entusiasmo e una voglia di fare che se potessi ti ruberei».

«Mi sembra che per il Bloom International Group tu dia tutto te stesso», dico salendo su una catasta di pietre traballante per sbirciare dentro da una finestra.

«È una cosa diversa. Il Bloom International Group non è una cosa mia. È l'impresa di famiglia, anzi, è l'estensione stessa della famiglia. C'è il senso del dovere e di responsabilità prima di ogni altra cosa a legarmi al mio lavoro. Se non lo facessi, sentirei di aver pugnalato alle spalle mio padre, mio nonno e perfino il mio bisnonno che lo ha fondato. È un amore condizionato, diciamo».

«Un amore incondizionato com'èèèèèè...». La catasta di pietre si sgretola sotto i miei piedi facendomi quasi rovinare a terra, se Sebastian non fosse lì a prendermi al volo.

Tra le sue braccia, scruta il mio volto come a volerselo imprimere nella memoria visiva. «Questo è un amore incondizionato».

Quando sto per chiedergli se stia parlando di me e Sharesby Hall, un tuono rompe il silenzio e una sottile ma fitta pioggerella gelata ci cade addosso.

Lo scroscio riempie in fretta le buche nel terreno accidentato, che io e Sebastian pestiamo correndo verso l'auto, schiacciati fianco a fianco, con lui che copre le nostre teste con il lembo del cappotto.

Salgo dalla portiera posteriore con gli abiti che grondano acqua e Sebastian accanto a me non è messo meglio. Ci guardiamo e scoppiamo a ridere: sembra che abbiamo fatto la doccia vestiti.

«Ti ricordi quando è stata l'ultima volta che ci siamo trovati sotto un temporale?», mi domanda.

«La notte prima che tu partissi per Parigi. Quando ci siamo baciati nella cabina telefonica».

«E poi sei scappata», aggiunge.

«E poi sono scappata».

«Stavolta non ti lascerò nessuna via d'uscita». Mi mostra la chiave dell'auto su cui preme il tasto centrale e un *cloc* mi annuncia che le portiere sono bloccate.

«Molto assertivo da parte tua, solo che c'è una differenza», gli dico tendendomi verso di lui, in ginocchio, sul sedile. «Oggi non intendo fuggire da nessuna parte».

«Preferisco essere sicuro», si avvicina col viso al mio, con le sue labbra che mi sfiorano.

Mi stringe tra le braccia attirandomi contro il suo petto, con gli abiti bagnati che ci aderiscono addosso e io mi scuoto in un brivido. «Ho freddo», sussurro sulla sua bocca.

«Forse dovresti toglierti questi vestiti umidi», mi suggerisce, con le sue mani che già cercano la mia pelle nuda sotto il maglione largo.

Io alzo le braccia per invitarlo a spogliarmi. «Vuoi aiutarmi?»

«Solo se tu aiuti me».

Siamo sdraiati sul sedile posteriore dell'auto, i vetri appannati di condensa, io sul petto nudo di Sebastian, con la testa nascosta nell'incavo del suo collo, respiro avida il suo profumo.

Ansimiamo con il fiato corto e il battito accelerato, un velo di sudore ci ricopre la pelle e io ascolto il mio corpo abbandonato a quel momento di pace universale che segue il piacere.

Sebastian mi tiene stretta, con una mano che mi accarezza lenta la schiena e l'altra che giocherella con una ciocca dei miei capelli umidi, mentre io disegno il suo profilo con l'indice scendendo dalla fronte, lungo il naso e giù sulla sua bocca che lui schiude per imprigionare il mio polpastrello tra le sue labbra.

Sul tettuccio la pioggia batte ancora forte e dall'autoradio le parole di *Fast Car* accompagnano il nostro silenzio.

Non è uno di quei silenzi da riempire, di chi non ha niente da dirsi. È il silenzio di chi non ha bisogno di parlare per capirsi.

Ci siamo noi due e non ci serve altro che non sia in quest'auto. Neanche da mangiare o da bere.

«Stai con me, Bea», mormora.

«Sono qui».

«Stai con me adesso, stanotte, domani, dopodomani, la settimana prossima, il mese prossimo».

«Guarda che poi ti stanchi».

«Ti ho voluta così tanto che non sono disposto a restare di nuovo senza di te».

«Il problema delle voglie è che poi, una volta soddisfatte, passano».

«Io ho voglia di noi». Si volta a guardarmi e potrei quasi vedergli attraverso, in quell'azzurro cristallino dei suoi occhi.

«Noi?»

«Sei diventata il mio personale asse terrestre, è come se il mio baricentro si fosse spostato da me a te».

«Sebastian...».

«Dico sul serio. Martedì ripartirò per Parigi; vieni con me».

«Lo sai che non posso».

«Sì che puoi. Capisco che ti sto chiedendo tanto, ma voglio darci una possibilità».

E anche se so che ho una lunga lista di no, le parole della canzone sembra che vogliano convincermi.

«*Andiamo insieme da qualche parte, qualsiasi posto va bene, ricominciamo da zero, non abbiamo nulla da perdere*».

«Dimmi di sì», insiste lui. «Lascia Royce e partiamo io e te. Se non ti va bene Parigi, cambiamo. Basta che ci sia tu».

«Non posso lasciare Royce», rispondo come un automa.

«Perché? Se sei qui con me vuol dire che non sei innamorata di lui. Non stare con qualcuno che non vuoi».

«Hai ragione, ma il perché non te lo posso spiegare. Sul serio, non posso».

Lo sguardo di Sebastian mi lacera il petto. «È davvero qualcosa di così complicato che non posso capire?»

«No, puoi capirlo benissimo. Ma è una cosa che riguarda Royce».

«E allora starai con lui per sempre?»

«No, però non posso lasciarlo né oggi, né domani». La mia risposta tranciante adombra il suo viso di delusione. «Due settimane. Tra due settimane sarò libera, se avrai pazienza di aspettarmi».

«Ti aspetterò, ma non perché ho pazienza». Lui mi solleva il viso verso il suo accompagnandolo con le dita. «Ti aspetterò perché ti amo».

40

Risposta sbagliata

«Sebastian mi ha detto che mi ama», confesso a Royce mentre aspettiamo il team del trucco e parrucco affinché ci prepari per il red carpet dei BAFTA.

«E tu?»

«E io gli ho detto che si era fatto tardi e che dovevo rientrare a Londra».

«Non gli hai risposto?!», ribatte in tono accusatorio, il viso contratto in un'espressione scioccata.

«Non sapevo cosa rispondere».

«Di sicuro non: "Devo tornare a Londra"!».

Mi butto sul suo letto alla quattro di spade sperando che i cuscini di piuma mi inghiottiscano. «Mi sento un'impostora. Lui ha detto: "Ti amo" a Bea!».

«E allora?»

«E allora io non sono Bea. Sono Charlotte Taylor, l'imperatrice della sfiga».

«Scusa patetica».

«E ovviamente, tu fai parte dell'equazione. Non posso dire a Sebastian che lo amo senza che lui si aspetti che io ti pianti seduta stante», gli ricordo.

Royce si massaggia le tempie, meditabondo. «Che casino».

«Già», sbuffo. «Passo ventinove anni della mia vita a

perdere tempo con dei casi umani poi, l'unico mese in cui incontro un uomo degno di tale nome, non solo fingo di essere un'altra persona, ma sono anche già impegnata. Sei ancora sicuro che quella dell'imperatrice della sfiga sia una scusa patetica?»

«No, mi sa che hai ragione. Mai provato con Lourdes? O Medjugorje? Il cammino di Santiago! Dicono che funzioni!».

«Sì, il santuario di Fatima! Accidenti a me e a quel Capodanno all'Attitude. A casa a vegetare, dovevo stare!».

«Tu lo ami?», spara Royce a bruciapelo.

«Cosa?»

«È una domanda molto semplice: ami Sebastian?»

«Sì».

«Perfetto, non c'è altro di cui parlare».

«Se solo avessi saputo prima come si sarebbero sviluppate le cose, non avrei mai aderito a questa pantomima di Bea Beaufort. È che prima non sapevo nemmeno chi fosse o se lo avrei mai rivisto. Poi viene fuori che è il fratello di Jerry e che sta per sposarsi. Per non parlare del fatto che era lui, all'inizio, a tenermi appesa a un filo come uno yo-yo, tirandomi su e giù a suo piacimento. Ora la situazione si è ribaltata e mi sento davvero in colpa perché lui mi ha servito la sua vita su un piatto e io non ho nulla da offrirgli».

Le porte della stanza si aprono e un team di truccatori in divisa, armati di pennelli, piastre e phon, fa il suo ingresso, guidati da Ken e Tanya, che interrompono il nostro momento di riflessione.

«Di già?», esclamo guardando l'orologio. «Sono solo le tre!».

«Ed è tardissimo», mi rimbecca lei. «Per te, soprattutto, che bisogna rifarti da capo a piedi».

Non ho il tempo di ribattere che in quattro, per un totale di otto mani, mi prendono e mi mettono seduta su uno sgabello: due tirano, arricciano, acconciano i capelli, gli altri lavorano sul viso.

Quando due ore e mezza dopo mi comprimono in una guaina contenitiva modellante – tutte la indossano per i red carpet, a detta di Tanya, anche gli uomini – e la sarta mi cuce letteralmente l'abito addosso, mi guardo allo specchio e non mi riconosco. Nel senso che non sono proprio io.

«Quella non è la mia faccia», dico inquietata dal mio riflesso estraneo. «Cosa è successo al mio naso? E quegli zigomi? Da quando ho tutti quegli zigomi?»

«Si chiama trucco correttivo», spiega uno dei due visagisti. «Devi essere perfetta a favore di obiettivo da qualunque angolazione».

Non riesco a rispondere, soffocata dalla nube di lacca che stanno spruzzando sulle extension che hanno fissato sotto ai miei veri capelli per darmi volume.

«Potrei avere un Kleenex?», domando. «Questo rossetto mi fa prurito, credo che mi stia scatenando una reazione allergica».

«No!», strillano in coro tutti i presenti nella stanza. «È fatto apposta. È rimpolpante. *Deve* fare male».

«E se mi si stacca una ciglia finta sul red carpet?», domando sventolando i due deltaplani che mi hanno appiccicato sulle palpebre.

«Impossibile. Secondo i miei calcoli, con la colla che abbiamo usato, dovrebbero starti su fino a mercoledì».

«Fuori tutti!», ordina Tanya. «L'auto è pronta. Royce, mi raccomando, sbandiera Bea a destra e a manca, che tutti la vedano, pure gli inviati di "Cavalli e Segugi". Tu, Bea, guarda Royce adorante, come se fosse fatto di cioccolato».

«Sorridi», mi rammenta Ken, «ma non fare vedere le gengive».

Istruiti a dovere saliamo in auto e raggiungiamo la Royal

Opera House dove attendiamo il nostro turno per il *photo-call* all'ingresso, dove una selva di paparazzi assiepati alle transenne grida per attirare l'attenzione di questa o quella star.

Quasi mi prende un accidente quando sento urlare: «Charlie», terrorizzata che qualcuno abbia scoperto la mia copertura, ma poi capisco che in realtà tutti gridano: «Charlize», che sta già sul tappeto rosso, qualche metro avanti a noi.

Ed è il momento in cui mi domando: "Cosa accidenti ci faccio io qui?".

Rigida e in apnea, Royce mi trascina quasi a forza davanti agli obiettivi, per i quali si esibisce nell'interpretazione del fidanzato innamorato, stringendomi a sé.

I flash ci accecano, sentiamo solo: «Di qua!», «Da questa parte», «Voltatevi a destra», «A sinistra», procedendo a piccoli passi verso l'ingresso del teatro.

«Il più è andato», mi rassicura lui.

«È stato terrificante», dico con gli occhi ancora abbagliati.

Un secondo dopo averci fatto accomodare ai nostri posti, prendo il cellulare che ho sentito vibrare durante il *photo-call*.

«È Sebastian», sussurro a Royce. Mi ha scritto un asettico "Buona serata", che può voler dir tutto e niente. Il problema dei messaggi è che non è intuibile il tono di come viene detta la cosa scritta e il significato può variare a seconda dell'interpretazione. E io, quanto a interpretazione, sono impedita.

«Vai».

«Vado? Dove?», chiedo incerta.

«Da lui. Finita la premiazione, torna da lui». Royce è serio, impossibile fraintenderlo.

«Cosa diranno Ken e Tanya?»

«Il tuo dovere lo hai fatto. Vai. E parlagli», aggiunge. «Digli tutto».

«Che intendi con tutto?»

«Di Bea, di Charlotte, del nostro accordo, di me e Ben».

«Sei impazzito?»

«Digli tutto o lo perderai». Royce è serissimo.

«Ma non eri proprio tu a dire che dovevo farlo correre, altrimenti si sarebbe stancato di me?»

«Non avevo messo in conto il "ti amo". Un "ti amo" ha la vita di una farfalla. Rimane nell'aria ventiquattr'ore ma, se non ricambiato, muore».

Royce vince il titolo di miglior attore, inanellando il secondo successo dopo i Golden Globe, cosa che ci obbliga a presenziare all'aftershow party, che alla fine tira per le lunghe.

Mi ritrovo gomito a gomito con delle superstar internazionali distanti anni luce da noi comuni mortali, ma il mio senso di colpa e il mio senso del dovere fanno a cazzotti nella mia testa, impedendomi di godermi il glorioso attimo, che potrei sfruttare a suon di selfie con Diane Keaton o De Niro.

Nella borsetta ho già l'assegno con la prima tranche del pagamento, come previsto dal nostro contratto e mai avrei creduto che un semplice foglio di carta pesasse così tanto.

Devo mettere in chiaro le cose con Sebastian, il tempo ormai è scaduto.

Devo però continuare a tenere fede all'accordo con Royce perché, ora come non mai, è a un passo dall'Oscar e non voglio costargli la carriera con la mia smania.

Mi torna in mente quella scena del *Diavolo veste Prada*, quando Andy si trova alla festa superglamour dove mezzo mondo darebbe un braccio per stare, ma lei non fa che arrovellarsi per correre a casa per il compleanno del fidanzato.

«Tesoro, ma scotti!», esclama a un certo punto Royce.

«Scusa?», chiedo io, perplessa.

Lui mi piazza la mano in fronte. «Avrai almeno trentotto e mezzo di febbre! Mi domando come faccia a stare in piedi».

Capisco che la sua è tutta scena per darmi il via libera.

«Ah, è l'influenza stagionale», commenta un uomo davanti a noi, uno sceneggiatore anche lui vincitore del BAFTA, del quale però non ricordo il nome. «Siamo vicini al picco».

«Stai male e non mi dici nulla?», mi rimprovera Royce.

«È solo un po' di stanchezza. Non voglio rovinarti la serata con le mie paranoie».

«Non scherziamo! Non voglio averti sulla coscienza. Sai che ti dico? Torniamo pure in hotel, tanto credo di aver già salutato tutti».

«Che sciocchezze, Royce! Tu resta a goderti la festa, te lo meriti. Vado io, così puoi stare sereno», rispondo.

Royce tranquillizza tutti dicendo che mi accompagna all'auto e che tornerà subito dopo.

Con il favore della notte, le strade sono sgombre dal traffico e io raggiungo Seydenhurst in tempo record, dove Rosie mi accoglie assonnata e sorpresa.

Mi sfilo i tacchi e mi precipito su per le scale, nella stanza di Sebastian, che trovo addormentato in un sonno profondo. E ci mancherebbe, sono le due passate.

Mi siedo sul bordo del materasso, a osservarlo, con un macigno sul petto che ora voglio solo togliermi.

«Sebastian», sussurro, accarezzandogli i capelli con la punta delle dita. «Sono tornata».

Lui apre appena gli occhi, sorridendomi appena mi vede. «Sei bellissima».

«Devo parlarti. Ci sono delle cose che devi sapere».

«Adesso?»

«Adesso».

Lui fa cenno di no con la testa. Alza la coperta e, cingendomi la vita con il braccio, mi trascina giù, stretta a lui, ancora vestita. «Domani. Ora voglio solo averti qui».

Sdraiata sul fianco, con lui che mi abbraccia da dietro, posso sentire il suo cuore contro la mia schiena e il suo respiro sul mio collo.

«Ti amo, Sebastian», dico, sperando di essere ancora in tempo.

47

Fuori tempo massimo

Sebastian si sveglia poco dopo l'alba e io, che avevo intenzione di parlargli subito, a colazione, vedo sfumare i miei piani.

«Già in piedi?», domando quando lo vedo vestito, impegnato ad allacciarsi la cravatta.

«Ho degli incontri presto».

Mi alzo, ancora fasciata nel vestito da sera, ormai spiegazzato. «Vengo anche io, potevi svegliarmi prima, però».

«Ma no, tu dormi ancora un po', che puoi. Ti accompagnerà Leonard».

Si infila la giacca ed è come se fosse scattato di nuovo il conto alla rovescia di Capodanno. «Sebastian, dobbiamo parlare. Ti devo spiegare delle cose».

«Questo me lo ricordo. Ma se devo ascoltare, voglio darti tutta la mia attenzione, non così di fretta. Stasera?»

«Va bene», annuisco, sempre con il macigno che levita secondo dopo secondo.

Lui mi dà un bacio leggero e se ne va, potrei dormire ma non ci riesco.

Non sono capace di mentire, sarei una pessima giocatrice di poker perché non so portare il peso di una bugia.

Sembrava così facile, all'inizio. Una sciocchezza da niente.

E Sebastian non doveva essere nulla di più di un chiodo-scaccia-chiodo.

Alla fine mi arrendo e mi alzo, ripescando i miei abiti "civili" dallo zaino del cambio. Sono un po' spiegazzati, ma andranno bene.

Nel tratto tra Englefield e Londra penso a un discorso chiaro per spiegargli tutta la storia dal principio, senza però toccare il tasto dell'omosessualità di Royce perché è un segreto, e almeno quello sono determinata a mantenerlo.

A giudicare dall'ultimo mese non sembrerebbe ma, a volte, anche io ho una mia integrità.

Arrivo agli uffici del Bloom Group con la sensazione che da qui a stasera manchi un'eternità, prima di entrare però mi fermo a prendere il «Times».

Questa storia di Bea finirà presto ma la mia stupida vanità mi punzecchia per il bisogno di conservare una foto ricordo del mio primo red carpet.

Prendo un cappuccino al volo alla caffetteria e mi infilo in ascensore, arrivando negli uffici ancora semideserti.

Se non altro, per una volta, non sono di corsa.

Seduta alla scrivania, mi concedo il lusso di sfogliare il giornale, facendo colazione, curiosa di arrivare alla pagina dello spettacolo.

Non prendo mai il giornale, quindi indugio anche sul resto delle notizie, benché non mi interessino così tanto. Diciamo che lo faccio solo per aumentare l'attesa fino al momento in cui (forse) vedrò la mia foto. Cioè, la foto di Bea. Che poi sono io.

Politica internazionale, economia interna, agitazioni in parlamento, Brexit, Alan Cage…

Alan Cage?

Mi focalizzo sul trafiletto a piè di pagina.

La Cage Company diventa internazionale.

L'anno nuovo inizia con il botto per Alan Cage che apre alla sua società, una delle maggiori immobiliari del Paese, le porte del Sol Levante. Un accordo che ha del funambolesco, poiché pare che la trattativa sia iniziata e conclusa nell'arco di quarantott'ore, assicura a Cage la realizzazione di un faraonico complesso residenziale nella perla insulare di Singapore, il Sentosa Cove. Sentosa Cove è un'area in via di sviluppo e si profila come la nuova Dubai del Sudest asiatico...

Merda.

Sentosa Cove. Il progetto di Sebastian.

Sotto all'articolo c'è il render del complesso immobiliare che realizzerà Cage ed è *esattamente* quello che mi aveva mostrato Sebastian a Parigi.

Dimentica della pagina dedicata allo spettacolo, volo fuori dall'ufficio giornale alla mano, diretta agli ascensori, senza neanche la cura di evitare le persone che vengono nella mia direzione, spintonandoli.

«Dai, dai, dai», imploro a denti stretti pigiando il tasto del piano di Sebastian.

Mi sembra che l'ascensore ci metta una vita a salire perché ogni volta si ferma a un piano intermedio, gente entra, gente esce, rallentando il ritmo.

Quando arrivo, mi lancio fuori, volando fino al desk dell'assistente di Sebastian.

«Devo parlare con Seb... con il vicepresidente», dico affannata.

«Il VP è impegnato».

«È urgente».

«E lui è impegnato lo stesso», replica stizzito senza neanche guardarmi, gli occhi fissi sullo schermo. «Se vuole attenderlo la annuncerò appena si libera. Chi devo dire?»

«Cha, ehm, Bea Beaufort».

«Di che area aziendale?»

«Mi occupo dei J Hotel, ma non importa. Lui mi conosce».

«Certo», annuisce come se glielo dicessero tutti per avere un accesso agevolato.

Mi siedo sulla poltroncina davanti alla sua porta torturando il giornale che, a forza di stringerlo, è tutto accartocciato.

Passa quasi un'ora prima che mi facciano entrare.

«Prego», mi dice l'assistente indicandomi la porta.

Entro nell'ufficio che potrebbe contenere il mio almeno cinque volte, dove trovo Sebastian seduto alla scrivania.

«Sebastian, devo parlarti!».

«Qualcosa non va?», mi domanda lui, con voce tranquilla e volto imperturbabile. Lui non lo sa ma sto per rovinargli la giornata.

«Credo di sì. Si tratta di Alan Cage, ha messo le mani sul tuo pro…».

«Progetto immobiliare al Sentosa Cove?», mi anticipa lui.

«Sì. Tu… tu ne eri al corrente?», domando stranita. Insomma, ha un'aria davvero troppo rilassata per uno a cui è appena stato soffiato un affare importante.

«È la prima cosa di cui mi hanno informato stamattina dall'ufficio contratti nel momento in cui ho messo piede qui».

«Ah», è tutto quello che riesco a dire.

«Alan Cage invecchia ma non cambia. Ha il dente avvelenato con il Bloom Group da sempre e danneggiarci è il suo mantra quotidiano».

«E tu, non sei arrabbiato?»

«Sì», risponde in modo tutt'altro che arrabbiato. «Sono molto arrabbiato. C'è altro di cui vuoi parlarmi?»

«No. Anzi, scusa il disturbo, Sebastian. Capisco che tu non abbia voglia di parlare. Meglio se vado».

«Brava. Vai», ribatte con un tono freddo, al punto che mi fa davvero sentire a disagio. «Già che ci sei, sgombera la tua scrivania».

Sento la sua frase ma non la capisco. «Cosa? In che senso?»

«Prendi le tue cose, consegna il badge giù alla sicurezza e vattene, Bea. O dovrei dire Charlotte?».

Il cuore prende a battermi all'impazzata, fatico a respirare, mi tremano le mani e la stanza inizia a vorticare intorno a me. «Sebastian, posso…».

«Ora puoi anche smettere di recitare. So tutto. Di te, della tua finta identità, e dei tuoi rapporti con Alan Cage», congiunge le mani in un finto applauso al rallentatore. «Sei stata proprio brava, hai fregato tutti da vera professionista».

«Rapporti con Alan Cage? Io non ho alcun rapporto con Alan Cage», ribatto.

«Il tuo curriculum dice il contrario», replica passandomi un foglio con gesto scortese.

È la mia pagina LinkedIn, quella di Charlotte, dove alla riga esperienze lavorative c'è l'anno di tirocinio alla Cage Company.

«Charlotte Taylor», dice leggendo dei fogli in un raccoglitore, «architetto con uno studio associato sull'orlo del fallimento, che vive in un monolocale a Bloomsbury insieme alla sorella, con un debito di diecimila sterline con l'ex fidanzato…».

«Un attimo!», lo fermo. «Io non ho nessun debito con il mio ex. *Lui*, semmai, deve *a me* le diecimila sterline che si è intascato senza la mia autorizzazione».

«Non è quello che dice lui».

«Dice a chi? Con chi ha parlato?»

«Con qualcuno. Non importa chi». Il tono di Sebastian cela un crudele divertimento. «Ecco come la vedo io: sei un'arrivista, una sfruttatrice, una cercatrice d'oro. E una come te, le ingenue come mia sorella se le mangia a colazione. Ti sei fatta assumere nel Bloom Group così da tastare il terreno e capire che affari c'erano in ballo e, perché no, scroccare un po' del benessere di Jerry, che nella sua generosità dà a tutti senza chiedere mai nulla in cambio. Poi hai trovato l'idiota a cui fare girare la testa – il sottoscritto. Non mi fa onore essere il coglione della storia, ma a questo punto è giusto chiamare le cose con il loro nome. Quando hai visto che l'affare del Sentosa Cove era una bella merce di scambio l'hai messa sul tavolo di Alan Cage».

«Queste sono cazzate!», ringhio.

«Che ti chiami Charlotte Taylor è una cazzata?»

«No».

«Che non sei un'ereditiera è una cazzata?»

«No».

«Che i tuoi sono due insegnanti e non due imprenditori dolciari è una cazzata?»

«No».

«Che vivi in un monolocale con tua sorella è una cazzata?»

«No».

«Che hai lavorato per Alan Cage è una cazzata?»

«No».

«Che hai finto di chiamarti Bea Beaufort è una cazzata?»

«No».

Sebastian si alza in piedi, le mani sui fianchi, e il viso così scuro che faccio un passo indietro dalla paura. «Quanto ti ha pagata?»

«Chi?»

«Alan Cage. Quanto ti ha pagata? In pratica mi hai venduto, voglio sapere il mio prezzo».

«Sebastian, nessuno mi ha pagato perché io non c'entro niente con Cage».

«Allora puoi spiegarmi come mai le e-mail con il progetto, le bozze di contratto, e il business plan del Sentosa Cove sono partite dal tuo computer?», urla lanciando in aria un fascio di fogli.

Mi chino a raccoglierne una, e leggere il mio indirizzo sulla riga del mittente mi lascia senza fiato.

«Non appena sono stato informato della mossa di Cage ho fatto fare un controllo dei server di tutte le e-mail entrate e uscite dalla società da quando sono qui. Quando ho visto *b.beaufort@bloominternational.com* su quelle indirizzate a Cage, pensavo che fosse un errore. Ma, guarda caso, nei libri paga della società non c'è nessuna Bea Beaufort. C'è però una certa Charlotte Taylor. La stessa Charlotte Taylor di questa investigazione», dice indicando una cartellina gialla.

«Investigazione fatta da chi?»

«Il mandante non cambia il risultato. Ringrazia Dio che non ti faccio causa, perché tanto non saprei cosa portarti via. Mi hai toccato sull'unica cosa a cui tengo, la mia famiglia, e per questo non c'è sentenza che mi darebbe la giustizia che voglio».

«Piantala», urlo. «Mi hai coperta con ogni tipo di insulto. Chi ti credi di essere per rivolgerti a me in questo modo? Non sarò l'ereditiera di un fottuto impero dolciario, porca puttana, ma esigo rispetto!». Non so se da fuori ci possono sentire ma non m'importa. «È vero, ho usato un altro nome, ma è stata una stupidata iniziata per gioco, nel quale poi mi sono trovata incastrata, ma non per mio volere. Queste e-mail ad Alan Cage non le ho mai mandate, con lui non ho nessun tipo di rapporto, non ho mai sfruttato Jerry e nessuno mi ha pagata per fare spionaggio industriale al Bloom Group».

Sul viso di Sebastian si dipinge un sorriso tagliente. «Scusa ma, dopo tutte le balle che mi hai detto, mi risulta difficile crederti».

«Riguardo alla storia di Bea posso darti ragione, ma te ne avrei parlato».

«E quando?»

«Stasera».

«Sei un pochino fuori tempo massimo ma sono curioso di sapere cosa mi avresti detto».

«Che Bea Beaufort è il nome che ho usato per entrare all'Attitude alla festa di Capodanno, perché non avevo l'invito. E, per tua informazione, io e tua sorella siamo amiche da anni, ormai, non fa parte di nessun machiavellico piano per danneggiare il Bloom Group o rivendermi informazioni al miglior offerente».

«E io cosa c'entro, allora? Perché, se non ricordo male, mi hai detto di chiamarti Bea Beaufort e non ci trovavamo più all'Attitude».

«Tu sei capitato. Mi piacevi, ma mi ero appena lasciata con il mio ex, quindi ti ho dato un nome falso perché non pensavo di rivederti».

«E perché continuare a fingere?»

«Perché Royce aveva bisogno di me. Aveva bisogno di Bea».

«C'è un motivo?»

«Sì», rispondo secca.

«Quale?»

«Non posso dirtelo. È una cosa tra noi due».

«Se vuoi che ti creda, dimostrami che puoi essere sincera».

«Non ho motivo per non esserlo».

«Non mi fido».

«È un tuo problema».

«Per me siamo anche a posto così», taglia corto lui. «Questa storia resterà qui dentro e non per riguardo verso di te, ma perché io ne uscirei come un coglione ed è un'immagine che non fa bene alla società».

«Quindi il mio diritto di replica finisce qui?»

«Dipende: o mi dici perché stai con Royce o puoi anche uscire».

Ed è tutto lì, con quella frase, con quelle tre parole "Royce è gay" potrei chiudere la storia, sistemare tutto e uscirne pulita. In fondo, Royce mi ha anche dato il via libera…

Sembra così facile. Stupida io che sto anche a pensarci.

Ma Charlotte Taylor non vende un amico.

«Mi dispiace, Sebastian, non posso».

Lui annuisce, con il capo pesante. «Lo immaginavo».

«Con te sono stata sincera», non riesco a tacere.

Lui sposta lo sguardo in un punto immaginario alla sua destra. «Se te ne vai ora, senza fare storie, non chiamo la sicurezza».

42

L'ultimo chiodo sulla bara

Mi trascino fino al mio ufficio con la devastazione dentro. E fuori.

Sì, perché in ascensore scoppio in lacrime. Lacrime di rabbia, di ansia, di frustrazione per aver subito un'ingiustizia, di autocommiserazione per la mia stupidità. Qualunque tipo di lacrima esista, la sto piangendo.

Evito il contatto visivo, cercando di schivare più persone possibili e raggiungere il mio ufficio, dove disperarmi lontano da pettegoli.

Il punto è che quando entro, sono tutt'altro che sola.

Vanessa è in piedi, affacciata alla finestra, che scruta lo skyline della City. «Brutta giornata?», mi domanda voltandosi.

«Non è il momento, Vanessa».

«Però lasciami dire che il tuo vestito è un amore. Un po' sciupato ma Missoni è sempre una scelta azzeccata. Anche la borsa. La classic di Balenciaga è un evergreen», cinguetta. «È tua o di Jerry… Charlotte?».

Capisco dalla sua uscita che è venuta a rivendicare il suo territorio. «Fammi indovinare? Sei qui per gongolare? Sei stata tu a investigare su di me?»

«Io? Che sciocchezze!». Vanessa scoppia in una risata beffarda. «Non ho così tanto tempo da perdere. Ho pagato un investigatore».

«Sarai molto fiera di te».

«In effetti, sì. Sai, non avrei mai detto che fossi il tipo di Sebastian, ma dopo anni anche il caviale stanca e può venire voglia di patatine fritte. Mi avevi impressionato, all'inizio: ti presenti bene, sei sveglia, hai la risposta pronta, stile impeccabile... troppo impeccabile. Infatti, non mi sbagliavo. È stato un dettaglio minuscolo ma non trascurabile a tradirti. Ricordi la sera della cena a quattro? Quella che hai abbandonato prima ancora che ci servissero le portate?»

«Certo».

«Ti ho fatto i complimenti per la Hermès Himalaya che sfoggiavi quella sera, tu me l'hai passata e, aprendola, mi è caduto l'occhio sulla targhetta interna. JERUSALEM BLOOM, c'era scritto. Con tanto di numero di telefono». Vanessa scuote il capo. «Lì ho capito che qualcosa non andava. Tutto il resto, per l'investigatore è stato facile: ti ha seguita, ha visto dove abiti, ti ha fotografata quando andavi a fare il bucato alla lavanderia a gettoni, ha parlato con il tuo ex che gli ha raccontato tutto del vostro studio associato. E alla fine, proprio in corner, ha intercettato tua sorella, venerdì pomeriggio, che gli ha confermato che in casa non c'è nessuna Bea Beaufort».

«Ti sento compiaciuta».

«Credi che lasci impunita la donna che ha fatto saltare il matrimonio che aspettavo da sei anni?». Lo sguardo di Vanessa è diabolico. «Avresti dovuto vedere la faccia di Sebastian stamattina quando ha aperto il tuo fascicolo. Che arrivava sulla sua scrivania proprio il giorno in cui scopre che il suo amato progetto di Sentosa Cove gli è stato soffiato sotto il naso dal suo competitor».

«Bene, hai avuto quello che volevi: mi hai distrutto la vita. Puoi andare a festeggiare».

«Oh, no. Non è finita qui. Pensa che scoop quando uscirà su tutti i giornali di gossip che la fiamma dell'attore più richiesto di Hollywood non è chi dice di essere. Sto pensando solo al momento giusto per sganciare la bomba... Quando sono gli Oscar? Lunedì prossimo?»

«Non mettere in mezzo Royce, lui non c'entra con la tua vendetta».

«Ti ricordi cosa ti ho detto? Che io vinco sempre e, quando avrò finito con te, la tua reputazione sarà distrutta al punto che non avrai la faccia neanche di presentarti per un posto di donna delle pulizie». Prima di uscire, pesca un Kleenex dalla scatola sulla mia scrivania e me lo tende. «Ti do un consiglio: è ora che inizi a usare un mascara waterproof; sappi che hai appena iniziato a piangere».

E quando credo che le cose non possano andare peggio di così, ecco che compaiono sulla porta i miei genitori. «Charlotte! Sei qui!».

Merda. «Mamma, papà?!».

«Eravamo a Londra per la riunione del sindacato insegnanti ma è stata spostata nel pomeriggio, così abbiamo pensato di passare a trovarti. Ti abbiamo cercata dappertutto, continuavamo a chiedere di te ma nessuno aveva idea di chi stessimo parlando».

«Forse avreste dovuto chiedere di Bea Beaufort». Vanessa lancia loro una lunga occhiata esaminatrice, e un sorrisetto beffardo le tende le labbra rosso sangue.

Ha registrato tutto: i capelli crespi e grigi di mia madre, il giubbotto che ha già visto troppi inverni di mio padre, le scarpe prese al *convenience store*, il loro sguardo stravolto non abituato ad ambienti come quelli del Bloom Group. In questo momento vorrei ficcarle le dita negli occhi e cavarglieli perché non sopporto che giudichi la mia famiglia.

Sì, non veniamo dal jet set, non abbiamo fortune secolari alle spalle, a casa nostra si studia, si lavora, si fa economia e si vive la vita che ci si può permettere, non quella che si vorrebbe.

«Bea Beaufort?», domanda mio padre stranito. «Perché?»

«Chiedetelo a lei». Vanessa fa spallucce ed esce. «Ah, Charlotte, quando avrai finito di sbaraccare la tua roba, prima di andartene, apri le finestre. C'è puzza di seconda mano qui dentro».

Appena se ne va i miei genitori mi travolgono di domande.

«Chi è quella?»

«Che storia è questa di Bea Beaufort?»

«Perché te ne devi andare?»

«Cosa è successo?»

«Penso che la mia vita sia appena andata in pezzi», dico accasciandomi sul divanetto, priva di forze. «E la colpa è solo mia».

«Puoi parlarcene?», chiede papà, anche se il suo è un ordine mascherato con gentilezza.

Annuisco, con un sospiro. «Sì, ma andiamo a casa».

Non ho tanta roba da portare via dall'ufficio, dopotutto sono qui da poco più di un mese, riesco a fare stare tutto nel sacchetto di tela che mia madre porta sempre con sé, quello giallo, con stampato in grande *YUMFORLESS*, GOLOSITÀ A POCO PREZZO, il discount dove i miei fanno la spesa da sempre.

Quella che mi tocca, è un'autentica sfilata della vergogna.

Nessuno sa, ma tutti si stanno chiedendo cos'è accaduto.

«Dove vai? Cosa sta succedendo?», mi domanda Jerry sbucando dal suo ufficio quando mi vede passare con le braccia cariche di roba e l'aria afflitta.

Non riesco nemmeno a parlare, limitandomi a scuotere la testa.

Ringrazio solo che Russel non ci sia oggi perché, sicuramente, non mi risparmierebbe una frecciatina al vetriolo delle sue.

La cosa peggiore, però, non è la *walk of shame*, ma incrociare Sebastian, di nuovo, in ascensore.

Vorrei impedire ai miei di entrare, ma loro si fiondano dentro prima che possa trattenerli.

Li seguo, con lo sguardo basso, desiderando di essere ovunque meno che lì, in quel cubicolo, con l'uomo a cui ieri sera ho detto: «Ti amo» e che oggi mi vuole fuori dalla sua vita.

Sento il suo respiro pesante, come se stesse cercando di reprimere la rabbia durante questa discesa all'inferno.

Qualcosa dentro di me scoppia, e mi ritrovo ad aprire bocca contro il mio volere.

«Sebastian, per favore, ascoltami».

Lui ha gli occhi su di me ma non mi vede, il suo sguardo è vitreo, glaciale, estraneo.

Le porte si aprono, lui e l'uomo che lo accompagna escono.

«Chi è?», gli chiede il tizio.

«Nessuno», risponde lui.

E la sua risposta è l'ultimo chiodo sulla mia bara.

L'ascensore continua la sua corsa verso il piano terra, e ho come la sensazione che qui dentro sia finita l'aria. Non respiro più, annaspo, in cerca di ossigeno che non c'è. Quando arriviamo, mi fiondo fuori dalle porte scorrevoli per sfuggire alla claustrofobia.

«Charlie!», esclama Jane che, dal marciapiede, mi viene incontro con il sacchetto dei vestiti di ricambio che le avevo chiesto.

«Janey». La mia confusione mentale mi impedisce di avere la prontezza di spirito per dirle di andarsene prima che…

«Jane?!», esclamano i nostri genitori all'unisono, usciti anche loro dall'edificio. «Cosa fai qui, a Londra?».

43

Fuori tutto

Nei sotterranei della West Wing alla Casa Bianca c'è una stanza chiamata "Situation room", dove si tengono le riunioni di emergenza tra il presidente e il consiglio di sicurezza per gestire le crisi.

Ecco, nel mio appartamento ora si respira più o meno la stessa aria.

Io, Jane, mamma e papà siamo nel mio minilocale che, con quattro persone dentro, sembra ancora più mini.

Credo che abbiamo già superato la capienza massima ammissibile.

Tra me e Jane ce ne sono di cose da dire.

Comincio io, sotto lo sguardo rabbuiato dei nostri genitori, con lo stesso imbarazzo di quando ero una ragazzina.

Non importa se hai tredici anni o trenta, deludere chi ami è sempre mortificante.

Racconto la storia della mia doppia vita – senza toccare l'argomento "Royce gay" – con lo sguardo fisso sul pavimento, e mentre ascolto le mie parole riesco a deludere anche me stessa. Mi credevo un po' più intelligente di così.

«Quindi sei stata licenziata perché hanno scoperto che hai mentito sulla tua identità?», chiede mamma.

«No. Sono stata licenziata perché il diretto concorrente del

Bloom Group ha messo le mani su un loro progetto e le e-mail contenenti le informazioni sono partite dal mio computer. Non le ho mandate io, ma non so come dimostrarlo, e l'aver falsificato la mia identità non depone a mio favore».

«Charlie, hai finto di essere una ricca ereditiera come Jerusalem Bloom perché ti vergogni di noi?»

«Quella Jerusalem», sbotta mia madre, «ho sempre pensato che fosse una cattiva compagnia e avesse una pessima influenza su di te e non mi sbagliavo. Tu, Charlotte, sei sempre stata una brava ragazza».

«È per questo!», sbotto. «Non mi vergogno di voi, non mi vergogno di me, non mi vergogno di avere mille sterline sul conto, non mi vergogno di niente. Per una volta, una sola, nella mia vita ho voluto essere qualcun'altra perché essere sempre quella brava è soffocante. Per trent'anni ho fatto sempre tutto quello che mi è stato detto, ho soddisfatto tutte le aspettative che altri avevano su di me, eppure non basta mai. Perché essere quella brava è una sfida continua, un lavoro a tempo pieno, fatto un compitino ce n'è sempre un altro, e di me nessuno è mai contento perché vi ho abituato tutti ad avere sempre il cento per cento. Mi sono guardata allo specchio e non riuscivo a capire chi fossi, così ho provato a essere un'altra, una che non ha un problema per la testa, una che non deve rendere conto a nessuno se non a sé stessa, una che non deve pensare per forza alle conseguenze. Una così», dico sventolando il giornale alla pagina dello spettacolo, dove c'è una foto di me, al braccio di Royce, ai BAFTA.

Jane, mamma e papà si chinano sul giornale, lo sguardo incredulo.

«*Questa* saresti tu?», il tono di papà è scettico.

«Una mia versione dopata, diciamo».

Si mette gli occhiali da vista che tiene appesi al collo e guarda di nuovo. «Santo cielo, cosa ti hanno fatto?»

«Trattamento hollywoodiano *all inclusive*».

«Ferma tutto! Stai dicendo che ieri sera *tu* eri ai BAFTA con Royce DeShawn?!», esclama Jane.

«Non io, ma Bea».

«Porca puttana, sorella!».

«Niente parolacce!», la riprende mamma.

«Il problema è che sotto Bea c'era comunque Charlotte e con due vite le conseguenze le ho pagate doppie», constato amaramente.

«Ti credevamo più matura di così», mi rimprovera nostra madre. «Almeno, non da commettere questi errori».

«Ho il sacrosanto diritto di sbagliare anche io, benché non mi venga mai concesso».

«Non è Charlie che dovete rimproverare», ci interrompe Jane. «Quella che ha fatto il casino più grosso sono io. Vedete, non sono qui a Londra perché sono tornata in visita di cortesia. Sono stata radiata dal programma di specializzazione».

«Cosa?!». Mamma e papà lasciano cadere il giornale, raggelati.

«Credo che ciò che vi dirò io sia peggio di quello che ha raccontato Charlotte».

Digerire la storia di Jane è ancora più difficile, ma non la disconoscono come temevamo.

La portano addirittura a casa, se per ridarle un tetto sulla testa o per segregarla ancora non è dato sapere.

Io vorrei cancellarmi dalla faccia della terra, ma prima faccio un'ultima cosa, anzi due.

Mando un vocale per spiegare tutta la storia a Jerry – se la chiamassi mi interromperebbe ogni due parole – che mi ha tempestato di messaggi che ho ignorato, tra cui l'ultimo, allarmato: "Charlie, sono preoccupata. Dove sei? Cosa è successo? Sebastian mi ha detto di starti lontano e poi è ripartito per Parigi".

Poi avviso Royce. La mia telefonata è breve, senza aggiungere antefatti per lui irrilevanti, gli dico che sono stata scoperta e che è probabile che la bomba scoppierà in prossimità degli Oscar, quindi di allertare Ken e Tanya così che preparino un piano B per ripararlo dalle malelingue.

Ecco, ora chi deve sapere sa.

Spengo il telefono, abbasso l'oscurante, mi levo i vestiti e mi rannicchio nel letto con le coperte sulla testa, ad aspettare che il mondo smetta di crollarmi addosso.

44

Il blitz

Sboom!

Sbooom!

Sboooom!

Crack!

Il frastuono che rompe il silenzio a cui sono abituata mi sorprende, facendomi scattare sul letto.

Qualcuno è entrato nel mio appartamento.

Dal vano della porta vedo una figura massiccia.

Un ladro!

No, due ladri!

Sfilo da sotto il cuscino la mia mazza da baseball – ogni ragazza che vive da sola ne dovrebbe avere una – e la meno alla cieca.

Pim!

Pum!

Pam!

«Vaffanculo, ladri di merda!», grido.

«Ahi», grida una voce di donna.

«Charlie, smettila! Sono tuo fratello».

«Ike?»

«Sì, ci sono anche io», riconosco la voce di Jerry.

Accendo l'abat-jour e li vedo lì, davanti a me, nel mezzo del mio minilocale: lei si massaggia un braccio e lui la nuca.

«Che cosa diavolo...?!». Il mio sguardo si posa sulla porta fracassata. «Quello mi costerà la cauzione!».

«Non rispondi al telefono, non rispondi al citofono, nessuno ha tue notizie da giorni!», protesta Jerry. «Avevo paura che fossi morta».

«Perché, che giorno è?», chiedo.

«Giovedì», esclama lei.

«Giovedì? Già?», sbatto gli occhi un paio di volte, sentendomeli gonfi e cisposi.

«Da quando sei chiusa qui dentro?»

«Lunedì».

Lei annusa l'aria con una smorfia di disgusto. «Si sente. Ike, apri la finestra».

«No, Ike, ti pre...».

Ma lui tira su l'oscurante e spalanca il vetro, mentre la luce tagliente del pomeriggio mi abbaglia e i rumori della città mi stordiscono. Mi ributto sul letto. «Vi odio», mugugno a faccia in giù sul materasso, con il cuscino sulla testa.

«Non puoi ridurti così», dice Jerry strappandomelo via. «Non è da te».

«E che ne sai che cosa è da me o no?», protesto.

«Tu sei una che i problemi li risolve, non ti ci crogioli dentro piangendo finché non fai la muffa! Non ti ho mai vista commiserarti e non intendo cominciare ora».

«Non ho più voglia di niente», sospiro.

Mio fratello mi tira giù dal letto di peso. «No, Charlie, deprimerti non serve a niente».

«Secondo voi non dovrei? Certo, facile a dirsi. Non siete voi quelli accusati di spionaggio aziendale, non siete voi quelli che verranno sputtanati in mondo visione, tra una settimana, come dei mitomani falliti».

«Ma devi provare a difenderti!», insiste Jerry. «Mio padre è tornato da Rio, posso farti parlare con lui».

«E per dirgli cosa? Che non sono stata io a vendere un loro

affare a Cage quando ha le prove sotto gli occhi?!», ribatto lanciando verso di loro le stampe delle e-mail datemi da Sebastian.

Loro le guardano in un misto di incredulità e confusione.

«Visto che avete tutte le soluzioni, ditemi voi come lo dimostro che non sono stata io».

«Magari qualcuno ti ha hackerata e ha usato il tuo account di posta», ipotizza Jerry.

«No. L'IP del computer corrisponde al mio. E quando io non sono in ufficio lo spengo sempre, per riaccenderlo ci vuole la mia password».

«I numeri», borbotta Ike. «I numeri non mentono mai».

«Che numeri?», domando. «Nelle e-mail non ci sono numeri. Non metterti a fare il genio della matematica ora».

«Nella e-mail no, ma la data di invio sì», risponde. «Tu giovedì scorso eri in ufficio?»

«Sì, certo».

«E sei andata in giro durante la giornata? Hai ricevuto persone che hai lasciato momentaneamente da sole?».

Una persona nel mio ufficio è venuta: Sebastian. Però non l'ho certo lasciato solo. Anzi. «No».

«Avevi degli impegni? Degli incontri in programma?»

«Oddio», mi gratto la fronte mentre faccio mente locale ma questi cinque giorni di oblio hanno fatto tabula rasa della mia routine. «Aspetta, controllo l'agenda».

Controvoglia, riaccendo il cellulare, sul quale si scaricano una caterva di messaggi, tutti da parte di Jerry e Royce. Li cancello e vado a scorrere i miei memo. «Giovedì... Ho avuto un paio di appuntamenti telefonici la mattina, poi era fissata una riunione di coordinamento dei J Hotel con il team. No, scusa. La riunione l'ho spostata al mattino dopo perché è scoppiato il casino di Jane e sono tornata a casa da lei».

«A che ora è successo?», mi domanda Ike, in tono teso.

«Verso le quattro, direi una decina di minuti prima della

riunione. Ho fatto giusto in tempo ad annullarla e sono uscita al volo».

«Perché le e-mail sono state inviate alle 17:40», esclama lui. Mi tende uno dei fogli. «Guarda!».

È vero.

«E chi potrebbe averti soffiato la password?», chiede Ike.

«No», dico scuotendo la testa, «non c'era bisogno della password». Rivedo il flash di me che esco dall'ufficio al volo, gettando un occhio al monitor del PC. «Nella fretta, sono andata via con il computer acceso».

«Quindi questa è la prova che non sei stata tu ad averle inviate», esulta Jerry.

«Spiacente», la smonto subito. «Semmai è il mio alibi, ma non è una prova».

«E come facciamo a sostenerlo?!», sbuffa scocciata.

«Dovremmo avere la dimostrazione concreta che io non ero lì per mandare l'e-mail, tipo… Un video!».

«Un video?!». Ike e Jerry mi guardano straniti.

«Sì!». Scatto in piedi, con una scossa di adrenalina che mi scuote tutta. «Le telecamere di sorveglianza!». Ora che le mie sinapsi si sono rimesse in moto, ricordo anche dettagli infinitesimali, come quando io e Sebastian pomiciavamo negli angoli ciechi del corridoio per non farci inquadrare. «In tutti i corridoi del Bloom Group ci sono le telecamere. Se recuperiamo le registrazioni di giovedì scorso, non solo posso dimostrare che ho lasciato l'ufficio alle quattro, ma beccare anche chi alle 17:40 è entrato e ha mandato le e-mail!».

«Perfetto», esulta Ike, battendo le mani.

«Chiamo subito Patrick, della sicurezza!», dice Jerry sfoderando il cellulare.

«Andiamo», grido battagliera infilandomi le scarpe con ancora il pigiama addosso.

«No», mi blocca Jerry.

«Perché?»

«Prima ti fai una doccia. Puzzi di chiuso».

In effetti, quello che mi aspetta nello specchio del bagno, non è un bello spettacolo. Sono grigia, ho i capelli che sembrano una paglietta per piatti e credo che mi sia cresciuto uno strato di muschio sui denti.

Mi butto sotto l'acqua fredda – non per una scelta energizzante ma perché il boiler ci mette un quarto d'ora buono a scaldare l'acqua e non ho tempo da perdere – e mi strofino con energia, svuotando tutto il flacone di bagnoschiuma.

«Charlie», urla Jerry irrompendo in bagno e strattonandomi fuori per un braccio, con tutta la tenda di plastica. «Svelta».

«Che c'è?»

«Patrick mi ha detto che le registrazioni vengono cancellate ogni settimana. Questo vuol dire che stanotte a mezzanotte il filmato che ti scagiona non esisterà più. Abbiamo mezz'ora prima che gli uffici chiudano, dobbiamo volare! Ike è già giù a fermare un taxi».

Buttandomi addosso i primi vestiti che trovo, senza neanche le mutande e con i capelli schiumati, ci precipitiamo fuori, sul taxi nero fermo davanti a casa.

«Lo avrà sentito dire milioni di volte, ma vada più veloce che può!», ordino al tassista. «È una questione di vita o di morte».

Ovviamente, il tassista non si fa scuotere dalla mia ansia e guida come il codice della strada comanda.

«Non arriveremo mai in tempo», protesta Ike.

«Ahhh!». Jerry lancia un urlo di dolore che ci fa rabbrividire. «Sono incinta! Sto per partorire!! Prestoooo!!».

Si è ficcata la borsa sotto il cappotto per simulare un pancione e soffia simulando la respirazione di una partoriente nel pieno del travaglio.

«Si muova!», esclamo io. «Non vorrà che lo faccia qui?!».

«Coooosa?!», inorridisce il tassista. Nessun tassista vuole che il suo taxi si sporchi. «No, signora, non me lo faccia qui».

«Allora schiacci su quell'acceleratore!», esclamiamo noi tre all'unisono.

Finalmente la guida sprintosa si mangia il traffico portandoci nella City in meno di un quarto d'ora, con Jerry che continua a simulare doglie, Ike che le dice: «Respira, amore», e io che, per mettere sempre più fretta al tassista, conto le contrazioni.

«Una ogni tre minuti... Una ogni due minuti... Siamo a una al minuto... Ci siamo quasi!».

Ormai siamo in prossimità di St Mary Axe, manca poco.

«Ci lasci qui», dico io.

«Cosa? Ma l'ospedale è più avanti».

«Ci lasci qui», ripete Jerry, riprendendo il suo aplomb, con il tassista che la guarda confuso mentre si toglie la borsetta da sotto la giacca.

«Ma... ma lei...».

«Grazie, buon uomo», dice allungandogli cinquanta sterline. «Tenga il resto. Se per caso avesse preso una multa, la porti al Bloom International Group».

Scendiamo e ci dirigiamo a passo svelto verso il grattacielo della società, dalle cui porte scorrevoli stanno già uscendo i primi impiegati a fine giornata.

«State qui, alla security non può entrare nessuno che non sia un Bloom o autorizzato da mio padre», ci dice Jerry. «Vado e torno. Pregate che Patrick non abbia già staccato».

Non so quanto tempo passa ma il mio cuore perde dieci anni di vita.

Non servirà a mettere le cose in chiaro con Sebastian ma io non sono una disonesta. Ne va del mio amor proprio e rivoglio la mia dignità. Non ci sto a passare per ladra. Bugiarda magari sì, ma ladra doppiogiochista no.

Dopo quella che sembra un'infinità, Jerry esce sventolando una chiavetta USB in una mano e delle foto stampate nell'altra. «Chi ha vinto? Chi? Chi?».

Prendo le stampe dei filmati e le guardo. In una si vede alla perfezione che sto lasciando l'ufficio alle 16:03 di giovedì scorso e nell'altra...

Io mi aspettavo di vederci Vanessa, ma invece, quello che sta entrando nel mio cubicolo alle 17:32 è Russel.

Nella terza stampa, sempre lui esce alle 17:45.

«Che bastardo!», esclamo digrignando i denti al punto da farmi dolere la mandibola.

«Oh, non vedo l'ora che mio padre gli faccia il pelo e contropelo!», gongola Jerry.

«Venite qui», dico agguantando lei e Ike in un abbraccio. «Grazie, grazie, grazie», piagnucolo. «Se non foste venuti oggi, avrei perso anche l'ultima chance di scagionarmi! Siete fantastici. Vi amo tutti e due».

«Charlie...», dice Ike annusandomi la testa, «sai di cane bagnato».

«Non m'importa, vi abbraccio lo stesso».

«Ragazzi», ci interrompe Jerry, «devo dirvi una cosa».

«Cosa?»

«Sono incinta davvero».

Tra noi tre cala un attimo di silenzio, l'abbraccio si allenta dalla parte di mio fratello che...

«Cristo santo! È svenuto!», dico chinandomi per prenderlo a schiaffi mentre giace lungo e disteso sul marciapiede.

«Ike... non posso crederci che abbia perso i sensi! Io... scherzavo!», si scusa Jerry. «Volevo solo sdrammatizzare».

45

Siamo pari

Gli Oscar si terranno tra tre giorni, ossia lunedì e oggi sono convocata al briefing pre-serata da Royce.

I temi caldi sul tavolo sono due: la premiazione e la gestione del Bea-gate che dovrebbe uscire sulle testate di gossip da un momento all'altro.

«Abbiamo preparato due strategie di uscita a seconda delle eventualità», dice Tanya. «Se la notizia salta fuori prima della cerimonia, non parteciperai. A chi chiederà a Royce che fine hai fatto e se era a conoscenza della tua doppia vita, risponderà che avete rotto proprio perché ha scoperto che mentivi».

«Ruberesti i riflettori a Royce ed è proprio quello che non vogliamo: oscurare la sua serata con questa spazzatura», commenta Ken, con la sua solita delicatezza.

«E se esce dopo?», chiedo.

«Dichiareremo che Royce era estraneo a questi fatti e come tanti altri ha creduto che fossi chi non eri».

«In entrambi i casi non ne esco bene», faccio notare io. «Ammettere che era un'operazione coordinata non è un'ipotesi percorribile, vero?»

«Almeno le salveremmo la faccia», fa notare Royce. «In fondo a Charlotte verrebbe inflitta una punizione inutile, passando come la carnefice della storia. Non è stata lei a spifferare l'accordo, si è attenuta al patto. Sottovalutare il fatto che qualcuno potesse investigare su di lei è stato un errore che abbiamo commesso noi, alla base».

«Comprometterebbe l'integrità della tua immagine, Royce», taglia corto Ken. «Lavoriamo per te, non per lei».

«Inoltre, la figura della vittima raggirata dalla scalatrice sociale farà di te un martire e il tuo gradimento salirà alle stelle».

Un sorriso amaro mi tende le labbra. «Tutto questo si sarebbe evitato dicendo la pura e semplice verità su chi fossi, ma se non ricordo male mi è stato detto che la verità è noiosa e che una piccola bugia non avrebbe fatto male a nessuno». Una fitta mi stringe lo stomaco, rivedendo il film mentale del mio ultimo mese e mezzo e soppesando ciò che ho perso. «A me ha fatto male».

Ken fa spallucce. «Sei stata ben remunerata per il disturbo, se non sbaglio. Dopo gli Oscar riceverai il saldo e potrai piangere il tuo dolore in una suite a cinque stelle su una spiaggia dei Caraibi».

«Proprio qui volevo arrivare», dico interrompendoli. Prendo la borsa e apro il portafoglio, da cui sfilo l'assegno ricevuto dopo i BAFTA.

Lo sventolo davanti ai loro occhi curiosi e faccio quello che, forse, nessuno sano di mente farebbe. Lo strappo in due. Poi in quattro. Poi in otto.

«Charlie», esclama Royce inorridito.

«Non prenderò i soldi», dico senza esitazione. «Né questo acconto, né il saldo».

«Sicura?», mi chiede Ken con il sopracciglio alzato. «Non te li offriremo due volte».

«Ci sono vari motivi per cui non posso accettare. Il primo è che ormai reputo Royce un amico e non voglio soldi dagli amici; secondo: mi è stato detto di dare un valore al mio tempo e l'ho fatto, quello che non posso fare è mettere un prezzo alla mia integrità morale. Quella non è in vendita».

«E il tuo castello?», mi chiede Royce. «Non potrai salvarlo dall'asta».

Lo so, ho pensato a lungo a Sharesby Hall, ed è una decisione con cui sono venuta a patti a fatica. «Si vede che non era destino. E comunque sarebbero mancati i quattro milioni per ristrutturarlo, quindi non sarebbe stato chissà che passo avanti. Rinuncio con convinzione».

Tanya e Ken si guardano scuotendo la testa. «A noi sta bene».

Royce però sbuffa, scocciato. «A me no, perché mi sento in debito».

«Non devi. È una mia scelta. Quando tutto questo è iniziato non sapevo chi fossi. Ora voglio essere Charlotte Taylor perché mi piace e sono orgogliosa di ciò che fa, anche delle cazzate. Non ci ho guadagnato soldi, ma so chi voglio essere». Metto una mano sulla spalla di Royce che mi guarda mortificato. «Siamo tutti belli come siamo davvero».

«Sì, ok, tutto molto commovente», taglia corto Ken. «Tanya, l'iter per gli Oscar».

Tanya mi passa una busta A4. «Qui c'è il programma, le risposte alle domande che potrebbero farti sul red carpet da imparare a memoria, la partenza è prevista domenica a mezzogiorno da Heathrow».

Mentre riassumono il programma mi arriva una chiamata di Jerry, la ignoro, ma poi ne arriva una seconda, seguita dal messaggio: "Rispondimi! È urgentissimo".

«Sono da Royce, dimmi», borbotto prendendo la terza chiamata.

«Appena hai finito vieni da me».

«Perché?»

«Ho scoperto una cosa pazzesca. Assurda!».

«Riguardo a che?»

«A Vanessa. Se è come dico io, e sono certa di non sbagliarmi, l'abbiamo in pugno!».

«Dammi dieci minuti e arrivo».

L'hotel è vicino a casa di Jerry quindi non mi disturbo nemmeno a prendere un taxi. Marcio a passo spedito fino al suo fantasmagorico condominio, quello con la cascata davanti all'ingresso. Il livello di lusso di questo edificio è così alto che l'acqua della cascata, d'inverno, è riscaldata perché non geli.

Salgo da lei, che smania appena entro.

«Sono un genio!», esclama. «O meglio, tuo fratello è un genio, ma il piano l'ho elaborato io».

«Quindi mio fratello è ancora vivo? Non si è buttato nel fiume?», chiedo mettendo giù il cappotto nel guardaroba.

«C'è stato un momento di *défaillance*, diciamo, ma è tutto a posto. Quando ha capito che era uno scherzo e che non c'è nessun bambino in arrivo ha ripreso a respirare».

«Jerry, scusa se faccio la guastafeste della situazione ma... spero che prendiate precauzioni. Non siete due quindicenni sprovveduti!».

«Tranquilla, non mi affido al metodo della preghiera. Oddio, una volta ci siamo fatti un po' prendere dal momento ma ci siamo bloccati in tempo».

Sospiro, buttandomi sul divano. «Vabbè, non commento».

«Oh, perché tu sei quella perfettina che non lo fa mai senza preservativo».

«Io prendo la pillola».

«Non hai smesso dopo esserti lasciata con Coso?»

«Volevo finire le tre scatole che avevo preso di scorta», mi giustifico, pronta. «È che sono preoccupata per te. Ike non è l'affidabilità fatta persona».

«E allora? Stai tranquilla, per ora pericolo scongiurato, ma non ti ho chiamata per parlare di educazione sessuale!».

«Sono tutta orecchi, dimmi cosa hai scoperto».

Jerry batte le mani, esaltata. «Vanessa ha rubato soldi alla Bloom Foundation. Un pacco di soldi».

46

Affare fatto

Sbatto le ciglia, sorpresa. «Sul serio?»

«Sì! Ricordi quando ti dissi che la mia proposta della casa per anziani era stata stroncata sul nascere dicendomi che mancavano risorse e tu mi ha suggerito di andarci a fondo scavando nella contabilità?»

«Certo».

«L'ho fatto. Con l'aiuto di Ike, ovviamente, lui con i numeri ci sa fare più di me. È venuto fuori che la signora ha vampirizzato la Bloom Foundation e quindi, ora, possiamo metterla spalle al muro».

«Be', dobbiamo farlo in fretta perché gli Oscar sono lunedì, quindi tra domani e dopodomani la stronza rilascerà il mio dossier ai giornali».

«Non c'è problema. La chiamiamo subito», esclama.

«E con che scusa?»

«Ho un'idea infallibile», esclama.

Jerry prende il telefono, avvia la chiamata e mi fa cenno di stare in silenzio. «Ciao, Vanessa, sono Jerry. Potresti venire da me oggi pomeriggio? Vorrei parlarti di Sebastian. Mi ha detto una cosa riservata, ma credo tu la debba sapere».

Al nome "Sebastian", Vanessa non si fa ripetere l'invito due volte e in meno di mezz'ora plana nell'attico di Jerry.

Io, nascosta nella dispensa, riesco a sbirciare dallo spiraglio il tavolo della cucina dove la mia amica è seduta di fronte a Vanessa.

«Il tuo invito mi ha lasciato molto colpita, Jerry», è la sua frase d'esordio. Sembra a suo agio proprio come se fosse la padrona di casa.

«Immagino, dopotutto, io e te non siamo mai andate d'accordo», risponde lei con tono zuccheroso al limite dello stucchevole.

«No, infatti».

«Tuttavia devo riconoscere che questo ultimo mese e mezzo mi è servito per fare delle riflessioni. Non avrei mai immaginato che mio fratello arrivasse ad annullare le nozze».

Le labbra di Vanessa si tendono in un mezzo sorrisetto di scherno. «Avrai stappato una bottiglia del tuo miglior champagne».

«Lui è molto cambiato, non trovi?»

«Sono d'accordo, ma sappiamo entrambe di chi è la colpa: essendo Charlotte una tua amica, ti ritengo in parte responsabile per averla portata nella nostra vita. In una notte, ha spazzato via una relazione che durava da sei anni».

«Sebastian non è il solo a essere cambiato. Anche io sono molto cambiata, sai? Ti ricordi com'ero fino all'anno scorso? Annoiata, superficiale, e per nulla interessata alle attività di famiglia». Jerry la prende larga, tenendo Vanessa sulla corda.

«Certo che me lo ricordo».

«Insomma, mai avrei pensato di sedermi a una scrivania per ore a leggere le stringhe di un bilancio, eppure adesso è qualcosa che non mi è più così estranea. Con l'aiuto di persone più competenti di me, s'intende. In particolare, sono molto interessata alle attività della Bloom Foundation, ora che il volontariato è al mio ordine del giorno».

«Ti fa onore. Tuo padre sarà molto contento. Ma dimmi di Sebastian».

«Con calma. Speravo di fare rientrare alcune delle mie iniziative tra le attività filantropiche della fondazione, ma mi è stato dato il semaforo rosso».

«Parli della casa di riposo per anziani?».

Jerry annuisce. «Già, proprio quella».

«Ne ho sentito parlare». Vanessa scuote la testa. «Bisognerà discuterne con il comitato. Trovare i soldi non sarà facile».

«E infatti, eccoci al motivo del nostro incontro». Jerry allunga la mano sulla cartellina arancione sul piano del bancone e la apre davanti a sé.

«Credevo dovessimo parlare di Sebastian».

«Arriveremo anche a lui. Dunque, non è da me vantarmi del benessere della mia famiglia e del Bloom Group ma, quando mi sono sentita sbolognare in quattro e quattr'otto con: "Non ci sono i soldi", sono rimasta spiazzata. Ci tengo molto a prendere una posizione rilevante nella società, quindi mi sono sentita in obbligo di guardare a fondo nella contabilità della fondazione per capire dove potevo trovare la soluzione per la mia iniziativa», spiega Jerry arzilla, per poi cambiare subito tono. «Invece ho trovato altro».

«E perché lo dici a me?»

«Ti confesso una cosa: ho sempre pensato che il tuo amore verso Sebastian fosse più che altro sostenuto dal voler diventare la first lady del Bloom Group, quindi capirai il mio shock quando ho saputo che avevi firmato il contratto prematrimoniale così, senza nemmeno averlo letto, senza un minimo di contrattazione».

«Mi hai sempre giudicata peggio di quel che fossi».

«L'ho creduto anche io. Mi sono detta: "Sta' a vedere che Vanessa tiene davvero a Sebastian". E il dubbio l'ho avuto finché non ho trovato questi». Jerry le porge un fascio di fogli. «E ho capito».

«Capito cosa?». Vanessa prova a mantenere il suo aplomb glaciale ma la sua voce ha un tremito e nel suo sguardo passa un lampo di paura.

«Che hai preso la Bloom Foundation per il tuo bancomat personale. Le vedi tutte le transazioni che ho evidenziato nel rendiconto spese? Ecco, sono tutti i soldi che ti sei intascata».

Vanessa ridacchia nervosa. «Tu sei pazza».

«Può darsi. Pazza, ma non scema. Vedi, Vanessa, tra tutti i difetti che ho c'è quello che, quando mi metto una cosa in testa, non c'è verso di farmi cambiare idea».

«Non vedo come, con questo rendiconto approssimativo, tu possa sostenere che io abbia sottratto denaro alla Bloom Foundation».

Jerry prende un altro fascio di fogli e glielo apparecchia davanti. «Per tua sfortuna ho anche le fatture di ogni pagamento».

«È ovvio che ogni pagamento sia stato effettuato dietro l'emissione di una fattura».

«All'inizio non è stato semplice, perché ho controllato le fatture una per una, in ordine cronologico, che corrispondessero a ogni singolo pagamento, poi le ho divise per gruppi a seconda dei servizi forniti e ho notato due peculiarità in quelle delle "consulenze": la prima è che gli importi erano tutti, stranamente, a cifra tonda, niente rotti, niente decimali. Chi mai emette fatture così secche? La seconda è che sono state emesse da tre sole società i cui numeri di conto corrente sono identici tra loro, a eccezione dell'ultima cifra».

«Dunque?»

«Dunque, a meno che non si sia verificato il fortuito caso che i titolari delle tre società si siano ritrovati nella stessa banca, lo stesso giorno, alla stessa ora, in fila indiana, uno dopo l'altro, per aprire un conto, sospetto che siano stati aperti dalla stessa persona».

«E allora?»

«E allora sono andata al registro delle imprese e ho fatto una bella visurina. Indovina cosa ho scoperto? Che l'amministratore delegato di queste società è Caroline Pratchett». Jerry si prende un attimo di silenzio per aumentare l'effetto suspense. «Nome da nubile di Caroline Vauxhall, ossia tua madre».

Vanessa fa per aprire bocca, ma Jerry la zittisce subito. «Credevo che tua madre tenesse corsi di mindfulness e massaggi ayurvedici, fatico a immaginare che consulenze possa aver fatto per la Bloom Foundation».

«Mia madre è una persona molto... eclettica».

«Il suo eclettismo è stato pagato, vediamo...», Jerry prende il suo blocco di appunti con le sue deduzioni e contro deduzioni, «un milione e trecentocinquantamila sterline in un anno. Già, un'altra cosa davvero strana è che queste società risultano aperte esattamente un anno fa, quando tu e Sebastian avete deciso di sposarvi».

Adesso il perfetto viso di Vanessa è contratto in una smorfia irritata e le tremano le mani. «Dove vuoi arrivare?»

«Ecco come la vedo io: anziché stressare mio fratello in un tira e molla di avvocati per trattare sulle condizioni del contratto prematrimoniale, che avrebbe rischiato di mandare a monte le nozze perché, come sai, Sebastian si stanca in tre minuti di queste cose, tu e i tuoi genitori avete pensato di succhiare via i soldi dalla fonte, aprendo tre finte società dalle quali emettere fatture per consulenze fantasma e farvi il vostro tesoretto di nascosto». Jerry chiude la cartellina, compiaciuta. «Sei stata brava, Vanessa, devo ammetterlo. Nessuno fa caso agli IBAN, specie se le fatture arrivano in ordine sparso e se sono vidimate con il tuo ok al pagamento. La tua posizione di direttore esecutivo della Bloom Foundation e fidanzata, ops... ex fidanzata, di Sebastian era una copertura perfetta, l'ultima dei sospettabili. Hai fatto solo un errore: sottovalutare la sorellina stupida, che tanto stupida non è. Come puoi vedere non sei l'unica a saper fare delle indagini. I numeri non mentono mai», conclude Jerry, citando il motto di mio fratello. Capisco che dev'essere stato lui a notare la coincidenza degli IBAN.

«Va bene», sbuffa Vanessa a denti stretti. «Cosa vuoi?»

«Anche se mi piacerebbe moltissimo vedere Sebastian farti a pezzi, penso che potremmo trovare un compromesso con tre condizioni non negoziabili: verserai alla Bloom Foundation le trecentocinquantamila sterline con una donazione anonima, cifra alta ma non sfacciata al punto da far gridare al miracolo e distruggerai tutte le informazioni che hai raccolto su Charlotte».

«E la terza?»

«A proposito di Charlotte... Charlie, puoi venire qui?».

Come stabilito faccio la mia entrata, suscitando l'ondata di astio di Vanessa che mi trafigge con lo sguardo. Mi siedo di fronte a lei, alla destra di Jerry. «Come terza condizione», dico, «depositerai il restante milione che ti sei intascata su questo conto entro quarantotto ore», dico allungandole un tesserino.

«Salviamo Sharesby Hall?», domanda, leggendo la didascalia.

«Esatto», rispondiamo io e Jerry in coro.

«Ci avete provato», dice alzandosi con aria sprezzante. «Bel tentativo».

Jerry allunga il suo cellulare sul tavolo a schermo acceso. «Ho qui una e-mail, in bozze, con allegata tutta la documentazione che ti ho appena mostrato e tutte le ricerche che ho fatto e che chiudono un bel cerchio di fuoco intorno a te e alla tua famiglia. I destinatari sono il consiglio della Bloom Foundation, l'ufficio legale del Bloom Group, mio padre e Sebastian. Non rimborsi la fondazione? L'e-mail parte. Non versi il milione a Sharesby Hall? L'e-mail parte. Diffondi l'indagine su Charlotte ai media in qualunque modo o forma? Prova a dire che succede?»

«L'e-mail parte», ringhia Vanessa, a denti stretti.

«Vedo che stai attenta. Come ti ho detto, le condizioni non sono negoziabili. Ti sto dando la possibilità di salvarti la faccia e il culo finti che hai e, credimi, se Sebastian leggesse il fascicolo, non ti rimarrebbero più né l'una né l'altro». Ora le posizioni sono ribaltate, e quella con il ghigno mefistofelico è Jerry. «Mi sembra superfluo chiedertelo ma… accetti?», le domanda tendendole la mano.

Vanessa la guarda per un po' scettica, ma alla fine la stringe. «Accetto».

«È un piacere fare affari con te».

«Andrò in banca oggi stesso», borbotta.

«Sai, Vanessa», le dico, «dopotutto non è vero che vinci sempre».

Lei non mi risponde, osservandomi con un ghigno assassino.

«Ancora una cosa. L'ultima volta che ci siamo viste mi hai detto che, dopo anni di caviale, a uno viene voglia di patatine fritte. Sai come si produce il caviale? Spremendo la pancia della femmina di storione per far fuoriuscire le uova. Per come la vedo io, meglio essere patatine fritte tutta la vita».

47

Il Red Carpet è uno stile di vita

«Nervosa?», mi domanda Royce a pochi minuti dall'atterraggio al LAX.

«Non saprei dirlo. Ho quasi la sensazione di essere fuori dal mio corpo e vedere tutto dall'esterno. Come se ora fossi un'altra persona».

«Gli Oscar fanno questo effetto».

Scuoto la testa, mentre sbircio dall'oblò. «Non sono gli Oscar, ma tutto quello che è successo».

«Ti sei pentita di avermi aiutato?»

«Ti offendi se ti dico di sì?»

«No, lo capisco». Royce mi stringe la mano, appoggiata al bracciolo.

Ken e Tanya sono seduti dall'altro lato del jet privato, intenti a valutare contratti per futuri ingaggi di Royce, le cui quotazioni, dopo Golden Globe e BAFTA, si sono alzate parecchio. L'Oscar farebbe schizzare il suo cachet nell'iperspazio. E, di conseguenza, la loro percentuale.

«Per questo, voglio che tu prenda il compenso pattuito», insiste lui.

«No, Royce. Sei molto generoso, ma Sharesby è salva. Io e Jerry abbiamo trovato una quadra».

«E allora? Sai con un milione di sterline quanto puoi viverci bene?»

«Non posso lo stesso. Chiunque mi darebbe della pazza, ma non posso prendere i tuoi soldi solo per mantenere un segreto. Io e te siamo diventati amici».

«Più che amici, direi».

«E allora gli amici non mantengono i segreti per soldi. Lo fanno per affetto. In più, dopo stasera, voglio archiviare la questione Bea Beaufort una volta per tutte, se incassassi il tuo assegno, ci sarei dentro per sempre. Davvero, questione chiusa».

Royce annuisce, passandomi un braccio dietro le spalle per stringermi in un mezzo abbraccio. «Ti manca Sebastian?»

«Tanto da soffocare».

Ho pensato alla scena nel suo ufficio almeno cento volte. Ho rivisto noi due, ai lati opposti della barricata, la delusione dipinta sul suo viso, la sua rabbia che mi ha impedito di aprire bocca.

Vorrei che ci fosse un modo per mandare indietro il tempo ma questo è uno di quegli eventi irreversibili: non puoi rimettere il dentifricio nel tubetto, una volta che lo hai spremuto fuori.

Dopo aver ottenuto il filmato della sicurezza ho provato a contattarlo, ma ha bloccato il mio numero. A Jerry, invece, riattaccava il telefono.

«E io non riesco a non pensare che, se lo hai perso, la colpa è anche mia».

«No, è solo mia. Ho tirato troppo la corda e si è spezzata».

«Perché non gli hai detto di me?», mi chiede. «Non avresti perso Sebastian».

«Non ho potuto. Non sei una moneta di scambio».

Il comandante accende il segnale di cinture allacciate, e il jet scende di quota, mentre io mi preparo a interpretare Bea per l'ultima volta.

La preparazione che precede la cerimonia è uguale a quella per i BAFTA ma elevata alla decima potenza.

Stavolta abbiamo iniziato già alla mattina, in cui ho guadagnato una *spray tan* californiana in piena regola: ora il mio biancore inglese è stato coperto da una patina color biscottino dorato.

Mentre la stylist mi veste, prego che il colore non mi si sciolga addosso perché l'abito è in prestito e deve tornare alla casa di moda intonso.

È un vestito di classe, da solo vale più del mio stipendio di un anno, ma discreto – perché è Royce quello che deve risaltare – e dimenticabile perché io devo essere dimenticabile. Il mio look non sarà iconico né farà la storia della moda, perché non restino mie foto negli annali. Bea non resterà negli annali.

Tanya mi fa perfino i complimenti perché mi trova dimagrita. «Vedo che ti sei decisa a metterti a dieta», è stato il suo commento quando la sarta ha spillato al volo le cuciture per stringermele.

"Non è dieta", avrei voluto rispondere, "è solo il risultato di una vita a pezzi".

Alle sei e mezza, come da programma, raggiungiamo in auto il Dolby Theatre davanti al quale si estendono i centocinquantadue metri di tappeto rosso.

Quello degli Oscar non è un red carpet, ma *il* Red Carpet, con tanto di maiuscole e le due ore di sfilata, foto e interviste sono importanti quanto la premiazione. Si potrebbe quasi dire che il red carpet stesso è gli Oscar.

Stasera, in quei millecinquecento metri quadri tra Highland e Orange, su Hollywood Boulevard, c'è la più alta concentrazione di celebrità del mondo.

Scendiamo nell'area *limo drop-off* e quando alzo la testa, l'insegna nera con scritto THE ACADEMY AWARDS che si staglia nel cielo rosa di Los Angeles mi provoca uno shock di sistema da farmi rientrare in auto.

«Non ci provare», mi richiama Royce stringendomi il braccio. «Non ti mollo. Sorridi, respira e andrà tutto bene».

Attraversiamo il tunnel dell'area di sicurezza e *sbem*, eccoci sul tappeto rosso, sovrastato dalle tribune degli spettatori e subito sotto dalla *press line*, i paparazzi scattano foto a ripetizione.

Il chiasso già assordante, alla comparsa di Royce che alza il braccio in segno di saluto generale, scatena un vero e proprio boato.

Nell'immaginazione distorta da profana, credevo che saremmo stati io e lui e basta, con tutti gli occhi addosso, invece il percorso da qui all'ingresso del teatro è così affollato che c'è quasi da pestarsi i piedi l'un altro.

«Basta che un film sia in nomination che tutti, dall'intero cast comparse al comparto tecnico, vengano invitati», mi spiega Royce, prima di agitare la mano verso qualcuno a poca distanza da noi. «Ehi, Brad!», al quale seguono vari: «Quentin, ci sei anche tu!», «Ciao Al», «Come va, Meryl?».

È un caos controllato. Nella corsia generale sfilano un po' tutti, mentre noi imbocchiamo quella dedicata ai nominati, ai presentatori e ai performer, perché Royce rilasci le interviste a tutti i giornalisti presenti, come stabilito dalla rigida tabella di Ken.

Capisco presto che nessuno si muove a casaccio sul tappeto rosso, tutti seguono una programmazione certosina e sanno in ogni momento in che punto devono trovarsi: microfoni della CNN? Eccoci. *Photocall*? Subito.

Anche io ho risposto ad alcune domande, recitando a memoria le frasi scelte da Tanya, che dicono tutto e niente.

Il tappeto rosso si prolunga anche all'interno del teatro, su per lo scalone, affiancato ai lati da statue degli Oscar versione gigante.

«Non ci si siede dove capita. L'assegnazione dei posti è pianificata con precisione strategica», mi spiega Royce mentre raggiungiamo le poltrone con i nostri nomi. «Le star pluripremiate e i senatori sono sempre nelle prime file. Più sei vicino al palco, più conti. Ex sposi, ex fidanzati, ex amici sono dislocati in settori diversi per evitare un clima di imbarazzo. Anche i nominati della stessa categoria sono seduti in posti lontani, perché al momento della proclamazione non devono comparire vincitore e perdente con la faccia scura insieme. Infine, i papabili vincitori sono sempre piazzati vicino al corridoio, così che, quando si alzano per salire sul palco, non debbano scavalcare *ventordici* persone».

Il mio sguardo cade sulla nostra posizione. Io sono interna, ma Royce è esterno. «Vuoi dire che...?»

«No. Meglio non dire nulla».

Le tre ore e mezza di premiazione prendono il via, partendo con gli Oscar "minori" salendo fino alle categorie più importanti, con la tensione in sala che aumenta proclamazione dopo proclamazione.

«Credevo che la formula fosse: "E il vincitore è..."», dico.

«Lo era, ma è stata cambiata nel più politicamente corretto: "L'Oscar va a...", così da non far sentire perdenti gli altri nominati», mi spiega lui.

Noto che i discorsi si assomigliano un po' tutti, con i ringraziamenti a Dio, genitori, manager, e: "Tutti quelli che mi hanno supportato fino a qui" e: "Mai nella mia vita avrei immaginato di arrivare a questo traguardo... in questa sala ci sono persone ben più talentuose di me".

«Ruffiani», borbotto tra me e me.

«Ho sempre immaginato come sarebbe salire sul palco, accettare l'Oscar, fare un dito medio a tutti gridando: "Ho vinto io, merde", magari tirarsi giù i pantaloni, mostrare le chiappe in mondovisione e andarsene», ribatte Royce a voce bassa.

«Di certo passerebbe alla storia».

«Anche il mio passerà alla storia».

«Il discorso di Ken e Tanya, semmai».

Dopo la premiazione alla miglior regia, si passa al miglior attore protagonista, e Royce si irrigidisce mentre i presentatori elencano tutti i nominati.

«Merda, merda, merda», bisbiglia a fior di labbra, mentre stringe il bracciolo della poltrona fino a sbiancarsi le nocche.

Forzo le sue dita artigliate al tessuto, e la sua morsa di ferro mi stritola.

Una ex Bond girl, che a sessant'anni sembra più giovane di me, apre la busta, dà uno sguardo, e si accosta al microfono. «E l'Oscar va a...».

Il viso di Royce è impassibile, ma nella mia mano già non circola più sangue.

«Royce DeShawn, per *The beechtree wood*».

Schizziamo in piedi insieme neanche ci fosse esplosa la poltrona sotto il sedere, lui mi stringe e poi si lancia verso il palco a ritirare la statuetta, stringendo le mani a tutti quelli che si allungano verso di lui per complimentarsi.

«Pazzesco», dice al microfono. «Questa statuetta pesa più di quello che pensassi».

La sua battuta di apertura fa ridere la sala.

«Ho un discorso. Ce lo abbiamo tutti, no? I nostri manager ce lo hanno fatto imparare a memoria e ripetere davanti allo specchio perché questo palco fa strani scherzi. Le pause giuste, gli accenti giusti, e abbiamo tutti una lista nel taschino con l'elenco di nomi da ringraziare, che abbiamo riguardato venti volte per non scordare nessuno. Una persona mi ha fatto notare come i discorsi si assomiglino tutti e come, a volte, suonino ipocriti. Potrei recitare il mio ma credo che andrò a braccio. Non che non voglia ringraziare Dio o i miei genitori, eh. Ma prima voglio ringraziare la persona che amo. Ben». Royce si prende una pausa e il silenzio piomba in sala.

«Sì, Ben. Dopo l'uscita di *The beechtree wood*, in ogni intervista che ho fatto mi è sempre stato chiesto quanto coraggio ci è voluto, da uomo etero, a interpretare un ruolo gay. La mia risposta è sempre stata: sono un attore, recitare è il mio mestiere. La verità è che anche nell'intervista stavo recitando, perché io sono gay».

Ancora silenzio. Il Dolby Theatre è paralizzato.

«Non so se avrei mai ricevuto questo premio, se avessi fatto coming out prima. Forse no, perché qualcuno avrebbe pensato che sarei stato avvantaggiato. *The beechtree wood* per me è stato un doppio lavoro perché ho dovuto interpretare la parte di un etero che interpreta un gay. Vi sento troppo silenziosi, respirate».

Il pubblico si rilassa in una risatina.

«Così va meglio. Almeno voi, fatevelo un sorriso. Il mio entourage ora avrà le mani nei capelli dopo la fatica fatta per nascondere al mondo il mio orientamento sessuale. Ma ho bisogno di sentirmi libero, ho bisogno di amare alla luce del sole la persona con cui voglio dividere la mia vita e, soprattutto, di restituire a una donna speciale tutto quello che mi ha dato in questo mese e mezzo, sacrificando la sua felicità per me. Gratis, nel caso ve lo steste chiedendo. Anzi, ci ha rimesso il suo, di amore». Royce si porta le dita alle labbra e lancia un bacio nella mia direzione. «La verità è noiosa, ma non si può vivere di bugie».

Io gli rilancio un bacio a mia volta.

«Ok, basta con le prediche. Mi godo questo Oscar perché, con ogni probabilità, sarà l'unico che vincerò in vita mia e, da domani, non mi resterà che recitare il ruolo della checca isterica, che dà consigli di scarpe bevendo Martini alla mela in qualche sit-com. Buona serata a tutti!».

48

Il Pancake Tuesday

Fine.

È finita.

Bea Beaufort non c'è più.

I suoi account social sono stati chiusi.

Sono di nuovo Charlotte Taylor e basta, e non mi è mai sembrato così bello. Jerry mi aveva invitato da lei per una serata tra donne ma ho declinato.

Sono sempre la stessa Charlotte Taylor di Capodanno, ancora single, ancora senza lavoro, ancora a casa dei miei, stavolta per la cena del Pancake Tuesday.

La mia famiglia non è religiosa, non osserva la Quaresima in maniera tassativa, né rinuncia ai dolci fino a Pasqua, ma è quasi più una tradizione familiare che altro.

E oggi, di stare in famiglia, strano a dirsi, ne ho voglia.

«Hai rinunciato a un milione di sterline?!», mugugna Jane a bocca piena. «Pazza».

«Forse lo sono», confermo, inforchettando il mio pancake grondante marmellata ai mirtilli fatta in casa. Sono già al terzo, ma mamma non mi farà alzare prima che io ne abbia mangiati almeno sei perché, secondo lei, ho il viso scavato.

«Potevi donarli in beneficenza», dice Ike. «A noi, per esempio».

«Non ci serve niente di più di ciò che abbiamo già», lo redarguisce mamma. «E non sbriciolare nel vasetto del burro!».

«Uh! Non vi ho detto la mia, di novità», esclama Jane. «Riguardo a Miller».

A sentire nominare il nome del suo viscido prof, ci facciamo sfuggire tutti un brontolamento generale.

«Ho parlato con alcune sue ex studentesse, che ho intercettato sul forum della facoltà, e ho scoperto che non sono la prima ad aver subito un ricatto da parte sua».

«Ha molestato anche altre ragazze? Che maiale!», sbotta mamma. «Senza offesa per i maiali».

«A una rifiutò la tesi; un'altra invece la bocciò tre volte allo stesso esame. Abbiamo pensato di costituirci tutte insieme contro di lui. Ci ho riflettuto e credo che se questa storia diventasse pubblica, forse verrebbero fuori anche altre ragazze».

«Più siete, più la vostra voce sarà forte. Il consiglio accademico non potrà ignorarvi».

«Però, è quasi certo che uscirà la storia della chat line, vi avviso», fa presente Jane a mamma e papà, «sarà imbarazzante».

«No, Jane», la rassicura papà. «Benché non mi abbia fatto piacere e sia una cosa che devo ancora digerire, preferisco di gran lunga che tu abbia respinto Miller, anziché cedergli per essere ammessa al tirocinio a Zurigo».

«Resto sempre dell'idea che Miller andrebbe suonato come una cornamusa», ringhia Ike. «Se ci avesse provato con la mia ragazza, adesso potrebbe comunicare solo usando gli occhi».

La sua battuta suscita l'ilarità di mamma, papà e Jane.

«Tu, con una ragazza?!», lo prende in giro Jane. «Ma quando mai!».

«Tra tutte le ragazze che gli abbiamo presentato e che ha respinto ho perso il conto», borbotta mamma.

«Già, scommetto che quella per cui ci hai piantato la sera del tuo compleanno non esiste nemmeno. È solo una scusa per bidonarle tutte», rincara papà.

Ike abbozza, ficcandosi in bocca un pancake intero e io, l'unica al corrente della verità, mi mordo la lingua.

Più tardi, proprio mentre ci accingiamo a sparecchiare, sul mio telefono compare una chiamata di Jerry.

«Dimmi».

«Sei ancora dai tuoi?»

«Sì, certo», le confermo, «abbiamo appena finito di cenare».

«Dammi l'indirizzo».

«Cosa?», domando senza capire. «Perché?»

«Perché sono qui. Mio padre è tornato dal Brasile, è a Seydenhurst: ti passo a prendere e andiamo da lui così potrai scagionarti una volta per tutte dalle accuse di spionaggio».

Quando pochi minuti dopo Jerry suona al campanello di casa, mi fiondo a infilarmi la giacca pronta a uscire. «Io vado. Parlerò con Mr Bloom e gli dimostrerò la mia innocenza», annuncio ai miei aprendo la porta, con la mia amica ad attendermi sulla soglia.

«Ma a quest'ora?», domanda mia madre, sempre preoccupata delle buone maniere.

«Ho una reputazione da difendere. Ah, mamma, papà, lei è la mia migliore amica: Jerusalem Bloom», gliela presento, visto che non l'hanno mai avuta in simpatia. «Jerry, loro sono mio padre e mia madre. Imogen e Simon».

Lei fa un sorriso gigantesco e tende loro la mano. «Salve! Che piacere conoscervi! Quindi, voi siete i suoceri».

Mamma e papà sbattono le palpebre confusi e sconcertati. «I suoceri di chi?»

«Jerry», le dico spingendola fuori, «andiamo… non vorremo fare tardi».

All'ingresso di Seydenhurst ci accoglie Rosie, dolce e gentile come sempre, cosa di cui sono ben contenta

Mi è mancata un po' di gentilezza ultimamente.

«Jerry, cara, sei bellissima. Perché non vieni a trovarci più spesso? Moriamo dalla voglia di viziarti un po'».

«Se la metti così, Rosie, non posso rifiutare».

«Bea, che bello rivederti così presto. Sebastian non c'è?».

Domanda un filino imbarazzante. «Ehm, no», mugugno.

«Mio fratello è tornato a Parigi. Impegni improrogabili».

«Che peccato, sarebbe stato bello avervi tutti qui, al completo», sospira Rosie.

«Mio padre dov'è?», le chiede Jerry.

«Su in biblioteca. Se lo raggiungete vi faccio portare una cioccolata calda».

«Grazie», le dico. «E, Rosie, il mio vero nome è Charlotte». Non so se la rivedrò mai più, ma voglio mettere fine a ogni equivoco.

Il suo sguardo interrogativo mi prepara già a dare spiegazioni, ma poi segue un sorriso confortante. «Charlotte», ripete. «Bel nome. Mi piace molto più di Bea».

Saliamo in biblioteca, dove Jerry entra bussando con un tocco leggero, facendomi cenno di aspettare che sia lei a chiamarmi.

«La mia bambina», la accoglie lui con una voce piena e baritonale. «Che sorpresa!».

«*Tu* mi sorprendi. Credevo tornassi a Londra».

«Ho preferito venire a Seydenhurst... Diciamo che io e Viola abbiamo bisogno di un po' di spazio».

«Tutto chiaro, papà».

«E tu, perché sei qui? Vuoi farmi credere che ti sono mancato?»

«Certo, sei stato via più di un mese, però c'è una persona che dovrebbe parlare con te».

«Con me?», chiede lui dubbioso.

Jerry viene alla porta e mi apre, facendomi cenno di entrare.

Mr Bloom è seduto sulla poltrona accanto al camino, le gambe allungate in una posizione rilassata, anche se è vestito di tutto punto. I tratti marcati e decisi del suo viso ricordano molto Sebastian, ma i suoi capelli sono bianchi e la fronte è segnata da profonde rughe.

«Non credo di conoscerti», dice, guardandomi.

«Lei è la mia migliore amica, papà. Charlotte Taylor», la presentazione di Jerry però non sortisce nessuna reazione. «Forse però l'hai sentita nominare come Bea Beaufort».

Ed ecco la reazione. La sua posa rilassata si trasforma subito in rigida e contratta: piega le gambe e raddrizza la schiena, in un atteggiamento autoritario. «In questo caso, temo di sì. Ma le cose che ho sentito non sono positive. Puoi immaginare da sola chi me le abbia dette».

«Sì», rispondo con un tremito nella voce. Io conosco la verità ma lui no e so che vede davanti a sé una minaccia al suo lavoro e alla sua famiglia.

«Devo ammettere che ne hai di fegato per venire qui», osserva lui. «Jerry, tu sei sempre stata una persona con un grande cuore, al limite dell'ingenuità. So che stroncare un affetto non è facile, ma devi imparare che chi nuoce alla tua famiglia non è tuo amico».

«Capisco la sua prospettiva, Mr Bloom», intervengo, «e le assicuro che allo stato dei fatti mi sento un'intrusa qui, ma posso spiegare come sono andate le cose e non sono venuta a sostenere la mia innocenza solo sulla base di parole. Lei è un uomo d'affari, che punta al concreto. Le chiedo di lasciar parlare i fatti».

«Charlotte, te lo dico con l'esperienza di un padre: non peggiorare la tua situazione, che è già grave. C'è sul tavolo una falsa identità, puoi smentirla?»

«No, quella la confermo. Purtroppo».

«E lo spionaggio? Ci sono delle prove abbastanza schiaccianti», continua lui.

«Sono prove incomplete», ribatto. «Non le farò sprecare il suo tempo, prometto».

«Cinque minuti, Charlotte. Spero di non dovermene pentire».

«Oh, no, papà. Te lo giuro», lo prega Jerry.

«Posso?», chiedo il permesso di avvicinarmi e lui annuisce. I miei passi sono incerti e respiro a malapena. «Dai tabulati risulta che l'e-mail inviata alla Cage Company contenente gli allegati dell'affare di Sentosa Cove è partita alle 17:40 dal mio computer».

«Esatto».

«Ma io non ero più in ufficio. Sono uscita alle quattro».

«Il tuo cartellino dice il contrario».

«Il cartellino è una prova falsificabile, ma le telecamere no», replico. «E posso mostrarglielo».

Prendo la chiavetta USB con il filmato che tengo nella borsa e l'attacco al megaschermo appeso sopra al camino.

«Hai le registrazioni della sicurezza?», mi chiede lui incupito. «Nessuno può averle, sono proprietà del Bloom Group».

«Me le sono fatta dare io», dice Jerry. «E io sono il Bloom Group, no?».

Mr Bloom soffia dal naso, spazientito.

«Guardi», gli indico la registrazione. «Sto per uscire trafelata dall'ufficio tra tre… due… Eccomi». Si vede la mia figura che scatta nel corridoio neanche fossi sulla pedana dei cento metri alle Olimpiadi. «L'ora dice 16:03».

«Vedo».

Mando avanti veloce il filmato fino al frame decisivo. «Ora sono le 17:30, l'ufficio dovrebbe essere vuoto, giusto?»

«Giusto», conferma lui.

«E invece no», esclamo appena Russel compare nell'inquadratura. Si guarda intorno con fare circospetto, poi entra nel mio ufficio chiudendosi la porta alle spalle alle 17:32. «E rieccolo uscire alle 17:45, proprio nell'arco temporale in cui l'e-mail è partita».

Lo schermo diventa nero e Mr Bloom prende a tamburellare pensieroso sul bracciolo.

«Visto, papà? Non è stata Charlie! Ma quello scarabeo stercorario di Russel».

«Ora si spiegano molte cose».

«Cioè?», chiediamo io e Jerry in coro.

«Per esempio le dimissioni che Russel ha presentato oggi con effetto immediato all'ufficio personale. Presumo che Alan Cage lo abbia premiato con un'offerta che non ha potuto rifiutare».

«E ne è uscito pulito», aggiungo.

«Dovremmo fargli il culo a strisce, papà», esclama Jerry.

«Questo è vero ma nell'interesse dell'immagine del Bloom Group, meglio perdere un affare in privato che passare per fessi in pubblico. Trascinare Russel in tribunale sarebbe la scelta più facile e immediata, tuttavia non la più intelligente. Passerebbe il messaggio che il Bloom Group si fa turlupinare dal primo che passa e che chiunque può soffiarci un affare. Le nostre quotazioni in borsa cadrebbero in picchiata».

«Lo capisco», osservo.

«Ti porgo le mie più sentite scuse, Charlotte. Sono davvero rammaricato».

«Accetto le scuse anche se non è da lei che dovrei riceverle. Del rammarico me ne faccio poco, dato che sono stata mandata via nell'ignominia e nella vergogna e sono stata trattata come la peggiore delle truffatrici».

«Credo di non sbagliarmi se dico che mio figlio non abbia agito nel pieno del suo raziocinio. Sebastian non è il tipo che prende decisioni avventate dettate dall'istinto e dalla reazione del momento. È possibile che la sua valutazione nei tuoi confronti non fosse del tutto obiettiva?».

Nel tono di Mr Bloom percepisco il suo sottinteso. Mi sta chiedendo se tra me e Sebastian c'è stato qualcosa. «È possibile».

«Papà, scusami se mi intrometto ma se c'è una cosa che ho capito è che Charlotte sa quello che fa. Il progetto dei J Hotel ha convinto il consiglio all'unanimità, io ho bisogno di lei, ho bisogno della sua visione, delle sue competenze. Sto imparando tanto, ma non avrei neanche cominciato se Charlie non mi avesse dato gli stimoli e le dritte giuste».

«Viste le posizioni attuali, credo spetti alla parte lesa avanzare le richieste. Io posso dire che il Bloom Group ha le porte spalancate». Mr Bloom si alza, va alla scrivania, dove prende una biro e strappa un foglio da un taccuino e me li porge. «Scrivimi una cifra».

È un déjà-vu, ci sono già passata e ho capito che non sono brava a darmi dei numeri. Tuttavia voglio ancora lavorare per e con Jerry: mi piace il suo team e ho scoperto che mi piace progettare alberghi.

Ce l'ho.

Scrivo la cifra e allungo il foglio a Mr Bloom che lo guarda perplesso. «Quattro milioni. Ehm… è un tantino al di sopra di quello avevo preventivato».

«Quelli non sono per me», dico.

«Ah no?»

«Sono per lei».

«Io dovrei darmi quattro milioni di sterline?». Mr Bloom sembra sempre più confuso. «Mi sfugge il senso».

«Le sto chiedendo di investire quattro milioni. Le propongo un progetto nuovo. *Vi* propongo», preciso. «Ho esaminato il portfolio immobiliare del Bloom Group: complessi residenziali di lusso di ultima generazione; immensi resort a sei stelle; golf club d'élite, hotel di lusso e ora ci sono i boutique hotel di Jerry. Manca un tassello».

«Quale?», mi domanda lui, interessato.

«Le residenze storiche. Jerry è nota alle cronache come Principessa J, ma quale principessa non ha un palazzo? Vi propongo di avviare la catena dei J Palace: restaurare antiche residenze di pregio storico e artistico, e trasformarle in hotel di altissima classe per soggiorni da autentici reali. Questo combinerebbe lo spirito mecenatizio della Bloom Foundation salvando un patrimonio architettonico dal degrado e inserendolo nel business alberghiero della società madre».

Mr Bloom osserva il soffitto come se stesse visualizzando cifre nell'aria. «Non è male. Potrei strappare anche un buon accordo con il ministero e detrarre una grossa fetta della spesa dalle tasse. Hai già qualcosa in mente?».

Oh, eccome se ce l'ho. «Sharesby Hall, qui nel Berkshire».

«Tu, Jerry, che ne dici?», le domanda.

«Avere dei palazzi a nome mio?! Dico che è una fi-ga-ta!», esclama entusiasta.

«Prepara un masterplan del progetto, una analisi SWOT e un rapporto costi-benefici da presentare al consiglio la settimana prossima. Credi di farcela?»

«Farcela? Ho già tutto pronto, Mr Bloom. Se è per questo ho pronti anche quelli per un castello nella Loira e uno in Toscana».

«Quindi l'accordo è tutto qui?», mi domanda, confuso. «Una proposta d'investimento per me? Tu non vuoi nulla? Un aumento, un bonus? Torni così, alle stesse condizioni?»

«Credo che non mi serva altro», dico soddisfatta. «Spremerla, in questo momento, sarebbe troppo facile, non crede?».

Mr Bloom ride tra sé e sé. «Se non mi avessi fatto una proposta così interessante, avrei pensato che fossi una stupida a sprecare questa occasione».

«Non sono i soldi quello che vorrei ora», sospiro con un nodo invisibile che mi strozza la gola, e un velo di lacrime mi annebbia gli occhi.

Non serve che io aggiunga altro, Jerry mi abbraccia e Mr Bloom capisce. È Sebastian.

«Per quello, Charlotte, non credo di poterti aiutare, ma metterò una buona parola. Anche se questo vecchio, su certe cose, non lo ascolta più nessuno».

49

Open Your Heart to Me

Sulla carta sembra tutto in ordine.

Jane ha ripreso i corsi, e Miller è stato sospeso dalla sua cattedra, in attesa di giudizio.

Ike è preso da Jerry come nessuna ragazza mai prima, con lo stupore di tutti noi. Solo una mina vagante come lei può tenerlo sulla corda, anche se l'impegno per il lavoro sta smussando i suoi spigoli.

Mamma e papà non sono ancora collassati nonostante, in tre mesi, gli sia arrivato addosso ogni tipo di notizia con la stessa prepotenza di un treno merci.

Royce e Ben ora non si nascondono più e quest'ultimo ha ammorbidito la sua indole da primadonna perché le attenzioni di Royce sono tutte per lui, senza eccezione. Sta cercando casa a Londra e ci sentiamo e vediamo spesso. La sua evangelica famiglia del Tennessee non ha preso bene il suo coming out e i miei lo hanno "adottato".

Le cose al lavoro vanno a meraviglia: con Russel fuori dai giochi, in ufficio regna la più totale armonia, perché nessuno gioca a *divide et impera* e Vanessa si è dimessa senza clamore con la vaga scusa di un'offerta imperdibile negli Stati Uniti.

Io potrei permettermi anche un appartamento un po' più grande ma continuo a restare nel mio minilocale. Non ho ancora avuto indietro i miei soldi da Warren, al quale però ho piazzato una bella ipoteca quindi, se non me li dà, si terrà la mia spada di Damocle sul collo finché campa.

Buona sì, cogliona no.

Gli straordinari però continuo a farli: è più forte di me quando c'è qualcosa a cui tengo.

Mi trovo a Sharesby Hall dove è in corso l'allestimento del cantiere. Gli operai stanno salendo sui loro furgoni per tornare a casa, in fondo siamo ben oltre l'orario, ma le giornate si stanno allungando e io sfrutto la luce finché c'è.

Cose da fare domani: recuperare tutte le pietre dalle parti crollate per ripulirle e riutilizzarle; prendere i calchi delle ogive delle finestre superstiti per realizzare quelle nuove e sostituire le parti mancanti; svuotare con le idrovore l'acquitrino che stagna nell'interrato…

Per ogni cosa che mi segno, me ne viene in mente una nuova e il mio elenco si allunga.

Routine ed elenchi sono diventati il mio salvagente per preservare la salute mentale. Quando stacco l'attenzione dagli impegni e dalle faccende pratiche, il mio pilota automatico preme il tasto "Sebastian" e l'ondata di malinconia mi travolge.

Quindi lavoro finché sono così stanca da precipitare in un sonno senza sogni e la mattina riparto da capo con routine ed elenchi.

Scavalco il mucchio di sfalci d'edera sradicata da uno dei torrioni ma, quando svolto l'angolo dell'ala ovest, noto che nello spiazzo sullo sterrato che abbiamo adibito a parcheggio la mia auto non è più sola. Posteggiata poco distante c'è una berlina nera.

Lo riconosco dalla sagoma, non ho nemmeno bisogno di avvicinarmi o metterlo a fuoco. Solo lui cammina così, con quella sicurezza.

Il mio subconscio maledice il karma e anche un po' me stessa. Il mio oroscopo diceva: “Incontri importanti per voi della vergine”, ma l’appuntamento più esaltante in programma era con il rappresentante delle resine epossidiche, quindi sono uscita di casa infagottata in abiti pratici da maltrattare, struccata e con le scarpe antinfortunio.

Faccio per levarmi l’elmetto arancione, ma all’ultimo mi ricordo che ieri sera ero così stanca che non sono neanche riuscita a lavarmi i capelli, quindi lo lascio al suo posto.

Anche perché, dopo quasi otto ore di cantiere, probabilmente la fascetta antiscivolo mi si è stampata sulla fronte.

Questa sono io, ben lontana dall’immagine di Bea che era abituato a vedere.

Lui invece è… Sebastian, non c’è altro da aggiungere. Pure le piante si sono voltate a guardarlo.

Non sembra avermi visto, perché sono seminascosta dalla pila delle assi per i ponteggi, dietro cui lo sto sbirciando, indecisa se palesarmi o meno.

Avanza, uscendo dal mio campo visivo e, sicura dell’inattaccabilità della mia postazione, monto sulla pila di ponteggi per guardarlo dall’alto ed esaminare meglio il suo viso per capire di che umore e con che intenzioni è venuto.

Mi tendo sulle punte, e mi aggrappo al bordo di un’asse ruvida con le dita che mi tremano. Tremo tutta, mi trema pure lo stomaco, tremo al punto che mi sento mancare stabilità.

No, quella manca davvero.

Prima che me ne accorga, la catasta che mi sostiene e mi ripara cede, travolgendomi a terra in un clangore assordante di legno e tubolari metallici. Uno dei quali, per altro, mi colpisce dritto in testa, calcandomi il caschetto fin sul naso.

Neanche il tempo di sollevarlo che mi ritrovo davanti due gambe solide avvolte in un paio di pantaloni blu dal taglio impeccabile.

Alzo gli occhi e incrocio il suo sguardo, fisso su di me. Sento le mie guance infiammarsi e spero con tutta me stessa che non mi si legga in faccia quanto mi è mancato.

Ed eccolo, il silenzio imbarazzante.

Io lo guardo.

Lui mi guarda.

«Sei ferita?», mi domanda.

«Solo nel mio orgoglio».

Mi tende una mano per farmi rialzare ma rifiuto l'offerta. «Faccio da sola», dico tirandomi su con quel poco di amor proprio che mi è rimasto. Se gli permettessi di toccarmi ora, sono certa che non mi resterebbe nemmeno quello.

«Come mai da queste parti?», chiedo, simulando distacco e indifferenza, entrando nella cappella del maniero con aria indaffarata e lui che mi segue.

«Mi hanno detto che ti avrei trovata qui».

«Sei venuto a cercarmi per insultarmi?»

«In realtà sono qui per scusarmi».

«Ce ne hai messo di tempo», gli faccio notare. Sono passati quasi due mesi dal famoso lunedì nero e da allora, tra noi, c'è stato silenzio radio assoluto. Più da parte sua che mia, ma a un certo punto ho mollato il colpo.

«Lo so. Ho dovuto fare un po' di conti con me stesso».

«Non mi piace rivangare, Sebastian, ma l'ultima volta che ci siamo parlati hai minacciato di farmi portare via dalla sicurezza».

«Ho esagerato», ammette. «Non è facile gestire una situazione così quando si è coinvolti emotivamente».

«Situazione? C'eri solo *tu* nella situazione. Non mi hai lasciato il minimo spazio per spiegarmi», lo accuso.

«Vedila con i miei occhi, Charlotte. Punto primo: scopro che la persona alla quale ho detto: "Ti amo" neanche ventiquattr'ore prima non è chi dice di essere; punto secondo: la persona di cui sopra risulta essere la stessa che ha spacciato il mio affare a un concorrente».

«Hai detto di amarmi, peccato che non hai esitato un secondo a dare retta a Vanessa nel momento in cui ti ha servito la mia testa su un piatto d'argento. Se mi avessi amato davvero, mi avresti dato il beneficio del dubbio».

«Te l'ho dato», ribatte. «Ti ho chiesto di dirmi il vero motivo per cui stavi con Royce, se fossi stata sincera avrei preso in considerazione la tua innocenza. Sei stata tu a scegliere di non farlo».

«Quello non era un beneficio del dubbio, Sebastian», sbotto. «Quello era un ricatto».

L'eco delle nostre voci rimbalza sulla pietra nuda delle volte della cappella, trasformandole in qualcosa di soprannaturale e accentuando ogni sfumatura dei toni.

«Dirmi che Royce è gay era così tragico? Ma per chi mi hai preso? Non vivo mica nelle caverne?»

«Era un segreto! Tra *me* e *lui*. Sai come funzionano i segreti? Te lo spiego subito: quando qualcuno ti dice qualcosa, la tieni per te».

Sebastian scuote la testa. «Si vede che non ci tenevi abbastanza a noi due».

«E qui ti sbagli! *Tu* non tenevi abbastanza a noi due. Eri in anoressia emotiva da così tanto tempo che non appena hai provato qualcosa, hai colto la prima occasione che ti si è presentata per mandare tutto all'aria senza concedermi appello, pronto a trincerarti dietro il tuo muro di ghiaccio. Ecco come è andata. Neanche vedessi l'ora che accadesse».

Sebastian scuote la testa, lo sguardo rabbuiato. «Così mi offendi».

«Allora sei a un decimo di come mi sono sentita io quando quel tizio in ascensore ti ha chiesto chi fossi e tu gli hai risposto: "Nessuno"».

Il faccia a faccia si sta rivelando più aspro di quanto avessi immaginato. Il batticuore esploso al vedere Sebastian venire da me si è presto trasformato in uno tsunami rabbioso che ora fatico a controllare.

«Sai che c'è? Queste non sono scuse», gli dico, «non sei venuto a chiedermi scusa per come mi hai trattato, ma a scusare te stesso».

«Sono davvero dispiaciuto».

«Hai saputo tutta la verità, sia sulla storia di Bea Beaufort, sia riguardo al progetto di Sentosa Cove, hai avuto due mesi per capire cosa farci con queste verità e, se questo è il risultato, lasciami dire che hai buttato tempo. Potevi farne un uso migliore».

«Cazzo, Charlotte, hai idea di cosa vuol dire amare qualcuno nonostante la consapevolezza che ti abbia mentito? Perché io sì», tuona. «Ti ho amata e ti amo ancora ma non so se sei tu la persona che amo, o se questa esista. Visto che Bea Beaufort, l'ereditiera dell'impero dolciario, non è reale, ho bisogno di sapere fino a che punto hai mentito con me».

«Mai. Sì, ho usato un altro nome ma sono sempre stata io, la vera me stessa, con ogni fibra del mio corpo».

«La fiducia è un filo teso a mezz'aria a cento metri d'altezza. Se camminiamo entrambi per trovarci nel mezzo con lo stesso passo va bene, ma se tu fai oscillare il filo cadiamo tutti e due».

«È un nome che fa la differenza per te? L'estrazione sociale? Giulietta non sapeva che Romeo fosse un Montecchi; il principe non sapeva che Cenerentola fosse una sguattera, per come la vedo io tutte le grandi storie d'amore sono nate con una bugia, ma tu non sei in grado di passarci sopra neanche con l'evidenza della mia buona fede sotto gli occhi».

«Sai, prima di te non ero capace di guardare avanti e immaginare il mio futuro; mi vedevo proiettato in un perpetuo presente. Da quando ti ho conosciuta, invece, ho iniziato a concretizzare idee che prima sembravano non potermi appartenere. È stato come passeggiare in una galleria di quadri. Mi sono visto genitore, a giocare sul prato di Seydenhurst con dei bambini e un cane; mi sono visto nonno, davanti al camino a raccontare favole ai nipoti; mi sono visto anziano, insieme a te, addormentarci e svegliarci uno accanto all'altra dopo anni insieme. E non ho mai avuto paura, anzi, proprio come quando ero un ragazzino, avevo voglia di saltarci dentro a questi quadri. Volevo saltarci dentro insieme a te nel nostro futuro».

Ogni sua parola mi colpisce come un cazzotto allo stomaco e quando finisce di parlare sono psicologicamente al tappeto.

«E ora non vuoi più?», gli chiedo con voce tremante.

«Non lo so».

«Non credi che meriteremmo una seconda chance? E non sarebbe nemmeno la seconda per davvero, perché Charlotte Taylor non ha avuto la prima».

Sebastian mi guarda, stringe le labbra e sospira. «Non so se ne vale la pena. Forse non sarei dovuto venire».

E senza che io possa dire nulla, lui si volta e se ne va. Esce dalla cappella con i suoi passi che scandiscono i secondi, sempre più leggeri via via che si allontana.

Sono a pezzi.

Crollo a sedere sui gradini sbeccati e coperti di muschio che salgono all'altare, oggi nascosto da un intrico di rovi, mentre le finestre laterali, ormai prive delle vetrate sfondate dai rami che hanno invaso l'edificio, mi fissano come una fila di occhi vuoti.

Con la testa piegata sulle ginocchia cedo al pianto. Non è convulso, nervoso o disperato, di quello ormai non ne ho più.

Sono placide lacrime di resa, leggere al punto che quasi non le sento cadere.

È finita.

L'unico filo che era rimasto sospeso è stato tagliato.

Il freddo della pietra mi penetra dentro, scuotendomi con

un brivido. Almeno un fatto positivo c'è: sento ancora qualcosa.

Alzo la testa solo all'eco di passi sul pavimento.

Un'ombra scura si allunga nella luce infuocata del tramonto.

È Sebastian, di nuovo davanti a me.

Ha qualcosa nella mano sinistra, di tondo e nero, grande come una pesca, solo che non capisco bene cosa sia. Forse un antistress...

Mi tende la destra, con un sorriso di quelli che mi riservava quando avevamo qualcosa che solo noi due potevamo capire.

«Piacere, mi chiamo Sebastian».

Io esito un attimo per decifrare il suo sguardo che ora è cambiato. Non è più cupo e rancoroso come prima, ma luminoso e sereno.

Ok, stiamo ricominciando da zero.

Mi alzo, mi pulisco la mano sui pantaloni e stringo la sua. «Ciao, io sono Charlotte».

Elettricità.

Eccola di nuovo, quella del nostro primo, fulminante contatto, quella che tra noi c'è sempre stata. Quella scarica che ti attraversa liquefacendoti l'anima.

Ora che sono in piedi posso vedere bene l'oggetto con cui sta giocherellando. Non è una pallina antistress, è la serratura della porta del bagno dell'Attitude, quella che si era rotta la notte di Capodanno, imprigionandoci dentro.

Sento perfino le parole di Madonna mentre cantava: «*Open your heart to me, baby, I hold the lock and you hold the key*», "Aprimi il tuo cuore, io ho la serratura e tu hai la chiave".

«Ce l'hai ancora», dico sorpresa.

«Mi hai detto tu di tenerla come ricordo». Le dita di Sebastian s'intrecciano alle mie. «Tu hai ancora la chiave?»

«Sì, ce l'ho».

«Allora non ci serve altro». Mi attira a sé e il cuore mi batte così forte che credo possa sentirlo nonostante gli strati dei vestiti. «Credi che sarebbe sfacciato se baciassi una donna alla quale mi sono appena presentato?»

«Se non lo fai tu, lo faccio io». E quando le sue labbra sfiorano le mie capisco che non ci serve davvero altro.

Compendio pratico sulle bugie

Bluff: fingere di possedere capacità o mezzi di cui in realtà non si dispone. Può essere interpretato come tattica.
Come nel poker, è una strategia che, se funziona, vinciamo il piatto; se ci scoprono, restiamo in mutande.

Bugia del maggiordomo: piccola bugia estemporanea usata per uscire da situazioni imbarazzanti, tipo quando incontri la nuova fidanzata del tuo ex al supermercato, lei supergnocca e tu in tuta, struccata e con i capelli arruffati e un pacco famiglia di carta igienica nel carrello. «Uh, caspita, resterei a chiacchierare ma hanno chiamato il mio numero al banco salumeria».

Bugia contestuale: omissione di particolari nella narrazione di un fatto. Come quella volta che doveva essere solo una cena tra ex compagni del liceo, ma sei finita seduta proprio accanto all'acerrima rivale della tua migliore amica e non ti è sembrata così antipatica come una volta (ma questo non puoi dirglielo).

Ricostruzione: distorcere il contesto, i fatti e le persone coinvolte, come in questo caso: abbiamo rigato la macchina contro un muretto e ci giustifichiamo dicendo che deve averci sportellato qualcuno al parcheggio della posta mentre eravamo dentro in fila e il farabutto se n'è andato senza nemmeno lasciare un biglietto. Ah, c'è una maleducazione al giorno d'oggi che proprio…

Minimizzazione: forma di negazione in cui i fatti sono razionalizzati fino a renderli irrilevanti.

Esempio: spacciare un weekend a Las Vegas per un pranzo con i parenti in campagna.

Esagerazione: «Ti sto aspettando da mezz'ora», in realtà siamo appena uscite di casa.

Bugia educata: per attenersi alle norme del buon costume e della cortesia, o per non generare situazioni fredde o spiacevoli. Come quando ai matrimoni si è costretti a fare i complimenti alla sposa anche se il suo abito sembra disegnato da Picasso.

Bugia innocente: non esistono bugie innocenti.

Ringraziamenti

I "GRAZIE", stavolta, vanno in maiuscolo. Già, perché, anche se ho sempre detto che chiedere a un autore quale dei suoi libri ama di più è impossibile, che è come chiedere a una madre quale figlio preferisce, con *Bugiarde si diventa* c'è un legame personale.

Lo ammetto, qui c'è stato il mio inizio, non potrei non considerarlo speciale, perché è con Charlotte, Jerry, Sebastian e Royce che è cominciata la mia avventura.

È stato il mio romanzo più lungo e impegnativo, quello in cui ho messo davvero tutta me stessa, verso cui ho indirizzato ogni pensiero e ogni energia.

Nonostante la polmonite e la febbre a quaranta, a dicembre 2019, mi ricordo che la mia testa era fissa su *Bugiarde si diventa*, su come strutturare la trama, le dinamiche dei personaggi, su come gestire la storyline, e mia madre, fino a quel momento preoccupatissima per la mia salute (era Covid? Forse, chi lo sa, in Italia non eravamo ancora in emergenza), mentre chiedo carta e penna, nonostante la flebo al braccio, mi guarda e dice: «Adesso so che stai guarendo, sei tornata».

E non potrò mai dimenticare pagina 162, il punto esatto in cui ero arrivata a correggere il testo, il 24 marzo, quando sono entrata in travaglio e di lì a ventiquattro ore ho abbracciato il mio piccolo arcoBaleno.

Perciò, se ora sei qui e stai leggendo questa pagina, GRAZIE.

Spero di cuore che questa storia ti abbia intrattenuto, divertito e appassionato tanto quanto è successo a me scrivendola.

GRAZIE alla mia famiglia, la mia personale squadra di tifosi (papà, smettila di importunare i tuoi vicini di poltrona, quando sei in aereo, per dirgli che tua figlia scrive, prima o poi ti banneranno dalle linee aeree).

GRAZIE a Silvia ed Elisa che hanno letto questo romanzo la primissima volta e non mi hanno spernacchiata.

GRAZIE ad Azzurra Sichera, che crede in me più di quanto non ci creda io stessa.

GRAZIE a Giulia e Lea, le mie "disagiate" preferite. Ah, Lea ti devo una cena.

GRAZIE a Paola Chiozza che mi ricorda sempre l'importanza di umiltà, modestia e altruismo.

GRAZIE a Monique Scisci, e alla nuova opportunità di mettermi alla prova che mi sta dando con «Read Magazine».

GRAZIE a tutte e tutti i blogger per il costante impegno e passione che mettono nella diffusione della lettura.

GRAZIE alla mia casa editrice Newton Compton, a Raffaello, Martina, Antonella e tutti quelli che contribuiscono a far arrivare le mie storie a chi ha voglia di leggerle.

Infine un grande CIAO, augurandomi di poterci vedere presto dal vivo (quanto mi mancano gli incontri ai saloni e alle fiere), e tra le pagine di una nuova storia.

Per ogni curiosità e aggiornamento, potete trovarmi sui social:

· Pagina Facebook: Felicia Kingsley
· Profilo Instagram: felicia_kingsley
· Blog: www.feliciakingsley.com

Playlist

Come sapete, la playlist con le canzoni che mi hanno ispirato la scrittura di questa storia non manca mai, quindi eccola. Potete ascoltarla su Spotify sul mio profilo Felicia Kingsley A.

1. *Starships* – Nicki Minaj
2. *What a Feeling* – Irene Cara
3. *Open Your Heart* – Madonna
4. *Shot At The Night* – The Killers
5. *The Right Kind Of Wrong* – LeAnn Rimes
6. *Just Got Paid* – Sigala, Ella Eyre, Meghan Trainor
7. *Heart Attack* – Demi Lovato
8. *What Kind Of Man* – Florence + the Machine
9. *Everywhere* – Michelle Branch
10. *Whole* – Chime feat. Adam Tell, Rob Gasser
11. *Chateau* – Tokio Hotel
12. *Best Friend* – Sofi Tukker
13. *4ever* – The Veronicas
14. *Lose Control* – Keri Hilson feat. Nelly
15. *I've Got You Under My Skin* – Frank Sinatra
16. *Fast Car* (acoustic remix) – Jonas Blue, Dakota
17. *When It All Falls Apart* – The Veronicas
18. *Love The Way You Lie* – Eminem feat. Rihanna
19. *Whataya Want From Me* – Adam Lambert

Indice

FELICIA KINGSLEY

UNA RAGAZZA D'ALTRI TEMPI

Volume di 512 pagine. Euro 9,90

A chi non piacerebbe vivere nella Londra di inizio '800, tra balli, feste e inviti a corte? Di certo lo vorrebbe Rebecca Sheridan, perché a lei il ventunesimo secolo va stretto: vita frenetica, zero spazio personale e gli uomini... possibile che nessuno sappia corteggiare una ragazza? Brillante studentessa di Egittologia e appassionata lettrice di romance Regency, Rebecca ama partecipare alle rievocazioni storiche in costume e, proprio durante una di queste, accade qualcosa di inspiegabile: si ritrova sbalzata nella Londra del 1816. Superato lo shock iniziale, realizza di avere un'opportunità unica: essere la debuttante più contesa dagli scapoli dell'alta società, tra tè, balli e passeggiate a Hyde Park. Mentre è alla ricerca del suo Mr Darcy, attira però l'attenzione dell'uomo meno raccomandabile di Londra: Reedlan Knox, un corsaro dal fascino oscuro e dalla reputazione a dir poco scandalosa. Insomma, il genere d'uomo che una signorina per bene non dovrebbe proprio frequentare. Ma quando Rebecca scopre segreti inconfessabili e trame losche dell'aristocrazia, il suo senso di giustizia le impone d'indagare. Nessuno però pare intenzionato a mettere a rischio il proprio onore per aiutarla. Non le resta che rivolgersi all'unico che un onore da difendere non ce l'ha: Reedlan Knox. E se, dopotutto, il corsaro si rivelasse più interessante del gentiluomo che ha sempre sognato? Decidere se tornare nel presente o restare nel 1816 potrebbe diventare una scelta difficile...

NEWTON COMPTON EDITORI

FELICIA KINGSLEY

TI ASPETTO A CENTRAL PARK

Volume di 480 pagine. Euro 9,90

Knight Underwood ha tutto: un elegante loft nell'Upper East Side, una fila di donne alla porta e il lavoro dei suoi sogni. O quasi. È l'editor che detiene il record di bestseller pubblicati dalla Pageturner Publishing e la promozione a direttore editoriale è dietro l'angolo. Purtroppo, non ha fatto i conti con quella che è destinata a diventare la sua spina nel fianco: Victoria Wender. Anche lei è un'ottima editor e le case editrici di tutto il Paese hanno fatto a gara per averla: non solo ha scommesso sul romance, ma ha trasformato la sua autrice di punta, Miranda Stoller, nella regina delle vendite. Victoria è appena atterrata a New York dal Texas ed è pronta a rivoluzionare il catalogo della Pageturner per consolidarne il traballante bilancio. Ma... non con l'aiuto di Knight! Lui non ci sta ad arrivare secondo, detesta il romance, ed è deciso a riprendersi il posto che gli spetta in ogni modo, lecito o meno. Victoria non è una che si ferma al primo ostacolo, è del tutto immune al suo fascino ed è pronta a fargli sudare tutte le sue costose camicie. Tra sabotaggi e schermaglie, però, Knight e Victoria vengono a conoscenza di un segreto che potrebbe mettere a rischio le loro carriere. E da rivali giurati potrebbero doversi alleare per salvare la casa editrice. Non è impossibile, dovranno solo sopportarsi per un po'... o no?

NEWTON COMPTON EDITORI

FELICIA KINGSLEY

APPUNTAMENTO IN TERRAZZO

Volume di 224 pagine. Euro 3,90

«Rimanete a casa, rimanete a casa», si sente urlare dagli altoparlanti delle uniche auto che circolano per le strade deserte di Milano. La vita congelata nel momento del lockdown ha colto tutti impreparati. Ma alcuni di più.
È il caso di Alex che, nel momento in cui il Governo annuncia la quarantena nazionale, si ritrova in isolamento con quella che da poche ore è diventata la sua ex, l'ultima persona con cui vorrebbe condividere l'aria. A distanza di una parete, nell'appartamento accanto al suo, c'è Didi, tornata a casa dei suoi per una breve visita, rimasta ostaggio della sua chiassosa famiglia: una madre complottista dipendente dai social, un padre drogato di lavoro che ha trasformato la casa in un ufficio, una sorella diciottenne aspirante influencer con cui è costretta a dividere la camera e un nonno nostalgico. Per Alex e Didi la situazione è soffocante e, privati dei propri spazi, non resta loro che un posto per trovare un attimo di pace: il terrazzo. Le vite di Alex e Didi s'incrociano in un momento di emergenza, e quello che nasce come un incontro inaspettato diventa un piacevole appuntamento quotidiano. È possibile che un'amicizia nata in una situazione ai limiti del reale possa trasformarsi in qualcosa di più?

NEWTON COMPTON EDITORI

FELICIA KINGSLEY

NON È UN PAESE PER SINGLE

Volume di 384 pagine

Belvedere in Chianti, piccolo borgo sulle colline toscane, dove abbondano ulivi e vigne ma di scapoli nemmeno l'ombra, è in fermento: Charles Bingley, nipote del defunto conte Ricasoli, sta arrivando dall'Inghilterra per prendere possesso dell'eredità, la tenuta Le Giuggiole. La notizia ha scatenato le potenziali suocere, disposte a tutto pur di sistemare le figlie con Charles o con il suo altrettanto affascinante, ricco e single amico Michael D'Arcy. A chi, invece, questa caccia al marito non interessa, è Elisa, amica d'infanzia di entrambi i giovani, con i quali passava tutte le estati alla tenuta, dove ora vive e si occupa con passione della vigna e della produzione del vino. Mentre tutte le ragazze di Belvedere si contendono i due appetitosi single, Elisa cerca di capire cosa ne sarà della tenuta, dato che Charles e Michael sembrano arrivati in Toscana con intenzioni poco chiare. Sono passati molti anni da quando lei e Michael erano compagni di giochi, la vita li ha cambiati e molti segreti si sono annidati tra le pieghe del tempo, che però sono sempre più difficili da nascondere. Possibile che due amici affiatati come loro possano ritrovarsi nemici? E se tra bicchieri di Chianti, scorpacciate di pappardelle e molti malintesi Elisa e Michael finissero a fare i conti con sentimenti tanto forti quanto imprevisti e forse impossibili da reprimere? A Belvedere, terra di pettegolezzi, tutti vogliono sapere…